FANTASY

Buch

Prinz Patrick kann Krondor, die Hauptstadt des Westens, befreien. Aber der Krieg in Midkemia ist noch nicht vorbei. Im Westen stehen die Armeen von General Fadawah, dem Obersten Kommandanten der Invasoren aus Novindus, im Süden droht das Kaiserreich Kesh, das Bündnis endgültig zu brechen und sich nach Belieben Ländereien anzueignen. Während erbitterte Gefechte toben, versuchen die Erben von Krondor, ihre in Schutt und Asche liegende Hauptstadt wiederaufzubauen und die Ordnung wiederherzustellen. Doch General Fadawah ist zum Äußersten entschlossen. Die Verantwortung liegt jetzt bei Jimmy und Dash, den Enkeln des letzten Herzogs von Krondor ...

Autor

Raymond Feist, geboren 1945 in Los Angeles, arbeitete nach seinem Studium als Fotograf und Erfinder von Spielen, ehe er sich dem Schreiben zuwandte. Jeder seiner Romane war auf der amerikanischen Bestsellerliste zu finden. Sein in den achtziger Jahren begonnener Midkemia-Zyklus gilt als Meisterwerk der modernen Fantasy.

Aus dem Midkemia-Zyklus von Raymond Feist bereits erschienen:

Die Schlangenkrieg-Saga: 1. **Die Blutroten Adler** (24666), 2. **Die Smaragdkönigin** (24667), 3. **Die Händler von Krondor** (24668), 4. **Die Fehde von Krondor** (24784), 5. **Die Rückkehr des Schwarzen Zauberers** (24785), 6. **Der Zorn des Dämonen** (24786), 7. **Die zersprungene Krone** (24787), 8. **Der Schatten der Schwarzen Königin** (24788)

Die Midkemia-Saga: 1. **Der Lehrling des Magiers** (24616), 2. **Der verwaiste Thron** (24617), 3. **Die Gilde des Todes** (24618), 4. **Dunkel über Sethanon** (24611), 5. **Gefährten des Blutes** (24650), 6. **Des Königs Freibeuter** (24651)

Zusammen mit Janny Wurts:

Die Kelewan-Saga: 1. **Die Auserwählte** (24748), 2. **Die Stunde der Wahrheit** (24749), 3. **Der Sklave von Midkemia** (24750), 4. **Zeit des Aufbruchs** (24751), 5. **Die Schwarzen Roben** (24752), 6. **Tag der Entscheidung** (24753)

In Kürze erscheint:

Die Krondor-Saga: 1. **Die Verschwörung der Magier** (24914)

Weitere Bände sind in Vorbereitung.

DIE SCHLANGENKRIEG-SAGA

Raymond Feist

Der Schatten der Schwarzen Königin

Ein Midkemia-Roman

8

Aus dem Amerikanischen
von Andreas Helweg

BLANVALET

Die Originalausgabe erschien unter dem Titel
»Shards of a Broken Crown« (Capters 14–28)
bei Avon Books, New York

Umwelthinweis:
Alle bedruckten Materialien dieses Taschenbuches
sind chlorfrei und umweltschonend.
Das Papier enthält Recycling-Anteile.

Blanvalet Taschenbücher erscheinen im Goldmann Verlag,
einem Unternehmen der Verlagsgruppe Bertelsmann.

Deutsche Erstveröffentlichung 11/99
Copyright © der Originalausgabe 1998 by Raymond E. Feist
Copyright © der deutschsprachigen Ausgabe 1999
by Wilhelm Goldmann Verlag, München,
in der Verlagsgruppe Bertelsmann GmbH
Umschlaggestaltung: Design Team München
Umschlagmotiv: Viktor Wasnezow
Satz: deutsch-türkischer fotosatz, Berlin
Druck: Elsnerdruck, Berlin
Verlagsnummer: 24788
Redaktion: Alexander Groß
V. B. · Herstellung: Peter Papenbrok
Printed in Germany
ISBN 3-442-24788-8

3 5 7 9 10 8 6 4 2

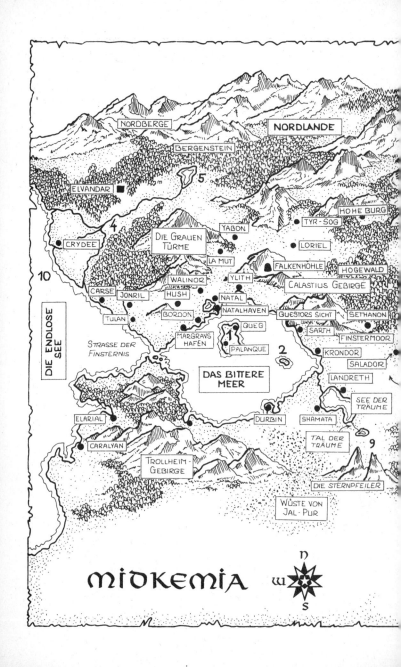

Eins

Konsequenzen

Jimmy weinte.

Er stand auf den Stufen des Palastes von Krondor in Habachtstellung neben seinem Bruder, eine Stufe hinter dem Prinzen, und Tränen rannen ihm offen über das Gesicht. Ein Leben ohne seinen Vater konnte er sich nicht vorstellen. Natürlich hatte er gewußt, daß diejenigen, die zum Kampfe auszogen, dabei sterben konnten, doch sein Vater war kein Krieger gewesen. Wie jeder andere Adlige des Königreichs hatte er Waffen und Rüstungen studiert, sein Leben hingegen der Verwaltung, der Diplomatie und dem Gerichtswesen gewidmet. Nur ein einziges Mal hatte er die Entscheidung getroffen zu kämpfen, und diesen Entschluß hatte er mit seinem Leben bezahlen müssen.

Dash hätte niemals auch nur im Traum daran gedacht, sein Vater könnte auf einer Totenbahre nach Krondor zurückkehren. Seine Miene war unergründlich, während er beobachtete, wie der Leichnam seines Vater auf einem Wagen vorbeigebracht wurde. Wegen Herzog Arutha und all der anderen, die bei der Rückeroberung von Sarth gefallen waren, hatte man einen Tag der Trauer angeordnet.

Jetzt fragte sich Dash, ob sich das alles überhaupt lohnte. Er fühlte nichts, nur diese Leere in sich. Jimmy zeigte seine Wut und seinen Schmerz, in Dash jedoch lagen diese Empfindungen tief vergraben. Er betrachtete die versammelten Adligen und Offiziere des Königreichs, die voller Respekt den Kopf vor den sterblichen Überresten seines Vaters neigten, und konnte nicht wirklich begreifen, was hier vor sich ging.

Sein Vater war ein so sensibler Mann. Die Fechtkunst beherrschte er durchaus anständig, gut genug für viele siegreiche Übungsduelle, und er hielt sich fit, wenn er die Gelegenheit bekam, zu schwimmen oder zu reiten; lediglich an einem wirklichen Gefecht hatte er nie zuvor teilgenommen. Dann fiel Dash auf, daß er in der Gegenwart dachte. Bis zum letzten Moment, so hatte Hauptmann Subai gesagt, war er ein tapferer Soldat gewesen, aber man hätte ihm die Teilnahme an dieser Mission nicht erlauben sollen. Dash kniff die Augen zu, da er spürte, wie sich dahinter Tränen bildeten.

Herzog Arutha war das praktisch veranlagte Mitglied der Familie gewesen. Die Mutter der zwei Jungen beschäftigte sich lieber mit dem Klatsch am königlichen Hof in Rillanon oder stattete ihrer eigenen Familie in Roldem lange Besuche ab. So waren die beiden Jungen in ihrer Kindheit vor allem von Kindermädchen, Lehrern und ihrem Großvater betreut worden. Letzterer hatte ihnen beigebracht, wie man Mauern erklimmt und Schlösser knackt, dazu jede Menge anderer ungehöriger Dinge. Offene Zuneigung war ihnen nur von der Großmutter zuteil geworden, da ihr Vater ein strenger, ruhiger Mann gewesen war, der seine Gefühle nur selten zum Ausdruck brachte. Dash konnte sich nicht an ein einziges Mal erinnern, wo sein Vater ihn mit einer herzlichen Umarmung begrüßt hätte. Dagegen hatte er Dash oft einfach nur die Hand auf die Schulter gelegt, als wäre es ihm durchaus wichtig, einen körperlichen Kontakt zu seinen Söhnen herzustellen.

Plötzlich wurde sich Dash bewußt, daß er eigentlich den Verlust seiner ganzen Familie betrauerte. Die Großeltern in Roldem waren beinahe Fremde für ihn. In der Kindheit hatte er dem Inselkönigreich ein halbes Dutzend Besuche abgestattet – seine Großeltern mütterlicherseits waren nur einmal nach Rillanon gekommen, zur Hochzeit seiner Eltern. Seine Schwester hatte den Herzog von Faranzia in Roldem geheiratet und sich seitdem nicht mehr im Königreich blicken lassen. Alles, was ihm noch blieb, war sein Bruder Jimmy.

Während der Wagen im Stallbereich verschwand, sagte Prinz Patrick: »Meine Herren, das ganze Volk betrauert den Verlust Eures Vaters. Wenn ich Euch in einer Stunde zur Ratssitzung bei mir bitten dürfte?« Er deutete mit dem Kopf quer über den Hof auf Francie, die dort mit ihrem Vater stand, drehte sich um und stieg die breite Palasttreppe hinauf. Sobald der Prinz sich verabschiedet hatte, zerstreuten sich auch die anderen Adligen, die sich in Krondor versammelt hatten.

Jimmy holte tief Luft, brachte seine Gefühle unter Kontrolle und winkte Dash zu, er möge ihn begleiten. Sie folgten dem Wagen um den Haupttrakt des Palastes herum zu einer Stelle, wo ein Bestatter gerade den Leichnam ihres Vaters vom Wagen heben ließ. Zwei Soldaten trugen vorsichtig die Leiche des Herzogs, die man noch in Sarth von Kopf bis Fuß in ausgeblichenes Leinen gehüllt hatte. Der Bestatter wandte sich an Jimmy und fragte: »Seid Ihr Lord Aruthas Sohn?«

Jimmy nickte und bedeutete dem Mann mit einer Geste, daß er und Dash die Söhne des Herzogs seien.

Der Bestatter gab sich Mühe, in seiner Haltung Mitgefühl auszudrücken. »Das Volk trauert mit Euch, junge Herren. Wie wünscht Ihr Euren Vater zur letzten Ruhe zu legen?«

Jimmy hielt inne und blickte Dash an. »Ich habe ... noch nie ...«

»Auf welche Weise hält man es für gewöhnlich?« erkundigte sich Dash.

»Als Herzog von Krondor steht Eurem Vater das Recht zu, in der Gruft des Palastes bestattet zu werden. Als Graf Vencar steht ihm ein Platz im Königspalast von Rillanon zu. Oder falls die Familie ein eigenes Anwesen hat ...?«

Jimmy sah Dash an, der jedoch schwieg. Schließlich antwortete der ältere Bruder: »Das Anwesen meiner Familie ist diese

Stadt. Mein Vater hingegen wurde in Rillanon geboren und ist dort aufgewachsen. Rillanon war immer die Heimat für ihn. Bringt ihn dorthin zurück.«

»Wie Ihr wünscht«, befleißigte sich der Bestatter zu antworten.

Dash legte Jimmy die Hand auf die Schulter: »Laß uns etwas trinken gehen.«

»Aber nicht zuviel. In einer Stunde müssen wir beim Prinzen sein. Anschließend können wir uns in Vaters Angedenken betrinken.«

Dash nickte, während sie zum Haupteingang des Palastes aufbrachen.

Dort stand bei ihrem Eintreffen Malar Enares. »Meine Herren«, begrüßte er sie. »Wie bedauernswert. Mein herzlichstes Beileid.«

Der Diener aus dem Tal der Träume machte sich im Palast auf hunderterlei Arten nützlich. Bei seiner Rückkehr hatte Jimmy erwartet, den Mann noch immer unter Bewachung stehend vorzufinden, doch zu seiner Überraschung arbeitete er bereits in Dukos Hauptquartier. Was Ordnung und Sauberkeit anbetraf, war er das reinste Wunder. Als Duko nach Süden zog, wo er den Befehl über die Südlichen Marken übernehmen und die Befestigungen entlang der Grenze zu Kesh sichern sollte, hatte sich der Diener wieder Jimmy angeschlossen.

Malar folgte den Brüdern in den Palast. »Kann ich vielleicht etwas für Euch tun, junge Herren?«

»Wenn du eine Flasche vom besten Brandy in mein Quartier bringen könntest, wäre ich dir sehr dankbar«, sagte Jimmy.

»Ich werde sehen, was ich tun kann«, erwiderte Malar und eilte davon.

Dash und Jimmy schritten durch die langen Korridore des Palastes, der sich inzwischen fast wieder in dem gleichen Zustand wie vor der Zerstörung von Krondor befand. Noch immer huschten überall Arbeiter herum, bemalten die Simse von Türen und Fenstern, verlegten Fliesen oder hängten Wandteppiche auf. Die hintere Treppe zu den oberen Stockwerken mußte noch erneuert werden, doch zumindest hatte man den Schutt bereits weggeräumt, die zerborstenen Steine durch neue ersetzt und so die Schäden von Ruß und Feuer beseitigt.

»Erinnerst du dich noch, wie der Palast früher war?« fragte Dash.

»Erstaunlich, ich habe gerade das gleiche gedacht. Ganz bestimmt hingen andere Teppiche an den Wänden, aber ich will verdammt sein, wenn ich noch weiß, wie die alten ausgesehen haben.«

»Patrick läßt die alten Kriegsbanner aus der Halle des Prinzen neu weben.«

»Die werden nicht mehr die gleichen sein«, entgegnete Jimmy, »aber ich kann mir vorstellen, aus welchem Grund er das tut.«

Sie erreichten Jimmys Quartier und traten ein. Einen Moment lang saßen sie schweigend da, dann stieß Dash hervor: »Es macht mich wirklich verrückt.« Er sah auf, und Tränen schimmerten in seinen Augen.

Jimmy erging es nicht anders. »Ja. Wie konnte er nur so töricht sein? Einfach loszuziehen und sich umbringen zu lassen.«

»Hast du Mutter und den Tanten schon geschrieben?«

»Nein. Das werde ich heute abend tun. Ich bin mir nicht sicher, wie ich es ihnen beibringen soll.«

Dash ließ seinen Tränen freien Lauf. »Schreib ihnen, er sei in tapferer Ausübung seiner Pflicht gefallen. Für den König und das Land.«

»Was für ein schaler Trost«, erwiderte Jimmy.

»Er mußte gehen.« Dash rieb sich die Augen.

»Nein, mußte er nicht.«

»O doch«, widersprach Dash. »Sein ganzes Leben lang hat er

im Schatten von Großvater gestanden – und im Schatten des Mannes, nach dem er benannt war.«

Auch Jimmy wischte sich nun die Tränen aus den Augen. »Die Geschichte wird nur einen einzigen Arutha von Krondor preisen.« Er seufzte. »Vater wird vielleicht irgendwo am Rande erwähnt werden. Der Mann, der den Namen eines großen Prinzen trug und auf bewundernswerte Weise als Verwalter von Rillanon und Krondor diente. Gibt es sonst noch etwas, das man über ihn berichten könnte?«

»Nur von uns, die ihn kannten und ihn liebten.«

Es klopfte an der Tür, und Jimmy erhob sich. Er öffnete. Malar Enares hielt ein Tablett mit einer Flasche Brandy und zwei Kristallkelchen in den Händen.

Jimmy trat zur Seite und ließ den Diener eintreten. Malar setzte das Tablett auf dem Tisch ab. »Ich möchte Euch mein tiefstes Beileid aussprechen. Wenngleich ich nie die Ehre hatte, Euren wunderbaren Vater kennenzulernen, so habe ich doch nur die besten Dinge über diesen Mann gehört.«

»Danke«, sagte Jimmy.

Dash nahm die Karaffe und schenkte ein, während Malar hinausging und die Tür hinter sich schloß. Er reichte einen Kelch seinem Bruder und hob den anderen. »Auf Vater.«

»Auf Vater«, wiederholte Jimmy. Schweigend tranken sie.

Schließlich verkündete Jimmy: »Ich weiß, wie Vater sich gefühlt hat.«

»Und woher?« fragte Dash.

»Gleichgültig, wie gut ich bin oder wie hoch ich aufsteigen werde, einen James von Krondor wird es nur einmal geben.«

»Und nur einen Jimmy die Hand«, stimmte Dash zu.

»Großvater hätte jetzt gesagt, das habe nichts mit Ruhm zu tun.«

»Trotzdem hat er es genossen, berüchtigt zu sein«, fügte Dash hinzu.

»Sicherlich.« Jimmy nickte. »Aber er hatte es auch verdient, weil er einfach so brillant war. Er hatte es ja nicht darauf abgesehen, der verschlagenste und schlauste Adlige in unserer Geschichte zu werden.«

»Vielleicht hat Vater das von Anfang an gewußt; man muß nur einfach seine Arbeit anständig erledigen und die Nachwelt befinden lassen, was sie eben befinden möchte«, meinte Dash.

»Damit hast du ohne Zweifel recht. Nun, wir sollten uns besser zu Patrick aufmachen und in Erfahrung bringen, was der Prinz befindet.«

Dash stand auf und richtete seinen Waffenrock. »Glaubst du, er wird dich zum Herzog von Krondor ernennen? Weil du der älteste Sohn bist und so?«

Jimmy lachte. »Wohl kaum. In diesem Amt werden er und auch der König jemanden sehen wollen, der mehr Erfahrung besitzt.«

Dash öffnete die Tür. »Du bist nur zwei Jahre jünger als Patrick.«

»Und genau aus diesem Grund wird Borric sich einen älteren und weiseren Mann in diesem Amt wünschen«, entgegnete Jimmy und trat hinaus. »Wäre Vater der Herzog von Crydee oder Yabon gewesen, hätte ich den Titel ohne Frage geerbt, allerdings hätte man mir mit dem ersten Schiff nach Westen einen Königlichen Berater zur Seite gestellt. Aber Krondor? Nein, hier gibt es zu viel zu erledigen, und dabei können einem zu viele Fehler unterlaufen.« Während sie den Gang entlangeilten, fügte er hinzu: »Außerdem bereitet einem dieses Amt zu viele Kopfschmerzen. Was immer Patrick anbietet, es wird auf jeden Fall besser sein als der Titel des Herzogs.«

Schließlich erreichten sie den Nebeneingang der Gemächer des Prinzen. Jimmy klopfte an, und die Tür wurde geöffnet. Verglichen mit den beengten Räumlichkeiten in Finstermoor waren diese Amtszimmer geradezu weitläufig. Die Bücher und

Schriftrollen, die ihr Vater in Sicherheit hatte bringen lassen, lagen bereits wieder an ihren Plätzen in Regalen und Schränken. Malar reichte einem Amtsdiener gerade ein Bündel Schriftrollen. »Packst du hier mit an?« fragte Jimmy im Vorbeigehen.

»Man hilft, wo man kann«, erwiderte Malar und lächelte.

Sie betraten nun das Arbeitszimmer des Prinzen, und Patrick blickte auf. Neben dem Schreibtisch stand Herzog Brian von Silden. Er nickte den Brüdern zu. Beide wußten, daß Brian und ihr Vater enge Freunde gewesen waren und daß der Herzog unter allen Adligen des Reiches ihren Verlust am besten nachvollziehen konnte.

Patrick richtete sich auf seinem Stuhl auf. »Meine Herren, zunächst möchte ich Euch mein Bedauern über den Tod Eures Vaters aussprechen. Sein Verlust trifft nicht nur die Familie und die Freunde, sondern das ganze Königreich.« Nachdenklich ließ er den Blick durch den Raum schweifen. »Jeden Augenblick denke ich, er würde hereinkommen. Erst jetzt kann ich ermessen, wie sehr ich mich stets auf seinen Rat verlassen konnte.«

Patrick seufzte tief und fuhr fort: »Aber dennoch dürfen wir in unserem Tun nicht innehalten. Lord Silden wird mir als Berater zur Seite stehen, bis der König einen neuen Herzog von Krondor ernannt hat.« Nun sah er Jimmy an. »Ich kenne Euch gut genug, um zu wissen, daß Ihr nicht erwartet habt, dieses Amt zu erben.«

Jimmy schüttelte den Kopf. »In zehn Jahren vielleicht, aber nicht heute.«

Patrick nickte. »Gut, denn wir brauchen Euch außerhalb von Krondor.«

»Wo, Hoheit?«

»Ich benötige einen verläßlichen Mann, der ein Auge auf Duko wirft. Ihr scheint Euch recht gut mit ihm zu vertragen, und ich möchte jemanden zu ihm schicken, der ein wenig auf ihn aufpaßt.«

Jimmy nahm Haltung an. »Hoheit.«

»Ich habe meinem Vater eine Nachricht gesandt, Jimmy. Ich gehe davon aus, daß Euch mein Vater den Titel des Grafen von Vencar zuerkennen wird. Das ist ein hübsches kleines Anwesen, und Eurem Vater hätte es bestimmt gefallen, es in Eurer Hand zu wissen.«

Jimmy neigte den Kopf. »Ich danke Euch, Hoheit.« Vencar war der Ort, an dem er aufgewachsen war. Auch sein Vater hatte den Titel des Grafen geführt, nur war er neben dem wichtigeren des Herzogs von Krondor selten erwähnt worden. Wie so viele Anwesen auf dem eigentlichen Inselkönigreich von Rillanon war es nach Maßstäben des Festlandes winzig. Es umfaßte hundert Morgen Land, darunter einen Bach, Wiesen und Weiden. Schon vor Jahrhunderten, als sich Rillanon auf das Festland ausdehnte, hatten die Pächter aufgehört, das Anwesen zu bewirtschaften. Trotz der geringen Größe gehörte es zu den schönsten Gütern im Königreich. Ihr Großvater hatte dafür gesorgt, daß es in den Besitz ihres Vaters gelangte, nachdem der alte Graf von Vencar ohne Erben gestorben war. Jimmy und seine Schwester waren zwar im Palast geboren, doch bereits als Säuglinge auf das Anwesen umgezogen. Dash hatte dort das Licht der Welt erblickt. Es war ihr Zuhause.

»Solange mir mein Vater also nicht zurückschreibt, ich sei ein Narr, seid Ihr von nun an Graf James.«

»Ich danke Eurer Hoheit.«

»Und für Euch habe ich ebenfalls eine besondere Aufgabe, Dash«, wandte sich Patrick an Jimmys Bruder.

»Hoheit?«

»Hier in Krondor gibt ein ein Problem. Die Armee steht im Norden, und Dukos Söldner befinden sich im Süden. Ich habe somit lediglich die Palastwache. In die Stadt kehrt das Leben zurück, und langsam machen sich wieder Raufbolde, Diebe und anderes Gesindel breit. Deshalb brauche ich jemanden, der die Ordnung wiederherstellt. Von allen Männern, die mir im Augenblick zur Verfügung stehen, kennt Ihr Euch mit den Gesetzen der Straße am besten aus. Daher ernenne ich Euch zum Sheriff von Krondor. Bis wir die Stadtwache und ein Wachtmeisteramt aufgebaut haben, verkörpert Ihr somit das Gesetz in der Stadt. Rekrutiert, wen immer Ihr könnt, nur bewahrt mir Recht und Ordnung in der Stadt, solange der Krieg andauert.«

»Sheriff?« fragte Dash.

»Wollt Ihr einen Einwand erheben?« erkundigte sich Patrick.

»Äh ... nein, Hoheit. Ich bin lediglich ein wenig überrascht.«

»Das Leben steckt voller Überraschungen«, erwiderte Patrick. Er zeigte auf einige Pergamente auf seinem Schreibtisch. »Die Berichte von den beiden Fronten. Die Keshianer sind vor Duko bis nach Endland zurückgewichen, aber sie plündern entlang der Ostfront in der Umgebung von Shamata. Sie werden zwar nicht zu nahe an Stardock herangelangen, was mir ebenfalls Sorge bereiten würde, aber sie setzen unseren Patrouillen zu, und die sind schon schwach genug. Im Norden hat Greylock seine Stellung gefestigt und dringt weiter vor.« Plötzlich wurde Patricks Miene sorgenvoll. »Noch etwas anderes bereitet mir Kopfzerbrechen. Die Verteidigung entlang der Küste ist schwach. Wir wissen, daß Fadawah Duko geopfert hat, weil er sich dessen Treue nicht sicher war. Jetzt scheint es, als hätte er Nordan auf gleiche Weise geopfert, doch allen Berichten zufolge gilt Nordan als sein ältester Verbündeter, als derjenige, dem er am meisten vertraut.«

»Möglicherweise hat er seine Männer nicht mehr so gut im Griff«, vermutete Jimmy.

Brian von Silden antwortete darauf. »Unserem Wissen nach war der Winter für die Invasoren sehr hart; viele sind an Verletzungen und an Hunger gestorben. Trotzdem sollen sie, wie unsere Spione herausfanden, Handel mit Queg und den Freien

Städten treiben. Angeblich haben sie genug Vorräte und sich fest in Ylith eingegraben.«

Patrick fuhr sich mit der Hand über das Gesicht. »Irgendwelche Neuigkeiten aus Yabon?«

»Keine«, sagte Herzog Brian. »Schon seit der Schlacht bei Sarth nicht mehr. An den Piraten von Queg vorbei erreicht kein Schiff die Freien Städte. All unsere Schiffe von der Fernen Küste haben wir gebraucht, um den Angriff zu unterstützen. Wenn wir Nachrichten erhalten, dann nur durch Läufer, und die Chancen, daß ein Kurier die feindlichen Gebiete unbehelligt passiert, sind sehr gering. Vielleicht werden wir etwas aus Yabon hören, wenn wir näher an Ylith sind, aber im Moment können wir nur beten, daß der junge Herzog in der Lage ist, LaMut und Yabon zu halten.«

Der Prinz wandte sich Jimmy und Dash zu. »Heute abend würde ich gern mit Euch speisen, und dabei werden wir Eure neuen Aufgaben besprechen. Was Euch betrifft, Jimmy, so werdet Ihr bereits morgen aufbrechen.«

»Morgen?« fragte Dash. »Patrick ... Hoheit, ich dachte, wir würden unseren Vater nach Rillanon zu seiner Bestattung begleiten.«

»Dafür bleibt leider keine Zeit. Ihr werdet Euch heute abend nach dem Essen von ihm verabschieden müssen. Vielleicht können wir dann eine kleine Totenfeier abhalten ... ja, das wäre sicherlich angemessen. Aber die Erfordernisse dieses Krieges erlauben keinem von uns den Luxus von persönlicher Trauer oder Freude. Ich mußte viele Adlige des Königreichs wegen der Staatshochzeit enttäuschen, und auch meine Verlobte ist keineswegs glücklich darüber, den Bund der Ehe in den Ruinen von Krondor eingehen zu müssen und nicht im Palast des Königs. Auf diese Weise müssen wir alle unsere Opfer bringen.«

»Also beim Abendessen«, verabschiedete sich Dash.

»Damit seid Ihr entlassen«, antwortete der Prinz.

Die Brüder verbeugten sich und verließen das Arbeitszimmer.

»Glaubst du das wirklich?« fragte Jimmy seinen Bruder.

»Was?«

»Dieses Gerede von ›unseren Opfern‹.«

Dash zuckte mit den Schultern. »So ist Patrick eben. Er bemerkt nie, wann er übers Ziel hinausschießt und besser den Mund halten sollte.«

Jimmy lachte, während sie um die Ecke bogen und auf ihre Gemächer zugingen. »Damit hast du sicherlich recht. Vermutlich ist das auch der Grund, weshalb er ein so schlechter Kartenspieler ist.«

»Perfekt«, lobte Nakor.

Aleta stand still, sagte jedoch: »Ich komme mir blöd vor.«

»Du siehst wundervoll aus«, erwiderte Nakor.

Die junge Frau stand auf einer Kiste, hatte ein Leinentuch um Kopf und Schultern geschlungen und trug ansonsten ihr gewohntes Kleid. Ein Bildhauer arbeitete emsig mit Ton und versuchte sie mit diesem Material nachzubilden. Er war bereits seit drei Tagen da, und jetzt trat er zurück und verkündete: »Es ist fertig.«

Nakor ging um die Figur herum, während Aleta von der Kiste stieg und näher kam, um das Werk zu begutachten. »Sehe ich wirklich so aus?« wollte sie wissen.

»Ja«, antwortete Nakor. Er setzte seine Umkreisung des Werkes fort und stellte schließlich fest: »Ja, das ist es.« Er blickte den Bildhauer an. »Wie lange wird es dauern?«

»Wie groß soll es denn werden?«

»Lebensgroß.« Er zeigte auf Aleta. »So groß wie sie.«

»Dann brauche ich einen Monat für jedes Exemplar.«

»Gut. Ein Monat ist in Ordnung.«

»Soll ich sie hierherbringen?«

»Eins wirst du mir hierherliefern, es wird draußen im Hof aufgestellt. Das andere bringst du nach Krondor.«

»Nach Krondor? Mr. Avery hat mir nichts davon gesagt, daß ich eine Statue nach Krondor verfrachten muß.«

»Willst du deine Statue etwa von Fuhrleuten befördern lassen?«

Der Bildhauer zuckte mit den Schultern. »Für mich macht das keinen Unterschied, aber natürlich wird das ein wenig teurer.«

Nakor runzelte die Stirn. »Das mußt du mit Roo aushandeln.«

Der Bildhauer nickte, wickelte das Tonmodell vorsichtig in Wachstuch und brachte es zu seinem Wagen hinaus.

Aleta fragte: »Bin ich jetzt fertig?«

»Wahrscheinlich nicht, aber wenigstens brauchst du nicht mehr zu posieren.«

»Was soll das alles überhaupt?« erkundigte sie sich und faltete das Tuch zusammen, das sie getragen hatte. »Ich bin mir bei diesem Posieren richtig dumm vorgekommen.«

»Das wird die Statue einer Göttin.«

»Du hast mich für die Statue einer Göttin benutzt!« Der Gedanke entsetzte sie. »Das ist ...«

Nakor wirkte verwirrt. »Ich verstehe es selbst nicht recht. Aber es war die richtige Wahl.«

Bruder Dominic hatte die Vorgänge aus einer Ecke des Raums verfolgt und meldete sich jetzt zu Wort: »Kind, vertraue mir, dieser seltsame Mann weiß Dinge, die er selbst nicht begreift. Aber wenn er etwas weiß, dann ist es auch richtig.«

Die junge Frau erweckte den Eindruck, als stifte diese Erklärung bei ihr nur noch mehr Verwirrung. Dominic fügte hinzu: »Da Nakor sagt, du seist das richtige Modell für die Statue einer Göttin, hat er bestimmt recht. Vertraue mir. Das ist keine Gotteslästerung.«

Diese Worte schienen das Mädchen schon eher zu trösten. »Also, ich muß mich um die Wäsche kümmern.«

Sie ging davon, und Dominic trat zu Nakor. »Was siehst du denn in diesem Mädchen?«

Nakor zuckte mit den Schultern. »Etwas Wunderbares.«

»Würdest du mir das bitte etwas näher erklären?«

»Nein«, entgegnete Nakor. »Begleitest du mich nach Krondor?«

»Mein Tempel daheim hat mir aufgetragen, deine Pläne nach besten Möglichkeiten zu unterstützen. Wenn das bedeutet, dich nach Krondor zu begleiten, so werde ich es tun.«

»Schön«, freute sich Nakor. »Hier bin ich durchaus abkömmlich. Sho Pi kann sich um die Speisung der Hungrigen kümmern und die Kinder unterrichten. Er hat bereits damit begonnen, unsere Jünger zu richtigen Mönchen zu erziehen; der Orden der Dala ist ein gutes Beispiel, und so können wir jene, die es nur auf eine warme Mahlzeit abgesehen haben, von denen trennen, die wirklich an unserem Glauben teilhaben wollen.«

»Wann brechen wir auf?« fragte Dominic.

Erneut zuckte Nakor mit den Schultern. »In ein oder zwei Tagen. Die letzten Abteilungen der Armee werden dann nach Krondor aufbrechen, und wir können uns ihnen als Nachhut anschließen.«

»Sehr gut«, sagte Dominic. »Ich werde mich bereithalten.«

Während der Mönch aufbrach, drehte sich Nakor um und beobachtete Aleta, die im Hof Wäsche aufhängte. Sie stellte sich gerade auf die Zehenspitzen, um eine Klammer festzumachen; da legte das Sonnenlicht für einen Augenblick einen goldenen Heiligenschein um ihren Kopf. Nakor grinste in sich hinein. »Etwas sehr Wunderbares.«

Das Essen verlief still. Den ganzen Abend über hatte man sich nur gedämpft und stockend unterhalten und dann meist nur über diese oder jene Angelegenheit der Krone oder über Erinnerungen an Lord Arutha. Zwischendurch herrschte immer wieder lange Zeit Schweigen.

Nachdem der letzte Gang vorüber war, erschienen Diener mit Brandykaraffen und Kristallkelchen. Patrick ergriff das Wort. »Da es den Söhnen von Lord Arutha leider nicht gestattet werden darf, ihren Vater in die Hauptstadt zur Beerdigung zu begleiten, hielt ich es für angemessen, ihn mit einer informellen Totenfeier zu ehren. – Lord Brian?«

»Seit unserer Kindheit«, sagte der Herzog von Silden, »waren Arutha und ich Freunde. Wenn ich die Eigenschaft benennen sollte, die ich an ihm am meisten bewunderte, so ist dies seine unvergleichliche Klarheit im Denken. Wann immer und zu welchem Gegenstand auch er seine Meinung abgab, stets handelte es sich um die Schlußfolgerungen eines scharfen Verstandes. Vielleicht war er der begabteste Mann, der mir je begegnet ist.«

Jimmy und Dash wechselten einen Blick, denn sie hatten nie darüber nachgedacht, welche Meinung andere Adlige über ihren Vater hatten.

Weitere Anwesende sprachen zum Andenken des Verstorbenen, und der letzte vor den Jungen war Hauptmann Subai. Weil er kein Mann großer Worte war, schien er sich unbehaglich zu fühlen; nichtsdestotrotz sagte er: »Möglicherweise war der Herzog der weiseste Mann, den ich je kannte. Er wußte um seine persönlichen Grenzen und fürchtete sich dennoch nicht vor dem Wagnis, sie zu überschreiten. Zudem stellte er das Wohl anderer immer über das eigene. Er liebte seine Familie. Wir alle werden ihn vermissen.«

Subai sah nun Jimmy an; dieser sagte: »Er wurde nach einem großen Mann benannt.« Jimmy deutete mit dem Kopf auf Patrick, dem die Anspielung auf seinen Großvater nicht entgangen war. »Aufgezogen wurde er von einem Mann, wie er in unserer Geschichte vielleicht einzigartig ist. Dennoch wußte er genau, wer er selbst war.« Mit einem Blick auf Patrick fuhr er fort: »Ich denke oft darüber nach, was es heißt, der Enkel von Lord James von Krondor zu sein, wahrscheinlich deshalb, weil ich seinen Namen trage. Nur zu selten habe ich mir Gedanken darüber gemacht, wie es sein muß, wenn man sein Sohn ist.« Tränen stiegen ihm in die Augen, während er schloß: »Ich wünschte nur, ich hätte ihm sagen können, wieviel er mir bedeutete.«

»Das wünschte ich auch«, übernahm Dash das Wort. »Ich habe mir niemals eingestanden, daß er eines Tages nicht mehr sein könnte. Diesen Fehler werde ich nie wieder mit einer Person begehen, die mir lieb und teuer ist.«

Der Prinz stand auf und nahm von einem Diener ein Glas entgegen. Die anderen folgten seinem Beispiel. Jimmy und Dash hoben das Glas, und der Prinz rief: »Auf Lord Arutha!«

Alle Anwesenden, Lord Silden, Hauptmann Subai und die anderen Adligen, die zu Patricks Abendessen »im kleinen Kreis« geladen worden waren, erwiderten den Trinkspruch und leerten das Glas. Daraufhin verkündete Patrick: »Das Essen ist beendet.« Er zog sich aus dem Saal zurück, und der Rest der Gäste verharrte noch eine angemessene Zeit, bevor sie aufbrachen.

James und Dash traten hinter Lord Silden und Hauptmann Subai hinaus in den Gang. Sie wünschten den anderen Männern eine gute Nacht und machten sich auf den Weg zu ihrem Quartier. Gerade verabschiedeten sie sich vor ihren Zimmern voneinander, als ein Page herbeirannte. »Meine Herren! Bitte! Der Prinz erwartet Euch sofort!«

Sie eilten hinter dem Mann her, der sie zum Arbeitszimmer führte. Drinnen stand Patrick vor seinem Schreibtisch. Hochrot vor Zorn, hielt er in der Faust einen zerknüllten Brief. Den streckte er Lord Silden entgegen, welcher ihn glattstrich und las. Der Herzog riß die Augen auf. »Bei den Göttern!« stieß er entsetzt hervor. »LaMut ist gefallen.«

Patrick erklärte: »Ein Soldat konnte entkommen und hat sich bis nach Loriel durchgeschlagen, während ihm die halbe Armee von Fadawah auf den Fersen war. Er starb, nachdem er die Nachricht überbracht hatte. Schnelle Kuriere haben sie über Finstermoor weitergeleitet. LaMut befindet sich bereits seit drei Wochen in der Hand des Feindes.« Patricks Stimme klang verbittert. »Wir haben uns selbst gratuliert, wie leicht wir Sarth eingenommen haben, und dabei war alles nur ein schmutziger Handel. Er hat uns eine Fischerstadt überlassen, einen unwichtigen Hafen, und im Gegenzug hat er sich dafür das Herz von Yabon geholt! Die Bedrohung ist für die Stadt Yabon nun noch größer geworden, sie steht am Rande des Abgrunds, und wir sind unserem Ziel, Ylith zurückzuerobern, keinen Schritt näher gekommen!«

»Was ist mit Loriel?« fragte Jimmy.

»Die Stadt hält stand«, sagte Patrick, »aber wir wissen nicht, wie lange. Fadawah hat seine Truppen vor den Mauern massiert, und dieser Nachricht zufolge finden erbitterte Kämpfe statt. Inzwischen könnte Loriel auch schon gefallen sein. Und der Brief erwähnt zudem eine schwarze Magie, die auf die Verteidiger gerichtet wird.«

Jimmy und Dash wechselten einen Blick. Wenn man den Berichten über die Feldzüge des vergangenen Jahres Glauben schenkte, waren alle pantathianischen Schlangenpriester ausgelöscht, aber diese Beurteilung der Lage mochte voreilig gewesen sein. Und was war, wenn es sich um Menschen handelte, die die Magie ausübten?

»Wir müssen meinen Urgroßvater davon in Kenntnis setzen«, warf Jimmy ein.

»Den Magier?« fragte Patrick. »Wo steckt er denn?«

»Er sollte eigentlich noch immer in Elvandar sein, wenn alles so verlaufen ist wie geplant. In ungefähr einem Monat wollte er nach Stardock zurückkehren.«

»Hauptmann Subai, könnt Ihr einen Boten nach Yabon senden?« fragte Patrick.

»Das ist schwierig, Hoheit. Möglicherweise könnten wir einen durch das Gebiet nördlich von Loriel schicken. Vielleicht schafft er es bis zu den Bewohnern der Berge von Yabon. Von dort aus könnte jemand nach Elvandar weiterreiten.«

Patrick sagte: »Subai, Ihr brecht beim ersten Tageslicht nach Finstermoor auf. Nehmt Euch alle Unterstützung, die Ihr braucht, und zieht nach Norden. Ich kann sonst niemanden für diese Aufgabe erübrigen. Greylock und von Finstermoor werden weiter vordringen, bis sie die feindlichen Positionen südlich von Ylith erreicht haben. Jimmy, Ihr werdet nach Süden zu Duko reiten und ihn davon unterrichten, womit wir es zu tun haben. Krondor ist jetzt wie eine leere Hülse und sehr verwundbar. Wir müssen nach außen hin um so stärker wirken. Dash, Ihr müßt in dieser Stadt um alles in der Welt Ruhe und Ordnung bewahren. Und jetzt, Lord Silden, bleibt bei mir und helft mir, die Befehle auszuarbeiten. Meine Herren, der Rest von Euch ist entlassen.«

Vor dem Arbeitszimmer des Prinzen wandte sich Jimmy an Subai: »Hauptmann Subai, wenn ich Euch eine kurze Nachricht an meinen Urgroßvater anvertraue, würdet Ihr sie bitte dem Kurier mitgeben?«

»Natürlich«, antwortete der Hauptmann. »Ich denke doch, wir werden uns morgen früh am Stadttor treffen. Gebt sie mir dann. Und ich habe ebenfalls etwas für Euch. Bis dann, gute Nacht.«

Jimmy und Dash erwiderten den Gruß, und Jimmy sagte: »Na, also, Sheriff, dann wollen wir mal einen Brief an den Urgroßvater verfassen.«

»Sheriff?« Seufzend folgte Dash seinem Bruder.

Bis zum Sonnenaufgang würde es noch Stunden dauern, und der Horizont im Osten lichtete sich erst ein wenig; Dash stand neben seinem Bruder, der bereits im Sattel saß. Auf einem weiteren Pferd wartete Malar Enares, der Diener aus dem Tal der Träume, der irgendwie von Jimmys Reise erfahren hatte. Er hatte dem frischgebackenen Grafen nach zähem Feilschen die Erlaubnis abgerungen, mit nach Süden ziehen zu dürfen, indem er vortrug, es gebe zwar viel Arbeit in Krondor, aber nur schlechte Bezahlung, und die Geschäfte seines früheren Herrn würden vielleicht noch weitergeführt. Da der Mann meistens keinen Schaden anrichtete und außerdem oft nützlich war, stimmte Jimmy zu.

Hauptmann Subai erschien mit einer Abteilung seiner Späher und überreichte Jimmy ein in Leinwand geschlagenes Bündel. »Das ist das Schwert Eures Vaters, Jimmy. Ich habe es an mich genommen, bevor man seine Leiche auf die Rückkehr nach Krondor vorbereitete. Da Ihr der älteste Sohn seid, steht es Euch zu.«

Jimmy nahm das Bündel entgegen und öffnete es. Der Griff war abgenutzt und die Scheide mit Kerben und Kratzern übersät. Die Klinge hingegen war makellos. Er zog sie heraus und betrachtete die feinen Umrisse kleiner Kriegshämmer, die in das Schwert eingraviert waren. An dieser Stelle, das wußte er, hatte Macros der Schwarze die Klinge mit einem Talisman des Abtes der Abtei von Sarth mit Kraft versehen, als Prinz Arutha sich Murmandamus, dem Anführer der Moredhel, hatte stellen müssen. Das Schwert hatte seit dem Tod des Prinzen im Arbeitszimmer des Herzogs gehangen, und James hatte es an seinen Sohn weitergegeben. Jetzt hielt Jimmy es in Händen.

»Ich weiß nicht«, sagte er, »steht es nicht eigentlich eher dem Prinzen oder dem König zu?«

Subai schüttelte den Kopf. »Nein, wenn Prinz Arutha gewünscht hätte, der König solle das Schwert erhalten, dann befände es sich nicht mehr hier. Er hat es aus einem bestimmten Grund in Krondor gelassen.«

Jimmy betrachtete die Waffe ehrfürchtig, dann schnallte er seinen Gürtel auf und reichte sein Schwert Dash. Daraufhin band er sich den Schwertgurt seines Vaters um. »Danke.«

Dash ritt neben Hauptmann Subai. »Würdet Ihr dem Kurier bitte diese Nachricht für unseren Großvater nach Elvandar mitgeben?«

Subai nahm den Brief und schob ihn in seinen Waffenrock. »Dieser Kurier bin ich. Ich werde die Späher persönlich nach Yabon und schließlich nach Elvandar führen.«

»Danke«, sagte Dash.

»Falls wir uns nicht wiedersehen, junger Jimmy ... Es war mir eine Ehre«, verabschiedete sich Subai.

»Sichere Reise, Hauptmann«, antwortete Jimmy.

Die Späher ritten zum Tor hinaus und zogen in einem lockeren Trab gen Osten.

Dash streckte seinem Bruder die Hand entgegen. »Auch für dich eine sichere Reise, großer Bruder. Ich weiß nicht, wie lange wir uns nicht sehen werden, aber ich werde dich gewiß vermissen.«

Jimmy nickte. »Die Briefe für Mutter und den Rest der Familie befinden sich in dem Beutel, der nach Rillanon gehen soll. Wenn ich weiß, wo ich landen werde, schicke ich dir eine Nachricht.«

Dash winkte seinem Bruder hinterher, während der mit seinem Begleiter durchs Tor ritt; dann drehte er sich um und eilte zurück in die Burg. In einer Stunde hatte er eine Besprechung mit dem Prinzen, Lord Brian und anderen Adligen. Danach mußte er sich langsam der Aufgabe widmen, Gesetz und Ordnung in der Stadt herzustellen, während Jimmy nach Port Vykor im Süden ritt.

Zwei

Verrat

Jimmy hielt an.

Die Eskorte hinter ihm kam zum Stehen. Der Hauptmann der Kompanie von Patricks Leibwache sagte: »Bis hierher sollten wir Euch begleiten, mein Lord.« Er blickte sich um. »Sollen diese ...«

»Hauptmann?«

»Ich wollte keinen mangelnden Respekt vor Lord Duko ausdrücken, mein Lord, aber schließlich haben wir ihn und diese Hundesöhne, die er Soldaten nennt, noch letztes Jahr bekämpft. Und überhaupt: Wo sind sie?«

»Vielleicht sind sie in Schwierigkeiten geraten.«

»Möglich, mein Lord.«

Sie befanden sich an einer Gabelung der Straße, der abgesprochen Südgrenze des Bereichs der krondorischen Patrouillen – alles, was südlich davon lag, fiel in Dukos Verantwortlichkeit. Der südwestliche Abzweig führte nach Port Vykor, der andere zur Shandonbucht und weiter nach Endland.

»Uns wird schon nichts passieren«, versprach Jimmy. »Den halben Weg nach Port Vykor haben wir ja schon hinter uns, und bestimmt stoßen wir bald auf Lord Dukos Patrouille. Wenn nicht heute, dann sicherlich morgen.«

»Dennoch würde ich mich besser fühlen, wenn Ihr hier wartet, bis sie auftaucht, mein Lord. Wir können Euch durchaus einen halben Tag Gesellschaft leisten.«

»Danke, nein, Hauptmann. Je eher ich in Port Vykor eintreffe, desto früher kann ich mich um die Angelegenheiten des

Prinzen kümmern. Wir werden bei Sonnenuntergang unser Lager aufschlagen. Falls Dukos Männer sich auch morgen nicht zeigen, finden wir den Weg nach Port Vykor allein.«

»Sehr wohl, mein Lord. Mögen die Götter über Euch wachen.«

»Über Euch auch, Hauptmann.«

Die Gesellschaft teilte sich, und während die krondorische Patrouille nach Norden aufbrach, schlugen Jimmy und Malar die südwestliche Richtung ein. Sie zogen durch ein stilles Land voller Büsche und Sträucher, das einst vielleicht von Bauern beackert worden war, die unter dem Stiefel des Eroberers zu oft gelitten hatten. Keshianische Truppen auf dem Weg ins Königreich, die Soldaten des Königreichs unterwegs nach Kesh. Dadurch hatten sich diese gewellten Hügel und die kargen Wälder in den letzten hundert Jahren in ein Niemandsland verwandelt. Im Tal der Träume brachte der fruchtbare Boden die Bauern und ihre Familien dazu, die ständige Kriegsdrohung zwischen den beiden Nationen zu erdulden. Das Land, durch das Jimmy und Malar nun ritten, bot solchen Reichtum nicht. Auf fünfzig Meilen Entfernung in jede Richtung konnten sie leicht die beiden einzigen Menschen sein.

Die Sonne senkte sich dem westlichen Horizont zu, als Malar fragte: »Was sollen wir nun tun, mein Herr?«

Jimmy blickte sich um und zeigte auf eine kleine Senke bei einem Bach mit klarem Wasser. »Dort werden wir heute nacht lagern. Morgen setzen wir den Weg nach Port Vykor fort.«

Malar sattelte die Pferde ab und striegelte sie. Neben all seinen anderen Fähigkeiten war er zudem noch ein brauchbarer Stallbursche. »Du fütterst die Pferde, und ich suche Feuerholz«, schlug Jimmy vor.

»Ja, mein Lord«, antwortete Malar.

Jimmy fand um das Lager herum genug kleine Äste und Zweige, um ein anständiges Feuer in Gang zu bringen.

Als es brannte, begann Malar, ein akzeptables Mahl zuzubereiten: aufgebackenes Brot, dazu eine Mischung aus getrocknetem Rindfleisch, feingehacktem Gemüse und Reis, den er mit Kräutern sehr schmackhaft würzte. Außerdem holte er eine Keramikflasche mit Wein aus Finstermoor hervor. Ja, sogar Becher hatte er dabei.

Während des Essens sagte Jimmy: »Port Vykor liegt eigentlich ein wenig abseits deines Weges. Wenn du das Risiko auf dich laden willst, kannst du das Pferd nehmen und nach Osten reiten. Hier sind wir weit nördlich der Grenze, und das Tal der Träume solltest du sicher erreichen.«

Malar zuckte mit den Schultern. »Ins Tal der Träume komme ich schon noch, mein Herr. Mein früherer Arbeitgeber ist höchstwahrscheinlich tot, aber vielleicht hält seine Familie das Geschäft weiter am Leben und hat Verwendung für mich. Aber lieber würde ich noch ein wenig in Eurer Gesellschaft bleiben – auf der Straße fühle ich mich in Gegenwart Eurer grimmigen Klinge behaglicher als allein.«

»Im Winter hast du dich doch auch durch die Wildnis geschlagen.«

»Weil es sein mußte, nicht, weil ich es so wollte. Und die meiste Zeit habe ich mich mit ausgehungertem Magen irgendwo versteckt.«

Jimmy nickte. Er aß weiter und nippte an seinem Wein. »Ist der schlecht?« fragte er.

Malar probierte seinen eigenen. »Meiner Meinung nach nicht, junger Herr.«

Jimmy zuckte mit den Schultern. »Schmeckt eigentümlich für diesen Wein. Irgendwie metallisch.«

Malar nahm erneut einen Schluck. »Fällt mir nicht auf, junger Herr. Möglicherweise habt Ihr nur den Nachgeschmack vom Essen im Mund. Beim nächsten Glas wird es schon ganz anders aussehen.«

Jimmy nippte abermals und schluckte. »Nein, der ist ganz bestimmt schlecht.« Er stellte den Becher zur Seite. »Ich glaube, ein wenig Wasser würde mir guttun.« Malar wollte aufstehen, doch Jimmy hielt ihn zurück. »Ich hole es mir selbst.« Er ging auf den Bach zu und fühlte sich plötzlich arg benebelt. Er drehte sich um und schaute zu den Pferden hinüber. Die Tiere schienen zu schwanken, und dann war ihm, als fiele er in ein Loch, denn nun war er unversehens dem Boden wesentlich näher als zuvor. Er blickte nach unten, stellte fest, daß er kniete, und während er versuchte, sich zu erheben, verschwamm die Welt vor seinen Augen. Er landete hart auf der Erde und wälzte sich auf den Rücken. Das Gesicht von Malar Enares schob sich in sein Blickfeld, und wie aus großer Distanz hörte er den Diener sagen: »Ich fürchte, der Wein war doch schlecht, junger Lord James.«

Der Mann verschwand, und Jimmy versuchte ihm zu folgen. Er wälzte sich herum, legte den Kopf auf den Arm und beobachtete Malar, der sich auf Jimmys Pferd schwang und die Tasche mit den Nachrichten für Herzog Duko öffnete. Mehrere sah er sich kurz an, nickte, und steckte sie zurück.

Jimmys Beine wurden kalt, und Panik durchfuhr ihn. Sein Verstand trübte sich, und er konnte sich nicht mehr recht erinnern, was er hier eigentlich tat. Die Kehle schnürte sich ihm zusammen, und er atmete keuchend. Mit der Linken, die sich anfühlte, als trüge er einen dicken Handschuh, versuchte er, seinen Mund aufzudrücken. Plötzlich würgte er an seinen eigenen Fingern, und Erbrochenes rann ihm aus Mund und Nase. Er schnappte nach Luft, hustete, spuckte und stöhnte laut. Schmerz wallte durch seinen Körper, während sich ihm der Magen abermals umdrehte.

Aus weiter Ferne drang Malars Stimme zu ihm. »Wie schade, daß ein so stattlicher junger Lord ein so abscheuliches, unwürdiges Ende findet, aber solche Opfer muß man im Namen des Krieges nun einmal erbringen.«

Irgendwo in der Abenddämmerung hörte Jimmy den Hufschlag eines Pferdes, dann schüttelte ihn der nächste Krampf, und die Welt verdunkelte sich vor seinen Augen.

Dash betrachtete die Gesichter der Männer, die er rekrutiert hatte. Manche waren früher Soldaten gewesen, grauhaarige Kerle, die sich noch recht gut erinnerten, auf welche Weise man ein Schwert handhabte. Andere gehörten zu den harten Burschen der Straße, die mit gleicher Wahrscheinlichkeit, mit der sie für Ordnung sorgen würden, auch eine Wirtshausschlägerei anzettelten. Einige hatten als Söldner gedient und suchten nun eine feste Arbeit. Insgesamt mußten die Männer auf jeden Fall Bürger des Königreichs sein und durften sich zudem nie eines Verbrechens schuldig gemacht haben.

»Gegenwärtig herrscht Kriegsrecht in Krondor, was bedeutet, daß jede Verletzung der Gesetze mit dem Galgen bestraft werden kann.«

Die Männer blickten einander an, einige nickten.

»Vom heutigen Tag an wird sich das ändern«, fuhr Dash fort. »Ihr seid die erste Einheit der neuen Stadtwache. Über die Einzelheiten wird man euch nach und nach unterrichten, doch unglücklicherweise mangelt es uns im Augenblick an Zeit, euch auszubilden, bevor ihr zum Einsatz kommt. Daher möchte ich euch ein paar Dinge klarmachen.« Er hielt eine rote Armbinde hoch, auf welche die Abbildung eines Waffenrocks gestickt war, die ungefähr der Uniform des Prinzen entsprach. »Solange ihr im Dienst seid, tragt ihr diese Armbinde. Dadurch weist ihr euch als Männer des Prinzen aus. Wenn ihr jemandem den Schädel einschlagt, während ihr sie tragt, stellt ihr die Ordnung her; schlagt ihr jemandem den Schädel ohne sie ein, werdet ihr zu den anderen Halunken hinter Gitter geworfen. Verstanden?«

Die Männer nickten, und manche grunzten zustimmend.

»Ich werde es euch in ganz einfachen Worten erklären. Diese Armbinde verleiht euch nicht das Recht, Prügeleien vom Zaun zu brechen, alte Feindschaften auszutragen oder die Frauen in der Stadt zu belästigen. Jeden Mann, der ein Verbrechen – Körperverletzung, Vergewaltigung oder Diebstahl – begangen hat, während er diese Armbinde trug, und für schuldig befunden wird, hängen wir auf. Verstanden?«

Einen Moment lang schwiegen die Männer, nur einige nickten. »Verstanden?« wiederholte Dash, und nun taten die Versammelten etwas lautstärker kund, daß sie begriffen hatten.

»Also. Bis wir genug Männer für die Stadtwache rekrutiert haben, tretet ihr in zwei Schichten an, ein halber Tag Dienst, ein halber Tag frei. Jeden fünften Tag arbeitet die eine Hälfte von euch durch, während die andere vierundzwanzig Stunden frei hat. Wenn ihr Männer kennt, die alt genug sind, um Waffen zu tragen, und denen man vertrauen kann, schickt sie zu mir.«

Mit einer Handbewegung teilte er die vierzig neuen Stadtwachen vor sich in zwei Hälften. »Ihr«, sagte er zu denen auf der rechten Seite, »seid die Tageswache. Ihr« – er wandte sich an die linken – »seid die Nachtwache. Bringt mir noch zwanzig gute Männer, und wir richten eine dritte Schicht ein.«

Erneutes Nicken war die Antwort.

»Also. Das Hauptquartier ist im Palast, bis wir das Stadtgericht und das Gefängnis wiederaufgebaut haben. Der Kerker hier ist der einzige, den wir zur Zeit haben. Dort gibt es nicht viel Platz, daher schleppt nicht jeden Betrunkenen und jeden Raufbold an. Wenn ihr einen handfesten Streit schlichten müßt, schickt die Beteiligten mit einem kräftigen Tritt in den Hintern nach Hause; aber sollte es notwendig sein, sie einzusperren, dann ziert euch nicht. Ich nehme an, jeder, der dumm genug ist, sich mit einer Warnung nicht zufriedenzugeben, sollte sich mit dem Richter unterhalten.

Wir werden die Ausgangssperre am Alten Stadtmarkt aufheben; dort treiben die Bürger Handel, während der Rest der Stadt aufgebaut wird, und es wird sicherlich bald die ersten handfesten Streitigkeiten geben. Ich möchte Tumulte auf einen Ort in der Stadt beschränkt wissen. Deshalb werdet ihr verbreiten, daß der Markt von Sonnenaufgang bis Mitternacht geöffnet ist. Für den Rest der Stadt gilt weiterhin die Ausgangssperre, solange die entsprechende Person nicht auf dem Weg zum Markt oder von dort nach Hause ist. Und der Betreffende sollte besser Waren oder Gold vorweisen können.

Wenn ihr in Schwierigkeiten geratet, müßt ihr damit selbst fertig werden. Wir haben nicht genug Leute, um einen von euch rauszuhauen, wenn ihm eine Sache über den Kopf wächst.« Er blickte in die Gesichter der Männer, die er nun kommandierte. »Wenn man euch umbringt, wird man euch rächen. Das verspreche ich euch.«

Einer der neuen Wachtmeister rief in den Raum: »Das ist aber tröstlich«, und die anderen lachten.

»Ich führe die erste Schicht jetzt persönlich zum Markt. Die Nachtschicht übernimmt nach Sonnenuntergang. Wen ihr dann noch außerhalb des Marktes auf der Straße erwischt, bringt ihr zum Verhör hierher. Falls euch jemand fragt, so vertretet ihr das Gesetz des Prinzen. Laßt alle wissen, daß die Ordnung nach Krondor zurückkehrt. Und jetzt los.«

Die zwanzig Mann der Tagschicht erhoben sich und folgten Dash nach draußen. Er führte sie über den langen Hof des Palastes zur neu errichteten Zugbrücke über den ausgetrockneten Burggraben. Etliche der Wasserleitungen mußten noch repariert werden, und der Graben würde erst in einigen Wochen wieder geflutet werden. Während sie die Brücke überquerten, schärfte Dash seinen Leuten ein: »Solange nicht jemand Ärger macht und euch zwingt, ihn ins Gefängnis zu werfen, bleibt ihr ständig in Bewegung. Ihr patrouilliert überall in angemessenem Umkreis. Die Bürger sollen möglichst viele rote Armbänder sehen ... mögen sie ruhig denken, jeder von euch stehe für ein ganzes Dutzend. Falls ihr nach der Anzahl der Waffen gefragt werdet, dann wißt ihr nicht, wie viele es sind, nur eben sehr viele.«

Die Männer nickten, und während sie zum Marktplatz unterwegs waren, schickte Dash die Wachtmeister paarweise auf ihre Streife und erteilte ihnen Anweisungen über ihre neuen Pflichten für den ersten Tag. Darüber hinaus verfluchte er Patrick im stillen immer wieder, weil er ausgerechnet ihn für diese Aufgabe ausgewählt hatte.

Am Markt angekommen, hatte er nur noch vier Mann bei sich. Kurz nachdem der erste Bergfried der Burg gebaut worden war und der erste Prinz Krondor zur Hauptstadt des Westlichen Reiches des Königreichs der Inseln erklärt hatte, waren die Händler und Fischer der Umgebung hier zusammengekommen und hatten diesen Markt entstehen lassen. Über die Jahre war die Stadt gewachsen und hatte eine Größe erreicht, wo in allen Stadtteilen Geschäfte getätigt wurden. Der alte Marktplatz hatte diese Entwicklung jedoch überdauert, und er war der erste Ort im wiedererwachenden Krondor, an dem sich dessen geschäftige Seele zeigte. Männer und Frauen aller Stände vermischten sich hier: Kaufleute, Adlige, Fischer, Bauern, Händler, Huren, Bettler, Diebe und Vagabunden.

Etliche Anwesende faßten die fünf Männer scharf ins Auge, denn obwohl sich noch einige Soldaten in der Stadt aufhielten, war der Großteil mit Duko nach Süden oder mit den Armeen des Westens nach Norden gezogen. Nur die Königliche Leibwache des Prinzen war geblieben, sie hielt sich jedoch überwiegend im Palast auf.

Kurz nachdem Dash den Marktplatz betreten hatte, entdeckte er ein bekanntes Gesicht. Luis de Savona lud gerade einen Wagen ab. Dabei half ihm eine Frau, bei der es sich zu Dashs Überraschung um Roo Averys Ehefrau Karli handelte.

Der frischgebackene Sheriff wandte sich an seine neuen Stadtwachen: »Jetzt beginnt eure Patrouille, aber solange ihr nicht Zeugen eines Verbrechens werdet, schreitet ihr nicht ein, sondern beobachtet nur.«

Die Männer verteilten sich, und Dash ging hinüber zu Luis und Karli. Ein in Krondor ansässiger Händler zählte die Kisten, die Luis dessen junger Aushilfe reichte.

»Mrs. Averry! Luis! Wie geht es euch?« rief Dash.

Luis sah ihn an und lächelte. »Dash! Schön, dich zu sehen.«

»Wann seid ihr in Krondor eingetroffen?«

»Ganz früh heute morgen«, antwortete Luis.

Sie gaben sich die Hand, und Karli sagte: »Es hat mich erschüttert, die Geschichte von Eurem Vater zu hören. Ich kann mich noch genau an den Tag erinnern, an dem ich ihn als Gast in unserem Haus begrüßen durfte.« Sie blickte in die Richtung, wo früher ihr Stadthaus gestanden hatte, gegenüber von Barrets Kaffeehaus. Von beiden Gebäuden waren nur ausgebrannte Ruinen geblieben. »Er war sehr freundlich zu Roo und mir.«

»Danke«, erwiderte Dash. »Es fällt mir schon sehr schwer, aber ... Nun, Ihr habt Euren Vater ebenfalls verloren, daher wißt Ihr wohl, was ich gerade durchmache.«

Sie nickte.

Luis befummelte Dashs Armbinde. »Was ist denn das?«

»Ich bin der neue Sheriff von Krondor, und mir fällt die Aufgabe zu, den Frieden des Prinzen zu gewährleisten.«

Luis lächelte. »Du hättest lieber wieder zu Roo kommen sollen. Zwar hättest du dein edles Amt verloren, aber du würdest mit viel weniger Arbeit viel mehr Geld verdienen.«

Dash lachte. »Wahrscheinlich hast du recht, aber wie die Dinge nun einmal liegen, hat Patrick nicht genug Männer, deshalb braucht er jeden, den er kriegen kann.« Er betrachtete die Fracht. »Waren aus Finstermoor?«

»Nein«, erklärte Luis, »die Fracht aus Finstermoor haben

wir in aller Frühe abgeladen. Diese stammt von der Fernen Küste. Die Schiffe können zwar noch immer nicht in den Hafen einlaufen, aber sie ankern vor Fischstedt, und von dort holen wir die Waren mit Booten an Land.«

»Wie geht es Eurem Bruder?« erkundigte sich Karli.

»Dem geht's gut; er ist gerade mit einem Auftrag von Patrick unterwegs. Inzwischen müßte er bald Port Vykor erreicht haben.«

Luis war mit dem Abladen fertig. »Wartest du einen Moment? Dann hole ich uns schnell ein Bier.«

»Da würde ich nicht nein sagen, Luis.«

Karli zählte das Gold, das sie vom Kaufmann erhalten hatte, unter den aufmerksamen Augen von dessen Leibwache, und meinte: »Luis, wir können den jungen Dash doch nicht betrunken machen, daher sollten wir ihm vielleicht auch etwas zu essen spendieren.« Sie blickte Dash an. »Hungrig?«

»In der Tat«, antwortete Dash.

Die drei gingen zu einem Stand auf dem Markt, an dem heiße Fleischpasteten angeboten wurden. Karli kaufte drei, dann traten sie zu einem Wagen, wo Bier ausgeschenkt wurde, und Luis holte für jeden einen kalten Krug. Wie alle anderen auch blieben sie beim Essen stehen und mußten ständig den drängelnden Marktbesuchern Platz machen.

»Ich habe nur zum Teil gescherzt«, nahm Luis das Gespräch wieder auf. »Ich könnte tatsächlich jemanden wie dich gebrauchen. Die Geschäfte fangen an, wieder gut zu laufen, und ein Mann mit deinen Gaben könnte sich reich verdienen.« Er deutete mit seiner verstümmelten Hand auf sein Gegenüber, während er mit der anderen die Pastete balancierte. »Nachdem Helen und ich geheiratet haben, hat Roo mich zum stellvertretenden Geschäftsführer von Avery und Jacoby ernannt.«

»Jetzt heißt es Avery und de Savona«, warf Karli ein. »Helen hat darauf bestanden.«

Luis lächelte matt. »Meine Idee war das nicht.« Er setzte die Pastete ab und trank einen Schluck Bier. »Ich bin so beschäftigt, daß ich nicht weiß, womit ich als nächstes anfangen soll. Die Wagenbauer in Finstermoor helfen uns dabei, das alte Fuhrgeschäft wiederaufzubauen, und wir bekommen ständig neue Aufträge.«

»Was ist mit Roos anderen Geschäften?«

Luis zuckte mit den Schultern. »Ich habe nur die Aufsicht über Avery und de Savona. Der Rest gehört zum größten Teil der Bittermeer-Gesellschaft. Roo hat mir darüber nur wenig erzählt. Mir scheint es, das meiste wurde mit Krondor zusammen zerstört. Er hat zwar noch einige Anwesen im Osten, aber auf die hat er sich eine Menge Geld geliehen, um die Geschäfte in Gang zu bringen. Über einige Sachen weiß ich auch einfach nicht Bescheid.« Er sah Karli an.

»Roo hat mir fast alles erzählt, was seine Geschäfte betrifft«, sagte Karli. »Außer denen, die er mit der Krone abgewickelt hat. Ich glaube, das Königreich schuldet ihm einen Haufen Geld.«

»Ohne Zweifel«, bestätigte Dash. »Mein Großvater erhielt ein paar überaus große Darlehen von der Bittermeer-Gesellschaft.« Er blickte sich um. »Obwohl ich glaube, daß die eines Tages beglichen werden, muß das Königreich zuerst das Land wiederaufbauen, bevor es sich um Schuldentilgung bemühen kann.« Er schob den letzten Bissen seiner Pastete in den Mund. Mit einem langen Zug leerte er seinen Bierkrug. »Danke für Speis und Trank –«

Ehe er noch etwas hinzufügen konnte, hörte er aus der nächsten Standgasse einen Ruf: »Dieb!«

Sofort war Dash unterwegs und lief auf die Quelle des Tumultes zu. Er bog um die Ecke und sah einen Mann, der genau auf ihn zurannte, dabei über die Schulter beobachtete, ob ihm jemand folgte. Dash stemmte die Beine in die Erde, und als der Mann sich nach vorn umdrehte, rammte er ihm den ausgestreckten Arm vor die Brust. Wie er erwartet hatte, ging der Kerl sofort zu Boden.

Dash kniete sich hin und hatte dem Dieb das Schwert an die Kehle gesetzt, ehe der wieder recht bei Sinnen war. »Hast du es eilig?«

Der Mann wollte sich bewegen, doch ein sanfter Druck mit der Klinge genügte. »Jetzt nicht mehr«, erwiderte der Kerl und verzog das Gesicht.

Zwei von Dashs Wachtmeistern stürmten herbei, und Dash wies sie an: »Bringt ihn zum Palast.«

Während sie den Dieb auf die Beine zogen und abführten, stand Dash daneben. Dann kehrte er zu Luis und Karli zurück, die ihre Mahlzeit beendet hatten. »Ich muß mir euren Wagen ausleihen.« Er ging zu dem Fuhrwerk, stieg auf den Kutschbock und rief: »Mein Name ist Dashel Jameson! Ich bin der neue Sheriff von Krondor! Die Männer, die die gleichen roten Armbinden wie ich tragen, sind meine Wachtmeister. Sagt es an alle weiter, daß Gesetz und Ordnung wieder Einzug in Krondor halten!«

Einige Händler setzten zu einem schwachen Jubel an, doch die Mehrheit der Anwesenden wirkte gleichgültig oder gar feindselig. Dash kehrte nochmals zu Karli und Luis zurück. »Na, ich glaube, das war doch gar nicht so schlecht, oder?«

Karli lachte, und Luis meinte: »Auf diesem Marktplatz treiben sich viele herum, denen die Rückkehr von Recht und Ordnung gar nicht so lieb ist.«

»Und ich glaube, ich habe gerade einen von denen entdeckt. Entschuldigt mich.« Dash rannte in die Menge und setzte einem Jungen nach, den er beim Diebstahl eines billigen Schmuckstücks beobachtet hatte.

Karli und Luis sahen ihm hinterher, bis er zwischen den Menschen verschwunden war. »Ich habe ihn immer sehr gemocht«, sagte Karli.

»Er hat viel von seinem Großvater«, stimmte Luis zu. »Ein charmanter Halunke.«

»Nenn ihn nicht so«, sagte Karli. »Für einen Halunken ist sein Pflichtgefühl zu ausgeprägt.«

»Da muß ich mich wohl berichtigen lassen. Natürlich hast du recht.«

Karli lachte. »Helen hat dich gut im Griff, nicht wahr?«

Jetzt war es an Luis zu lachen. »Das war nicht schwer. Ich möchte sie doch schließlich nicht unglücklich machen.«

»Sie unglücklich zu machen dürfte dir aber ziemlich schwerfallen. Nun, die nächste Ladung wartet schon im Hafen. Holen wir sie ab.«

Während Luis auf den Wagen stieg, drückte sich Karli die Hand ins Kreuz und reckte sich. »Lange werde ich das nicht mehr mitmachen. Hoffentlich erledigt Roo seine Geschäfte im Norden bald und kommt zurück.«

Luis nickte zustimmend, während sie auf den Kutschbock kletterte; dann setzte er den Wagen in Richtung Hafen in Bewegung.

Lord Vasarius sah nach links. »Seid Ihr gekommen, um mich zu verhöhnen, Avery?«

»Nicht im mindesten, mein Lord Vasarius. Ich wollte vielmehr die Nachtluft genießen.«

Der unterlegene Adlige aus Queg betrachtete seinen früheren Geschäftsfreund und heutigen Gegenspieler. »Euer Kapitän war so großzügig und gewährte mir die Freiheit, die Kabine zu verlassen.«

»Das ist Eurem Rang durchaus angemessen. Wären die Positionen in diesem Spiel vertauscht, so würde ich wohl jetzt unter Deck auf der Ruderbank sitzen.«

»Das wäre Eurem Rang durchaus angemessen«, erwiderte Vasarius.

Roo lachte. »Euren Sinn für Humor habt Ihr nicht ganz verloren, wie ich sehe.«

»Das war keineswegs ein Scherz«, antwortete Vasarius trokken.

Roos Lächeln verschwand. »Es scheint, das Schicksal, das Euch blüht, ist wesentlich leichter als das, welches mich andersherum erwartet hätte.«

»Ich hätte Euch getötet«, entgegnete Vasarius.

»Ohne Zweifel.« Roo verstummte kurz und fuhr dann fort: »Mein Prinz wird Euch gewiß mit dem ersten Schiff zu den Freien Städten nach Queg zurückschicken, da er kein Interesse daran hat, Euren Kaiser weiter zu verärgern. Somit haben wir die Gelegenheit, zu einer Übereinkunft zu gelangen.«

Vasarius wandte sich Roo zu. »Übereinkunft? Zu welchem Zweck? Ihr habt gesiegt. Ich stehe vor dem Ruin. Mein letztes Kupferstück hing an diesen Schiffen und der Fracht, die wir Fadawah verkauft haben. Jetzt liegt alles auf dem Grund des Meeres, und ich kann mir kaum vorstellen, daß Ihr mir helfen wollt, es zu bergen, da Ihr es ja wart, der den Schatz versenkt hat.«

Roo zuckte mit den Schultern. »Streng genommen habt Ihr den Schatz selbst versenkt. Ich wollte ihn lediglich stehlen. Aber ganz gleich, dieser Schatz ist durch Plünderungen im Königreich zusammengetragen worden, daher habe ich kaum Mitleid mit Euch, weil Ihr dieses Vermögen verloren habt, wenn Ihr versteht, worauf ich hinauswill.«

»Wohl kaum. Aber dieses Gespräch führt sowieso nirgends hin, oder?«

»Möglicherweise doch«, erwiderte Roo.

»Wenn Ihr mir etwas vorzuschlagen habt, dann bitte.«

»Ich bin nicht für Eure Gier verantwortlich, Vasarius. Hättet Ihr nur ein wenig Vorsicht walten lassen, dann hättet Ihr Eure Flotte nicht auf ein Gerücht hin in die Straße der Finsternis geschickt.«

Vasarius lachte. »Ihr wart es, der dieses Gerücht gestreut hat.«

»Schon«, gestand Roo, »aber ein wenig Überlegung hätte Euch von diesem Plan abgebracht.«

»Euer Lord James war einfach zu schlau. Bestimmt wären mir, hätte ich die Angelegenheit überprüft, weitere Gerüchte über diesen unermeßlichen Schatz von jenseits der Endlosen See zu Ohren gekommen.«

»Das ist die eine Seite«, sagte Roo. »James hat stets alles sehr genau durchdacht. Aber darum geht es letztlich nicht. Sondern um folgendes: Ihr könnt durchaus etwas gewinnen, ebenso wie ich, wenn wir nur vor unserer Ankunft in Krondor zu einer Einigung gelangen.«

»Und worüber?«

»Über den Preis für mein Leben.«

Vasarius betrachtete Roo einen Augenblick und sagte dann: »Fahrt fort.«

»Ich wollte den Schatz nach Krondor bringen. Das Schiff selbst hätte ich Euch zurückgeschickt, denn ich möchte schließlich nicht als Pirat gelten. Aber das Gold war dem Königreich geraubt worden und sollte dem Königreich zurückgegeben werden.« Er lächelte. »Wie es aussieht, steht die Krone bei mir hoch in der Kreide, und ich vermute, einen großen Teil des Schatzes hätte ich als Tilgung für mich beanspruchen dürfen – daher war es eigentlich mein Schatz.«

»Avery, Eure Logik verblüfft mich«, sagte Vasarius.

»Danke.«

»Das sollte kein Kompliment sein. Außerdem liegt der Schatz gegenwärtig in den Tiefen des Meeres.«

»Ja, aber ich weiß, wie man drankommen könnte«, erwiderte Roo.

Vasarius kniff die Augen zusammen. »Und dazu braucht Ihr mich?«

»Nein, nicht im geringsten. Solange Ihr nicht bestimmte Magier kennt, seid Ihr für mich nicht von Nutzen. Ich werde Mitglieder der Bergergilde in Krondor anheuern. Im Moment räumen sie den Hafen auf, aber der Prinz wird mir für einen kleinen Anteil der Beute einige der Männer überlassen.«

»Warum erzählt Ihr mir das?«

»Weil ich Euch ein Angebot unterbreiten möchte. Ich werde den Schatz vom Boden des Meeres bergen. Einen Teil werde ich an die Krone abtreten, da ich die Aufräumarbeiten im Hafen aufgehalten habe. Und den Rest werde ich trotzdem bestimmt auf die Schulden anrechnen müssen, die das Königreich bei mir hat. Zudem muß ich die Gilde bezahlen. Was jedoch übrigbleibt, würde ich mit Queg teilen.«

»Im Tausch wogegen?«

»Dafür, daß Ihr mir keinen Meuchelmörder auf die Fersen hetzt, sobald Ihr wieder in der Heimat seid.«

»Das ist alles?«

»Darüber hinaus verlange ich das Gelöbnis, niemals einen Angriff auf mich oder meine Familie zu unternehmen und auch niemandem, auf den Ihr in Queg Einfluß habt, dieses zu gestatten.«

Lange Zeit hüllte sich Vasarius in Schweigen, und Roo widerstand dem Drang, etwas zu sagen.

Schließlich meinte der Adlige aus Queg: »Wenn Euch das gelingt und ich die Hälfte Eures Erlöses erhalte, so stimme ich dem zu.«

Die Nachtluft wurde kühl, und Roo schlang die Arme um seinen Körper. »Damit würde mir ein großer Stein vom Herzen fallen.«

»Sonst noch etwas?«

»Ein Ratschlag.«

»Ja?«

»Vergeßt eines nicht: Wenn dieser Krieg mit Fadawah vorüber ist, werden sich viele Gelegenheiten ergeben, Geld zu verdienen. Jedoch nicht, wenn es zwischen Queg und dem Königreich zum Krieg käme. Unter dem Eindringen der Invasoren ins Bittere Meer haben beide Länder gelitten, und nach einer weiteren solchen Auseinandersetzung wären wir ausgeblutet.«

»Einverstanden«, sagte Vasarius. »Wir wollen ebenfalls keinen Krieg.«

»Darauf will ich nicht hinaus. Selbst wenn Ihr Krieg wolltet, wäre das für beide Seiten schlecht.«

»Das müssen wir immer noch selbst entscheiden«, erwiderte der Queganer.

»Nun, da Ihr es schon nicht von meinem Standpunkt aus sehen möchtet, so überlegt Euch wenigstens folgendes: Nach dem Krieg mit Fadawah wird man am Wiederaufbau viel verdienen können, und jene, die nicht kämpfen, werden den Löwenanteil davon bekommen. Bei vielen meiner Unternehmungen werde ich vermutlich Partner brauchen.«

»Ihr habt die Unverschämtheit, mir ein geschäftliches Abkommen vorzuschlagen, nachdem ich diesen fürchterlichen Fehler bereits einmal begangen habe?«

»Nein, aber falls Ihr mir eines Tages einen solchen Vorschlag unterbreiten wollt, werde ich ihn mir anhören.«

»Das genügt mir«, fauchte Vasarius. »Ich gehe in meine Kabine.«

»Denkt wenigstens darüber nach, mein Lord«, rief Roo dem Queganer hinterher. »Viele, viele Männer müssen nach Novindus zurückgebracht werden, und es gibt nur wenige Schiffe. Die Preise, die für solche Transporte gezahlt würden, wären immens.«

Kurz hielt Vasarius inne, dann setzte er seinen Weg fort, bis er an der Treppe verschwand, die hinunter zum Hauptdeck und zu den Kabinen führte.

Roo drehte sich um, blickte in die sternenklare Nacht hinaus und betrachtete die weißen Schaumkronen auf dem Wasser. »Ich habe ihn am Haken!« flüsterte er.

Jimmy fühlte sich, als habe ihm jemand in die Rippen getreten. Jeder Atemzug schmerzte. Aus der Ferne hörte er eine Stimme: »Trinkt dies.«

Etwas Feuchtes berührte seine Lippen, und kaltes Wasser füllte seinen Mund. Reflexartig schluckte er. Plötzlich drehte sich ihm wieder der Magen um, und er spuckte das Wasser aus, während ihn kräftige Hände hielten.

Die Augen konnte er nicht öffnen. In seinen Ohren klingelte es laut, und sein Rücken tat weh, als hätte man ihn mit einer Keule bearbeitet; seine Hose stank von seinen eigenen Exkrementen. Wieder zwang man ihn zu trinken, und die Stimme sagte, diesmal nah an seinem Ohr: »Ganz langsam.«

Jimmy ließ das Wasser die Kehle hinunterrinnen, immer nur wenige Tropfen, und diesmal rebellierte sein Magen nicht. Weitere Hände packten ihn und hoben ihn hoch.

Er wurde ohnmächtig.

Einige Zeit später erwachte er und sah ein halbes Dutzend bewaffneter Männer, die ein Lager aufgeschlagen hatten. Einer von ihnen saß bei ihm: »Möchtet Ihr jetzt noch etwas trinken?«

Jimmy nickte, und der Mann holte ihm Wasser. Jimmy trank und war plötzlich sehr durstig. Er leerte den Becher ein zweites Mal, aber nach dem dritten legte der Mann den Wasserschlauch zur Seite. »Später bekommt Ihr mehr.«

»Wer seid Ihr?« fragte Jimmy. Seine Stimme klang trocken und rauh, als wäre sie die eines Fremden.

»Ich bin Hauptmann Songti. Euch kenne ich. Man nennt Euch Baron James.«

Jimmy richtete sich auf. »Jetzt heißt es Graf James. Ich habe ein neues Amt erhalten.« Er blickte sich um und sah, daß die Sonne im Osten aufging. »Wie lange war ich ohnmächtig?«

»Wir haben Euch eine Stunde nach Sonnenuntergang gefunden. Ganz in der Nähe wollten wir kampieren, und wie es meine Gewohnheit ist, ließ ich die Umgebung von einem Reiter absuchen. Der entdeckte Euer Lagerfeuer. Also ritten wir hierher und fanden Euch. Da Ihr keine Wunden aufweist, dachten wir, Ihr hättet Euch vielleicht an schlechten Lebensmitteln vergiftet.«

»Ich wurde tatsächlich vergiftet«, erklärte Jimmy, »mit Wein. Aber ich habe nur wenig davon getrunken.«

Der Hauptmann, der ein rundes Gesicht hatte und einen kurzen Bart trug, sagte: »Euer feiner Gaumen hat Euch das Leben gerettet.«

»Malar wollte mich nicht unbedingt umbringen. Leicht hätte er mir die Kehle durchschneiden können.«

»Vielleicht«, erwiderte der Hauptmann, »aber möglicherweise ist er auch geflohen, weil unsere Ankunft erwartete. Wahrscheinlich ist er nur wenige Minuten vor uns verschwunden. Er könnte uns sogar gehört haben. Ich weiß es nicht.«

James nickte und wünschte, er hätte diese Bewegung unterlassen. Sein Kopf pochte. »Mein Pferd?«

»Hier waren keine Pferde. Nur Ihr, Euer Schlafzeug, ein kleines Feuer und der leere Becher.«

Jimmy streckte die Hand aus. »Helft mir auf.«

»Ihr solltet Euch noch ausruhen.«

»Hauptmann«, befahl Jimmy, »helft mir auf.«

Der Hauptmann gehorchte, und als Jimmy stand, fragte er: »Könnt Ihr vielleicht Kleidung für mich erübrigen?«

»Leider nein«, antwortete der Hauptmann. »Wir sind nur noch drei Tage von Port Vykor entfernt und wollten eigentlich gerade dorthin zurückkehren.«

»Drei Tage …«, wiederholte Jimmy. Einen Augenblick lang schwieg er. Dann bat er: »Stützt mich bitte, während ich zum Bach gehe.«

»Dürfte ich wissen, aus welchem Grund Ihr dorthin wollt?«

»Weil ich baden möchte. Und meine Sachen waschen.«

»Das verstehe ich«, sagte der Hauptmann, »aber da wir am besten so schnell wie möglich nach Port Vykor aufbrechen, solltet Ihr Euch lieber dort erholen.«

»Ich will mich nicht erholen. Nach dem Bad habe ich eine andere Angelegenheit zu erledigen.«

»Sir?«

»Ich muß jemanden finden«, sagte Jimmy und blickte die Straße nach Südosten hinunter, »und ihn umbringen.«

Drei

Täuschung

Erik brummte.

Owen fluchte. »Wir haben uns wie Bauern auf dem Markt übertölpeln lassen.«

Subai, der von dem tagelangen, ununterbrochenen Ritt erschöpft und mit Staub bedeckt war, nickte. »Patrick hatte recht. Sie haben uns Sarth überlassen, und während sie LaMut eingenommen haben, bauten sie das da.«

»Das da«, war eine beeindruckende Reihe von Erdwällen, die sich von einem steilen Hang, den allenfalls Bergziegen erklimmen konnten, über die Straße bis zu den Klippen erstreckten, die über dem Meer aufragten. Der Wald war auf einer Länge von fast tausend Metern abgeholzt worden, und nur die niedrigen Stümpfe hatte man stehenlassen, um so einen geordneten Angriff der Kavallerie zum Stocken zu bringen. Der einzige Schwachpunkt in der Verteidigungsanlage war ein riesiges Holztor auf der Königsstraße, das sicherlich genauso groß war wie das Nordtor von Krondor.

Die ersten hundert Meter des Geländes neigten sich zu einem kleinen Bach, und von diesem Punkt aus stieg das Gelände steil an. Ein Angriff auf diese Stellung würde erhebliche Verluste nach sich ziehen, und der Einsatz einer schweren Ramme wurde schon dadurch fast unmöglich, daß man das Gerät den Berg hinaufschleppen mußte. Die Schanze war ungefähr zwei Meter hoch, und dahinter sah Erik die Sonne auf Helmen glänzen. Daher nahm er an, daß sich auf der Rückseite Rampen oder ein Wehrgang für Bogenschützen befinden mußten.

Er zählte. »Es sind mindestens ein Dutzend Katapulte.«
»Das wird ein hartes Stück Arbeit«, stöhnte Subai.
Greylock stimmte dem zu. »Wir sollen in Ruhe die Lage besprechen.«
Sie zogen sich von ihrem vorgeschobenen Posten zurück und ritten hinter die Reihen der Kompanie, die bereits auf den Angriffsbefehl wartete. Etwa hundert Meter hinter der vordersten Linie hielten sie an. Owen Greylock sagte: »Leicht wird das ganz bestimmt nicht.«
»Das denke ich auch«, erwiderte Erik, »doch bereitet mir die Frage noch mehr Sorgen, auf wie viele Stellungen wir entlang der Küste nach Questors Sicht noch stoßen werden.«
»Das sollten wir unseren Gast fragen«, schlug Owen vor. Er deutete dorthin, wo General Nordan und einige andere Hauptmänner von Fadawahs Armee bewacht wurden. Die meisten Gefangenen von Sarth befanden sich noch in der Stadt, aber die Offiziere begleiteten Greylocks Kommandoeinheit. Owen und die anderen gingen zu einem Pavillon, und er winkte den Wachen zu, sie sollten Nordan herüberbringen.
Der feindliche General trat in das Zelt, als gerade Tische und Stühle aufgestellt wurden. Greylock, Erik und der erschöpfte Subai setzten sich, Nordan jedoch mußte stehen bleiben. »So«, fragte Greylock, »wie viele solcher Verteidigungsmaßnahmen dürfen wir zwischen hier und Questors Sicht erwarten?«
Nordan zuckte mit den Schultern. »Ich weiß es nicht. Fadawah hat mich über das, was in meinem Rücken vorging, nicht auf dem laufenden gehalten.« Er blickte sich um. »Wenn, dann würde ich nicht hier stehen und mich mit Euch unterhalten, Marschall. Ich wäre dort drüben, hinter den Schanzen.«
»Er hat Euch also verkauft«, warf Erik ein.
»Solange er nicht den meisterlichen Plan verfolgt, mir einen Drachen zu schicken, der mich nach Ylith zurückträgt, hat es ganz den Anschein.«

»Duko hat berichtet, Fadawah fürchte sich vor Rivalen in seiner Armee.«

Nordan nickte. »Ich wurde nach Sarth geschickt, um Duko zu beobachten, und weniger, um eine zweite Verteidigungslinie zu bilden.« Er blickte sich um. »Darf ich Platz nehmen?«

Owen ließ einen Stuhl für ihn hereinbringen, und als Nordan sich gesetzt hatte, fuhr er fort: »Nachdem der einkalkulierte Angriff auf Krondor begonnen hätte, sollte ich hinunterreiten und die Schlacht beobachten, wieder nach Norden zurückkehren und die Entscheidung treffen, ob wir die Stadt befestigen oder uns nach Norden zurückziehen sollten. Ihr habt Krondor nicht angegriffen, daher brauchte ich mir darüber nicht den Kopf zerbrechen.«

»Lord Duko hielt es für günstiger, die Seiten zu wechseln«, sagte Subai. »Ohne seine Mithilfe hätten wir Sarth niemals so schnell einnehmen können.«

»Lord Duko.« Nordan ließ sich das Wort auf der Zunge zergehen. »Demnach ist er inzwischen ein Mann des Königreichs.«

»In der Tat. Er hat den Befehl über unsere Südgrenze«, antwortete Greylock.

»Wäre es möglich«, fragte Nordan, »eine weitere Abmachung dieser Art zu treffen?«

Owen Greylock lachte. »Duko hatte uns eine Armee und eine Stadt anzubieten. Was legt Ihr auf den Tisch?«

»Ich habe schon befürchtet, daß es darauf hinauslaufen würde«, sagte Nordan.

»Nun«, ergriff Erik das Wort, »wenn Ihr glaubt, jene auf der anderen Seite der Schanze würden sich auf Euer Wort hin ergeben, hätten wir wohl den rechten Anreiz, um Euch die Zukunft hier angenehmer zu gestalten.«

»Von Finstermoor, richtig?« erkundigte sich Nordan.

Erik nickte. »Ihr kennt mich?«

»Wir haben lange genug nach Euch gesucht, als Hauptmann

Calis und seine Blutroten Adler sich gegen uns auflehnten. Wir wußten, einer von ihnen sah aus wie ein Langlebender, und wir kannten den großen, blonden jungen Feldwebel, der wie ein Dämon focht. Die Smaragdkönigin war vielleicht eine Dienerin der Finsternis, aber sie hatte durchaus kluge Männer unter ihren Offizieren.«

Nordan wurde nachdenklich. »Kahil war einer ihrer Handlanger, dennoch gelang es ihm, Fadawahs Vertrauen zu gewinnen. Ich bin Fadawahs ältester Gefährte.« Er sah Erik an. »Ihr habt lange genug unter uns gedient, um zu wissen, daß wir es bei uns anders halten als Ihr hier. Ein Prinz ist ein Arbeitgeber, und ihm ist man nicht mehr zu Treue verpflichtet als einem Kaufmann. Für einen Söldner ist er nur ein Kaufmann mit mehr Gold.

Fadawah und ich kannten uns schon als Jungen; wir stammten aus zwei benachbarten Dörfern in den Westlanden. Bei Jamagras Eisernen Fäusten haben wir zuerst gekämpft. Jahrelang dienten wir gemeinsam, bis Fadawah seine eigene Kompanie aufbaute, und ich wurde zum Unterhauptmann. Nachdem er General wurde, war ich in der Rangfolge hinter ihm der zweite Offizier. Dann traf er diese Frau, die Smaragdkönigin, und ihr leistete er einen dunklen Eid. Ich folgte seinem Beispiel.«

Subai warf Erik einen Blick zu. Der nickte. »Wir müssen über diesen Kahil Bescheid wissen.«

»Er war einer ihrer Hauptmänner«, sagte Nordan. »Wir lernten ihn kennen, als sie Fadawah zu sich rief und ihm den Befehl über ihre Streitkräfte überließ. Ich hielt das für seltsam, denn sie hatte schließlich schon Befehlshaber für ihre Armeen, aber sie zahlte gut und schlug uns Eroberungen vor, die uns über alle Vorstellungen hinaus reich machen würden.

Kahil hatte die Gabe, sich in Städte einzuschleichen, bevor wir sie angriffen. Dort sammelte er Informationen und stiftete Zwietracht unter der Bevölkerung. Er war lange bei der Smaragdkönigin, fast so lange wie Fadawah und jene, die sie Unsterbliche nannte: Männer, die freiwillig für sie starben, um ihren Hunger zu stillen.«

»Das habt Ihr gewußt?«

»Man hört so manches. Dann versucht man, alles zu ignorieren, was einen von den anstehenden Aufgaben ablenken könnte. Ich hatte ihr einen Eid als Hauptmann geleistet, und bis ich nicht aus ihrem Dienst entlassen, gefangengenommen oder getötet worden wäre, hätte ich sie nicht verraten.«

»Verstehe«, sagte Erik.

»Erst das Chaos um Krondor herum zeigte uns, daß wir von einer dämonischen Kreatur ausgenutzt worden waren und daß die Smaragdkönigin gar nicht mehr unsere eigentliche Herrscherin war, und wir blieben uns selbst überlassen. Fadawah ist ein ehrgeiziger Mann. Kahil ebenso. Ich vermute, er war es, der Fadawah vorschlug, mir das gleiche Schicksal wie Duko zu bescheren.

Mich ließ man in dem Glauben, wir würden uns in Sarth im Hinterland befinden und hätten in der Abtei noch tausend Mann als stille Reserve verborgen. Wenn Eure Armee auf der Straße auftauchte, sollte ich losreiten und Euch von hinten angreifen, während Fadawah Euch von der Küste aus aufrollte.« Er grinste verbittert. »Die Männer habe ich niemals bekommen. Ich hätte es wissen müssen, als zum dritten Mal nur zwanzig anstelle der erwarteten zweihundert eintrafen. Statt dessen erhielt ich einen Besuch von Kahil, der die Abtei besichtigte und mir erklärte, alles würde nach Plan laufen. Insgesamt bekam ich nur vierhundert Soldaten, von denen die meisten nicht besonders viel taugten.«

Owen unterbrach ihn: »Wir werden später entscheiden, was wir mit Euch anstellen, General. Im Augenblick habe ich das Problem, daß ich nach Norden ziehen und das Herzogtum Yabon für meinen König zurückerobern muß.«

Nordan erhob sich. »Ich verstehe, Marschall. Den Umständen entsprechend werde ich abwarten, bis ich wieder das Vergnügen habe.«

Greylock bedeutete zwei Wachen, sie sollten den General zu den anderen gefangenen Offizieren zurückführen. Nachdem Nordan außer Hörweite war, sagte Owen: »Ein Punkt seines Berichts beunruhigt mich.«

»Und der wäre?« fragte Erik.

»Die Bemerkung, die er Kahil zuschrieb: ›Alles würde nach Plan laufen‹.«

»Ich bin durch die Gewölbe der Abtei nach oben gestiegen«, sagte Subai. »Dort habe ich nichts gesehen, was wir fürchten müssen.«

»Ich glaube er hat gar nicht die Abtei gemeint«, sagte Owen. »Eher einen größeren Plan, den Fadawah ausgeheckt hat.«

»Den wir zu gegebener Zeit kennenlernen werden«, seufzte Erik.

Owen richtete den Zeigefinger auf seinen alten Freund. »Genau deswegen ist mir so unbehaglich zumute.« Er gab den Dienern zu verstehen, sie sollten das Essen bringen, und diese eilten davon. Einem der jungen Offiziere, die in der Nähe standen, trug er auf: »Laßt mich wissen, wenn die Berichte der Kommandanten eingetroffen sind.«

Erik meinte: »Vielleicht könnten wir sie nachts angreifen.«

»Nachts?« fragte Subai.

Eriks Tonfall wies daraufhin, daß er seine Idee nicht um alles in der Welt verteidigen wollte, sondern zunächst lediglich spekulierte. »Wenn wir nur nahe genug an die Barrikade herankämen, bevor sie unsere Vorhut entdecken und mit den Bogenschützen und Katapulten größeren Schaden anrichten, könnten wir vielleicht eine Bresche hineinschlagen.«

Owen war skeptisch. »Ich glaube, wir müssen das auf die traditionelle Weise erledigen. Die Männer sollen das Lager herrichten und sich ausruhen. Beim ersten Licht morgen früh versammeln wir uns, marschieren hinauf und bringen uns in Stellung. Ich werde mit Erik zu ihnen reiten und sie fragen, ob sie sich ergeben, und wenn sie nein sagen, greifen wir an.«

Erik seufzte. »Ich wünschte, mir würde etwas Schlaues einfallen. Subai, seht Ihr nicht eine Möglichkeit, wie wir einige unserer Soldaten um den Berg herum hinter die Barrikade schaffen können?«

»Einige vielleicht«, antwortete der Hauptmann. »Aber gerade genug, damit sie alle umgebracht werden, wenn man sie entdeckt. Falls ich die Aufgabe mit meinen Spähern übernehmen würde, könnten wir sicherlich dort hinaufgelangen und uns in Stellung bringen, ehe sie uns bemerken.«

»Aber Ihr müßt nach Norden ziehen und Nachrichten weiterleiten«, wandte Owen ein. »Nein, meine Herren, dieses Mal müssen wir hinauflaufen und die Tür eintreten. Kümmert Euch um Eure Männer.«

Erik stand auf. »Ich werde die Aufstellung inspizieren.«

Doch Owen gebot Erik mit einer Geste, er möge bleiben, und nachdem die anderen Offiziere hinausgegangen waren, sagte er: »Kannst du ein paar Männer an den Strand unterhalb der Klippen bringen?«

»An den Strand bestimmt, aber ich weiß nicht, ob sie die Klippen hinaufklettern können«, antwortete Erik.

»Dann solltest du das besser herausbekommen, solange es noch hell ist. Wenn du einen Trupp über die Klippen und den Hügel führen kannst, ohne daß der Feind dich bemerkt, könntest du das Tor von innen aufsprengen.«

Erik dachte darüber nach. »Das Tor liegt um hundert Meter näher an den Klippen als am Berg, nicht wahr?«

»Glaubst du, du schaffst das?«

»Laß mich zuerst hinuntergehen und mir den Strand ansehen. So bald wie möglich bin ich wieder zurück.«

Er erhob sich und ging ins Lager seiner Blutroten Adler. »Jadow!« rief er. »Ich brauche einen Trupp Männer.«

Der große Leutnant und ein Feldwebel namens Hudson liefen augenblicklich herbei, und während Erik zu den Pferden eilte, folgte ihm bereits ein Dutzend weiterer Männer. Innerhalb von Minuten waren die Tiere gesattelt, und Erik formierte seinen Trupp. Er blickte sich um und staunte darüber, wie reibungslos die Armee das Lager aufgeschlagen hatte. Von Sarth aus waren sie im Eilmarsch nach Norden gezogen, und die Quartiermeister hatten Vorräte und Ausrüstung in kürzester Zeit verladen müssen. Und trotzdem lag hier nun der Hauptteil der Armeen des Westens, annähernd achtzigtausend Mann unter Waffen, und weitere zehntausend Mann waren einen Wochenmarsch hinter ihnen auf dem Weg zu Stellungen, die Owens Stab zuvor ausgewählt hatte. Logistik war für Erik noch immer eine abstrakte Sache. Er war stets mit Calis und seinen kleinen Kompanien in Novindus unterwegs gewesen oder hatte die Verteidigungsstellungen in Krondor und Finstermoor organisiert. Jetzt war er zum ersten Mal für eine so große Anzahl Männer verantwortlich, die sich auf dem Marsch befanden.

Der Staub, den Tausende von Männern, die Wagen und die Pferde auf beiden Seiten der Straße aufwirbelten, war beeindruckend. Er wußte, in seinem Schutz konnte er in aller Ruhe hinunter zu den Klippen reiten, und kein feindlicher Beobachter würde ihn bei der Inspektion des Strandes bemerken.

Eine Meile hinter den Linien fand er einen Pfad, der hinunter in eine kleine Bucht führte, und er ritt seinen Männern voraus. Der Weg wurde immer schmaler; aus diesem Grund zogen sie einzeln hintereinander her.

Sie hielten an, derweil Erik den Blick die Küste hinauf- und hinunterschweifen ließ. Schließlich wandte er sich an die Männer, die Jadow mitgenommen hatte. »Sind unter euch gute Schwimmer?«

Zwei hoben die Hand, und Erik grinste Jadow an. »O nein, Mann«, stöhnte dieser. »Ich weiß noch genau, das letzte Mal mußten wir diesen Fluß durchschwimmen, um nach Maharta zu gelangen.«

Erik sprang aus dem Sattel und begann seine Rüstung abzulegen. »Diesmal brauchen wir allerdings keine achtzig Pfund Eisen mitschleppen.« Jadow stieg ebenfalls ab, murmelte Flüche vor sich hin und schälte sich aus seinem Harnisch.

Die beiden Männer, die sich freiwillig gemeldet hatten, folgten ihrem Beispiel, und bald trugen alle vier nur noch ihre Unterwäsche. »Wir schwimmen jeweils paarweise«, erklärte Erik. »Die Strömung sieht gefährlich aus. Und hütet euch vor den Felsen.«

Er führte die Männer bis zum Ende des Strandes, wo die Klippen bis ins Meer ragten. Während er ins Wasser watete, drehte er sich um. »Es ist sicherer zu schwimmen, denke ich, als über die Felsen zu steigen, die von der Brandung bespült werden.«

Die Männer folgten ihm, und Erik ging bis zu der Stelle voraus, wo sich die Wellen brachen. Unter einer tauchte er hindurch und kam auf der anderen Seite wieder zum Vorschein. Daraufhin schwamm er seewärts, bis er die Brandung hinter sich gelassen hatte, und schlug dann einen Kurs ein, der sich parallel zum Strand zog. Das Wasser war ungeachtet der Jahreszeit kalt, und man kam nur mühsam voran; trotzdem hatte Erik seinen Partner bereits nach wenigen Minuten abgehängt. Er wartete und ließ den Mann aufschließen, bevor er weiterschwamm. Vor ihnen lag nun eine Reihe winziger Buchten, und sie hielten an und traten Wasser, damit die anderen beiden ebenfalls aufholen konnten. »Wir müssen noch etwa eine Meile schwimmen, dann können wir wieder ans Ufer.« Er zeigte auf eine Stelle der Küste. »Dort drüben scheint ein geeigneter Strand zu liegen.«

Jadow erwiderte: »Das kann ich nicht sagen; ich sehe nur Felsen und Brandung.«

»Paßt auf die Felsen auf«, mahnte Erik erneut. Mit kräftigen Zügen schwamm er weiter.

Er führte sie um eine zweite Landspitze und auf eine neue Klippe zu. Dort hielt er abermals an. »Dort! Ein Stück Strand.«

Nun hielt er auf die Brandung zu, ließ sich von einer Welle tragen und erhob sich schließlich in knietiefem Wasser. Er blickte sich um. Die anderen ritten ebenfalls auf den Wellen, obwohl Jadow dabei offensichtlich eine Menge Wasser schluckte.

Erik blickte hinauf zu den Klippen. »Ich schätze, wir sind genau zwischen unseren Truppen und den feindlichen. Während er den Blick über die Küste schweifen ließ, fügte er hinzu: »Schwer zu sagen.«

Nachdem sie alle Atem geschöpft hatten, fuhr er fort: »Kommt. Wir müssen unsere Arbeit erledigen, bevor es dunkel wird.«

Jadow stöhnte.

»Was gibt's?« fragte Erik.

»Mann, gerade ist mir eingefallen: Wir müssen ja auch wieder zurück, oder?«

Erik und die anderen lachten. »Solange du nicht hierbleiben willst.«

Während Erik loslief, schüttelte Jadow den Kopf. »Vielleicht wäre ein Leben am Strand gar nicht so schlecht. Ich könnte mir eine Hütte bauen und fischen, was?«

Erik grinste. »Das würde dir ziemlich bald langweilig werden.«

Sie eilten zum Fuß der Klippen, und von Zeit zu Zeit blickte Erik nach oben. Sie waren auf einem langen, gewundenen Strand gelandet, der sich um eine Reihe von Gezeitentümpeln und Felsen schmiegte. Erik war der festen Überzeugung, man könne sie von den feindlichen Stellungen aus nicht sehen.

Erneut schaute er nach oben und fragte: »Jadow, was hältst du davon, hier hochzuklettern?«

Jadow betrachtete die Klippe. »Nicht besonders viel.«

»Aber kann man es schaffen?«

»Möglicherweise, aber das ist eine Aufgabe für die Späher. Die sind für solche Sachen geeignet.«

»Die Späher werden die Front im Osten umkreisen und nach Norden in die Berge ziehen; Subai muß Briefe nach Yabon bringen.«

»Nun, haben wir denn sonst noch jemanden im Lager, der verrückt genug ist, hierherüber zu schwimmen und diese Felsen zu erklimmen, nur um sich dort oben auf einen anständigen Nahkampf zu freuen?«

Erik sah Jadow in die Augen und sagte dann: »Ich glaube, genau solche Verrückte habe ich.«

»Habe ich das richtig verstanden?« fragte Owen. »Ich soll sie morgen lediglich mit einigen Ausfällen belästigen?«

Erik zeigte auf die Verteidigungslinie, die sie gerade auf der Karte eingezeichnet hatten. »Wenn wir diesen Wall frontal angreifen, müssen wir bluten. Das können wir auch noch einen oder zwei Tage verschieben. Aber sollten wir es schaffen, an einer Klippe hinaufzuklettern und das Tor zu öffnen, so verkürzen wir diesen Kampf um mehrere Tage. Und wir retten vielen unserer Männer das Leben.«

»Nur, falls ihr nicht bis zum Tor kommt, werdet ihr selbst aufgerieben«, wandte Owen ein.

»Niemand hat mir je versprochen, ein Soldat würde ewig leben«, erwiderte Erik.

Owen schloß die Augen. »Das Leben war doch viel schöner, als du noch Pferde beschlagen hast und ich Ottos anderen Söhnen beibrachte, wie man ein Schwert hält.«

»Das will ich nicht bestreiten.« Erik setzte sich.

»Also, wen willst du mitnehmen?« fragte Owen. »Diese Klettertour wird gefährlich ... oder erzähle ich dir jetzt nur das, was du sowieso schon weißt.«

»Genau das tust du«, sagte Erik und lächelte. Er nahm einen Becher Wein, den ihm ein Offiziersbursche anbot. »Akee und seine Hadati sind heute morgen angekommen. Die können von allen unseren Leuten am besten klettern.«

Owen nickte zustimmend. »Ja. Und sie können auch gut mit dem Schwert umgehen, wenn ich mich recht erinnere.«

»Sehr gut.«

»Nun, eigentlich wollte ich sie mit Subai über die Berge schicken, aber wenn ich ihm alle Späher mitgebe, hat er möglicherweise größere Chancen, nach Yabon durchzukommen.«

»Ich habe die Gefallenenliste noch nicht gelesen. Wie viele Späher sind uns noch geblieben?«

»Zu wenige. Wir haben von allem zuwenig«, antwortete Owen. »In Finstermoor und am Alptraumgebirge haben wir mehr gute Männer verloren, als die Götter uns hätten antun dürfen. Jetzt führe ich den Hauptteil der Armee des Westens, und wenn wir fallen, bleibt nichts mehr.« Er seufzte. »Subai hat nur noch vierzehn Späher unter seinem Kommando.«

»Vierzehn?« Erik schüttelte bedauernd den Kopf. »Vor dem Krieg hatte er über hundert.«

»Spurenleser und Kundschafter sind selten«, erklärte Owen. »Die kann man nicht wie deine Mörderbande über Nacht ausbilden.«

Erik lächelte. »Meine Mörderbande hat sich als die beste Einheit dieser Armee erwiesen. Und wir haben schon viel zu viele Adler verloren. Ich will gar nicht darüber nachdenken.« Einen Augenblick lang erinnerte er sich an die Männer, mit denen er auf den beiden Reisen nach Novindus zusammen gedient hatte, Luis und Roo, Nakor und Sho Pi, und an jene, die in den Gefechten und bei Unfällen seitdem zu Tode gekommen waren – Billy Goodwin, der vom Pferd stürzte und sich den Hals brach, Biggo, der fromme Raufbold, Harper, der ein doppelt so guter Feldwebel wie Erik gewesen war, und all die anderen. Vor allem dachte er an einen Mann. »So sehr ich mir wünschte, Calis würde diesen Haufen an meiner Stelle führen«, sagte er zu Owen, »noch lieber wäre es mir, wenn ich Bobby de Loungville bei mir hätte. Dafür würde ich die Hälfte meines restlichen Lebens geben.«

Owen hob seinen Weinbecher. »Auf Bobby de Loungville, mein Junge.« Er trank. »Aber er wäre ohne Zweifel stolz auf dich.«

»Wenn das alles vorbei ist und wir die Invasoren zurück nach Novindus schaffen, dann möchte ich diese Eishöhle suchen und Bobby nach Hause holen.«

»Manche Männer haben verrücktere Dinge versucht, aber tot ist tot, und begraben ist begraben, Erik«, sagte Owen. »Warum ausgerechnet Bobby?«

»Weil es eben Bobby war. Ohne ihn wären die meisten von uns Adlern heute nicht mehr am Leben. Calis war unser Hauptmann, aber Bobby war unsere Seele.«

»Falls du den Prinzen dazu bringst, dich für einige Zeit von deinen Pflichten zu befreien, könntest du es versuchen. Ich werde ihn allerdings bitten, dich noch einmal zu befördern, damit mir ein wenig von meiner Last abgenommen wird.«

»Danke, aber dem würde ich mich widersetzen.«

»Warum?« fragte Owen. »Du hast eine Frau und vermutlich eines Tages Kinder, und nach einer Beförderung verdienst du mehr Geld und besitzt zudem einen höheren Rang.«

»Geld ist mir nicht so wichtig. Ich meine, ich habe genug, selbst wenn das, was ich in Roos Geschäfte investiert habe, verloren ist. Ich werde mich um Kitty und hoffentlich um unsere Kinder kümmern, aber ein Stabsoffizier will ich nicht werden.«

»Nach dem Krieg wird es nicht mehr viel Verwendung für

Hauptmänner geben, Erik«, erklärte Greylock. »Der Adel wird sich wieder in den Vordergrund drängen.«

Erik schüttelte den Kopf. »Ich weiß nicht, ob das so schlau ist. Wenn man den Spaltkrieg und diese gegenwärtige Auseinandersetzung betrachtet, so erscheint es mir notwendig, daß wir ein großes stehendes Heer haben. Auch Kesh bedrängt uns immer wieder von Süden her, und nach den großen Verlusten wird der Prinz dauerhaft mehr Männer unter Waffen haben wollen als je zuvor im Westen.«

»Du bist nicht der erste, der dafür eintritt«, sagte Owen, »aber die Politik ... die Adligen werden sich damit niemals abfinden.«

»Sie werden es tun, wenn der König es befiehlt«, erwiderte Erik. »Und eines Tages wird Patrick schließlich König sein.«

»Im Augenblick bereitet mir dieser Gedanke noch Bauchschmerzen«, scherzte Owen.

»Er wird schon irgendwann erwachsen werden«, sagte Erik.

Owen lachte. »Hör man sich den Jungen an. Du bist im gleichen Alter.«

Erik zuckte mit den Schultern. »Ich fühle mich ein wenig älter, als ich eigentlich bin.«

»Nun, das bist du auch, und zwar ganz bestimmt. Und jetzt raus mit dir. Such diese Hadati zusammen und frag sie, ob sie verrückt genug sind, dieses Unternehmen mit dir anzugehen. Es würde mich nicht wundern, wenn sie nein sagen, da die meisten von ihnen einiges im Kopf haben.«

Erik stand auf, salutierte knapp und verließ das Zelt. Nachdem er draußen war, warf Owen einen Blick auf die Karte und trug seinem Burschen auf: »Laß Hauptmann Subai holen, bitte.«

»Dort oben.« Jimmy zeigte in die Richtung, die er meinte. Er hatte sich eines der Pferde angeeignet und zwei Soldaten der

Truppe auf einem Tier zurück nach Port Vykor geschickt. Die anderen zehn begleiteten ihn auf seiner Jagd nach Malar. Der Spion, das wußte er, konnte nur ein einziges Ziel haben.

Inzwischen war sich Jimmy sicher, daß es sich bei Malar Enares um einen Spion aus Kesh handelte. Ein einfacher Dieb hätte Jimmys Waffen und Gold genommen. Malar aber hatte nur sein Pferd gestohlen, damit er ein Reservetier hatte, während er nach Kesh floh. Ausschlaggebend für Jimmys Urteil war jedoch die Tatsache, daß der Mann sich noch vor seinem Aufbruch die Befehle des Prinzen an Lord Duko angeschaut hatte.

Hauptmann Songti und die anderen Männer wirkten durch die Befehle des jungen Adligen verunsichert; nichtsdestotrotz gehorchten sie. Während sie Rast einlegten, damit sich die Pferde erholen konnten, sagte Songti: »Lord James –«

»Jimmy. Mein Großvater war Lord James.«

»Lord Jimmy«, berichtigte sich Songti.

»Einfach nur Jimmy.«

Achselzuckend sagte Songti: »Jimmy, Ihr verfolgt doch einen bestimmten Zweck und sucht gar nicht nach Spuren. Habt Ihr möglicherweise eine Ahnung, welches Ziel der Flüchtling hat?«

»Ja«, antwortete Jimmy. »Es gibt nur wenige Wege, auf denen ein Mann sicher zwischen Kesh und dem Königreich hin und her reisen kann, und hier in der Nähe gibt es nur eine einzige Kreuzung, wo er hoffen darf, auf eine Patrouille von Kesh zu treffen, bevor er auf eine der unsrigen stößt. Dort oben« – er zeigte auf eine ferne Kette niedriger Berge – »in der Hochwüste. Dort liegt der Dulsurpaß. Das ist ein sehr schmaler Abstieg, der zur Oase von Okateo führt. Bei Schmugglern ist er sehr beliebt.«

»Und bei Spionen«, vermutete Songti.

»Ja.« Jimmy nickte.

»Und wenn Ihr diesen Paß kennt, warum habt Ihr keine Soldaten dort stationiert, Sir?«

Jimmy zuckte mit den Schultern. »Weil es für uns genauso nützlich ist wie für die Keshianer, wenn er offen bleibt.«

»Ich glaube, eure Gesellschaft werde ich niemals begreifen, Sir.«

»Nun, nach dem Krieg könnt Ihr nach Novindus zurückkehren, falls Ihr das wünscht.«

»Ich bin ein Soldat«, erwiderte Songti, »und habe fast mein ganzes Leben Duko gedient. Ich würde gar nicht wissen, was ich in Novindus anfangen sollte. So geht es uns allen.«

Jimmy gab das Zeichen zum Aufbruch. »Nun, so sicher, wie die Sonne im Osten aufgeht, bauen die Leute dort unten in Novindus sicherlich schon wieder kleine Reiche auf, so wie Fadawah es hier macht.«

»Manche der jüngeren möchten vielleicht zurück«, erklärte Songti, während er in den Sattel stieg. »Aber die meisten von uns sind bereits lange bei Duko und würden lieber in Eurem Königreich bleiben.«

»Dann solltet Ihr langsam damit beginnen, es als *unser* Königreich zu betrachten.«

»Das gleiche hat mir Duko auch gesagt«, gestand Songti, während er die Patrouille voranwinkte.

Sie ritten über eine staubige Straße zwischen Tafelbergen entlang, und dem Auge bot sich überwiegend der Anblick zäher, vertrockneter Pflanzen und sonnengebleichter Felsen. Ein trockener Wind wehte, und Sand kroch in die Nase. Selbst wenn man Wasser trank, knirschte Staub zwischen den Zähnen, und der feine puderartige Sand drang überall ein.

Sie erreichten das Hochplateau eines der Berge, und Jimmy zeigte nach vorn. »Die Oase liegt dort oben.« Er zeigte auf einen weiteren Berg, der mindestens dreihundert Meter höher war. Als er sich umschaute, konnte er hinter ihnen die Tiefebene erkennen, die sich bis zur Shandonbucht erstreckte.

Nachts lagerten sie in einem großen Engpaß, wo sie vor

Wind und Sand geschützt waren. Sie saßen auf den Felsen und hatten die Sättel entweder hinter sich oder vor sich auf dem Boden abgestellt. Die Pferde waren ein Stück abseits angepflockt. Jimmy verbot jedes Feuer, denn Malar könnte nach Verfolgern Ausschau halten.

Die Chancen, den Spion einzuholen, standen recht gut, solange Malar den Weg durch diese Einöde nicht besser kannte als Jimmy. Wenn er auch seine Kindheit in Rillanon verbracht hatte, so hatte sein Großvater doch dafür gesorgt, daß er und sein Bruder jede Schwachstelle an der Grenze mit Kesh kennenlernten: Schmugglerbuchten, Ziegenpfade, Bäche oder Schluchten in den Bergen. Und Lord James' Wissen war unermeßlich gewesen, wie Jimmy sich erinnerte; er hatte seinen Enkeln jeden möglichen Weg gezeigt, auf dem Angreifer ins Königreich eindringen konnten.

Songti kaute auf seinem Rindfleisch herum. »Werden wir diesen Spion auch ganz bestimmt erwischen?«

»Wir müssen. Er hat die Befehle an Duko gestohlen und weiß zuviel über die schwache Verteidigung von Krondor. In den Befehlen wird zudem ausführlich beschrieben, wie Duko auf die Bedrohung von Endland reagieren soll.«

»Bislang sind wir nur auf wenige dieser Keshianer gestoßen. Aber sie sind entschlossene Kämpfer.«

»Die keshianischen Hundesoldaten sind nicht gerade für ihre Feigheit bekannt«, räumte Jimmy ein. »Gelegentlich trifft das zwar auf ihre Anführer zu, aber wenn Kampf bis zum letzten Mann befohlen wird, so gehorchen sie ohne Widerspruch.«

»Wenn wir diesen Mann erwischen, können wir dadurch größere Gefechte vermeiden?«

»Ja«, erwiderte Jimmy.

»Dann sollten wir ihn auf jeden Fall stellen.«

»Beim ersten Tageslicht brechen wir auf«, sagte Jimmy. Er wickelte sich in seinen Mantel. »Weck mich kurz vorher.«

Akee und seine Männer verteilten sich am Fuß der Klippe. »Wo klettern wir am besten hinauf?« fragte Erik.

Sie hatten Waffen und trockene Kleidung in Wachstücher eingeschlagen und waren die Route entlanggeschwommen, die Erik zuvor entdeckt hatte. Laut Plan mußten sie die Oberkante der Klippe im Schutz der Dunkelheit erreichen, und kurz vor der Morgendämmerung würden Subais Späher und ein weiteres Dutzend Soldaten vor dem Wall gehörigen Lärm veranstalten, der die Verteidiger glauben machen sollte, das Königreich versuche, die Barrikade auf der Bergseite zu umrunden. Rasch würden sie sich jedoch zurückziehen, und Subai und seine Pfadfinder würden in die Berge losreiten. Nachdem sie dieses Hindernis überwunden hätten, mußten sie sich entlang der Westhänge des Gebirges nach Yabon durchschlagen. Die anderen Soldaten würden unter großem Lärm und in offensichtlicher Unordnung den Angriff abbrechen.

Dieses Ablenkungsmanöver, so hoffte man, würde es Erik und den Hadati ermöglichen, sich hinter die Reihen der Verteidiger zu schleichen und das Tor zu öffnen. Falls das gelang, so hatte Greylock versprochen, brauchten sie die Stellung lediglich zwei Minuten zu halten. Er würde zwei Kompanien Kavallerie in Bereitschaft bringen, die die Entfernung in kurzer Zeit überwinden konnten, dazu hundert schwere Lanzenreiter, die sofort hinter den feindlichen Linien aufräumen würden.

Von jenseits der Klippen hörten sie, wie Greylocks Truppen, die hier und dort kleinere Geplänkel veranstaltet hatten, ins Lager zurückkehrten. Sie hatten die Verteidiger seit Mittag beschäftigt. Erik betete, daß das den Gegner davon abgehalten hatte, einen Blick über den Rand der Klippen zu werfen. Denn ansonsten würde man ihnen oben einen unangenehmen Empfang bereiten.

Akee sah hinauf. »Pashan klettert von uns allen am besten. Er geht vor und nimmt eine Leine mit. Wenn er oben ist, läßt er die Leine herunter, wir binden ein Seil daran fest, und das zieht er dann hinauf.« Verschmitzt lächelnd fügte er hinzu: »Selbst Ihr solltet es nach oben schaffen, wenn Ihr an einem Seil hängt, Hauptmann.«

»Ich fühle mich angesichts des Vertrauens, das Ihr in mich setzt, geschmeichelt«, erwiderte Erik.

Der Mann mit Namen Pashan legte seine Waffen ab, die lange Klinge, die die meisten Hadati auf dem Rücken trugen, und die kurze, die im Gürtel steckte. Er war klein, stämmig, und seine Arme und Beine wirkten außerordentlich kräftig. Nun zog er sich auch die Hirschlederstiefel aus und reichte alles einem seiner Kameraden. Er nahm die leichte Leine, die er sich um die Schulter schlang wie das Tartantuch, das die meisten Hadati trugen, wenn sie die Tracht ihres Clans anlegten. Der Rest der Leine lag hinter ihm als Knäuel im Sand. Akee hatte die Männer, die es abwickelten, zu äußerster Sorgfalt ermahnt, denn ein unerwartetes Zerren konnte Pashan leicht aus dem Gleichgewicht bringen.

Jetzt rückte dieser seinen Kilt zurecht und begann mit dem Aufstieg. Erik sah nach Westen. Die Sonne war vor einigen Minuten untergegangen, und nun beobachteten die Männer ihren tapferen Kameraden, der sich im schwindenden Licht zu einem gefährlichen Unternehmen aufmachte. Bevor er die Spitze erreichte, würde es finster sein.

Die Minuten verstrichen, und Pashan kletterte, wobei er mit Hand und Fuß stets erst jeden Halt prüfte, ehe er sein Gewicht darauf verlagerte. Wie eine Fliege an der Wand bewegte er sich langsam aufwärts und geriet dabei immer weiter nach rechts.

Erik staunte. Erst hatte der Mann fünf Meter geschafft, dann zehn, schließlich fünfzehn. Bei zwanzig Metern hatte er in etwa das erste Drittel hinter sich. Er gönnte sich keine Pause, und Erik dachte, vermutlich wäre es nicht weniger anstrengend, sich an den Felsen festzuklammern als zu klettern. Zu keiner

Zeit änderte Pashan seinen Rhythmus. Ein Schritt, Umgreifen, das Gewicht verlagern und weiter aufwärts.

Während sich die Dunkelheit herabsenkte, konnte man ihn schlechter und schlechter von den Felsen unterscheiden. Zwischendurch verlor Erik ihn aus dem Auge, bis er eine Bewegung bemerkte; nun hatte Pashan zwei Drittel des Aufstiegs bewältigt.

Wieder verschwand er in der Finsternis, und die Minuten quälten sich langsam dahin. Nun konnte man kaum mehr die Hand vor den Augen sehen – heute nacht würde bis kurz vor der Morgendämmerung keiner der Monde aufgehen –, da wurde plötzlich an der Leine gezogen.

»Bindet das Seil fest«, befahl Akee.

Das übriggebliebene Knäuel wurde abgeschnitten und an das Ende des schweren Seils gebunden. Anschließend rissen sie dreimal fest an der Leine. Pashan holte das Seil schnell hinauf.

Kurze Zeit später hüpfte es mehrmals auf und ab. Dieses Signal besagte, daß er nach einer Stelle suchte, wo er das Seil befestigen konnte. Der zweite Mann, der nach oben stieg, würde der kleinste der Abteilung sein. Er würde Pashan helfen, das Ende des Seils zu halten. Jeder weitere, der oben ankam, würde die beiden ebenfalls unterstützen.

Der nächste Kletterer band sich seine Waffe als Bündel auf den Rücken und zog sich Hand um Hand nach oben, wobei er sich mit den Füßen von den Felsen abstieß. Erik staunte, wie schnell er vorankam.

Dann war bereits der dritte an der Reihe.

Vom Lager des Feindes gellten ferne Laute durch die Nacht, aber keine Alarmrufe oder Kampflärm. Einer nach dem anderen erreichte die Einheit der fünfzig Hadati die Oberkante der Klippe, und zuletzt waren nur noch Erik und Akee unten am Strand.

»Ihr zuerst«, sagte Erik.

Akee nickte und hängte sich wortlos an das Seil.

Erik wartete ab, und schließlich ergriff auch er das Seil. Er war nie ein guter Kletterer gewesen, deshalb sollte er für den Fall, daß er abrutschte, besser der letzte sein. Wenn er schon in der Tod stürzte, wollte er nicht auch noch Akee mitreißen.

Seine Füße waren ihm keine große Hilfe, während er sich hinaufkämpfte. Er war ein kräftiger Mann, aber gleichzeitig auch recht schwer. Seine Arme brannten bald, und sein Rücken verkrampfte sich schmerzhaft, als er die Kante beinahe schon erreicht hatte. Plötzlich bewegte sich das Seil. Im ersten Augenblick durchschoß ihn Panik, dann bemerkte er, daß es nach oben gezogen wurde.

Akee streckte ihm die Hand über die Kante entgegen, packte Erik am Handgelenk und half ihm hinauf. Er flüsterte: »Da kommt jemand.«

Erik nickte, zog das Messer aus der Scheide und blickte sich um. Um sie herum standen einige Bäume, spärliche Kiefern und Espen, und soweit er erkennen konnte, war er mit Akee allein. Die anderen Hadati waren irgendwo zwischen den Bäumen verschwunden.

In der Nähe vernahm er Schritte, und ein Mann sagte in der Sprache von Novindus: »Ich höre nichts.«

»Ich dachte bestimmt, ich hätte etwas gehört; als würde hier jemand herumschleichen.«

»Aber hier ist niemand«, meldete sich die erste Stimme wieder.

Erik drückte sich an eine kleine Eiche und beobachtete durch die niedrigen Äste einer Kiefer, wie die beiden Gestalten auf der anderen Seite der Lichtung erschienen. Einer trug eine Fackel. »Das ist doch zu nichts nütze.«

»Dann bist du ja genau der richtige Mann für diese Aufgabe«, erwiderte der zweite.

»Sehr lustig.« Sie erreichten die Lichtung vor den Klippen,

und der erste meinte: »Da geht es steil runter, also wag dich nicht zu nah an die Kante.«

»Das brauchst du mir nicht zu sagen. Ich mag die Höhe nicht.«

»Wie bist du denn dann die Mauer von Krondor hochgekommen?«

»Bin ich gar nicht«, erwiderte der andere. »Ich habe gewartet, bis die Mauern gesprengt waren, und bin dann hineinspaziert.«

»Da hast du Glück gehabt«, antwortete der erste. »Hier ist aber trotzdem niemand. Was hast du dir denn überhaupt gedacht? Meinst du, die schicken Affen her, damit sie an den Klippen hochklettern? Oder irgendwelche Magier, die heraufschweben?«

»In meinem Leben habe ich schon genug Magie gesehen, das kannst du mir glauben.« Die beiden drehten sich um und machten sich auf den Weg zurück ins Lager. »Denk doch nur an diesen Dämonen und die Königin und diese Schlangenpriester! Ich würde nicht mit dem Schicksal hadern, wenn mir solche Dinge in Zukunft erspart blieben.«

»Habe ich dir mal erzählt, wie ich diese Tänzerin in Hamsa kennengelernt habe? Ich sag dir, *das* war Magie.«

»Die Geschichte hast du bereits sechs- oder siebenmal zum besten gegeben, also bitte verschon mich …«

Die Stimmen verklangen in der Nacht. Hinter Erik flüsterte jemand: »Sie glauben, der Wald wäre leer.«

»Gut«, antwortete Erik. »Dann wollen wir bis zum ersten Licht warten, bevor es losgeht. Gebt das weiter: Jeder Mann soll dort bleiben, wo er gerade ist, und vor allem außer Sicht. Wir versammeln uns eine Stunde vor Anbruch der Dämmerung.«

Ohne eine Antwort verschwand Akee in der Finsternis.

Vier

Angriffe

Jimmy zeigte auf die Männer.

»Ich sehe sie«, sagte Hauptmann Songti.

Sie erkundeten den Brunnen der Okateo-Oase, und im Schatten der Weiden lungerte eine Patrouille aus Kesh herum.

»Das sind die Kaiserlichen Grenztruppen«, flüsterte Jimmy. »Seht Ihr die langen Lanzen?«

An den Felsen, in deren Nähe die Pferde angepflockt waren, lehnten Lanzen mit Bannern. Songti meinte: »Sieht so aus, als müßte man sich schnell an sie heranmachen, damit sie einen damit nicht abstechen.«

»Genau«, antwortete Jimmy. »Wenigstens haben sie keine Bogenschützen.«

»Ist das Euer Mann?« fragte Songti und deutete auf einen Kerl, der auf der anderen Seite des Lagerfeuers saß.

»Ja«, erwiderte Jimmy. Malar hatte sich neben einem Offizier niedergelassen, der das Bündel mit Befehlen durchblätterte, das Jimmy eigentlich nach Vykor hatte bringen sollen. »Wir müssen sie alle töten, ehe sie aufbrechen.«

»Sie haben das Lager nicht besonders gut gesichert«, merkte Songti an.

»Es sind arrogante Bastarde, aber sie können es sich leisten. Diese Männer gehören zur besten leichten Kavallerie, die die Welt kennt. Die Kerle da mit dem langen Haar« – er zeigte auf sechs Männer, die ein wenig abseits lagerten – »tragen das Haar unter den Helmen, wenn sie reiten. Sie sind Ashunta aus dem tiefsten Kesh. Sie sind die besten Reiter, die es gibt.«

»Manche meiner Jungs könnten ihnen diesen Rang vielleicht streitig machen«, wandte Songti ein.

Jimmy grinste. »Die besten Reiter in Triasia?«

»Nicht, seit wir dort auftauchten«, sagte Songti. Er drehte sich um und gab ein Signal. Seine Leute waren noch auf der Straße. Vorsichtig schlichen sie näher.

»Sobald Ihr angreift«, sagte Jimmy, »wird Malar auf das nächste Pferd springen und in diese Richtung davongaloppieren.« Er zeigte auf einen Paß im Süden, der ins keshianische Grenzgebiet führte. »Ich werde auf einen der großen Felsen klettern, und sollte er tatsächlich fliehen, stürze ich mich von da oben auf ihn.«

»Ich begleite Euch. Er könnte schließlich einen Freund mitbringen«, schlug Songti vor.

»Der Freund ist gleichgültig, solange es sich bei ihm nicht um den Offizier handelt, der gerade die Dokumente liest. Vor allem die müssen wir zurückbekommen und außerdem jeden Mann töten, der sie gelesen hat.«

»Leichter wäre es, wenn wir gleich alle umbringen«, sagte Songti.

Jimmy bewunderte die Zuversicht des Mannes. Vor ihnen lag eine vollständige Patrouille von zwanzig Keshianern, und bei Jimmy befanden sich nur zehn Soldaten des Königreichs. »Ihr müßt sie überraschen«, ermahnte ihn Jimmy. Er rannte geduckt um die Felsen oberhalb der Oase herum, bis er die Position erreicht hatte, die er Songti vorher gezeigt hatte.

Dieser verständigte sich mit seinen Männern durch Handzeichen, dann gesellte er sich zu Jimmy.

Unvermittelt brach in der Oase das reinste Chaos aus, und laute Schreie gellten durch die Luft. Obwohl die Soldaten des Königreichs in der Unterzahl waren, hatten sie den Vorteil der Überraschung auf ihrer Seite. Ohne hinzusehen wußte Jimmy, daß die gegnerischen Soldaten kaum Gelegenheit erhielten, zu den Waffen zu greifen, bevor sie starben. Das Zischen von Pfeilen war ausgesprochen beruhigend, da nur Songtis Männer diese Waffen bei sich führten.

Wie er vorhergesagt hatte, hörte Jimmy einen Schrei und sah dann einen Reiter durch den Engpaß preschen. Er machte sich bereit.

Malar kam um die Biegung, saß auf dem nackten Rücken eines Pferdes, und hatte sich gerade genug Zeit genommen, dem Tier Zaumzeug anzulegen. Er trug das Bündel mit den Briefen. Als er vorbeiritt, sprang Jimmy und warf den Mann vom Pferd. Das Bündel flog in weitem Bogen davon, und Jimmy krümmte sich zusammen, rollte sich über die Schulter ab und kam vor Schmerz stöhnend wieder auf die Beine. Er hatte sich an einem Felsvorsprung gestoßen, und sein linker Arm war taub. Wie ihm sofort bewußt wurde, hatte er sich die Schulter ausgekugelt.

Ein zweiter Reiter erschien, und Songti sprang und fegte diesen Mann aus dem Sattel, wobei Jimmy dem galoppierenden Pferd nur knapp ausweichen konnte. Er drehte sich um und suchte nach Malar. Der Spion rannte seinem Pferd die Straße entlang nach.

Jimmy umklammerte das Schwert mit der Rechten, ließ die Linke schlaff baumeln und stürzte an Songti vorbei Malar hinterher. Der Hauptmann saß auf der Brust des Keshianers und würgte ihn.

Malar erreichte eine Biegung des Weges, wo Jimmy ihn aus den Augen verlor. Er rannte noch schneller, doch als er um die Ecke bog, verspürte er einen stechenden Schmerz in der Schulter.

Der Spion war auf einen Felsen geklettert und hatte Jimmy getreten, wobei er eigentlich auf den Kopf gezielt, statt dessen jedoch die Schulter getroffen hatte. Damit erzielte er dennoch die beabsichtigte Wirkung, da Jimmy vor Schmerz fast das Bewußtsein verlor. Unfreiwillig stieß der junge Graf einen Schrei aus und taumelte nach rechts.

Jimmy hatte gerade noch die Geistesgegenwart, das Schwert hochzureißen, und Malar hätte sich beinahe selbst aufgespießt, als er von dem Felsen sprang. Sofort wich der Spion einen Schritt zurück. »Nun, junger Herr, offenbar hätte ich ein stärkeres Gift verwenden sollen.«

Jimmy schüttelte den Kopf, um ihn klar zu bekommen. »Aber dann hättest du von dem Wein nichts trinken können.«

Malar grinste. »Den Widerstand aufzubauen, war eine schwierige Angelegenheit, aber über die Jahre hinweg habe ich festgestellt, daß es sich lohnt. Wie gern würde ich diese Unterhaltung fortsetzen, aber da Eure Männer vermutlich nicht mehr lange auf sich warten lassen, muß ich aufbrechen.« Er hielt nur einen Dolch in der Hand, dennoch schien er sich nicht im mindesten bedroht zu fühlen, da er kühn auf Jimmy zutrat.

Jahre der Übung, die schon begonnen hatte, als er noch auf dem Schoß seines Großvaters saß, zahlten sich nun aus, und Jimmy sprang nach rechts. Malar warf den zweiten Dolch, den er in der Linken verborgen hatte, und die Klinge prallte von den Felsen ab, vor denen der junge Graf einen Moment zuvor noch gestanden hatte. Dieser Mann hatte gewiß noch mehr Dolche am Körper versteckt, dessen war sich Jimmy sicher, und deshalb drehte er sich sofort um. Und wie erwartet stürzte Malar mit einem Dolch in jeder Hand auf ihn zu.

Jimmy ließ sich rücklings hinfallen und ertrug erneut den stechenden Schmerz in der Schulter, entkam dafür aber Malars Angriff. Der Spion näherte sich, doch Jimmy trat nach ihm und brachte ihn aus dem Gleichgewicht. Das Bein des Spions war hart wie Stein, und Jimmy bemerkte, daß ihn der schlanke Körperbau des Mannes getäuscht hatte. Hier hatte er es keineswegs mit einem hageren Schwächling zu tun. Jimmy verlor keine

Zeit, wälzte sich zur Seite und ignorierte die spitzen Steine auf dem Weg.

Er kam auf die Beine, zog sein Schwert und ließ die Klinge nach unten sausen. Beinahe hätte er den Spion erwischt. Malar kroch rückwärts davon, kletterte halb einen Felsen hinauf und warf sich, anstatt zu fliehen, abermals auf Jimmy.

Der spürte, wie eine Klinge über seine Rippen glitt, und er keuchte vor Schmerz, doch drehte er sich rechtzeitig zur Seite, damit die Spitze nicht eindringen konnte. Er krümmte sich und versetzte Malar mit dem Kopf einen kräftigen Stoß ins Gesicht. Der Spion taumelte; Blut lief ihm aus der gebrochenen Nase, und Jimmy wurde für einen Augenblick schwarz vor Augen.

Plötzlich galoppierte ein Pferd vorbei und hätte Jimmy fast umgerannt. Er verlor sein Schwert. Der blutende Spion grinste ihn wie ein wahnsinniger Wolf an, duckte sich und hielt seinen letzten Dolch in der rechten Hand. »Wenn Ihr Euch nicht bewegt, junger Herr, werde ich es kurz und schmerzlos machen.«

Er trat einen Schritt auf Jimmy zu, der den Angriff abwehrte, indem er dem Spion eine Handvoll Staub ins Gesicht warf. Malar wandte sich geblendet ab, und Jimmy packte das Handgelenk seines Gegners mit der unversehrten Rechten. Er sammelte seine ganze Kraft und versuchte Malars Handgelenk mit reiner Willenskraft zu zerquetschen. Malar schrie vor Schmerz auf, ließ aber den Dolch nicht los. Und wie er vermutet hatte, verbargen sich unter der hageren Erscheinung des Keshianers stahlharte Muskeln.

Der Spion riß die Hand zurück und stieß mit der Linken gegen Jimmys verletzte Schulter. Nun brüllte der junge Adlige vor Schmerz laut auf und ging in die Knie.

Er hätte beinahe das Bewußtsein verloren, als Malar ein zweites Mal gegen seine verletzte Schulter schlug. Der Spion entwand seine Hand Jimmys Griff. Jimmy blickte auf, während der Keshianer über ihm aufragte und zum letzten tödlichen Stoß ausholte.

Dann jedoch riß der Mann entsetzt weit die Augen auf und senkte den Blick. Der Dolch glitt ihm aus den Fingern, und seine Hand fuhr zum Rücken. Er drehte sich um, sah suchend nach hinten. Nun erst bemerkte Jimmy den Pfeil, der aus seinem Rücken ragte, und genau in diesem Moment traf den Mann ein zweiter.

Malar sackte auf die Knie, während Blut aus Mund und Nase floß, dann brach er direkt vor Jimmy zusammen.

Songti und einer seiner Männer, der mit einem Bogen bewaffnet war, eilten herbei. Jimmy setzte sich auf die Fersen, kippte nach hinten weg und landete an dem Felsen.

Der Hauptmann kniete bei ihm. »Seid Ihr verletzt?«

»Ich habe es überlebt«, krächzte Jimmy, »aber meine Schulter ist ausgekugelt.«

»Laßt mich mal sehen«, sagte Songti. Er berührte die Schulter vorsichtig, und Schmerz breitete sich in Jimmys Körper aus. »Einen Augenblick nur«, beschwichtigte ihn der Hauptmann, dann packte er mit sicherem Griff Jimmys Oberarm, umklammerte mit der anderen Hand die Schulter und drückte den Arm wieder ins Gelenk.

Jimmy biß die Zähne mit aller Macht zusammen; Tränen strömten ihm übers Gesicht, und er konnte kaum atmen, bis der Schmerz endlich ein wenig nachließ.

»Man macht es am besten gleich, bevor die Schwellung eintritt und man den Arm nicht mehr in seine richtige Stellung zurückdrücken kann. Dann braucht man nämlich einen Heiler, einen Priester oder eine große Menge Brandy. Morgen wird es Euch schon viel bessergehen.«

»Wenn Ihr meint«, erwiderte Jimmy schwach.

»Ich habe den zweiten Reiter erwischt, aber ein dritter ist mir entkommen.«

»Der hätte mich fast niedergeritten«, sagte Jimmy und ließ sich von Songti auf die Beine helfen.

»Es war der Offizier.«

Jimmy fluchte. »Sind die Briefe an Duko noch dort drüben?«

Der Bogenschütze sah sich um, entdeckte das Lederfutteral und hob es auf. »Hier.«

Jimmy winkte den Mann zu sich und reichte das Bündel anschließend dem Hauptmann. Songti zog die Dokumente heraus. »Es sind sieben Briefe.«

»Das sind alle«, stellte Jimmy fest. Er betrachtete den toten Spion. »Viel hat da nicht gefehlt.«

Songti bedeutete dem Bogenschützen mit einem Wink, er solle Jimmy stützen. »Wir müssen die Toten begraben. Falls eine andere Patrouille in der Nähe ist und am Morgen die Aasgeier sieht, schauen sie vielleicht aus reiner Neugier hier vorbei.«

Jimmy schüttelte den Kopf. »Das ist nicht wichtig. Noch vor dem ersten Morgengrauen werden wir wieder unterwegs sein. Und selbst auf die Gefahr hin, daß wir die Pferde zuschanden reiten, müssen wir so schnell wie möglich nach Port Vykor, und anschließend werde ich nach Krondor zurückkehren.«

»Nur, weil dieser Offizier entkommen ist?«

Jimmy nickte. »Ich weiß nicht, wie genau er diese Papiere gelesen oder was Malar ihm erzählt hat, aber er wird seinen Vorgesetzten berichten, Krondor werde zur Zeit lediglich von der Palastwache gehalten, und alle unsere Männer, die nicht von Kesh in Endland gebunden sind, würden im Norden gegen Fadawah kämpfen.«

»Werden diese Keshianer das ausnutzen?«

»Aber ganz gewiß«, antwortete Jimmy. »Ein rascher Überfall auf die Stadt, und sie haben Prinz Patrick in der Hand. Der König würde ihnen große Zugeständnisse machen, nur um seinen Sohn auszulösen.«

»In Novindus lagen die Dinge viel einfacher«, sagte Songti. Jimmy lachte, obwohl es ihm weh tat. »Ohne Zweifel«, stimmte er zu, stützte sich auf den Bogenschützen und hinkte zur Oase.

Erik hörte die Hadati, bevor er sie in der Dunkelheit erkennen konnte. Akee verkündete: »Bald ist es soweit.«

Die Nacht über hatten sie sich in dem Wald hinter der Barrikade versteckt, die die Straße blockierte. Zweimal waren Söldner dicht an Erik vorbeigelaufen, aber keiner von ihnen hatte sich die Mühe gemacht, den Wald an der Klippe zu durchsuchen.

Erik nickte. Der Himmel im Osten wurde bereits hell. Bald würde ihnen, wenn alles nach Plan verlief, ein Scheinangriff Deckung gewähren, während sie von hinten das Tor überfielen und öffneten. »Sehen wir uns ein wenig um«, schlug Erik vor.

Geduckt schlich er zwischen den Bäumen hindurch, bis er eine Lichtung südlich der Straße erreichte. Die Entfernung zum Tor schätzte er auf etwa hundert Meter, und er zählte ein Dutzend niedergebrannte Lagerfeuer zwischen seiner gegenwärtigen Position und ihrem Ziel und noch einmal ungefähr zwanzig auf der anderen Seite der Straße. Plötzlich spürte er Akees Anwesenheit neben sich und flüsterte: »Ich hatte mehr Männer erwartet.«

»Ich auch. Wenn wir uns bis zum Tor durchschlagen, wird der Kampf rasch vorbei sein.«

Er sprach nicht aus, was geschehen würde, falls sie das Tor nicht öffnen konnten. Erik sagte: »Ich habe eine Idee. Sagt den Leuten, sie sollen nicht losstürmen, sobald Alarm geschlagen wird, sondern erst, wenn ich das Signal gebe.«

»Wo wollt Ihr denn hin?«

Erik zeigte ihm ungefähr die Richtung. »Dort drüben irgendwo.«

Er trug eine schwarze Uniform, aber ohne den Wappenrock des Blutroten Adlers. Für jeden beiläufigen Beobachter würde er wie ein Söldner wirken, der einfach nur schwarz gekleidet war. Er blickte Akee an und bemerkte das blaue Stirnband des Kriegers. »Könnte ich mir das vielleicht von Euch leihen?« fragte er, wobei er nicht wußte, ob es sich um eine Art Stammesabzeichen handelte.

Akee antwortete nicht. Er löste das Stirnband, trat hinter Erik und legte es ihm an. Jetzt würde man den Hauptmann der Blutroten Adler bestimmt nicht mehr für einen Soldaten des Königreichs halten.

Vorsichtig trat er zwischen zwei Lagerfeuer und achtete sorgsam darauf, daß er keinen der Schlafenden weckte. Aus Richtung der Barrikade hörte er leise Stimmen; die Wachposten unterhielten sich und erzählten sich Geschichten, um nicht einzunicken.

Am Rande der Straße veränderte Erik plötzlich seine Haltung. Raschen Schrittes und selbstsicher ging er weiter, so als habe er eine wichtige Aufgabe zu erledigen. Verwegen eilte er die Straße hinunter und erreichte das Tor. Sofort betrachtete er die Konstruktion. Das Tor war von einfacher Bauart, wirkte aber sehr stabil. Beide Flügel wiesen jeweils eine große Eisenklammer auf, die von großen, ebenfalls eisernen Bolzen gehalten wurde. Durch diese Klammern hatte man einen Eichenbalken geschoben, der von langen Pfosten gestützt wurde, die in den Boden gerammt worden waren. Die Pfosten umzuschlagen und den Riegel zu entfernen, war nicht sehr schwierig, von der anderen Seite hingegen hätte man eine ansehnliche Ramme gebraucht, um das Tor zu stürmen.

»Hey!« sagte er, bevor er angesprochen wurde. Er sprach nicht sehr laut, weil er dadurch seinen Akzent als Dialekt der Invasoren zu tarnen hoffte.

»Was denn?« fragte ihn der Mann, der den Befehl über die

Torwache hatte, wahrscheinlich ein Feldwebel oder ein Hauptmann.

»Wir sind gerade aus dem Norden eingetroffen, und ich suche nach dem diensthabenden Offizier.«

»Hauptmann Rastav ist dort drüben«, erklärte ihm der Mann und zeigte auf ein Zelt, das in der Dunkelheit vor der Dämmerung kaum zu erkennen war. »Was gibt es Neues?«

Erik knurrte: »Ist dein Name Rastav?«

»Nein«, erwiderte der Mann leicht verärgert.

»Demnach ist die Nachricht nicht für dich bestimmt, oder?«

Erik drehte sich um und entfernte sich, noch ehe der Kerl zu einer Antwort Luft holen konnte. Gemächlich, aber zielstrebig ging er auf das Kommandozelt zu; kurz bevor er es jedoch erreichte, änderte er die Richtung und steuerte mitten ins Lager. Die meisten Männer schliefen; einige standen gerade auf und kümmerten sich um die Feuer fürs Frühstück, eilten zu nahen Latrinen, um sich zu erleichtern, oder aßen bereits. Gelegentlich nickte er jemandem zu, den er passierte, oder grüßte, wodurch er die Illusion erzeugte, er wäre im Lager durchaus bekannt; wenn schon nicht der Person, die er anschaute, dann wenigstens demjenigen auf der anderen Seite des Weges, dem er zuwinkte.

Erik erreichte bald einen sehr ruhigen Teil des Lagers, wo erst ein einziger Mann wach war und, dem Geruch nach zu schließen, gerade Kaffee kochte. Er trat zu ihm und fragte: »Hast du einen Becher für mich übrig?«

Der Mann sah auf, nickte und bat Erik mit einer Geste zu sich. Erik kniete sich neben dem Krieger hin. »Ich habe noch ein paar Minuten Zeit, ehe ich mich am Tor melden muß, und nirgends ist Kaffee aufzutreiben.«

»Ich weiß, was du meinst«, antwortete der Soldat und reichte ihm einen Tonbecher, der mit der schwarzen, heißen Flüssigkeit gefüllt war. »Gehörst du zu Gaja?«

Erik kannte den Namen. Von diesem Hauptmann hatte er schon gehört, aber er wußte nichts über den Mann. »Nein«, erklärte er, »wir sind gerade erst angekommen. Mein Hauptmann ist dort drüben« – er zeigte zum Kommandozelt – »und redet mit Rastav, und ich dachte, da könnte ich mir doch mal einen Becher Kaffee holen.« Er erhob sich. »Danke. Den Becher bringe ich dir zurück, wenn mein Dienst vorbei ist.«

Der Soldat machte eine wegwerfende Geste mit der Hand. »Behalt ihn. Wir haben soviel Geschirr erbeutet, daß ich einen Laden damit aufmachen könnte.«

Erik setzte seinen Weg fort, trank unterdessen den Kaffee, der gar nicht mal so schlecht war, und sah sich im Lager um. Direkt hinter dem Wall befanden sich auf keinen Fall mehr als tausend Mann, in der ganzen Stellung insgesamt vielleicht zwölfhundert. Noch so etwas Wundersames. Von der anderen Seite erweckte es den Eindruck, Fadawahs halbe Armee würde hier lauern. Jetzt aber wußte Erik, sollte er das Tor öffnen können, wäre der Kampf binnen Minuten und nicht Stunden beendet.

Auf halbem Weg zum Tor hörte Erik einen Ruf vom Ostende der Barrikade. Weitere Alarmschreie wurden laut. Er blieb stehen, zählte langsam bis zehn, dann erscholl ein Horn und rief zu den Waffen. Männer sprangen schlaftrunken auf, und Erik warf den Becher weg und eilte weiter. Mit befehlsgewohnter Stimme brüllte er: »Sie greifen die Ostflanke an. Alle Mann nach Osten!«

Männer, die aus dem Schlaf gerissen wurden, rannten auf das entgegengesetzte Ende des Walls zu. Während sich Erik dem Tor näherte, trat ein Mann auf ihn zu und fragte: »Was ist los?«

Erik wußte sofort, daß er ein Feldwebel oder den Hauptmann der Kompanie vor sich hatte, der nicht blindlings einem Befehl gehorchen würde. »Rastavs Befehl! Seid Ihr Hauptmann Gaja?«

Der Mann blinzelte. »Nein, ich bin Tulme. Gaja soll mich erst in einer Stunde ablösen.«

»Dann zieht jeweils zwei von drei Männern hier ab und bringt sie zum Ostende des Walls! Dort drüben bricht der Feind durch!« Erik lief weiter und brüllte: »Nach Osten! Beeilt Euch!«

Andere Männer sahen ihre Gefährten in die Richtung laufen, in die sie von Erik geschickt worden waren, und hasteten ihnen hinterher. Erik ging zu einer Stelle, wo Akee ihn im Auge hatte, und gab ihm das verabredete Zeichen. Sofort rannten die Hadati vom Wald herüber.

Jetzt lief Erik zum Tor und schrie: »Öffnet das Tor! Bereitmachen zum Ausfall!«

»Was?« fragte ein Mann. »Wer bist du?«

Erik hatte das Schwert gezogen und den Mann getötet, ehe der überhaupt reagieren konnte. »Mein Glück konnte ja nicht ewig anhalten«, sagte er zu Akee, als der Hadati an seiner Seite auftauchte.

Die Hadati hatten die Besatzung der Tores erledigt, ehe überhaupt jemand in einem Umkreis von fünfundzwanzig Metern den Überfall bemerkte. Die Stützpfosten wurden zur Seite geschlagen und hatten den Boden noch nicht ganz erreicht, da hoben Erik, Akee und einige andere Männer den schweren Eichenbalken auch schon aus seinen Halterungen.

Während sie ihn davonschleppten, öffneten andere das Tor.

»Zwei Minuten!« rief Erik. »Wir müssen es mindestens zwei Minuten offenhalten.«

Zäh zogen sich die Sekunden dahin. Entlang der Linien wurden überall Stimmen laut, die Antworten verlangten, und plötzlich war Erik klar, daß die Verteidiger im Osten der Barrikade den Braten gerochen hatten.

Nun wurden die Hadati angegriffen, die allesamt mit Lang- und Kurzschwertern ausgerüstet waren. Sie bezogen Position, wobei jeder dem anderen ausreichend Platz ließ, damit er mit seinen Waffen den größtmöglichen Schaden anrichten konnte.

Erik zögerte einen Augenblick, sprang dann auf einen Stapel Getreidesäcke und zog sich zum Wehrgang hinter der Schanze hoch. Schließlich durfte er nicht zulassen, daß von hier aus Bogenschützen den Hadati in den Rücken fielen. Falls das geschähe, wäre der Kampf verloren.

Er blickte nach Süden, von wo die Königliche Kavallerie heranstürmte. Eine Minute noch oder zwei, und der Tag wäre der ihre.

Erik rannte über den Wehrgang, und der erste Mann, auf den er stieß, sah ihn verwirrt an, da er noch immer glaubte, die Gefahr drohe von Osten her. Ohne zu zögern, packte ihn Erik und stieß ihn hinunter. Der Kerl landete auf zwei Kameraden, die vorbeiliefen, und die dahinter Folgenden blieben stehen. Der Bolzen einer Armbrust sauste an Eriks Ohr vorbei, und er duckte sich.

Er zog sich zurück, hielt die Waffen bereit und verharrte in dieser Stellung, während er Soldaten auf sich zulaufen sah. Der erste Mann verlangsamte den Schritt, weil er nicht sicher war, wen genau er da vor sich hatte. Erik wartete zufrieden, denn das gab der Kavallerie Zeit, das Tor zur erreichen.

Plötzlich erschienen alle Gegner in der Nähe alarmiert, da sie offenbar endlich begriffen hatten, was eigentlich vor sich ging. Sie drangen auf die wartenden Hadati ein, und auch der Mann vor Erik heulte vor Wut und schlug zu.

Der Hauptmann der Blutroten Adler trat einen Schritt zurück, wodurch sein Gegner aus dem Gleichgewicht geriet, und mit einem kurzen Tritt stieß er ihn vom Wehrgang. Der zweite Mann näherte sich ihm vorsichtiger, wenngleich genauso zielstrebig, und griff an. Erik wehrte den Hieb mit dem Schwert ab, parierte, fuhr dann unerwartet auf den Kerl zu und stieß ihm das Heft ins Gesicht. Der Mann taumelte rückwärts in einen dritten hinein, und beide fielen vom Wehrgang.

Das ließ Erik Zeit, einen Blick nach Süden zu werfen. Die

ersten Reiter waren bereits nah herangekommen, senkten die Lanzen und überwanden das letzte Stück der Steigung vor dem Tor. Einer plötzlichen Eingebung folgend, rief Erik aus vollem Hals: »Laß die Waffen fallen! Es ist vorbei!«

Sein Gegenüber zögerte, und Erik schrie: »Dies ist deine letzte Chance! Laß dein Schwert fallen!«

Der Mann starrte den blonden Riesen vor sich an, während die Lanzenreiter durchs Tor preschten und hinter den Hadati eintrafen, deren Klingen fürchterlichen Blutzoll von jedem forderten, der sich zu nah heranwagte. Mit angeekelter Miene warf der Mann sein Schwert zu Boden.

Eine Gruppe Reiter traf aus dem Hinterland ein und wurde von den Königlichen Lanzenreitern sofort attackiert, indes die zweite Einheit der Kavallerie herangaloppierte. Eine Sturmleiter wurde an die Barrikade gestellt, und Erik erkannte, daß Greylock den Überfall unterstützte, indem er Männer im Schutze der Dunkelheit dicht an den Wall herangebracht hatte. Rechts liefen Infanteristen über das offene Gelände.

Er beugte sich über den Rand der Schanze, wofür man ihm zum Dank beinahe den Schädel gespalten hätte. »Hey!« rief er dem Soldaten des Königreichs zu, der die Leiter halb herauf war und mit dem Schwert nach Erik geschlagen hatte. »Immer mit der Ruhe! Du könntest stürzen und dich verletzen.«

Eine solche Begrüßung hatte der Soldat nicht erwartet. Er hielt inne, doch der Mann hinter ihm drängte. »Weiter!«

»Ihr könnt wieder runterklettern und durchs Tor reinkommen«, rief Erik ihnen zu.

Erik ließ den Blick nach links schweifen, wo die Söldner überall die Waffen fallen ließen und zurückwichen, weil die Lanzenreiter mit auf Brusthöhe ausgerichteten schweren Spießen auf sie zupreschten.

Die leichte Kavallerie folgte den Lanzenreitern, und bei ihnen befanden sich auch Jadow und Duga. Erik winkte, um auf sich aufmerksam zu machen. Jadow ritt herüber, und Erik rief: »Stell die Ordnung her und laß Greylock benachrichtigen. Aber schnell.«

Jadow nickte und machte sich persönlich zu Owen auf. Duga sprang aus dem Sattel, schritt verwegen an den Lanzenreitern vorbei und trennte die Söldner von ihren abgelegten Waffen. Im Bereich hinter dem feindlichen Lager hielten die Gefechte zwischen Lanzenreitern und der Kavallerie der Invasoren weiterhin an. Der Feind hatte dort die Nachricht von der Niederlage offensichtlich noch nicht erhalten. Da er die gegnerische Reiterei kannte, wußte Erik, daß es Verluste geben würde, wenn er nicht etwas unternahm. Er rief einem Boten zu, er solle die Nachricht hinüberbringen, bevor sinnlos Blut vergossen wurde.

Dann sprang Erik von der Mauer. Die ersten Fußsoldaten des Königreichs traten durch das Tor. Er drängte sich an den Gefangenen vorbei und suchte den Leutnant der leichten Kavallerie. »Helft den Lanzenreitern dort hinten ein wenig, dann durchsucht ihr auf fünf Meilen den Wald zu beiden Seiten der Straße. Falls jemand aufgebrochen ist, um Fadawah über den Fall dieser Barrikade zu unterrichten, soll er eingefangen werden.«

Der Reiter salutierte, erteilte Befehle und ritt davon, während Erik hinüber zu Akee ging. »Wie steht es mit Euren Männern?«

»Ich habe ein paar Verletzte, aber keine Gefallenen«, antwortete der Anführer der Hadati. »Hätten die Invasoren nur noch einige Minuten gehabt, sich zu ordnen, hätte die Sache anders ausgesehen.«

»Da kann ich Euch nur recht geben«, stimmte ihm Erik zu.

Er verließ die Hadati und drehte sich um, da jetzt Owen und Jadow zum Tor hereinritten, und wandte sich an einen vorbeilaufenden Soldaten: »Such unter den Gefangenen einen Hauptmann namens Rastav, und bring ihn zu mir.«

Owen schaute sich verblüfft um. »Träume ich?«

»Fast«, erwiderte Erik. »Wenn wir das Tor nicht hätten öffnen können, hätten wir ganz schön geblutet, aber lange nicht so übel, wie wir geglaubt haben.«

Der Marschall sah nach Norden, und sein Blick schien weit über den Horizont hinauszugehen. »Was mag er nur vorhaben?«

»Wenn ich das bloß wüßte«, sagte Erik. Er drehte sich nach Süden um. »Und ich wünschte, ich wüßte auch, was dort unten los ist.«

»Um die Probleme haben sich Duko und Patrick zu kümmern, nicht wir. So, jetzt wollen wir die Lage unter Kontrolle bringen und dann nach Norden weitermarschieren.«

Erik salutierte, drehte sich um und begann, das Chaos hinter der Barrikade zu ordnen.

Dash vermochte seinen Zorn kaum im Zaum zu halten. Zwölf seiner Wachtmeister standen in dem Raum und blickten einander an, wobei einige ihre Furcht nicht verbergen konnten.

Zwei seiner Männer lagen tot vor ihm. Irgendwann während der letzten Nacht hatte man ihnen aufgelauert und sie ermordet, ihnen kaltblütig die Kehlen durchgeschnitten und sie vor dem Neuen Marktgefängnis abgelegt.

Er flüsterte: »Dafür wird jemand bezahlen.«

Die beiden Männer waren erst jüngst in den Dienst eingetreten und hatten gerade ihre Ausbildung beendet. Der letzte Monat war schwierig für Dash gewesen, aber indem langsam wieder Ordnung in Krondor herrschte, kehrte in einige Stadtteile auch das alte Leben der Vorkriegszeit zurück.

Der Prinz hatte dem Kauf eines Gebäudes am Marktplatz zugestimmt, und Schlosser hatten die Zellen eingerichtet. Nach einem großen Tumult nahe beim Hafen in der vergangenen Nacht war das Gefängnis fast bis zur letzten Pritsche belegt, und Dash hatte die Übeltäter schnell vor das Stadtgericht zerren lassen, das der Prinz in der letzten Woche eingerichtet hatte; zwei Adlige aus dem Osten waren auf die Richterstühle berufen worden, und ein Haufen Betrunkener wurde in aller Eile zu Zwangsarbeit verurteilt. Die meisten erhielten ein Jahr, andere dagegen fünf- und sogar zehnjährige Strafen, und die widerspenstigeren Bürger bestimmter Viertel taten ihren Unmut über diese Entscheidungen lauthals kund. Bislang hatte sich der Protest auf Beleidigungen beschränkt, mit denen die patrouillierenden Wachtmeister beschimpft wurden. Bis gestern nacht.

»Wo sollten sie Streife gehen?« fragte Dash.

Gustaf, ein früherer Gefangener, war vor einigen Tagen auf der Suche nach Arbeit aufgetaucht, und Dash hatte ihn vom Fleck weg zu seinem Korporal ernannt. Er hatte nun die Aufsicht über den Dienstplan. »Sie haben in der Nähe vom alten Armenviertel Dienst geschoben.«

»Verdammt«, fluchte Dash. Das alte Armenviertel bestand heute nur noch aus armseligen Hütten und Zelten, und viele Bewohner durften nicht einmal mehr vier Wände ihr eigen nennen. Dort konnte man jedem nur vorstellbaren Laster frönen, und die Gilde der Diebe stellte ihre alte Machtposition schneller wieder her als die Krone. »Jetzt reicht's aber.«

Seitdem er das Amt des Sheriffs von Krondor übernommen hatte, war es ihm gelungen, das Hängen auf ein Minimum zu beschränken. Zwei Mörder waren vor fünf Tagen öffentlich gehängt worden, aber die überwiegende Zahl der Verbrechen war verhältnismäßig harmlos.

»Aber was haben die beiden dort unten überhaupt gesucht?« wollte Dash wissen. »Sie waren noch neu.«

»Es hat sich eben so ergeben«, erklärte Gustaf. Er senkte die Stimme. »Außerdem haben wir eigentlich niemanden hier, dem man große Erfahrung bescheinigen könnte, Dash.«

Dash nickte. Die beiden toten Männer waren auch nicht

mehr gerade grün hinter den Ohren gewesen. »Ab morgen geht ihr dort unten nur noch zu viert Streife.«

»Und heute nacht?« fragte Gustaf.

»Heute nacht kümmere ich mich selbst darum«, sagte Dash und verließ den kleinen Raum.

Er eilte durch die Straßen, überquerte den Marktplatz und machte sich ins frühere Armenviertel auf. Dabei hielt er die Augen offen. Selbst bei Tageslicht konnte man sich in dem Stadtteil nur auf eins verlassen: daß man sehr schnell in Schwierigkeiten geriet.

An einem ausgebrannten, zweigeschossigen Gebäude blieb er stehen und ging hinein. Schnell nahm er die rote Armbinde ab und verschwand im hinteren Teil des Hauses. Er schlich durch eine schmale Gasse und kletterte über einen Holzzaun, der noch immer zwischen zwei Mauern stand, derweil alles andere in der Umgebung in Schutt und Asche gelegt worden war. Schließlich duckte er sich unter einem niedrigen Steinbogen hindurch und hatte sein Ziel erreicht.

Er kroch durch ein offenes Gebäude, einstmals ein Geschäft am Rande des Armenviertels. Drinnen verbarg er sich im Schatten, während er einen guten Überblick über die Umgebung hatte.

Männer und Frauen zogen zwischen den Zelten und Hütten entlang und boten Waren und Lebensmittel feil, darunter auch unerlaubte Güter. Dash suchte nach einem ganz bestimmten Gesicht und würde sich so lange gedulden, bis er es entdeckt hatte.

Die Sonne ging bereits unter, da huschte ein Mann gedankenverloren an dem Haus vorbei. Als er die Tür passierte, streckte Dash die Hand aus, packte ihn am Kragen seines schmutzigen Hemdes und zerrte ihn herein.

Vor Schreck schnappte der Mann nach Luft und flehte: »Tötet mich nicht! Ich habe es nicht getan!«

»Was hast du nicht getan, Kirby?« fragte Dash und legte dem kleinen Kerl die Hand auf den Mund.

Da der Kleine nun merkte, daß man ihn nicht auf der Stelle umbringen wollte, entspannte er sich ein wenig. Dash zog die Hand zurück. »Was auch immer Ihr glauben mögt, was es gewesen sein könnte«, antwortete er.

»Kirby Dokins«, mahnte Dash, »das einzige, mit dem du handelst, sind Informationen. Wenn du nicht so nützlich wärst, würde ich dich wie einen Käfer zerquetschen.«

Der übelriechende kleine Mann grinste. Sein Gesicht war von Narben und anderen Verunstaltungen überzogen. Eigentlich lebte er von der Bettelei, verdiente sich aber als Spitzel etwas hinzu, wenn sich die Gelegenheit ergab. Wie eine Kakerlake war er während der Zerstörung unter die Steine gekrochen und hatte die Katastrophe überlebt. »Aber ich bin dir doch nützlich, oder?«

»Im Augenblick«, räumte Dash ein. »Zwei meiner Männer wurden gestern nacht mit durchgeschnittener Kehle vor dem Gefängnis abgelegt. Ich will die Täter.«

»Niemand prahlt damit, das erledigt zu haben.«

»Sieh zu, was du herausfinden kannst, aber um Mitternacht bin ich wieder hier, und du solltest das ebenfalls sein, und zwar mit einigen Namen.«

»Das könnte sich als schwierig erweisen«, erwiderte der Singvogel.

»Du wirst schon was herausfinden«, sagte Dash und zog den kleinen Mann so dicht zu sich heran, daß sich ihre Nasen beinahe berührten. »Ich brauche mir nicht erst ein Verbrechen auszudenken, um dich hängen zu lassen. Halte mich einfach bei guter Laune.«

»Ich lebe nur für Eure gute Laune, Sheriff.«

»Genau.« Dash ließ das Hemd des Mannes los. »Und sag dem alten Mann Bescheid.«

»Welchem alten Mann?« fragte Kirby und gab sich unwissend.

»Das brauche ich dir nicht zu erklären«, erwiderte Dash. »Sag ihm, wenn dieser Mord auf seine Kappe geht, würde ich jede Zuneigung, die ich je für seine fröhliche Bande von Komödianten verspürt habe, vergessen, und zwar für immer. Falls seine Witzbolde Kehlen durchschneiden, sollte er sie mir besser überstellen, sonst rotte ich die Spötter mit Stumpf und Stiel aus.«

Kirby schluckte. »Ich werde die Nachricht überbringen, wenn es mir möglich ist.«

Dash schob den kleinen Mann zur Tür hinaus. »Bis Mitternacht. Geh!« befahl er.

Da er noch immer eine Stunde Tageslicht hatte und etliche Aufgaben auf ihn warteten, machte er sich auf den Weg zurück zum Hauptquartier. Er lenkte seine Schritte in Richtung des Neuen Marktgefängnisses und verfluchte Patrick, weil der ihm die undankbare Aufgabe überlassen hatte, seinen Untertanen Gehorsam einzubleuen. Aber solange er dieses Amt innehatte, schwor sich Dash, würde er seine Arbeit auch anständig erledigen. Und in erster Linie mußte er das Leben seiner Wachtmeister schützen.

So eilte er durch das schwindende Licht in die Schatten von Krondor.

Fünf

Enthüllungen

Owen wand sich.

Auf seinem Feldstuhl schien er keine bequeme Position zu finden, und dennoch mußte er stundenlang dasitzen und Berichte lesen.

Erik trat ein und salutierte. »Wir haben die Hauptmänner verhört, aber sie wissen auch nicht mehr als die Söldner, die sie angeheuert haben.«

»Dahinter steckt doch Methode«, sagte Owen. »Ich bin nur zu dumm, um sie zu begreifen.« Er bot Erik mit einer Geste an, Platz zu nehmen.

»Nicht zu dumm«, erwiderte Erik und setzte sich, »nur zu müde.«

»So müde bin ich nun auch wieder nicht«, widersprach Owen. Sein wettergegerbtes altes Gesicht verzog sich zu einem Lächeln. »Ich habe seit deinem erfolgreichen Überfall auf das Tor drei Nächte durchschlafenkönnen, um die Wahrheit zu sagen. Vielleicht war das zuviel Schlaf.« Er beugte sich vor und betrachtete die Karte, als könne er das Gesuchte darauf finden, wenn er nur lange genug hinstarrte.

Aus dem Süden trafen weitere Kompanien der Reserve ein. Die Gefangenen hatte man in einen eilig gezimmerten Pferch gesperrt, der aus frisch gefällten Bäumen errichtet worden war. Erik sagte: »Ich habe auch keine Ahnung. Vielleicht wollte uns Fadawah nur ein paar Männer überlassen, mit denen er nicht zufrieden war, damit wir sie durchfüttern.«

»Nun, ohne deinen mutigen Einsatz hätten wir hohe Verluste erlitten, um diese Barrikade zu überwinden«, wandte Owen ein und deutete mit dem Daumen über die Schulter auf die riesige Erdbefestigung hinter seinem Kommandozelt.

»Sicherlich, aber wir wären in ein oder zwei Tagen durchgebrochen.«

»Ich frage mich nur, warum gibt sich Fadawah soviel Mühe, uns denken zu lassen, er sei hier unten, nur damit wir dann erfahren, daß er ganz woanders ist.«

»Sollte er Ylith bereits eingenommen haben, ist er möglicherweise schon auf dem Rückmarsch hierher«, meinte Erik.

»Er kann doch Yabon nicht links liegenlassen«, widersprach Owen. »Solange Herzog Carl noch dort oben steht, muß Fadawah nach Norden hin Stärke zeigen. Carl kann seine Truppen frei bewegen, sobald Fadawahs Druck nachläßt. Und auch die Hadati schlüpften nach Belieben durch seine Reihen. Zudem werden sich die Zwerge und Elben auch nicht gerade als gastfreundliche Nachbarn erweisen, wenn seine Patrouillen zu dicht an ihren Grenzen herumstreifen. Nein, er muß ganz Yabon in der Hand haben, ehe er sich nach Süden wenden kann.«

»Er kann doch nicht hoffen, durch solche Hindernisse unseren Vormarsch zu verlangsamen.«

Owens Gesicht wirkte sorgenvoll. »Ich weiß nicht, ob es eigentlich Hindernisse sind oder er uns vielmehr ... verwirren will, damit wir langsamer weiterziehen.«

Erik runzelte die Stirn. »Und wenn er uns nun dadurch dazu veranlassen will, den Marsch zu beschleunigen?«

»Was meinst du damit?

»Sagen wir mal, wir stoßen auf ein oder zwei weitere dieser leicht besetzten Stellungen, ja?«

»Gut, und?«

Erik zeigte auf die Karte. »Sagen wir weiter, bei Questors Sicht treffen wir auf die nächste Befestigung dieser Art. Und sehr zuversichtlich ziehen wir daraufhin schnell weiter nach Ylith.«

»Und laufen in die Falle?«

Erik nickte. Er deutete auf die Einzelheiten der Karte. »Dort liegt eine Reihe unüberwindlicher Gebirge, nördlich der Straße von Questors Sicht nach Falkenhöhle. Er hat beide Enden der Straße in seiner Hand, und solange er uns vom Gebirge fernhält, kann er sich hier eingraben.« Erik zeigte auf einen sehr schmalen Punkt der Straße etwa zwanzig Meilen südlich von Ylith. »Angenommen, er baut dort einige Schanzen auf, Tunnel, Katapulte, Türme für Bogenschützen, eben alles, was das Herz begehrt. Wir stecken unseren Finger zu hastig in den Schlamassel und ziehen einen blutigen Stumpf zurück.« Er zog eine Linie von dem Punkt bis nach Ylith. »Dort hat er zehn Meter hohe Mauern und nur eine einzige Schwachstelle, das Osttor am Hafen. Das kann er befestigen, und wenn er Schiffe in der Hafenmündung versenkt, sitzt er wie eine Schildkröte in ihrem Panzer da.« Ja länger er sprach, desto sicherer wurde sich Erik seiner Einschätzung der Lage. »An der Westküste können wir nicht landen; das Land gehört den Freien Städten, und sollten wir den Versuch unternehmen, riskiert Patrick, die letzte neutrale Partei am Bitteren Meer zu verärgern. Außerdem würden unsere Schiffe in dem Gebiet vermutlich sowieso vorher auf Kriegsschiffe aus Queg stoßen.«

Owen seufzte. »Genauer gesagt, unsere Flotte müßte die Westflanke unserer Armee unterstützen, damit wir Nachschub erhalten und die Verwundeten nach Sarth und Krondor abtransportieren können.«

Erik kratzte sich am Kinn. »Ich möchte wetten, wenn wir wie ein Vogel darüber hinwegfliegen könnten, würden wir die Befestigungen sehen, die dort gerade errichtet werden.«

»Das ergibt durchaus Sinn«, räumte Owen ein, »aber ich habe im Krieg schon so viele sinnlose Dinge erlebt, daß ich mich nur ungern auf Theorien verlassen möchte. Wir müssen warten, bis Subai zurückkehrt und Nachrichten bringt.«

»Falls er zurückkehrt.«

»Na, wieviel willst du denn wetten«, erkundigte sich Owen.

»Wie bitte?« fragte Erik.

»Ich werde Admiral Reeves einen Befehl schicken. Er soll einen schnellen Kutter von Sarth die Küste hinaufschicken. Mal sehen, wie weit der kommt, bis jemand versucht, ihn einzuschüchtern.«

»Würdest du wetten, daß es ungefähr hier sein wird?« Erik beugte sich vor und zeigte auf einen Punkt an der Küste westlich von Questors Sicht.

»Darauf wette ich nicht«, erwiderte Owen, »inzwischen kenne ich die Treffgenauigkeit deiner Intuition zu genau.«

Erik lehnte sich zurück. »Hoffentlich habe ich unrecht, und Fadawah steht mit seinen Truppen vor Yabon. Ich kann mir vorstellen, was ich tun würde, wenn ich mich an dieser Stelle eingraben müßte.«

»Deine Vorstellungskraft ist einfach zu groß«, meinte Owen. »Hat dir das schon mal jemand gesagt?«

Erik blickte seinen alten Freund an. »Noch nicht oft genug.« Er erhob sich. »Ich habe einige Dinge zu erledigen. Ich erstatte Bericht, sobald ich den Rest der Gefangenen verhört habe.«

»Das Abendessen ist fertig. Komm zurück, bevor nichts mehr übrig ist.« Owen fügte hinzu: »Mich findest du hier«, und damit wandte er sich wieder seinen Berichten zu, während Erik hinausging.

Dash wartete, und während die Dunkelheit tiefer und tiefer wurde, begann er vor Wut zu schäumen. Mitternacht war bereits eine Viertelstunde vorbei, und Kirby war nicht aufgetaucht. Gerade wollte er nach ihm suchen, da spürte er jemanden hinter sich. Er legte die Hand auf den Griff seines Dolches und ging wie beiläufig auf die Hintertür des ausgebrannten Gebäudes zu.

Sobald er durch die Tür getreten war, wandte er sich zur Seite, ergriff mit beiden Händen einen freistehenden Dachbalken und kletterte hinauf. Dann zog er den Dolch und verhielt sich still.

Einen Augenblick später kam jemand heraus und sah sich um. Dash verharrte unbeweglich. Die verhüllte Gestalt ging weiter, und Dash ließ sich zu Boden fallen und setzte ihr den Dolch an die Kehle.

Unter der Kapuze sagte eine Stimme: »Willst du mir weh tun, Jungchen?«

Dash riß die Gestalt herum. »Trina!«

Die junge Frau lächelte. »Nett, daß du dich noch an mich erinnerst.«

»Was machst du hier?«

»Steck diesen Zahnstocher ein, und ich verrat es dir.«

Dash grinste. »Tut mir leid, aber du bist bestimmt genauso gefährlich wie schön.«

Trina zog einen Schmollmund. »Schmeichler, du.«

Dashs Grinsen verflüchtigte sich. »Ich habe da zwei tote Männer und möchte einige Antworten hören. Wo ist Kirby Dokins?«

»Tot.«

Dash steckte seinen Dolch ein.

»Bin ich plötzlich nicht mehr so gefährlich?«

»Nein«, erwiderte Dash und zerrte die Frau zurück in das Gebäude. »Aber man hätte dich bestimmt nicht hierhergeschickt, um mir mitzuteilen, daß die Spötter meinen Spitzel umgebracht haben.«

»Und?«

»Demnach habt ihr auch meine Männer nicht getötet.«

»Sehr gut, Jungchen.«

»Wer dann?«

»Ein alter Bekannter von dir glaubt, eine neue Bande wolle

sich in der Stadt breitmachen. Vielleicht Schmuggler, obwohl man auf dem Markt gar nicht so viele besondere Waren findet, wenn du weißt, was ich meine.«

»Durchaus.« Die Frau spielte auf Drogen, Hehlerware und ähnliches an.

»Ein neuer Kriecher?«

»Du kennst dich in der Geschichte deiner Stadt sehr gut aus, Jungchen.«

»Du darfst mich Sheriffchen nennen«, sagte Dash.

Sie lachte. Zum ersten Mal hörte er keinen Spott darin mitschwingen. Es klang sehr angenehm. Sie fuhr fort: »Wir sind als einzige übriggeblieben; falls also jemand versucht, in unser Revier einzudringen, ist er noch nicht bereit, dies mit Nachdruck zu tun. Unser alter Freund trug mir auf, dir zu sagen, wir wüßten nicht, wer deine beiden Jungs ermordet hat, aber du sollst wenigstens wissen, daß es nicht die Altarjungen vom Tempel der Sung waren. Wenn du herausfindest, für wen Nolan und Riggs vorher gearbeitet haben, dann bekommst du vielleicht einen Hinweis.«

Dash schwieg einen Moment und meinte schließlich: »Demnach denkt der Aufrechte, die beiden könnten ihre Mörder gekannt haben.«

»Möglicherweise. Vielleicht waren sie auch nur zur falschen Zeit am falschen Ort, aber jedenfalls wollte, wer immer sie auf dem Gewissen hat, dir weismachen, die Morde sollten deine Autorität untergraben. Deshalb hat man sie dir auf die Türschwelle gelegt. Die Spötter dagegen hätten sie einfach in den Hafen geworfen.«

»Wer hat Kirby umgebracht?«

»Das wissen wir nicht«, antwortete Trina. »Er hat herumgeschnüffelt, wie es seine widerliche Art war, und vor zwei Stunden trieb er plötzlich in den Abwasserkanälen.«

»Wo?«

»Bei den Fünf Punkten, in der Nähe des großen Abflußrohrs unter der Stinkenden Straße.« Als Stinkende Straße bezeichnete man im Armenviertel die Straße der Gerber, wo vor dem Krieg jene Gewerbe angesiedelt gewesen waren, die die Umgebung mit ihren unangenehmen Gerüchen belästigten. Fünf Punkte war der Name eines großen Zusammenflusses von Kanälen, drei großen und zwei kleineren. Dort war Dash noch nie gewesen, er wußte jedoch, wo die Stelle lag.

»Arbeitet ihr bei den Fünf Punkten?«

»Das ist sicherlich nicht unser Hauptquartier, aber frag mich nicht, wo wir arbeiten.«

Dash grinste in die Dunkelheit hinein. »Im Augenblick jedenfalls nicht.«

»Nie, Sheriffchen, niemals.«

»Sonst noch etwas?« erkundigte sich Dash.

»Nein«, sagte Trina.

»Bestell dem alten Mann meinen Dank.«

»Er hat es nicht aus Liebe getan, Sheriffchen«, entgegnete Trina. Wir sind im Moment noch nicht in der Lage, uns die Krone aufzusetzen. Aber er hat mich gebeten, dir noch etwas zu erzählen.«

»Was?«

»Stoß keine Drohungen aus. Von dem Tag an, da du den Spöttern den Krieg erklärst, solltest du dein Schwert mit ins Bett nehmen.«

»Dann sag meinem Onkel bitte, dieser Ratschlag würde für ihn ebenfalls gelten«, erwiderte Dash.

»Also gute Nacht.«

»War schön, dich wieder einmal gesehen zu haben, Trina.«

»Ganz mein Vergnügen, Sheriffchen«, antwortete die Diebin. Dann duckte sie sich unter der Tür hindurch und war verschwunden.

Dash gestattete sich die Höflichkeit, fünf Minuten zu warten, damit sie sicher sein durfte, daß er ihr nicht folgte. Außerdem konnte er sie jederzeit finden, wenn er wollte. Viel mehr beschäftigte ihn ein ganz anderer Gedanke: Wer hatte seine Männer getötet?

Er brach zu seinem Hauptquartier auf und verschmolz mit der Dunkelheit.

Roo kicherte angesichts den Anblicks, der sich ihm bot. Nakor sprang herum wie eine Heuschrecke und brüllte den Arbeitern, die unter größten Mühen die Statue aufrichteten, Befehle zu. Roo lenkte seinen Wagen auf die andere Seite der Straße und ließ die Karren hinter sich passieren. Er stieg vom Kutschbock und lief zu Nakor hinüber.

»Was machst du da?« fragte er lachend.

»Diese Dummköpfe haben beschlossen, das wundervolle Kunstwerk zu zerstören!« antwortete Nakor.

»Ich glaube, sie werden es schon dorthin schaffen, wo du es haben willst, aber warum willst du es hier draußen aufstellen?« Er umfaßte mit einer Geste das leere Feld vor den Toren von Krondor. Früher hatte das Land zu einem Bauernhof gehört, doch das Gehöft war zerstört worden, und allein ein verkohltes, viereckiges Fundament deutete noch auf seine einstige Existenz hin.

»Jeder, der die Stadt betritt, soll die Statue sehen«, erwiderte Nakor, während die Arbeiter die Figur aufrichteten.

Roo zögerte. Der Gesichtsausdruck der Frau hatte etwas an sich, das den Blick anzog. Er betrachtete die Statue einen Moment lang. »Die ist wirklich sehr schön, Nakor. Ist das eure Göttin?«

»Das ist unsere Dame«, antwortete Nakor und nickte.

»Aber warum stellst du sie nicht in der Mitte deines Tempels auf?«

»Weil ich noch keinen Tempel habe«, erwiderte Nakor und

winkte den Arbeitern zu, sie sollten zu ihrem Wagen zurückkehren. »Ich muß noch einen Platz finden, wo ich einen bauen kann.«

Roo lachte. »Sieh mich nicht so an. Ich habe dir bereits ein Lagerhaus in Finstermoor überlassen. Außerdem besitze ich keine Gebäude am Tempelplatz.«

Nakors Augen leuchteten auf. »Ja! Der Tempelplatz. Dort werden wir bauen.«

»Bauhandwerker habe ich«, sagte Roo. Dann musterte er Nakor scharf. »Aber zur Zeit kann ich mir keine Wohltätigkeiten leisten.«

»Ach«, erwiderte Nakor und lachte. »Demnach hast du also Geld. Du bist doch immer nur dann knauserig, wenn du Gold hast. Sobald du pleite bist, wirst du großzügig.«

Roo lachte ebenfalls. »Du bist der erstaunlichste Mann, den ich kenne, Nakor.«

»Ja, der bin ich in der Tat«, stimmte der kleine Mann zu. »Naja, ich besitze selbst etwas Gold, deshalb wirst du mir den Tempel nicht bauen müssen, aber wie wäre es denn mit einem anständigen Rabatt?«

»Ich werde schauen, was ich für dich tun kann.« Er blickte sich um und überprüfte, ob jemand lauschte. »In der Stadt herrscht ziemliches Durcheinander. Viele Landbesitzer sind verstorben, und die Krone hat noch nicht festgelegt, was wem gehören soll.«

»Meinst du etwa, Patrick hat freies Land noch nicht für sich beansprucht?«

»Du hast es erfaßt«, antwortete Roo. »Jeder, der sich ein Grundstück nimmt, kann es meistens behalten, wenn der wirkliche Besitzer nicht mit Nachdruck auf seinem Eigentum besteht. Zufällig weiß ich, daß ein freies Grundstück im Nordwesten des Tempelplatzes, neben dem Tempel der Lims-Kragma, einem früheren Geschäftspartner von mir gehörte. Es war schwierig zu verkaufen, weil es zwischen dem Tempel der Totengöttin und dem Tempel von Guis-wa liegt. Der alte Crowley wollte es mir einmal andrehen, aber ich habe abgewinkt. Da Crowley den Krieg nicht überlebt hat, erhebt niemand Anspruch auf das Land.« Roo fuhr im Flüsterton fort: »Er hat keine Erben hinterlassen. Wenn du es dir also nicht schnappst, fällt es sowieso an die Krone.«

Nakor grinste. »Ob es zwischen der Totengöttin und dem Jäger mit den roten Kinn liegt, interessiert mich nicht, daher wird auch unsere Dame nichts dagegen einzuwenden haben. Ich werde es mir mal ansehen.«

Roo warf einen Blick zurück zu der Statue. »Die ist wirklich sehr schön.«

Nakor lachte. »Der Bildhauer wurde inspiriert.«

»Das glaube ich wohl. Von wem denn?«

»Von einer meiner Schülerinnen. Sie ist etwas ganz Besonderes.«

»Das sieht man«, stimmte Roo zu.

Während Nakor wieder auf seinen Wagen kletterte und den Arbeitern bedeutete, auf die Ladefläche zu steigen, fragte er: »Und wo willst du hin?«

»Nach Ravensburg. Ich trage mich mit der Absicht, das Gasthaus Zur Spießente für Milo wiederaufzubauen. Da seine Tochter jetzt in Finstermoor wohnt, wird er mir sicherlich die Hälfte davon verkaufen.«

»Du gehst unter die Gastwirte?« fragte Nakor ungläubig nach.

»Ich mische in jedem Geschäft mit, aus dem sich Gold holen läßt, Nakor.«

Nakor lachte, winkte, fädelte sich in den Verkehr ein und fuhr in Richtung Stadt davon.

Roo kletterte auf seinen Kutschbock und betrachtete die Statue erneut. Auch andere Passanten schauten sie sich im Vorbeigehen an oder blieben sogar stehen. Eine Frau trat an die Figur heran und berührte sie ehrfürchtig, und Roo dachte, der Bildhauer müsse von seinem Modell in der Tat inspiriert worden sein.

Er gab den Pferden die Zügel und drängte sich in den Verkehr. Noch immer war das Leben schwierig, aber seit er Vasarius gefangengenommen hatte, sah es wieder etwas besser aus.

Schließlich hatte er endlich entdeckt, wie sehr er seine Kinder liebte, und Karli war heute eine viel bessere Lebensgefährtin für ihn, als er sich bei der Heirat hätte träumen lassen. Obwohl er seit dem Winter von der Krone kein Gold erhalten hatte, konnte er eines Tages, das wußte er, diese Schulden zu seinem Vorteil nutzen. Wenn er nur einen gewissen Grundstock an flüssigen Mitteln aufbrachte, könnte er die Schulden in Lizenzen und Konzessionen verwandeln. Wenn schließlich zwischen dem Königreich und Kesh von neuem Frieden herrschte, würde der Handel mit Luxusgütern wieder aufblühen, und da Jacob Esterbrook nun tot war, hätte er bei den Geschäften mit dem Süden keinen ernsthaften Widersacher mehr zu fürchten.

»Ja«, sagte Roo leise zu sich selbst, während er den Wagen in Richtung seiner Heimat lenkte. Die Dinge würden sich ganz bestimmt zum Besseren wenden.

»Wenn es noch schlimmer wird, verlieren wir möglicherweise alles«, sagte Jimmy.

Herzog Duko nickte. »Wir sitzen in Endland fest.« Er zeigte auf die Karte. »Offenbar zeigen sie keinerlei Anstrengungen, den Ort einzunehmen, aber an Rückzug denken sie ebenfalls nicht.«

Sie saßen im größten Raum des größten Gasthauses in Port Vykor, einer Stadt, die es vor fünf Jahren noch nicht gegeben hatte. Nachdem er die Siedlung gesehen hatte, dachte Jimmy, falls der erste Prinz von Krondor nicht vor vielen, vielen Jahren ein Stückchen weiter nach Süden gezogen wäre, müßte dies der Ort sein, an dem die Hauptstadt des Westlichen Reiches stand – und nicht Krondor.

Der Hafen war geräumig und öffnete sich zu einer ruhigen Bucht hin, die eine gewisse Sicherheit vor den Launen des Bitteren Meeres bot. Die Anleger konnten nach Bedarf bis zu einer Länge von mehreren Meilen erweitert werden, und über eine breite Straße aus dem Nordosten war die Stadt auch vom Land her gut zu erreichen. Um das militärische Lager herum, das den Hafen mit einer Holzpalisade umgab, ließen sich inzwischen Händler und Geschäftsleute nieder. In einigen Jahren würde hier eine richtige Stadt stehen, dachte Jimmy.

Er war hierhergeeilt, so schnell ihn sein Pferd tragen konnte, und hatte Duko seine Befehle vor zwei Tagen übergeben. Daraufhin hatte er sich einen Tag ausgeruht und überwiegend geschlafen.

Duko hatte die Patrouillen verstärkt, und inzwischen trudelten die Kundschafter mit ihren letzten Berichten ein.

Jimmys linke Schulter war zwar übel angeschwollen, die blauen Flecken wurden indes langsam gelb und grün und begannen zu verblassen. Mehrere kleinere Schnittwunden waren versorgt worden, und obwohl er sich angeschlagen fühlte, befand er sich auf dem Weg der Besserung und würde in einigen Tagen wieder ganz der alte sein.

Mittlerweile schätzte er den General, der früher auf der anderen Seite gekämpft hatte. Lord Duko war ein nachdenklicher Mann, der, hätte er im Königreich das Licht der Welt erblickt, hoch aufgestiegen wäre, vielleicht sogar so hoch, wie ihn die Kapriolen des Schicksals nun tatsächlich gebracht hatten. Auf gewisse Weise beruhigte es Jimmy, daß eine sehr wichtige Stellung im Königreich von einem talentierten und intelligenten Mann besetzt wurde.

Er hatte Duko nicht gefragt, was genau in den Befehlen von Prinz Patrick gestanden hatte. Gewiß würde der Herzog ihm alles mitteilen, was er wissen mußte.

Duko winkte Jimmy zu einem anderen Tisch, auf dem Speisen und Wein standen. »Hungrig?«

Jimmy lächelte. »Ja«, antwortete er, erhob sich von seinem Stuhl und ging hinüber.

»Ich habe keine Diener«, erklärte Duko. »Angesichts der Leichtigkeit, mit der sich dein Keshianer in den Palast von Krondor einschleichen konnte, hege ich jedem gegenüber, den ich nicht genau kenne, Mißtrauen. Ich fürchte, damit habe ich mich bei den Offizieren, die diesen Posten vorher innehatten, nicht besonders beliebt gemacht. Jene, die nicht nach Norden abberufen wurden, habe ich auf Posten am Hafen oder in Endland versetzt.«

Jimmy nickte. »Nicht gerade sehr höflich, aber dafür raffiniert.«

Der alte General lächelte. »Danke.«

»Mein Lord«, sagte Jimmy, »ich stehe zu Eurer Verfügung. Prinz Patrick wünscht, daß ich Euch in jeder Art und Weise diene, die Ihr als angemessen erachtet, und gleichzeitig soll ich auch die Verbindung zwischen Euer Gnaden und der Krone halten.«

»Demnach seid Ihr Patricks Spion an meinem Hof?«

Jimmy lachte. »Ihr werdet es sicherlich gutheißen, wenn er einem früheren Feind wie Euch mit einem gewissen Mißtrauen und einer Portion Vorsicht begegnet, mein Lord.«

»Das verstehe ich durchaus, obwohl es mich nicht unbedingt glücklich macht.«

»Ihr werdet mich gewiß nützlich finden, Sir. Natürlich wird man Euch auf absehbare Zeit mit prüfenden Blicken bedenken, und das nicht nur von der Krone her; viele Adlige im Osten haben Söhne und Brüder, die sie gern in einem der freien Ämter im Westen unterbringen würden. Manche werden hier unangekündigt ihre Aufwartung machen. Bei einigen handelt es sich wahrscheinlich um ehrenhafte Freiwillige, die im Kampf gegen Kesh Ruhm erringen wollen. Andere hingegen werden alle Mittel einsetzen, um Euch in Verruf zu bringen, oder einfach nach Informationen suchen, die sie an interessierte Parteien verkaufen können. Die Politik am Hof im Osten ist von Natur aus gefährlich und schwierig. Ich könnte Euch dabei helfen, einen großen Teil dieses Unsinns abzuwehren.«

»Das glaube ich Euch gern«, sagte Duko. »An erster Stelle bin ich ein Soldat, aber in meiner Heimat steigt man nicht zu einem der wichtigsten Generäle auf, wenn man sich im Umgang mit Prinzen und Regenten nicht auskennt. Diese sind im großen und ganzen mehr damit beschäftigt, ihre Eitelkeit zu pflegen, anstatt Lösungen für Probleme zu finden, und oft mußte ich mich gegen solche Männer schützen, die am Hofe meines Arbeitgebers Umtriebe gegen meine ureigensten Interessen schürten. Vielleicht unterscheiden wir uns doch nicht so sehr.«

»Nun, jemand, der die Geschichte des Königreichs betrachtet und annimmt, für jeden Sieger habe es nicht mindestens einen Verlierer gegeben oder der Westen habe das Königreich mit offenen Armen willkommen geheißen, ist ein Narr. Die Schreiber des Königs haben unsere Geschichte aufgezeichnet, und solltet Ihr unsere Annektierung des Westens einmal aus einer anderen Perspektive betrachten wollen, so empfehle ich Euch ein oder zwei Bücher aus den Freien Städten, die ein keineswegs freundliches Licht auf unsere Herrscher werfen.«

»Die Geschichte wird stets von den Siegern geschrieben«, stimmte Duko zu. »Allerdings habe ich wenig Gebrauch für Geschichte. Die Zukunft bereitet mir Sorgen.«

»Diese Haltung ist unter den gegenwärtigen Umständen vermutlich die weiseste.«

»Im Moment beunruhigen mich der Offizier aus Kesh und die möglichen Auswirkungen seiner Flucht.«

Jimmy nickte. »Malar zeigte ihm die Dokumente gerade, als wir auf sie stießen. Gegebenenfalls klärt er seine Vorgesetzten gerade über die Bedeutung dieser Befehle auf. Solange er nur glaubt, daß Krondor verletzbar ist, und die Keshianer der Überzeugung anhängen, wir würden wegen der Entlarvung des Spions unsere Truppen in der Stadt des Prinzen verstärken, führt dies zu keinen weiteren Problemen. Sollte er sich jedoch an Einzelheiten erinnern, so kann er seinen Vorgesetzten berichten, daß wir keine Truppen für eine solche Maßnahme zur Verfügung haben.«

»Könnte ich die Keshianer nur aus Endland vertreiben, wäre viel gewonnen«, seufzte Duko.

»Ja, in der Tat. Aber mir ist schleierhaft, wie Ihr diese Aufgabe ohne zusätzliche Truppen erfüllen wollt«, sagte Jimmy. »Einer Belagerung standzuhalten ist eine Sache, aber eine wirkungsvolle Gegenoffensive einzuleiten ...?« Er zuckte mit den Schultern.

»In Anbetracht der Wüste, die sie im Rücken haben, beeindruckt mich, wie gut die Keshianer ihre Armee vor Endland versorgen können«, gestand Duko. »Wenn wir nur einen Teil unserer Flotte zur Verfügung hätten, um ihren Nachschub aus Durbin zu unterbinden, könnten wir ihnen zusetzen, aber ohne diese Hilfe sehe ich keine Möglichkeit. Ich habe den Prinzen bereits um Erlaubnis gebeten, Reeves und ein Geschwader auszusenden, um vor Durbin zu patrouillieren ...« Er verzog das Gesicht. »Der Prinz zeigte sich diesem Gedanken gegenüber nicht sehr aufgeschlossen.«

»Verglichen mit früheren Kriegen gegen Kesh kann man diesen noch immer als ›Mißverständnis‹ erachten. Patrick will ihn natürlich nicht ausweiten. Und mir gehen im Augenblick ebenfalls die Ideen aus, mein Lord.« Er erhob sich. »Wenn Ihr mich nun entschuldigt, ich würde gern einen Spaziergang machen, damit ich wieder einen klaren Kopf bekomme. Sonst schlafe ich an Eurer Tafel ein.«

»Schlaf heilt«, antwortete Duko. »Sollte es Euch belieben, ein Nickerchen zu halten, so werde ich Euch das nicht versagen. Ich habe die Wunden gesehen, die der Keshianer Euch zugefügt hat.«

»Dann werde ich mich, sollte ich mich nach dem Spaziergang weiterhin müde fühlen, vor dem Essen ein wenig hinlegen, mein Lord.«

Duko erteilte ihm mit einer Geste die Erlaubnis, sich zurückzuziehen, und Jimmy verließ den Raum. In dem Gasthaus, das man zum Hauptquartier gemacht hatte, herrschte geschäftiges Treiben, da sich viele Schreiber und Beamte darum bemühten, die Belange des Oberbefehlshabers in die Tat umzusetzen. Mit Erheiterung betrachtete Jimmy, wie diese Schreiber und Beamten rasch die eher laxe Vorgehensweise der Söldner von jenseits des Meeres überwanden. Da die Hauptmänner aus Novindus höchstens über einige hundert Mann verfügten, brauchten sie sich über Ordnung und Logistik nur soviel Gedanken zu machen wie im Königreich ein kleiner Baron. Ein General in Dukos Position dagegen hatte mehrere tausend Mann unter seinem Befehl. Plötzlich wurden diese freien Söldner in eine traditionsreiche, durch und durch organisierte Armee eingegliedert. Jimmy vermutete, daß sich der eine oder andere Beamte ein blaues Auge einhandeln würde, ehe dieser Feldzug vorbei war.

Falls dieser Feldzug überhaupt jemals vorbei sein sollte, dachte Jimmy, während er das Gebäude verließ, um sich Port Vykor genauer anzusehen.

Der Knall einer Peitsche hallte durch die Abendluft. Subai erkannte das Geräusch selbst aus der Ferne. Als Kind hatte er es in den Bergen außerhalb von Durbin oft genug gehört.

Sein Großvater hatte zu den nahezu legendären Kaiserlichen Keshianischen Pfadfindern gehört, den besten Kundschaftern und Spurensuchern im ganzen Kaiserreich. Er hatte seinem Enkel alle Tricks beigebracht, die er kannte, und als die Sklavenjäger die Dörfer nach Jungen und Mädchen für den Sklavenmarkt durchsucht hatten, benutzte Subai diese Fähigkeiten, um sich zu verstecken.

Nach einem solchen Überfall war er zurückgekehrt und hatte seine gesamte Familie tot aufgefunden; sein Vater und sein Großvater waren regelrecht in Stücke gehackt worden, seine Mutter und seine Schwester verschwunden. Obwohl er erst elf Jahre alt gewesen war, hatte er seine wenigen Habseligkeiten zusammengepackt und sich zur Verfolgung der Täter aufgemacht.

Bis er im Hafen von Durbin eintraf, hatte er bereits drei Männer getötet. Diejenigen, die seine Mutter und seine Schwester verschleppt hatten, sollte er niemals finden, und Durbin war ein gefährlicheres Pflaster als die Berge der Umgebung. Als blinder Passagier stahl er sich auf ein Schiff nach Krondor, wo er sich die ganze Fahrt über versteckte.

Da er keine anderen Fähigkeiten besaß, hatte er sich in einem Dorf vor Krondor eine Familie gesucht, bei der er in der Landwirtschaft arbeitete und die ihn im Gegenzug mit Kost und Kleidung versorgte. Mit sechzehn zog er nach Krondor und trat in die Armee ein.

Mit fünfundzwanzig war Subai bereits der Anführer der Späher. Doch auch jetzt, zehn Jahre später, hatte er nicht vergessen, wie der Knall der Peitsche eines Sklaventreibers klang.

Während sie nun die Gegend östlich von Questors Sicht erreichten, hatte er noch fünf Späher bei sich. Zwei hatte er bereits mit Nachrichten zu Marschall Greylock zurückgeschickt. Zwischen Sarth und Questors Sicht waren sie auf keine weiteren Befestigungen gestoßen, lediglich auf zwei Beobachtungstürme, wo Stafettenreiter untergebracht waren, die sich bereit hielten, die Ankunft der königlichen Truppen weiterzugeben. Subai hatte Karten mit ihrer Lage gezeichnet und Erik vorgeschlagen, er solle sie am besten einnehmen, bevor die Besatzung eine Warnung nach Norden senden konnte. Er vertraute von Finstermoor und wußte, seine Blutroten Adler würden diese Stellungen rasch erobern.

Vier seiner Späher hatte Subai oben auf dem Berg gelassen, während er und sein fünfter Gefährte steile Hänge hinunterklettern mußten, um die Herkunft der Geräusche zu erkunden, die sie aus Richtung der Straße hörten. Ihre Pferde befanden sich weit über ihnen und konnten von unten nicht gesehen werden, und man würde die beiden nur dann entdecken, falls sie genau in einen Wachposten liefen.

Doch angesichts des heimtückischen Untergrunds auf dem Weg hinunter zur Küste bezweifelte Subai, ob dort überhaupt Wachen aufgestellt worden waren. Jeden Schritt mußte man behutsam setzen, damit man keine Steine lostrat und den Berg hinab in den Tod stürzte.

Die Bäume waren dick genug, um guten Halt zu bieten, trotzdem ging es nur mühsam voran.

Sie erreichten die Kante eines hohen Steilhangs, unter ihnen lag eine Felswand von wenigstens zwanzig Metern Tiefe, und jetzt wußte Subai, daß sich die Mühe gelohnt hatte. Ohne ein Wort zu sagen, zog er ein aufgerolltes Stück feinen Pergaments und eine Schachtel mit Stiften hervor. So zeichnete er mit knappen Strichen das auf, was er vor sich hatte, und fügte einige erklärende Anmerkungen hinzu. Unten auf die Seite schrieb er eine kurze Erläuterung, dann verstaute er seine Schreibutensilien wieder. Seinen Gefährten forderte er auf: »Präge dir alles genau ein, was du dort unten siehst.«

Sie blieben eine volle Stunde und beobachteten Arbeitsmannschaften, die aus versklavten Bürgern des Königreichs bestanden und tiefe Gräben quer über die Straße aushoben, auf der Greylocks Armee heranmarschieren würde. Mauern wurden errichtet, riesige Bauten aus Stein und Eisen, und nicht, wie weiter im Süden, Erdwälle. Nahe der Front hatte man eine Schmiede errichtet, und ihr höllisches Glühen tauchte die armen Kerle, die für die Invasoren schuften mußten, in rötliches Licht. Überall liefen Wachen herum, die mit Peitschen die bedauernswerten Arbeiter zum Schuften antrieben.

Sie hörten auch Geräusche von Sägen, und in der Nähe der Küste bemerkten sie eine Sägemühle. Auf der Straße waren Reiter und langsame Ochsenkarren unterwegs.

Bei Einbruch der Nacht sagte Subai: »Wir müssen uns auf den Rückweg nach oben machen, sonst sitzen wir hier in der Dunkelheit fest.«

Er erhob sich, und während er bereits losging, rief ihm sein Gefährte zu: »Hauptmann, seht nur!«

Subai blickte in die angegebene Richtung und fluchte. Entlang der Straße brannten, so weit das Auge reichte, helle Feuer in der Abenddämmerung; weitere Schmieden und Fackeln und zudem Hinweise, die Subai eines verrieten: So, wie das Königreich im Moment kämpfte, konnte es diesen Krieg nicht gewinnen. Er stieg den Berg hinauf und wußte, er würde bis zum ersten Licht warten müssen und dann einen ausführlichen Bericht für Greylock verfassen. Danach mußte er nach Norden eilen und Yabon erreichen, bevor die Stadt fiel. Da sich LaMut, Zun und Ylith bereits in der Hand des Feindes befanden, erkannte Subai, daß der König und der Prinz von Krondor sich keineswegs bewußt waren, wie leicht sie die Provinz Yabon für immer verlieren konnten. Und sollte Yabon verlorengehen, war es nur eine Frage der Zeit, bis sich die Invasoren abermals nach Süden wenden und versuchen würden, Krondor und den ganzen Westen zurückzuerobern.

Sechs

Entscheidungen

Wind fegte über den Strand.

Hand in Hand gingen Pug und Miranda spazieren, während die Sonne im Osten über den Horizont stieg. Die ganze Nacht waren sie unterwegs gewesen, hatten ein langes Gespräch geführt und waren sich nun über einige wichtige Themen beinahe einig.

»Aber ich verstehe nicht, warum du ausgerechnet jetzt eingreifen mußt«, wandte Miranda ein. »Ich dachte, nachdem du dich mehrere Wochen in Elvandar ausgeruht und deinen Zorn gegen den Prinz beschwichtigt hast, würdest du dich einfach über Patricks Dummheit hinwegsetzen.«

Pug grinste. »Die Dummheit eines Händlers oder eines Dieners zu ignorieren, ist eine Sache; sie bei einem Prinzen unter den Teppich zu kehren, eine ganz andere. Es geht mir dabei nicht nur um die Saaur. Das sind nur die Auswüchse. Vielmehr dreht es sich darum, wer die Anwendung meiner Kräfte bestimmen darf, die Krone oder ich?«

»Das verstehe ich wohl«, erwiderte sie, »aber warum willst du diese Entscheidung in solcher Hast treffen? Warum wartest du nicht ab, bis deutlich wird, daß man dir aufträgt, gegen dein Gewissen zu handeln?«

»Weil ich eine Situation vermeiden möchte, in der ich zwei Übeln gegenüberstehe und das kleinere wählen muß, um das größere zu verhindern.«

»Trotzdem treibst du die Dinge zu hektisch voran«, widersprach Miranda.

»Ich werde nicht nach Krondor fliegen und Patrick meine Meinung sagen, ehe ich mich nicht um einige andere Angelegenheiten gekümmert habe«, erwiderte Pug.

Sie stiegen über einige Felsen hinweg und näherten sich den Gezeitentümpeln. »Als ich noch ein Junge war und in Crydee lebte, habe ich Tomas' Vater immer angebettelt, mich zu den Tümpeln südlich der Stadt gehen zu lassen. Dort habe ich nach Krebsen und Muscheln gesucht; er konnte eine wunderbare Suppe daraus zubereiten.«

»Das muß schon eine Ewigkeit hersein«, meinte Miranda.

Pug zeigte ihr ein jugendliches Grinsen. »Manchmal kommt es mir tatsächlich wie eine Ewigkeit vor, dann wieder könnte es auch erst gestern geschehen sein.«

»Was ist nun mit den Saaur?« fragte Miranda. »Dieses Problem kannst du nicht lösen, indem du in der Vergangenheit schwelgst.«

»Seit etlichen Nächten, meine Liebe, beschäftige ich mich mit einem der ältesten Spielzeuge meiner Sammlung.«

»Mit dem Kristall, den du von Kulgan geerbt hast?«

»Mit genau dem. Athalfain von Carse hat ihn hergestellt. Ich habe unsere ganze Welt durchkämmt, und ich glaube, dabei habe ich einen Ort gefunden, an den wir die Saaur verfrachten können.«

»Wärst du so nett, ihn mir zu verraten?«

Pug streckte die Hand aus. »Ich muß diesen Transportzauber noch üben. Würdest du bitte eine Schutzhülle um uns aufbauen?«

Miranda tat, worum er bat, und plötzlich waren beide von einer bläulichen, durchscheinenden Kugel umgeben. »Wenn du uns nicht wieder mitten in einem Berg landen läßt, brauchen wir das nicht.«

»Ich gebe mir Mühe«, erwiderte Pug. Er legte ihr den Arm um die Taille. »Versuchen wir es.«

Augenblicklich begann die Landschaft um sie herum zu verschwimmen und löste sich in einer weiten Steppe auf.

»Wo sind wir?« fragte Miranda.

»Die Ethel-du-ath, wie sie in der hiesigen Sprache heißt«, erklärte Pug.

Die blaue Kugel verschwand, und ein heißer Sommerwind umwehte sie. »Das klingt wie Niederdelkianisch«, sagte Miranda.

»Die duathianische Ebene«, ergänzte Pug. »Komm mit.«

Er ging einige hundert Meter in Richtung Süden, bis vor ihnen ein tiefer, steiler Abgrund erschien. »Vor vielen Zeitaltern hob sich dieser Teil des Kontinents an, während sich der andere absenkte. Es gibt keine Stelle, an der diese Steilwand nicht wenigstens zweihundert Meter hoch ist. An zwei oder drei Orten kann man sie erklimmen, aber empfehlen würde ich das nicht.«

Miranda trat hinaus in die Luft und ging einfach weiter. Sie blickte nach unten. »Ganz schön tief.«

»Du Aufschneiderin«, stichelte Pug. »Der untere Teil des Kontinents wurde von Flüchtlingen aus Triasia besiedelt, als der Tempel des Ishap von den Häretikern des Al-maral gebrandschatzt wurde.«

»Ist das der gleiche Haufen, der sich unten in Novindus niedergelassen hat?« fragte Miranda. Sie betrat wieder festen Boden. »Hier oben wohnt niemand?«

»Kein Volk jedenfalls«, antwortete Pug. »Hier gibt es nur Millionen von Quadratmeilen Grasland, sanfte Hügel, Flüsse, Seen, Berge im Norden und Westen und eben diese Felswände im Süden und Osten.«

»An diesen Ort willst du also die Saaur bringen.«

»Solange mir keine bessere Lösung einfällt«, erwiderte Pug. »Hier ist genug Platz, damit sie jahrhundertelang wachsen und gedeihen können. Und irgendwann gehe ich nach Shila und rotte die letzten Dämonen dort aus. Aber selbst dann wird es noch weitere Jahrhunderte dauern, bis das Leben auf dieser Welt wieder ausreichend Fuß gefaßt hat, um die Saaur zu ernähren.«

»Und wenn sie hier nicht leben wollen?« fragte Miranda.

»Den Luxus, ihnen verschiedene Möglichkeiten anzubieten, kann ich mir leider nicht leisten«, entgegnete Pug.

Sie legte ihm die Arme um die Hüfte. »Du bekommst gerade ein Gefühl dafür, wieviel dich diese Möglichkeiten kosten würden, nicht wahr?«

»Habe ich dir eigentlich schon einmal die Geschichte von den Kaiserlichen Spielen erzählt?« fragte er.

»Nein.«

Er hielt sie in den Armen, und plötzlich befanden sie sich wieder am Strand auf dem Eiland des Zauberers. »Na, wer von uns beiden ist nun der Aufschneider?« hielt sie ihm halb im Spaß, halb im Ernst vor.

»Ich glaube, so langsam habe ich es begriffen.« Er lächelte trocken.

Sie boxte ihn spielerisch. »Dir ist nicht erlaubt, lediglich zu ›glauben‹, du habest es begriffen. Das weißt du doch ganz genau, jedenfalls solange du nicht ausprobieren möchtest, wie schnell du einen Schutzzauber aufbauen kannst, wenn du dich in einem Felsen materialisierst!«

»Tut mir leid«, entschuldigte er sich, obwohl seine Miene genau das Gegenteil besagte. »Gehen wir ins Haus.«

»Ich könnte ein bißchen Schlaf gebrauchen«, meinte sie. »Wir haben die ganze Nacht geredet.«

»Es gibt so viele wichtige Dinge zu besprechen.« Er legte den Arm wieder um ihre Taille. Schweigend gingen sie ein Stück den Pfad entlang, der über den Hügel zur Villa führte.

»Ich war gerade erst ein Erhabener geworden«, erzählte Pug, »und Hochopepa, mein Mentor in der Versammlung, überredete mich, an einem großen Fest teilzunehmen, mit dem der

Kriegsherr den Kaiser ehren wollte. Und um einen großen Sieg über das Königreich zu verkünden.« In seine Erinnerungen versunken, schwieg er eine Weile und fuhr schließlich fort: »Die Soldaten des Königreichs sollten gegen die Soldaten der Thuril, dem Volk meiner Gemahlin, antreten. Darüber geriet ich in Zorn.«

»Das verstehe ich wohl«, sagte Miranda. Sie stiegen weiter den Pfad hinauf.

»Ich setzte meine Kräfte ein, um die kaiserliche Arena zu zerstören. Ich ließ Stürme wehen, Feuer vom Himmel fallen, dazu Hagel, ließ die Erde beben, zog also mein gesamtes Repertoire aus dem Ärmel.«

»War bestimmt eine beeindruckende Vorstellung.«

»Ja. Viele tausend Menschen haben sich zu Tode gefürchtet, Miranda.«

»Und du hast die Männer gerettet, die zum Kampf auf Leben und Tod verdammt waren.«

Pug nickte.

»Aber ...?«

»Aber um diesen zweimal zwanzig, zu Unrecht verdammten Männern das Leben zu erhalten, tötete ich am Ende Hunderte, deren einziges Verbrechen darin bestand, auf Kelewan geboren worden zu sein und einem Fest für ihren Kaiser beizuwohnen.«

»Ich glaube, jetzt begreife ich«, sagte Miranda.

»Es war ein Wutanfall, mehr nicht. Wäre ich ruhig geblieben, hätte ich eine bessere Lösung gefunden, aber ich habe mich meinem Zorn hingegeben.«

»Das ist verständlich«, tröstete sie ihn.

»Vielleicht ist das verständlich«, entgegnete Pug, »aber es ist trotzdem unverzeihlich.« Er hielt auf dem Grat der Hügelkette inne, die das Innere der Insel vom Strand trennte, und genoß den Anblick. »Sieh dir das Meer an. Es kümmert sich um nichts. Es ist einfach da und besteht fort. Diese ganze Welt ist einfach da und besteht fort. Shila wird ebenfalls fortbestehen. Wenn der letzte Dämon verhungert ist, wird Shila sich weiterentwickeln. Ein winziger Lebensfunken wird dort aus dem Himmel landen, mit einem Meteor vielleicht, auf den Winden der Magie oder durch Umstände, die zu begreifen ich nicht in der Lage bin. Vielleicht verbirgt sich hinter irgendeinem Felsen noch ein Grashalm, den die Dämonen übersehen haben, oder auf dem Grunde des Ozeans lauert ein kleines Lebewesen darauf, herauszukommen und das Leben auf dieser Welt sprießen zu lassen, selbst wenn ich niemals dorthin zurückgehe.«

»Worauf willst du hinaus, mein Liebster?«

»Es ist eine Verführung, sich selbst für mächtig zu halten, wenn jene in deiner Umgebung weniger Kräfte besitzen – mit den simplen Tatsachen der Existenz, mit der Urgewalt des Lebens und seines Durchhaltevermögens verglichen, sind wir hingegen ein Nichts.« Er sah seine Gemahlin an. »Auch die Götter sind ein Nichts.« Nun wandte er den Blick ihrem Heim zu. »Meinen vielen Jahren zum Trotz bin ich, was das Verständnis dieser Dinge angeht, noch ein Kind. Ich verstehe jetzt, warum es deinen Vater stets getrieben hat, neues Wissen zu gewinnen. Ich verstehe, weshalb Nakor alles Neue, auf das er stößt, regelrecht feiert. Wir sind wie kleine Kinder mit einem neuen Spielzeug.«

Er verstummte, und Miranda sagte: »Von Kindern zu sprechen, macht dich traurig, ja?«

Sie gingen den Pfad hinunter, ließen ein Wäldchen hinter sich und näherten sich dem Garten um ihr Anwesen. Studenten hatten sich im Kreis versammelt und erprobten sich an einer Aufgabe, die Pug ihnen am gestrigen Tag gestellt hatte.

»Als ich den Tod meiner Kinder fühlte, mußte ich meine ganze Willenskraft aufbieten, um nicht loszufliegen und diesem Dämon erneut gegenüberzutreten«, erklärte Pug.

Miranda senkte den Blick. »Glücklicherweise hast du das unterlassen, mein Liebster.« Im stillen gab sie sich noch immer die Schuld daran, ihn angestachelt zu haben, den Dämon zu früh anzugreifen, denn dabei wäre er beinahe ums Leben gekommen.

»Nun, vielleicht haben mich die Wunden etwas gelehrt. Hätte ich Jakan noch in Krondor herausgefordert, wäre ich wahrscheinlich nicht mehr am Leben gewesen, um ihn in Sethanon zu besiegen.«

»Willst du dich deshalb bei der Vertreibung von General Fadawah aus Ylith nicht beteiligen?«

»Patrick wäre nur allzu froh, wenn ich auftauchte und die gesamte Provinz niederbrennen würde. Dann würde er einfach Siedler aus dem Osten holen, neue Bäume pflanzen lassen und einen großen Sieg verkünden. Die Menschen, die dort leben, würden ihm wohl kaum zustimmen – und auch die Elben oder Zwerge nicht. Außerdem sind die meisten dieser Männer nicht bösartiger als jene, die Patrick dienen. Die Politik interessiert mich von Tag zu Tag weniger.«

»Sehr weise«, lobte Miranda. »Du bist ein mächtiger Mensch, ebenso wie ich, und wir beide zusammen könnten eine ganze Nation erobern.«

»Ja.« Pug grinste, sein erstes Lächeln seit der Geschichte über die Zerstörung der Arena. »Was würdest du damit anfangen?«

»Frag Fadawah«, schlug ihm Miranda vor. »Er hat offensichtlich Pläne.«

Sie betraten das Hauptgebäude des Anwesens, und Pug sagte: »Mich plagen größere Sorgen.«

»Ich weiß«, antwortete sie.

»Dort draußen ist etwas«, fuhr Pug fort, »etwas, dem ich seit Jahren nicht mehr begegnet bin.«

»Was?«

» Ich bin mir gar nicht sicher«, gestand der Magier. »Wenn

ich es herausgefunden habe, teile ich es dir mit.« Mehr sagte er nicht. Beide wußten um die Existenz des Bösen draußen im Kosmos, um den Namenlosen, der die Wurzel allen Übels war, das sie in diesem Jahrhundert erlebt hatten. Und dieses Böse hatte menschliche Handlanger, Männer, denen Pug in der Vergangenheit mehr als einmal begegnet war. Zwar behielt er seine Gedanken für sich, dennoch erinnerte er sich noch sehr gut an den Handlanger von Nalar, einen wahnsinnigen Magier namens Sidi, der vor fünfzig Jahren großen Schaden angerichtet hatte. Pug glaubte, der Mann sei tot, sicher war er sich dessen jedoch nicht. Falls es nicht Sidi war, den er dort draußen spürte, war es ein anderer, der ihm glich, und beide Möglichkeiten erzeugten in Pug Entsetzen und Furcht. Sich mit diesen Mächten einzulassen war eine Aufgabe, die Pug sich niemals hätte vorstellen können, als er noch Erhabener der Versammlung war, und auch nicht während der Zeit, da er Stardock gründete.

Diese Aufgabe erfüllte ihn mit dem Gefühl der Niederlage, bevor er sich überhaupt mit ihr befaßt hatte. Er dankte den Göttern für Miranda, denn ohne sie hätte er sich längst der Verzweiflung hingegeben.

Dash blickte auf und sah ein Gesicht, das er kannte. »Talwin?«

Der frühere Gefangene ging an den beiden Wachtmeistern vorbei, die am Tisch saßen, Kaffee tranken und sich auf ihren nächsten Streifengang vorbereiteten. »Kann ich unter vier Augen mit dir sprechen?« fragte der Mann, der nach Dashs Flucht aus Krondor verschwunden war.

»Sicher«, antwortete Dash, stand auf und winkte einem Mann in der gegenüberliegenden Ecke des umgebauten Gasthauses zu. Nachdem sie außer Hörweite der anderen Wachtmeister waren, sagte Dash: »Ich habe mich gefragt, was dir wohl zugestoßen ist. Ich habe dich und Gustaf vor einem Zelt verlassen, um Bericht zu erstatten, und bei meiner Rückkehr war nur noch Gustaf da.«

Talwin griff in sein Gewand und zog ein verblichenes, offensichtlich altes Pergament hervor. Dash las:

An alle, die dies lesen:

Der Besitzer dieses Dokuments wird sich durch einen Leberfleck am Hals und eine Narbe auf der Rückseite des linken Armes ausweisen. Er steht in Diensten der Krone, und ich bitte, ihm jegliche Hilfe und Unterstützung zukommen zu lassen, die er verlangt, ohne ihm im Gegenzug Fragen zu stellen.

*Gezeichnet
James, Herzog von Krondor*

Dash runzelte die Stirn. Er blickte Talwin an, und der Mann deutete auf den Leberfleck am Hals, rollte dann seinen linken Ärmel hoch und zeigte die Narbe.

»Wer bist du?« fragte Dash leise.

»Ich war in Diensten deines Großvaters und später deines Vaters.«

»In Diensten?« fragte Dash. »Einer seiner Spione, meinst du.«

»Unter anderem«, antwortete Talwin.

»Und vermutlich ist Talwin auch nicht dein richtiger Name.«

»Er erfüllt seinen Zweck«, erwiderte Talwin. Er senkte die Stimme und fügte hinzu: »Der Sheriff von Krondor sollte wissen, daß ich jetzt im Westlichen Reich die Verantwortung für die Spionage trage.«

Dash nickte. »So wie ich meinen Großvater kannte, hat er nicht gerade viele solcher Vollmachten erteilt, deshalb bist du gewiß ein sehr wichtiger Spion. Warum hast du mir dieses Papier nicht früher gezeigt?«

»Ich trage es nicht bei mir; zuerst mußte ich es aus dem Versteck holen. Falls mich die falschen Leute durchsuchen und es bei mir finden, bin ich ein toter Mann.«

»Und warum jetzt?«

»Obwohl das Leben langsam in die Stadt zurückkehrt, ist der Alltag noch lange nicht wiederhergestellt. Deine Aufgabe ist es, die Ordnung sicherzustellen, und meine, feindliche Spione aufzustöbern.«

Dash schwieg einen Moment und sagte dann: »Sehr gut. Was brauchst du?«

»Wir müssen uns zusammentun. Bis wieder ausreichend Personal im Palast ist, damit ich dort unbemerkt meiner Arbeit nachgehen kann, brauche ich eine andere Anstellung, in der ich in allen Teilen der Stadt herumschnüffeln kann, ohne daß die Leute zu viele Fragen stellen.«

»Du möchtest demnach Wachtmeister werden«, ergänzte Dash.

»Ja. Wenn die gegenwärtige Bedrohung vorüber und die Stadt sicher ist, gehe ich zurück in den Palast und lasse dich in Ruhe. Im Augenblick brauche ich den Posten des Wachtmeisters.«

»Erstattest du dann mir Bericht?« fragte Dash.

»Nein«, erwiderte Talwin, »dem Herzog von Krondor.«

»Es gibt keinen Herzog von Krondor«, sagte Dash.

»Im Moment nicht«, aber bis es soweit ist, erstatte ich dem Herzog Brian Bericht.«

Dash neigte den Kopf und zeigte so, daß ihm dies sinnvoll erschien. »Hast du ihn schon von deiner Existenz in Kenntnis gesetzt?«

»Noch nicht«, erwiderte Talwin. »Je weniger Menschen über mich Bescheid wissen, desto besser. Gerüchten zufolge schickt der König Rufio, den Grafen Delamo aus Rodez hierher, damit er das Amt übernimmt. Falls sich das bewahrheitet, werde ich mich ihm bei seiner Ankunft vorstellen.«

»Ich bin nicht glücklich darüber, einen falschen Wachtmeister unter meinen Männern zu haben«, meinte Dash, »aber ich kenne das Geschäft. Ich möchte nur eins: Wenn du dort draußen auf jemanden stößt, über den ich Bescheid wissen sollte, teile es mir mit.«

»Das werde ich tun«, stimmte Talwin zu.

»Also, was brauchst du sonst noch von mir?«

»Ich muß wissen, wer deine beiden Männer umgebracht hat.«

Plötzlich hatte Dash einen Geistesblitz. »Du meinst, wer deine beiden Agenten ermordet hat, ja?«

Talwin nickte. »Wie bist du darauf gekommen?«

»Die Spötter. Jemand hat mir gesagt, ich solle herausfinden, wo Nolan und Riggs gearbeitet haben, ehe sie Wachtmeister wurden.«

»Sie haben im Hafen viel für deinen Großvater und deinen Vater gearbeitet. Während des Falls der Stadt haben wir uns verkrochen und auf diese Weise überlebt. Ich wurde jedoch gefangengenommen und saß in dieser Arbeitsmannschaft fest, bis du aufgetaucht bist. Ich konnte es nicht riskieren, irgendwem den Weg nach draußen zu zeigen; gleichzeitig wurde ich aber auch die Wachen und die anderen Gefangenen nicht los. Als du den Ausbruch angeführt hast, war das für mich ein Geschenk des Himmels. Uns an den Spöttern vorbeizuführen, war noch einmal eine großartige Leistung.«

»Gern zu Diensten«, erwiderte Dash trocken.

»Nolan und Riggs gehörten ebenfalls zu den Arbeitsmannschaften, und sie entkamen, nachdem Duko sein Tauschgeschäft mit dem Prinzen abgewickelt hatte. Ich habe sie dir untergeschoben, weil ich mein Netz neu aufbauen mußte.« Betrübt fügte er hinzu: »Die beiden waren meine letzten Leute in der Stadt.«

»Folglich mußt du ganz von vorn beginnen.«

»Ja. Das ist auch der einzige Grund, weshalb ich mich an dich gewandt habe.«

»Ich verstehe«, sagte Dash. »Die Umstände zwingen uns also zusammenzuarbeiten. Jemand hat einen meiner besten Spitzel umgebracht, weil ich ein wenig herumgefragt habe, wer für den Tod deiner Männer verantwortlich ist.«

»In Krondor möchte sich uns jemand vom Hals schaffen«, stellte Talwin fest.

»Trotzdem haben wir nicht genug Männer, um alle Aufgaben zu erledigen, die anstehen. Schnüffle herum, und ich werde dich nicht mit dem alltäglichen Kram belästigen. Falls dich jemand fragt, bist du mein Stellvertreter und führst Botengänge für mich aus. Ich glaube, wir sollten möglichst schnell noch einen Dritten einweihen.«

»Wen?«

»Gustaf ist ausgesprochen verläßlich.«

»Ich halte ihn kaum für einen guten Agenten«, zweifelte Talwin.

»Ich eigentlich auch nicht«, gestand Dash, »aber es kann ja nicht jeder ein hinterhältiger Bastard sein. Nichtsdestotrotz sollte eine dritte Person wissen, was vor sich geht, damit Brian von Silden den Grund erfährt, wenn uns eines Tages das gleiche Schicksal ereilt wie Nolan und Riggs.«

»Einverstanden. Zum anderen müssen wir auch in den Kanälen ein paar Männer unterbringen.«

Dash grinste. »Eigentlich nicht. Wir müssen nur mit den richtigen Leuten ein Geschäft abschließen.«

»Mit den Spöttern?«

»Die glauben, eine andere Bande wolle nach Krondor hereindrängen, nur wissen du und ich es besser.«

Talwin nickte. »Männer aus Kesh oder Queg.«
»Oder beides.«
»Wer immer sie sind, wir müssen sie erwischen, und zwar bald, denn wenn eines dieser Länder erfährt, daß wir hier mit lediglich fünfhundert Mann unter Waffen sitzen, könnten wir alle tot sein, bevor im Winter der erste Schnee fällt.«
»Ich kümmere mich um die Spötter«, erklärte Dash. »Du suchst dir neue Spione. Ich möchte gar nicht wissen, wer sie sind, solange du sie nicht in meiner Stadtwache plazierst.«
»Einverstanden.«
»Du wirst Mittelsmänner einsetzen, nehme ich an.«
»Richtig.«
»Stell eine Liste auf und gib sie mir. Ich werde sie in meinem Zimmer im Palast verstecken.« Er grinste. »Im Moment schaffe ich es höchstens einmal in der Woche bis dorthin, um zu baden und meine Kleidung zu wechseln. Ich werde eine versiegelte Mitteilung an Lord Brian hinterlassen, auf die ich schreibe: ›Nach meinem Ableben zu öffnen‹, damit er die Liste finden kann.«
»Sobald ich mein Netz aufgebaut habe, möchte ich, daß diese Liste vernichtet wird.«
»Gerne doch«, erwiderte Dash, »nur, was nützen Spione dort draußen, wenn du und ich nicht mehr sind und sie niemanden haben, über den sie ihr Wissen an die Krone weiterleiten können?«
»Ich verstehe«, sagte Talwin.
»Komm mit«, forderte Dash ihn auf.
Er führte Talwin in die Mitte des Raums. Den beiden Wachtmeistern erklärte er: »Das ist Talwin. Ich habe ihn gerade zu meinem neuen Stellvertreter ernannt. Er wird meinen Posten übernehmen, falls ich abwesend bin. Ihr zwei könnt ihn ein wenig herumführen und ihm alles zeigen; dann tut ihr, was er sagt.«

Talwin nickte, und Dash holte eine rote Armbinde für ihn. Nachdem der Spion gegangen war, setzte sich der Sheriff und machte sich wieder an die Arbeit. Dabei fragte er sich, wie viele andere kleine Überraschungen sein Großvater und sein Vater dort draußen wohl noch für ihn hinterlassen hatten.

»Dieser buntgekleidete Kerl auf dem temperamentvollen Hengst ist ein Herr mit Namen Marcel Duval, Junker am Hofe des Königs und ein enger Freund des ältesten Sohnes des Herzogs von Krondor«, erklärte Jimmy.

»Temperamentvoller« Hengst war genau die richtige Beschreibung, denn das schwarze Tier schnaubte und scharrte mit den Hufen und schien jederzeit bereit zu sein, seinen Reiter abzuwerfen. Der Junker versuchte gar nicht erst abzusteigen, bis ein Bursche herbeilief und das Pferd am Zaumzeug festhielt. Daraufhin kletterte er rasch aus dem Sattel und brachte sofort einigen Abstand zwischen sich und den Hengst.

Duko lachte. »Warum hat er sich denn dieses aufsässige Tier ausgesucht?«

»Eitelkeit«, erwiderte Jimmy. »Östlich von Malacs Kreuz kommt das gar nicht gerade selten vor.«

»Und welche Kompanie ist das?« fragte der General.

»Seine private Leibwache. Viele Adlige im Osten gönnen sich eine solche Truppe. Bei Paraden sind sie sehr hübsch anzusehen.«

Ein Blick auf die Begleitmannschaft des Junkers verriet, daß diese Einheit in der Tat eher für Paraden als für den Kampf aufgestellt worden waren. Die Männer saßen allesamt auf schwarzen Pferden, die einander der Größe nach glichen und keinerlei auffallende Kennzeichen aufwiesen. Jeder Soldat trug eine hirschfarbene Hose, die jeweils in kniehohen Reitstiefeln steckte. Die Farbe paßte genau zu den roten Wappenröcken, die an Schultern, Ärmeln und Kragen schwarz abgesetzt waren.

Ihre glänzenden Brustharnische waren augenscheinlich aus Messing, und jeder Mann hatte sich einen gelben Umhang um die linke Schulter geschlungen. Auf den Köpfen saßen runde, mit weißem Pelz besetzte Stahlhelme, von denen hinten ein polierter Kettennackenschutz hing. Dazu trug jeder Mann eine lange, schwarz lackierte Holzlanze mit einer glänzenden Stahlspitze.

Duko konnte sich den Spott nicht verkneifen. »Sie werden sich leider schmutzig machen müssen.«

Plötzlich brach Jimmy in schallendes Gelächter aus, und er konnte sich nur mühsam zusammenreißen, während der Junker die Stufen zur Eingangstür des Gasthauses hinaufstieg. Die Tür öffnete sich, und einer von Dukos alten Soldaten sagte: »Ein Herr möchte Euch sprechen, mein Lord.«

Duko ging hinüber zu Duval und streckte ihm die Hand entgegen. »Junker Marcel. Euer Ruf eilt Euch voraus.«

Dem Protokoll zufolge hätte sich der Junker dem Herzog vorstellen müssen, und aus diesem Grunde wurde Duval kalt erwischt. Er stand unsicher da und wußte nicht, ob er die Hand des Herzogs ergreifen oder sich verneigen sollte, daher verbeugte er sich rasch und ungeschickt und griff nach der Hand, die der Herzog genau in diesem Augenblick zurückzog. Jimmy platzte fast vor Lachen.

»Ah ... Euer Gnaden«, grüßte der erschütterte Junker aus Bas-Tyra. »Ich bin hierhergekommen, um Euch mein Schwert zur Verfügung zu stellen.« Er entdeckte Jimmy, der an der Seite stand. »James?«

»Marcel«, erwiderte Jimmy und verneigte sich knapp.

»Ich wußte nicht, daß Ihr hier seid, Junker.«

»Inzwischen heißt es Graf«, verbesserte Duko.

Marcel riß die Augen auf und steigerte damit noch die Komik seiner Erscheinung. Denn während er ansonsten genauso gekleidet war wie seine Männer, bevorzugte er einen größeren

Helm mit stilisierten Flügeln. Aus seinem runden Gesicht ragten zu beiden Seiten die Enden seines gewichsten Schnurrbarts.

»Meinen Glückwunsch«, sagte Marcel.

Jimmy konnte der Versuchung nicht widerstehen. »Man hat mir das Amt nach dem Tode meines Vaters verliehen«, erklärte er ernsthaft.

Marcel Duval hatte den Anstand, aufs fürchterlichste zu erröten, und stammelte den Tränen nahe: »Es tut mir leid ... mein Lord.« Dabei klang seine Stimme so entschuldigend, daß es die Komik seiner Erscheinung noch weiter steigerte.

Jimmy schluckte, um nicht loszuprusten. »Schön, Euch zu sehen, Marcel.«

Duval ignorierte die Bemerkung, da er gesellschaftlich eine totale Niederlage erlitten hatte. Er wandte sich Duko zu und sagte, wobei er sein möglichstes tat, ein militärisches Gebaren an den Tag zu legen: »Ich habe fünfzig Lanzenreiter mitgebracht, die zu Eurer Verfügung stehen, mein Lord!«

»Ich werde meinem Feldwebel auftragen, für sie Quartier zu machen«, sagte Duko. »Solange Ihr unter meinem Befehl steht, Junker, tragt Ihr den Rang eines Leutnants. Eßt doch mit uns.« Duko rief: »Matak!«

Der alte Soldat öffnete die Tür. »Ja?«

»Weist diesem Offizier und seinen Männern einen Platz zu, an dem sie ihre Zelte aufschlagen können.«

»Jawohl, mein Lord«, sagte der alte Soldat, hielt die Tür auf und erlaubte Duval auf diese Weise die Flucht.

Nachdem der Junker draußen war, lachte Jimmy herzhaft, und Duko bemerkte: »Offensichtlich habt Ihr von früher gewisse Vorbehalte gegen ihn, oder?«

»Oh, Marcel ist harmlos, wenn nicht gar langweilig«, antwortete Jimmy. »Als wir noch Jungen in Rillanon waren, wollte er sich immer in Gesellschaften drängen, zu denen er nicht eingeladen war. Ich glaube, er wollte sich bei Patrick einschmeicheln.« Jimmy seufzte. »Aber leider war es ausgerechnet Patrick, der ihn nicht leiden konnte. Francie, Dash und ich sind immer ganz gut mit ihm ausgekommen.«

»Francie?« fragte Duko.

Jimmys Miene trübte sich, da nun all die Erinnerungen in ihm aufstiegen. »Die Tochter des Herzogs von Silden«, erklärte er.

»Nun, er hat fünfzig Mann. Die werden wir ein wenig schleifen, und sollten sie sonst auch weiter nichts machen, so werden sie ganz gewiß auf Patrouille geschickt, damit den Keshianern ihre Anwesenheit auf keinen Fall entgeht.«

»Es wäre schwierig, diese roten Wappenröcke zu übersehen«, meinte Jimmy.

Es klopfte an der Tür, und ein Bote eilte herein. Er reichte Jimmy ein Bündel. »Nachrichten aus Endland, meine Lords.«

Jimmy nahm das Bündel entgegen, öffnete es, und Duko winkte den Mann hinaus. Rasch sortierte Jimmy die Mitteilungen aus, die warten konnten, und öffnete die erste der wichtigen. »Verdammt«, fluchte er, während er den Brief überflog. Der Herzog lernte gerade, die Sprache des Königs zu lesen, doch ging es schneller, wenn Jimmy las und den Inhalt für ihn zusammenfaßte. »Wieder ein Überfall, und diesmal wurden zwei Dörfer südlich von Endland geplündert. Hauptmann Kuvak zieht seine Patrouillen von dort zurück, da die Bewohner geflohen sind und der Schutz des Grafen nicht länger notwendig ist.«

Duko schüttelte den Kopf. »Welcher Schutz? Hätte er die Dörfer tatsächlich beschützt, wären sie wohl kaum geplündert worden!«

Jimmy wußte, angesichts der starren Front lagen bei allen die Nerven blank – vor allem beim Herzog. Kuvak gehörte zu den Offizieren, denen Duko am meisten vertraute, und genau aus diesem Grund hatte er ihm auch die Verteidigung der Burg von Endland übertragen. Jimmy sprang zum Ende des Berichts.

»Sie halten weiterhin großen Abstand zu der Burg, und er konnte zwei weitere Überfälle in der Gegend verhindern.«

Duko trat zum Fenster und sah hinaus auf seine rasch wachsende Stadt. »Kuvak tut, was er kann, das weiß ich. Es ist nicht seine Schuld.« Er warf einen Blick auf die Karte. »Wann werden sie kommen?«

»Sie werden sich nicht auf ewig zurückhalten. Hinter ihren Überfällen und Ausfällen steckt ein bestimmter Grund. Irgendwann werden sie uns wissen lassen, welche Absicht dahintersteckt, aber dann ist es möglicherweise zu spät.«

Jimmy schwieg. Während die Gesandten in Stardock verhandelten, starben Männer beider Nationen. Jimmy wußte, die Keshianer würden in dem Augenblick angreifen, in dem sie glaubten, ihre Verhandlungsposition auf diese Weise stärken zu können.

Ein Überfall auf das Tal der Träume, ein Versuch, die westliche Küste von Endland bis Port Vykor einzunehmen, ein Vormarsch direkt nach Krondor, das alles lag durchaus im Bereich des Möglichen. Und die Truppen des Königreichs konnten lediglich zwei von drei Stellungen verteidigen, wodurch die Wahrscheinlichkeit, daß sie sich irrten, sich auf tragische Weise irrten, bei einem Drittel lag. Und immer wieder ging ihm der keshianische Offizier durch den Kopf, dem mit so wichtigen Informationen die Flucht gelungen war.

»Dort oben«, sagte Dash.

Trina drehte sich um, sah auf und lächelte. Abermals begeisterte es Dash, wie anziehend diese Frau sein konnte, wenn sie sich nur ein wenig Mühe gab. »Du wirst langsam besser, Sheriffchen.«

Er sprang von dem Dachbalken, auf dem er gehockt hatte, und landete leichtfüßig. »Ich habe herausgefunden, für wen Nolan und Riggs gearbeitet haben.«

»Und?«

»Daher weiß ich, daß ihr Mörder weder ein Freund der Krone noch der Spötter ist.«

»Ist denn der Feind meines Feindes mein Freund?«

Dash grinste. »Soweit würde ich nicht gehen. Sagen wir lieber, es würde in beiderseitigem Interesse liegen, wenn wir gemeinsam herausfänden, wer außer den Dieben die Kanäle sonst noch benutzt.«

Trina lehnte sich an die Wand und musterte Dash von oben bis unten. »Als man uns berichtete, du seist neuerdings für die Sicherheit der Stadt verantwortlich, haben wir das zunächst für einen schlechten Scherz gehalten. Allerdings haben wir uns wohl getäuscht. Du ähnelst deinem Großvater doch in vielerlei Hinsicht.«

»Hast du meinen Großvater gekannt?« fragte Dash.

»Nur dem Ruf nach. Unser alter Freund hegte deinem Großvater gegenüber jedoch großen Respekt.«

Dash lachte. »Ich habe immer gewußt, daß mein Großvater ein besonderer Mann ist, ich habe nur nicht geahnt, wie besonders.«

»Denk nur, Sheriffchen. Ein Dieb, der zum mächtigsten Adligen des Königreichs aufsteigt. Was für eine Geschichte.«

»Vermutlich«, sagte Dash. »Aber für mich war er immer nur der Großvater, und diese Geschichten waren eben einfach wunderbare Geschichten.«

»Was schlägst du vor?« wechselte Trina das Thema.

»Ich muß davon in Kenntnis gesetzt werden, sobald ihr irgendeinen dieser Fremden in den Kanälen bemerkt, vor allem, wenn ihr deren Versteck aufstöbert.«

»Weißt du, wer sie sind?« fragte Trina.

»Einen Verdacht hege ich da schon«, erwiderte Dash.

»Würdest du mir den mitteilen?«

»Würdest du das an meiner Stelle tun?«

Sie lachte. »Nein. Was ist dabei für die Spötter drin?«

»Ich nehme an, ihr wollt diese Fremden doch sicherlich ebenfalls loswerden, falls sie euch Schwierigkeiten bereiten, oder?« sagte Dash.

»Bislang bereiten sie uns keine Schwierigkeiten. Nolan und Riggs kannten wir, weil sie uns gewisse Informationen abgekauft haben, und sie haben auch einige Geschäfte mit uns abgeschlossen. Wir haben immer gedacht, sie würden für ein paar Geschäftsleute in der Stadt arbeiten, zum Beispiel für Avery, der manchmal recht ungewöhnliche Wege geht, oder für einen Adligen, der Steuern sparen will. So in der Art.«

Dash entging nicht, daß sie ihn auszuhorchen versuchte. »In wessen Diensten Nolan und Riggs vor dem Krieg auch gestanden haben mögen, sie waren meine Männer, als man ihnen die Kehle durchschnitt. Ob das eine alte Fehde war oder ob sie sich einfach zur falschen Zeit am falschen Ort herumgetrieben haben, kümmert mich nicht. Ich kann in dieser Stadt keine Leute dulden, die glauben, sie dürften meine Wachtmeister nach Belieben umbringen. So einfach ist das.«

»Wenn du es sagst, Sheriffchen. Aber wir haben noch nicht über den Preis gesprochen.«

Dash machte sich in dieser Hinsicht keine Illusionen. Es war reine Zeitverschwendung, ein Angebot zu unterbreiten. »Frag den alten Mann, was er will, aber ich werde keine Zugeständnisse machen, was die Sicherheit der Stadt oder Gnade für Kapitalverbrechen angeht. Meine Ziele erreiche ich auch ohne eure Hilfe.«

»Ich werde ihn fragen«, sagte Trina und wandte sich zum Gehen.

»Trina«, rief Dash sie zurück.

Sie blieb stehen und lächelte. »Möchtest du sonst noch etwas?«

Er ignorierte ihre Zweideutigkeit. »Wie geht es ihm?«

Trinas Lächeln verschwand. »Nicht besonders gut.«

»Kann ich etwas für ihn tun?«

Sie lächelte erneut. »Nein, ich glaube nicht, aber dennoch schön, daß du fragst.«

»Na ja, er gehört irgendwie zur Familie«, erwiderte Dash.

Trina schwieg einen Augenblick, dann streckte sie die Hand aus und tätschelte Dashs Wange. »Ja, mehr, als ich dachte.« Abrupt drehte sie sich um, eilte zur Tür hinaus und verschwand in der Dunkelheit der Straße.

Dash wartete ein paar Minuten, bevor er sich aus dem alten Gebäude hinausschlich. Ein eigentümliches Gefühl bemächtigte sich seiner. Er wußte nicht, ob es Sorge um den alten Mann war, Unruhe wegen möglicher keshianischer Spione in der Stadt oder ob Trina diesen Tumult ausgelöst hatte, als sie ihm die Hand auf die Wange legte. »Wenn sie nur nicht so verdammt anziehend wäre«, murmelte er vor sich hin.

Dann schlug er sich die ablenkenden Gedanken an diese wunderschöne Frau aus dem Kopf und richtete seine Aufmerksamkeit wieder auf den Schutz der Stadt Krondor.

Sieben

Zusammenstoß

Männer schrien.

Erik winkte die dritte Abteilung der Infanterie voran, und die Soldaten marschierten aus der Deckung. Mit einer schweren Ramme war das Tor aufgebrochen worden, und die erste und zweite Welle waren hindurchgeschwärmt und befanden sich nun innerhalb der Barrikade.

Die Nachricht von Subai hatte Erik und Greylock beunruhigt, denn das Bild der Verteidigungsstellungen vor ihnen, das er gezeichnet hatte, erfüllte Erik mit der Sorge, daß sie nicht rechtzeitig durchbrechen könnten, um Yabon zu retten. Das Banapisfest fand in einer Woche statt. Falls es schwere Regenfälle oder einen frühen Wintereinbruch mit Schnee gab, würden sie die Provinz Yabon wahrscheinlich verlieren. Und verloren sie Yabon in diesem Jahr, konnten sie Krondor im nächsten vielleicht nicht mehr halten.

Wenn überhaupt so lange.

Erik konnte sich des Gefühls nicht erwehren, daß Krondor schutzlos dalag und Kesh die Stadt überfallen würde, sobald sich das Kaiserreich dieser Tatsache bewußt wurde. Er hoffte inständig, die Verhandlungen in Stardock würden endlich Erfolg zeitigen.

Damit verscheuchte er seine Sorgen und blickte Owen an. Der Marschall von Krondor nickte, und Erik trieb sein Pferd vorwärts. Aus welchem Grund auch immer hatte Owen Erik befohlen, hinter dem Kommandozelt zu warten und nicht den ersten Angriff zu führen, wie er es am liebsten getan hätte.

Eine Stunde dauerten die heftigen Gefechte an, dann brach der Widerstand plötzlich zusammen. Erik lenkte sein Pferd durch das Tor und stellte erneut fest, daß der Feind keinesfalls Vorkehrungen für eine längerfristige Verteidigung getroffen hatte.

Inzwischen hatten sie die Situation unter Kontrolle. Wie schon bei den letzten Angriffen entsandte er leichte Kavallerie, um die Straße hinaufzureiten und jene aufzuspüren, die nach Norden flüchteten, damit keiner der gegnerischen Soldaten die Hauptarmee erreichte.

Greylock tauchte am Tor der Barrikade auf, und Erik ritt auf ihn zu. »Das ist sinnlos«, sagte er. »Wenn Subai recht hat, hätten wir einfach draußen abwarten und sie aushungern sollen.«

Owen zuckte mit den Schultern. »Dem Befehl des Prinzen zufolge dürfen wir keine Zeit verschwenden.« Er betrachtete die Szenerie, die sich ihm darbot. »Obwohl ich dir, wenn du mir ein Messer an die Kehle setzt, durchaus zustimmen müßte.« Er stellte sich in den Steigbügeln auf. »Mein Hintern sehnt sich nach einem bequemen Stuhl am Kamin des Gasthauses Zur Spießente. Dazu einen Krug Bier und einen Teller Eintopf von deiner Mutter.«

Erik grinste. »Das werde ich ihr erzählen, wenn ich sie das nächste Mal treffe. Sie wird sich geschmeichelt fühlen.«

Owen erwiderte das Lächeln, dann schien er rückwärts aus dem Sattel zu springen, wälzte sich über den Rücken des Pferdes und landete hart auf dem Rücken. Das Tier machte einen Satz nach vorn.

Erik sah in alle Richtungen, doch erblickte er überall nur Söldner, die ihre Schwerter niederlegten, die Hände in die Höhe hoben und hinter die eigenen Reihen getrieben wurden. An manchen Stellen wurde noch gerangelt, und auch in der Ferne flammten sporadisch Gefechte auf, aber denjenigen, der seine Armbrust auf Greylock abgeschossen hatte, konnte er nirgendwo entdecken.

»Verdammt!« Erik sprang vom Pferd und rannte zu seinem alten Freund. Schon bevor er sich hingekniet hatte, begriff er die entsetzliche Wahrheit. Ein Armbrustbolzen ragte oberhalb des Brustharnischs aus dem Hals und hatte den oberen Bereich der Brust und die Kehle in Brei verwandelt. Überall floß Blut, und Owens Augen starrten leblos in den Himmel.

Wut und Hoffnungslosigkeit erfüllten Erik. Er hätte am liebsten laut aufgeschrien, widerstand diesem Drang jedoch. Owen war stets sein Freund gewesen, sogar bereits ehe Erik zum Soldaten geworden war, und sie hatten die Liebe zu Pferden, zum guten Wein von Finstermoor und zu den Früchten ehrlicher Arbeit geteilt. Während er nun den leblosen Leib seines alten Freundes betrachtete, schossen ihm Bilder durch den Kopf, wie sie gemeinsam über Scherze gelacht, gemeinsam über Verluste getrauert hatten. Sein alter Lehrer hatte ihn stets großzügig gelobt und sparsam kritisiert.

Erik drehte sich um und suchte nach Owens Mörder. Ein kurzes Stück entfernt erblickte er zwei Soldaten des Königreichs, die miteinander stritten. Einer hielt eine Armbrust, der andere zeigte in Greylocks Richtung. Erik sprang auf und rannte zu ihnen. »Was ist geschehen?«

Beide Männer sahen ihn an, als wäre der Gott der Mörder, Guis-wa, vor ihnen erschienen. Der eine machte den Eindruck, er würde sich im nächsten Augenblick übergeben. Schweiß trat auf seine Stirn. »Hauptmann ... ich wollte ...«

»Was?« verlangte Erik zu wissen.

Der Mann war den Tränen nahe. »Ich wollte gerade schießen, da wurde der Befehl erteilt, die Kämpfe einzustellen. Ich habe die Armbrust über die Schulter gelegt, und plötzlich ist sie einfach losgegangen.«

»Das stimmt«, bestätigte der andere. »Er hat blind gefeuert. Es war ein Unfall.«

Erik schloß die Augen. Er spürte, wie sein Körper an den

Füßen zu zittern begann, wie es sich über Beine und Bauch bis zur Brust fortsetzte. Von allen Scherzen, die er in seinem Leben gehört hatte, war dies der grausamste. Owen war durch die Hand eines seiner eigenen Männer gestorben, durch einen Unfall, den dieser faule und unachtsame Soldat verursacht hatte.

Er schluckte heftig und drängte Niedergeschlagenheit und Zorn beiseite. Andere Offiziere in der Armee würden diesen Kerl hängen, weil er seine Armbrust nicht entladen und so das Königreich um den Oberbefehlshaber des Westens gebracht hatte. Er sah die beiden Männer an. »Geht. Sofort.«

Sie zögerten nicht und verfielen in Laufschritt, um möglichst viel Distanz zwischen sich und den riesigen jungen Hauptmann zu bringen. Erik stand reglos da, dann drehte er sich um und beobachtete, wie sich Soldaten um die Leiche von Owen Greylock, Marschall von Krondor, scharten. Er drängelte sich zwischen ihnen hindurch, schob sie sanft, aber entschlossen zur Seite, bis er neben seinem alten Freund knien konnte.

Er nahm Owen in die Arme und trug ihn dann wie ein Kind auf das Tor zu. Die Schlacht war noch nicht ganz vorüber, die Lage jedoch unter Kontrolle, und Erik verspürte die Pflicht, den tiefen inneren Drang, seinen alten Gefährten zu seinem Kommandozelt zu tragen; diese Aufgabe wollte er keinem anderen anvertrauen. Langsam ging er die Straße hinunter und hielt seinen teuren Freund fest umklammert.

Die Offiziere hatten sich im Kommandozelt versammelt und schwiegen respektvoll. Erik stand neben Owens freiem Befehlshaberstuhl. Er blickte sich im Raum um. Mehrere Hauptmänner waren älter als er, doch keiner hatte den einzigartigen Rang eines Hauptmanns der Blutroten Adler. Einige Adlige im Zelt waren ebenfalls älter, doch spielten sie in Patricks Befehlsstrukturen untergeordnete Rollen.

Unsicher räusperte sich Erik, bevor er sagte: »Meine Herren, wir stehen vor einem Dilemma. Der Marschall von Krondor ist gefallen, und wir brauchen einen neuen Kommandanten. Bis Prinz Patrick einen ernannt hat, müssen wir unseren Pflichten gemeinsam nachkommen.« Er sah in die Runde. In vielen Blicken, die auf ihn gerichtet waren, bemerkte er Mißtrauen. »Falls Hauptmann Subai anwesend wäre, würde ich ihn gern als unseren Anführer akzeptieren, da er dem Prinzentum schon seit vielen Jahren dient. Oder Hauptmann Calis, meinen Vorgänger, der das Amt des Befehlshabers sicherlich übernehmen würde. Jedenfalls stehen wir momentan einer Situation gegenüber, die gleichermaßen gefährlich und ungünstig ist.«

Erik sah einen der älteren Soldaten an, den Grafen von Makurlic. »Mein Lord Richard.«

»Hauptmann?«

»Von allen Anwesenden seit Ihr der älteste und dient dem Königreich am längsten. Ich würde mich geehrt fühlen, wenn ich Eurer Führung folgen dürfte.«

Der Graf, ein kleiner Adliger aus einer der hintersten Ecken des Königreichs, wirkte sowohl überrascht als auch geschmeichelt. Er sah die anderen an, und da niemand widersprach, antwortete er: »Ich werde so lange den Befehl übernehmen, bis der Prinz einen anderen Mann für diese Aufgabe benennt, Hauptmann.«

Ein beinahe spürbarer Seufzer der Erleichterung ging durch die Versammlung, weil der drohende Konflikt zwischen den handverlesenen Hauptmännern des Prinzen und den eher traditionell orientierten Adligen zunächst abgewendet war. Der Graf von Makurlic sagte: »Zuerst müssen wir den Marschall nach Krondor bringen lassen; danach möchte ich ein Stabstreffen anberaumen.«

Erik von Finstermoor salutierte. »Sir!« Er verließ das Zelt, bevor jemand ein weiteres Wort sagen konnte. Eilig suchte er

Jadow Shati, denn seine eigenen Männer mußten wissen, was zu tun war, ehe einer der anderen Offiziere sie fand und glaubte, ihnen eine andere Aufgabe übertragen zu dürfen. Er würde dem neuen Kommandanten öffentlich gewiß die schuldige Anerkennung zollen, doch würde er seine Männer bestimmt nicht einem Mann überlassen, der sich bis vor einem Jahr überwiegend als Gastgeber rauschender Feste in seinem fernen, friedlichen Anwesen am Meer hervorgetan hatte.

Abgesehen von den Soldaten, die die Gefangenen bewachten, war die gesamte Armee des Westens in Habachtstellung angetreten, während der Wagen mit Greylocks Leichnam nach Süden rollte. Männer, die den Marschall von Krondor kaum gekannt hatten, standen neben solchen, die seit Jahren jeden Schritt mit ihm gemeinsam unternommen hatten.

Trotz des Sieges am gestrigen Tag herrschte im Lager gedrückte Stimmung, und jedermann spürte, die leichten Erfolge lagen nun hinter ihnen, und die Zukunft hielt weitere Verluste und weiteres Leid bereit.

Trommler schlugen langsame Wirbel, und ein einsames Horn blies den Abschiedsgruß, derweil der Wagen an jeder Kompanie vorbeifuhr. Die Männer senkten die Banner und salutierten mit der Faust auf dem Herzen.

Nachdem der Wagen die letzte Kompanie passiert hatte, gesellte sich eine Abteilung von zwanzig handverlesenen Lanzenreitern zu dem gefallenen Befehlshaber der Armee, um ihn auf seiner letzten Reise zur Hauptstadt zu begleiten.

Die Kommandanten der Kompanien entließen ihre Männer, und Richard, Graf von Makurlic, gab Befehl, das Signal zu blasen, das die Offiziere zu ihm rief. Erik eilte in das Zelt des Befehlshabers und verscheuchte das Unbehagen, das er empfand, da er nun einen anderen Mann auf Owens Stuhl sehen mußte.

Graf Richard war ein alter Mann, graues Haar und blaue Augen beherrschten sein Äußeres. Sein langes Gesicht war nach Jahren des Dienstes verwittert, doch seine Stimme klang kräftig und keineswegs zögerlich, als er zu sprechen begann. »Ich ernenne Hauptmann von Finstermoor zu meinem Stellvertreter, meine Herren, denn nur auf diese Weise werden wir unseren Feldzug ohne Verzögerungen fortsetzen können. Aus diesem Grund möchte ich Euch zudem bitten, Eure bisherigen Aufgaben weiterzuführen wie bisher und Euch bei Fragen stets an Hauptmann von Finstermoor zu wenden. Ich werde meinen Sohn, Lelan, anweisen, den Befehl über unsere Kavallerieeinheiten aus Makurlic zu übernehmen. Das wäre dann alles.«

Die Adligen und die Offiziere verließen das Zelt, und Richard bat: »Erik, bleibt bitte noch einen Moment.«

»Sir?« fragte Erik, als sie allein waren.

»Ich weiß, weshalb Ihr mich ausgewählt habt, Junge«, begann der alte Offizier. »Ihr kennt Euch mit Politik gut aus. Das gefällt mir. Allerdings würde es mir ganz und gar nicht gefallen, wenn Ihr mich für Eure persönlichen Ziele benutzen wolltet.«

Erik erstarrte. »Sir, ich werde Eure Befehle befolgen und Euch stets den besten Ratschlag geben, zu dem ich in der Lage bin. Solltet Ihr an meinem Dienst etwas bemängeln, könnt Ihr mich nach Belieben versetzen, und ich würde weder Euch noch dem Prinzen gegenüber dagegen Einspruch erheben.«

»Gut gesagt«, erwiderte der Graf, »aber ich muß wissen, ob Euer Herz am rechten Fleck sitzt. Ich habe beobachtet, wie Ihr Eure Männer im Felde anführt, von Finstermoor, und die Berichte über Eure Taten am Alptraumgebirge ehren Euch; dennoch muß ich wissen, inwieweit ich mich auf Euch verlassen kann.«

»Mein Lord«, erwiderte Erik, »es ist nicht der Ehrgeiz, der mich antreibt. Nur mit Widerwillen bin ich Hauptmann, aber ich diene, so gut es mir gelingt. Wenn Ihr mich von meinem Posten abziehen wollt und mich an der Seite meiner Männer kämpfen laßt, werde ich Eure Befehle befolgen und sofort aufbrechen, um jeden Auftrag auszuführen.«

Der alte Mann musterte Eriks Gesicht. »Das wird nicht nötig sein, Erik. Schildert mir zunächst einmal nur, wie die Dinge stehen.«

Erik nickte. Er umriß seine und Greylocks Befürchtungen, daß diese Reihe bescheiden besetzter Bollwerke allein dazu diene, sie zu einem leichtsinnigen Angriff auf Fadawahs eigentliche Südflanke zu verlocken. Erik zeigte auf einen Stapel Pergamente. »Subais Berichte liegen dort, Sir, und ich möchte Euch vorschlagen, sie unbedingt zu lesen.« Dann deutete er auf die Karte, die auf dem Tisch vor Graf Richard lag. »Wir sind hier, und ungefähr dort« – er tippte auf einen Punkt, der in der Realität sechzig Meilen entfernt war – »müßten wir auf die erste ernsthafte Verteidigungsanlage stoßen. Wenn Subai recht hat, wird es die Hölle, Ylith zu erreichen.«

»Ich nehme an, Ihr beide habt Euch bereits andere Möglichkeiten überlegt, zum Beispiel eine Landung auf dem Gebiet der Freien Städte außerhalb deren Hafen?«

Erik nickte.

»Es wäre mir lieb, wenn Ihr diese verworfenen Ideen später für mich kurz zusammenfaßt, nur für den Fall, daß Ihr oder Owen etwas übersehen habt, was ich mir allerdings kaum vorstellen kann. Sollten unsere Informationen also stimmen, was machen wir dann folglich als nächstes?«

»Ich werde mit einer Patrouille nach Norden ziehen und mir anschauen, wie weit wir ziehen können, bis es richtig schwierig wird. Ich möchte gern mit eigenen Augen sehen, was Subai berichtet hat, mein Lord.«

Richard, Graf von Makurlic, schwieg eine Zeitlang und wog die Möglichkeiten in Gedanken ab. Schließlich sagte er: »Ich werde Prinz Patrick einen Brief schreiben und ihn bitten, mich von diesem Kommando zu entbinden, doch bis dahin sollte ich mich, denke ich, wie ein Kommandant benehmen.

Ihr tut also folgendes: Schickt die Hadati an der rechten Flanke hinauf. Sie bewegen sich in den Bergen besser als jeder andere. Und sie sollen sofort aufbrechen. Dann schickt eine Abteilung Eurer Blutroten Adler an der linken Flanke die Küste hinauf. Sie sollen sich aber nicht vom Feind sehen lassen. Beim ersten Tageslicht werdet Ihr mit meinem Sohn eine berittene Patrouille anführen und die Straße hinaufziehen. Erzeugt soviel Lärm wie Ihr nur könnt.«

Erik nickte. »Das sollte jeden aufscheuchen, der dort im Hinterhalt liegt.«

»Wenn uns die Götter freundlicher gesonnen wären, würden wir Ylith schnell erreichen und uns dort ein anständiges Bier gönnen können. Leider meinen es die Götter in letzter Zeit nicht mehr so gut mit dem Königreich.« Er blickte auf und sah, daß Erik noch dastand. »Nun, jetzt geht, Ihr seid entlassen – oder was immer ich eigentlich sagen müßte.«

Erik grinste den alten Mann an. »Jawohl, Sir.« Er salutierte und verschwand.

Talwin gab Dash aus dem Gebäude heraus ein Zeichen, und dieser winkte durch die offene Vordertür zurück. Dann bedeutete er Talwin und den Männern neben ihm, sie sollten um die angrenzenden Häuser herumschleichen und sich von hinten der Gruppe nähern, die sie verfolgten. Die vier Männer, die eine halbe Stunde auf einen fünften gewartet hatten, standen im Hof hinter einem verlassenen Laden im Armenviertel. Talwin verschwand mit seinen Leuten in der Nacht.

Trotz der Hilfe der Spötter hatte es Dash immerhin eine ganze Woche gekostet, bis er diesen Versammlungsort ausgekundschaftet hatte. Talwin hatte drei der Kerle als vermutliche Spione erkannt, und der vierte war entweder ebenfalls einer oder sogar ihr Auftraggeber. Dash hatte sie belauscht und herausbekommen, daß sie im Augenblick ungeduldig auf einen fünften warteten und bald verschwinden würden, sollte diese Person nicht erscheinen.

Talwin würde, so Dashs Plan, mit seinen beiden Wachtmeistern von hinten aus einer Gasse durch einen halbzerstörten Zaun auf den Hof vordringen. Dash und seine Männer versteckten sich in einem alten Laden auf den Deckenbalken des Obergeschosses.

Er winkte den dreien zu, die sich daraufhin leise auf den Boden hinunterließen. Da Dash der Hintertür am nächsten war, duckte er sich, damit er die Männer im Hof nicht auf sich aufmerksam machte.

»Er kommt nicht«, hörte er einen der vier sagen, einen muskulösen Kerl, der wie ein einfacher Arbeiter gekleidet war. »Wir sollten uns trennen und uns morgen wieder treffen.«

»Vielleicht haben sie ihn erwischt«, erwiderte ein zweiter; er war dünn, sah gefährlich aus und trug Schwert und Dolch im Gürtel.

»Wer?« erkundigte sich der erste.

»Was glaubst du wohl?« höhnte der zweite. »Die Männer des Prinzen natürlich.«

»Dann müßten sie aber ein bißchen flinker sein als bisher«, ließ sich die Stimme eines Mannes vernehmen, der nun aus dem Schatten des Nachbargebäudes trat. »Aber euch hätten sie tatsächlich beinahe geschnappt.«

»Was meinst du damit?« wollte der erste wissen.

»Eben habe ich noch einige Wachtmeister gesehen, die am Eingang dieses Hauses vorbeigeschlichen sind. Ich hatte den Eindruck, sie hätten durch die Tür reingeschaut. Na, vermutlich haben sie euch übersehen.«

Dash entschied, der richtige Zeitpunkt sei gekommen. Er zog sein Schwert und verließ mit seinen drei Wachtmeistern das

Versteck. Der erste Mann drehte sich um und wollte davonlaufen, wodurch er genau mit Talwins Männern zusammenstieß, die in diesem Moment durch ein großes Loch im Zaun auf den Hof traten. »Nieder mit den Waffen!« befahl Dash.

Vier gehorchten dem Befehl, doch der Schlanke, den Dash als gefährlich eingeschätzt hatte, zog Schwert und Dolch. »Lauft!« rief er seinen Gefährten zu und schien ihnen Zeit zur Flucht verschaffen zu wollen, indem er sich auf Dash stürzte.

Der hatte durchaus schon gegen Gegner, die diesen Fechtstil mit zwei Waffen bevorzugten, gekämpft; aber dieser Mann beherrschte die Technik offenbar hervorragend. Einer der Wachtmeister wollte Dash helfen, brachte ihn dadurch jedoch erst recht in Gefahr. »Zurück!« befahl Dash, nachdem er sich unter dem ersten Hieb hinweggeduckt hatte, und der Wachtmeister sprang zur Seite.

Talwin trat hinter den Schlanken und schlug ihm den Schwertknauf auf den Hinterkopf. Dash, dem das lange Warten zuvor zugesetzt hatte, wandte sich an den Wachtmeister und brüllte: »So macht man das! Man haut ihm von hinten eins über die Rübe! Und man geht nicht einfach dazwischen und gefährdet den anderen! Verstanden?«

Der Angesprochene nickte verlegen, und Dash betrachtete die Gefangenen. Der fünfte, der zuletzt eingetroffen war, kam ihm bekannt vor. Er musterte ihn eingehender, dann riß er die Augen auf. »Dich habe ich schon gesehen! Du bist ein Schreiber aus dem Palast!« Der erschrockene Mann erwiderte kein Wort.

»Bringen wir dieses Pack zum Palast und verhören es ein wenig«, schlug Talwin vor. »Wenn du nichts dagegen hast, Sheriff.«

»Keine schlechte Idee, Stellvertreter«, erwiderte Dash.

Die anderen Wachtmeister wußten, daß Talwin eine besondere Stellung einnahm, doch hatte sich bislang niemand dazu geäußert, jedenfalls nicht in Dashs Hörweite. Zwei Gefangenen wurde befohlen, ihren bewußtlosen Kameraden aufzuheben, und dann brach man zum Palast auf.

»Sie sind keine Keshianer«, stellte Talwin fest und schloß die Tür hinter ihnen.
»Für wen arbeiten sie dann?« fragte Dash.
Sie befanden sich in Dashs Zimmer im Palast, das er kaum benutzt hatte, seit er zum Sheriff ernannt worden war. »Ich glaube, sie arbeiten für die Keshianer, obwohl sie es möglicherweise nicht einmal wissen.«
Dash hatte fünf Räume des Palastes in Beschlag genommen, in denen sie die Gefangenen isoliert hatten. Sie sollten keine Möglichkeit bekommen, miteinander zu sprechen, bevor er sie nicht alle verhört hatte. Talwin hatte bisher nur kurz mit jedem der Männer geredet. »Einer von ihnen erscheint mir ganz interessant, Pickney, ein Schreiber aus der Verwaltung des Prinzen. Der Rest ist ... seltsam. Ein vagabundierender Söldner, ein Bäcker, ein Stallbursche und ein Steinmetzgeselle.«
»Kaum die Leute, die man für Verschwörer halten würde«, erwiderte Dash.
Daraufhin meinte Talwin: »Ich glaube, sie sind Dummköpfe. Keiner besitzt auch nur den Verstand einer Fliege. Allein dieser Pickney bereitet mir Sorgen.«
»Ich würde mir eher wegen des Söldners Sorgen machen.«
»Desgarden«, warf Talwin ein, »derjenige, der dich umbringen wollte.«
»Desgarden«, wiederholte Dash. »Er wollte lieber kämpfen, als in Gefangenschaft geraten.«
»Entweder überschätzt er hoffnungslos sein Können mit dem Schwert, oder er ist so dumm, wie ich glaube.«
»Dumm ist er vermutlich«, antwortete Dash, »aber im Gegensatz zu den anderen drei ist er kein ›anständiger‹ Bürger. Er sieht so aus wie jemand, der die dunkelsten Gassen und die un-

terirdischen Kanäle so gut kennt wie seine Westentasche. Vielleicht gehört er zu denen, die im Armenviertel ständig Unruhe stiften.«

Talwin nickte. »Nun, ich werde sie alle ausquetschen. Mal schauen, was ich herausfinde.«

»Gut«, stimmte Dash zu. »Ich denke, heute nacht werde ich mal in meinem eigenen Bett schlafen. Zum ersten Mal seit einem Monat.«

»Übrigens«, fügte Talwin hinzu, »am Ende der Woche werde ich meinen Dienst bei dir wohl quittieren müssen.«

»Was?« sagte Dash und lächelte schwach. »Bin ich ein so schlechter Arbeitgeber?«

»Herzog Rufio kommt an.«

»Steht es fest, daß er der neue Herzog von Krondor wird?«

»Offiziell nicht«, antwortete Talwin, »und von mir hast du nichts gehört.«

Talwin verabschiedete sich und schloß die Tür hinter sich, während Dash bereits die Stiefel auszog. Er legte sich aufs Bett und staunte, wie weich diese Daunenmatratze verglichen mit dem Strohsack im Stadtgefängnis war.

Er fragte sich noch, ob er sie vielleicht dorthin mitnehmen sollte, da war er schon eingeschlafen.

Plötzlich wurde er durch ein Pochen an der Tür geweckt.

»Was denn?« rief er verschlafen und öffnete.

Talwin stand davor. »Wir müssen uns unterhalten.«

Dash winkte ihn herein. »Wie lange habe ich geschlafen?«

»Ein paar Stunden.«

»Das hat noch nicht gereicht«, sagte Dash.

»Wir haben ein großes Problem.«

»Und?« fragte Dash, der langsam wach wurde.

»Diese fünf sind Strohmänner, wie ich mir schon gedacht habe, aber sie arbeiten für jemanden im Palast, und der ist, nach allem, was ich erfahren habe, ein Agent des Kaiserreichs.«

»Im Palast?«

Talwin nickte. »Der Schreiber hält ihn für jemanden, der ein geschäftliches Interesse hat – er glaubt, es könnte dein alter Arbeitgeber Rupert Avery sein.«

»Wohl kaum«, erwiderte Dash. »Wenn Roo etwas wissen will, dann fragt er einfach. Die Krone hat unglaublich hohe Schulden bei ihm, und aus diesem Grund bekommt er fast alle Antworten, die er will.«

»Ich weiß. Er hat gute Verbindungen zu dir, zu von Finstermoor und anderen. Aber diese Vermutung hat Pickney eben geäußert. Desgarden dagegen glaubt, er würde für eine Schmugglerbande aus Durbin arbeiten.«

»Also in Kürze, worum geht es?«

»Diese fünf – und darüber hinaus bestimmt noch andere – haben Informationen gesammelt, und zwar über Vorräte, Anzahl der Soldaten, den Zustand der Befestigungen und sonst alles, was einem möglichen Angreifer Nutzen bringt. Und sie haben es an jemanden im Palast weitergegeben.«

»Jetzt bin ich vollständig verwirrt. Wenn jemand im Palast etwas an jemanden außerhalb des Palastes weitergibt, würde ich das verstehen, aber von außen nach innen?«

»Das hat mich ebenfalls verblüfft. Tatsache ist jedoch, die Person in der Burg gehörte nicht zum engeren Kreis um Patrick.«

»Wer war es?«

»Ein Mann, der hier gearbeitet hat, als Patrick eintraf, und der noch da war, als Duko aufbrach. Ein Mann, der immer und überall dort auftauchte, wo jemand Hilfe bei Dokumenten oder Nachrichten brauchte. Ein Mann namens Malar Enares.«

»Bei den Göttern!« entfuhr es Dash. »Das ist der Diener, den wir letzten Winter in den Wäldern aufgestöbert haben. Er hat behauptet, er stamme aus dem Tal der Träume.«

Talwin schüttelte den Kopf. »Wenn wir Zugang zu den Akten deines Großvaters hätten, würden wir seinen Namen bestimmt auf der Liste der Spione von Groß-Kesh finden.«

Plötzlich sorgte sich Dash um seinen Bruder. »Ich muß nachschauen, ob in den letzten Tagen Nachrichten von Duko aus Port Vykor eingetroffen sind.«

»Enares hat deinen Bruder begleitet, nicht wahr?«

»Genau«, sagte Dash. »Wenn er wirklich ein keshianischer Spion ist, wollte er entweder nach Kesh, um zu berichten, wie schlecht es um die Verteidigung der Stadt bestellt ist, oder er richtet unten in Port Vykor weiteren Schaden an.«

»Schick Duko eine Nachricht, und wenn dein Bruder sicher angekommen ist, laß es mich wissen.«

»Willst du deinen Wachtmeisterposten wirklich aufgeben?« fragte Dash, während er seine Stiefel anzog und dann zur Tür ging.

»Ich denke schon. Nachdem der neue Herzog sein Amt angetreten hat, werde ich die Schäden des Krieges beheben müssen. Einige Agenten, die mir unterstellt waren, wissen gar nicht, ob ich noch lebe. Andere, die ich nicht kenne, sind inzwischen tot. Dein Großvater hatte in seiner Verschlagenheit ein wunderbares Geflecht aufgebaut. Vielleicht werde ich den Rest meines Lebens damit verbringen, aber am Ende werde ich sein Spionagenetz wiederhergestellt haben.«

»Nun, solange ich Sheriff von Krondor bin, brauchst du nur zu fragen, wenn du Hilfe benötigst.«

»Das werde ich«, erwiderte Talwin und folgte Dash zur Tür hinaus.

Talwin wandte sich ohne ein weiteres Wort ab und eilte zurück zu den Räumen, in denen die Gefangenen verwahrt wurden, während sich Dash zum Amtszimmer des Marschalls aufmachte, wo alle einlaufenden militärischen Nachrichten eingetragen wurden, bevor sie an Prinz Patrick oder Lord Greylock im Norden weitergeleitet wurden. Falls Jimmy einen

Brief geschickt hatte, dann wäre er dort verzeichnet. Dash beschleunigte seinen Schritt und rannte fast. Schließlich erreichte er die Tür.

Der verschlafene Schreiber sah auf und fragte: »Ja, Sheriff?«

»Sind in den letzten ein oder zwei Tagen Nachrichten aus Port Vykor eingetroffen?«

Der Schreiber ging eine lange Rolle durch, auf der die jüngsten Eingänge eingetragen waren. »Nein, Sir, in den vergangenen fünf Tagen nicht.«

»Sobald eine eintrifft, sagt mir sofort Bescheid«, wies Dash den Mann an. »Danke.« Er drehte sich um und wollte zu seinem Zimmer zurückkehren. Doch dann warf er einen Blick nach draußen, wo bereits die Sonne aufging. Er ignorierte seine Müdigkeit und machte sich zum neuen Gefängnis am Markt auf. Er hatte eine Menge Arbeit zu erledigen, und er konnte es sich nicht leisten, sich länger um seinen Bruder zu sorgen.

»Sheriffchen«, sagte jemand durchs Fenster.

Dash erwachte. Ein langer Arbeitstag lag hinter ihm, und er hatte sich in das kleine Zimmer im hinteren Teil des alten Gasthauses zurückgezogen.

»Trina?« fragte er, erhob sich und spähte durch die Fensterläden. Als er sie öffnete, erkannte er im Mondschein das Gesicht der jungen Frau.

Grinsend stand er in Unterhosen da. Sein Hemd, seine Hose und seine Stiefel lagen auf einem Haufen neben der Strohmatratze. »Warum vermag ich nur nicht zu glauben, du seist an mein Fenster gekommen, weil du mich so sehr vermißt?«

Sie lächelte ebenfalls und musterte ihn von oben bis unten, bevor sie antwortete: »Schlecht siehst du ja nicht aus, Sheriffchen, aber ich mag Männer mit mehr Erfahrung.«

Dash zog sich an. »Ich fühle mich, als hätte ich genug Erfahrung für einen Mann, der dreimal so alt ist wie ich«, erwiderte er. »Doch so gern ich mit dir schwatze, warum hast du mich geweckt?«

»Wir haben Probleme.«

Dash nahm sein Schwert, reichte es Trina, packte den oberen Teil des Fensterrahmens, zog sich hoch und schob sich hindurch. Nachdem er neben ihr auf dem Boden gelandet war, fragte er: »›Wir‹ wie du und ich oder ›wir‹ wie die Spötter?« Er nahm sein Schwert entgegen und schnallte es sich um.

»›Wir‹ wie ganz Krondor«, antwortete sie. Plötzlich beugte sie sich vor und küßte ihn auf die Wange. »Das mit dem guten Aussehen habe ich durchaus ernst gemeint.«

Dash streckte die Hand aus, legte sie auf ihren Hinterkopf und zog sie zu sich heran. Er küßte sie innig und leidenschaftlich. Schließlich ließ er sie wieder los. »Ich kenne eine Menge Frauen, obwohl ich noch jung bin, aber du bist einfach einzigartig.« Einen Moment lang blickte er ihr tief in die Augen. »Laß mich wissen, wenn du mich für erfahren genug hältst.«

Leise entgegnete sie: »Ich bin eine Diebin, und du bist der Sheriff von Krondor. Meinst du, wir passen zusammen?«

Dash grinste. »Habe ich dir schon mal von meinem Großvater erzählt?«

Gereizt schüttelte sie den Kopf. »Dafür haben wir jetzt keine Zeit.«

»Worin besteht unser Problem?«

»Wir haben die Kerle ausgemacht, die sich in den Kanälen herumgetrieben und vermutlich deine Männer getötet haben.«

»Wo?«

»Nahe der Stelle, wo Kirby gefunden wurde, drüben bei den Fünf Punkten. Da liegt eine große Gerberei, die während der Schlacht bis auf die Grundmauern niedergebrannt ist, aber sie hat einen Keller, und zwar einen großen, und eine Verbindung zur Bucht und zum Kanalsystem.«

»Das würde ich mir gern ansehen.«

»Hab ich mir gedacht.« Er ging los, doch sie sagte: »Dash?«
Er blieb stehen und drehte sich um. »Ja?«
»Der alte Mann.«
»Wie geht's ihm?«
Sie schüttelte langsam den Kopf. »Viel Zeit bleibt ihm nicht mehr.«
»Verdammt«, sagte Dash, und überrascht stellte er fest, wie traurig ihn die Nachricht vom bevorstehenden Tod seines Großonkels stimmte. »Wo ist er?«
»An einem sicheren Ort. Er wird dich nicht sehen wollen.«
»Warum nicht?«
»Er will niemanden außer mir und noch zwei anderen sehen.«
Dash zögerte und fragte schließlich: »Wer wird sein Nachfolger?«
»Meinst du, das bind ich dem Sheriff auf die Nase?« Das Mädchen grinste.
»Wenn ihr genug Schwierigkeiten bekommt, wirst du schon damit herausrücken.«
»Ich werde darüber nachdenken«, beendete Trina das Thema.

Rasch liefen sie durch die Nacht und erreichten bald das verlassene nördliche Viertel der Stadt mit den alten Gerbereien und Schlachthäusern. Trina führte Dash durch eine Reihe von Gassen und leeren Gebäuden. Er prägte sich den Weg genau ein und erkannte, daß dieser von den Spöttern sorgfältig freigeräumt worden war, damit nichts eine möglicherweise notwendige Flucht behinderte.

Sie kamen an verschiedenen Hütten vorbei, von denen kaum mehr als die verkohlten Mauern und Teile das Daches geblieben waren. Sie lagen an einem breiten Wasserlauf, einem Kanal mit Steinkante, durch den entweder das Wasser in der Regenzeit abfloß oder der durch das Wehr am Fluß im Nordosten der Stadt geflutet werden konnte. Jetzt im Sommer und wegen der zerstörten Wehre stand das Wasser in dem von Menschenhand angelegten Fluß niedrig. Trina sprang lässig hinunter, und Dash folgte ihr, wobei er ihre Geschmeidigkeit bewunderte. Sie trug wie gewöhnlich ein Männerhemd und eine schwarze Lederweste, eine enge Hose und hohe Stiefel. Dash bemerkte, daß sie gleichermaßen kräftig und schnell war.

Sie eilte auf ein großes, offenes Rohr am gegenüberliegenden Ufer zu. Es war aus Ton gefertigt, im Feuer gehärtet und mit einem schweren Eisenband umgeben. Über die Jahre war der Ton an der Stelle, wo das Rohr aus der Uferwand ragte, abgebröckelt, und so ragte nur mehr ein drei Fuß langes Metallstück aus dem oberen Rand hervor. Mit einem unglaublichen Satz sprang sie an diese Stange, schwang sich in das Rohr und war verschwunden.

Dash ließ ihr einen Augenblick Zeit, dann sprang er ebenfalls. Und das mit gutem Grund, dachte er, während er sich über zerbrochenes Geschirr, Glasscherben und Metallstücke schwang. Er landete hinter Trina. »Nicht gerade die Art von Abfall, die man gewöhnlich hier erwarten würde.«

»Das soll den übereifrigen Neugierigen entmutigen.«

Ohne ein weiteres Wort zog sie weiter, und Dash folgte ihr.

Sie drangen tiefer in das Labyrinth der Kanäle ein, und die Frau führte ihn mit sicherem Schritt, obwohl von oben fast kein Licht einfiel. Hinter der ersten Abbiegung nach rechts blieb sie stehen, tastete umher und holte eine Lampe hervor. Dash lächelte; diese alte Einrichtung hatte sich offensichtlich nicht geändert.

Sie zündete die Lampe an und blendete sie ab. Das bißchen Licht, das nun nach draußen drang, genügte für ihre Zwecke, doch schon ein Dutzend Meter weiter würde es niemand mehr bemerken, der nicht genau hinsah.

Trina ging Dash wieder durch den Kanal voraus, bis sie eine

Stelle erreichten, wo ihr Tunnel auf zwei weitere große traf. Hier gab es zusätzlich zwei kleinere Rohre, durch die man sich gerade noch krabbelnd fortbewegen konnte. Dieser Ort hieß Fünf Punkte. Trina zeigte auf das linke der kleineren Rohre. Während er sich zum Sprung bereit machte, warnte sie im Flüsterton: »Stolperdraht.«

Dash zog sich hoch, bewegte sich langsam und leise durch die Dunkelheit und tastete vorsichtig umher, weil möglicherweise noch andere Alarmgeber angebracht waren. Zwar hätte Trina ihn vermutlich auch darauf hingewiesen, wenn sie darüber Bescheid gewußt hätte, aber eins hatte Dash von seinem Großvater gelernt: Menschen, die sich zu sicher fühlten, wurden allzuoft kurze Zeit später als Leichen bezeichnet.

Während er gemächlich vorrückte, erwischte er sich dabei, wie seine Gedanken an Trina hingen. Seit er fünfzehn war, hatte er viele Frauen kennengelernt, denn er sah gut aus und war von adliger Abstammung und zudem der Sohn eines der mächtigsten Männer nach dem König. Zweimal hatte er geglaubt, er habe sich verliebt, aber beide Male war dieses Gefühl rasch wieder verflogen. Doch diese Diebin mit ihrer männlichen Kleidung, ihrem ungekämmten Haar und ihrem bohrenden Blick ging ihm nicht mehr aus dem Kopf. In der letzten Zeit hatte er wenig mit Frauen zu tun gehabt, und das spielte dabei sicherlich auch eine Rolle, aber trotzdem war da noch etwas anderes, und er fragte sich, ob die Umstände wohl jemals mehr als ein kleines Techtelmechtel zwischen ihnen erlauben würden.

Plötzlich erstarrte er. Ganz allein kroch er hier durch die Dunkelheit und sollte eigentlich nach Fallen suchen, statt dessen hing er Tagträumen über eine Frau nach. Er schalt sich und hörte im Geiste die Stimme seines Großvaters. Der alte Mann hätte angesichts solcher Nachlässigkeit sicherlich ein Hühnchen mit ihm gerupft.

Er holte tief Luft und schob sich weiter vor. Nach einigen Minuten vernahm er vor sich ein Geräusch. Es war kaum mehr als ein Flüstern, dennoch verharrte Dash. Abermals hörte er es, und während er nun angestrengt lauschte, glaubte er ein im Flüsterton gehaltenes Gespräch zu erkennen.

Wieder kroch er weiter. Und zögerte erneut. Vor sich spürte er etwas. Er streckte die Hand aus und ertastete eine Leine. Nachdem er sie berührt hatte, bewegte er sich nicht mehr. Er lauschte auf einen Alarmruf, auf ein Geräusch, eine Stimme, auf irgend etwas, das ihm verkündete, er habe denjenigen aufgescheucht, der diese Leine gespannt hatte. Da die Stille jedoch lange Zeit andauerte, zog er die Hand zurück und wartete weiter.

Dann berührte er sie noch einmal so vorsichtig wie möglich und strich mit dem Finger rechts an ihr entlang. Er stieß auf eine Metallöse, die in die Wand des Kanals geschlagen und an der die Leine festgebunden war. Auf der linken Seite entdeckte er eine zweite Öse, an der die Leine befestigt war.

Nun fühlte er oben und unten um die Leine herum und stellte so sicher, daß es keine zweite gab. Erst nachdem er sich davon überzeugt hatte, drehte er sich auf den Rücken und schob sich unter der Leine hindurch. Dahinter erhob er sich wieder und krabbelte vorsichtig weiter.

Bald sah er einen schwachen Lichtschein vor sich und arbeitete sich darauf zu. Erneut hörte er die Stimmen, konnte die Worte jedoch noch immer nicht verstehen. Und er kroch weiter vorwärts.

Schließlich erreichte er ein riesiges Auffangbecken, das oben von einem Gitter abgeschlossen wurde, und über sich hörte er Stiefelschritte auf Stein. Dem Geruch nach wurde dieses große Becken als Abort benutzt, und gleichzeitig gab es wohl nicht genug Wasser, um die Fäkalien fortzuspülen.

»Was ist das?« sagte jemand, und Dash erstarrte.

»Eine gebackene Fleischrolle. Gut gewürzt und mit Zwiebeln. Hab sie auf dem Markt gekauft.«
»Was für Fleisch?«
Dash wagte sich näher heran.
»Rind! Was glaubst du denn?«
»Für mich sieht es eher wie Pferd aus.«
»Woher willst du das vom Aussehen her wissen?«
»Laß mich mal probieren. Dann sag ich's dir.«
Dash reckte den Hals. Er bemerkte eine Bewegung und erkannte ein paar Stiefel. Doch die Sicht wurde ihm durch einen Stuhl, der nahe an der Kante des Beckens stand, und den Mann darauf versperrt.
»Rind oder Pferd, was macht das schon?«
»Du willst doch nur etwas, weil du dir selbst nichts zu essen mitgebracht hast.«
»Ich hatte schießlich keine Ahnung, daß wir hier bis ans Ende unseres Lebens warten sollen.«
»Vielleicht sind die anderen auf Schwierigkeiten gestoßen?«
»Könnte sein, aber wir haben einen eindeutigen Befehl. Wir sollen hier warten.«
»Hast du wenigstens Karten dabei?«
Dash machte es sich bequem.

Es ging schon auf die Dämmerung zu, als sich Dash aus dem Rohr wieder zu den Fünf Punkten hinunterließ. Enttäuscht stellte er fest, daß Trina nicht mehr da war. Wahrscheinlich war sie sofort aufgebrochen, nachdem er in das Rohr geklettert war, aber trotzdem hätte es ihm gefallen, wenn sie gewartet hätte. Angesichts der Schwierigkeiten, vor denen er nach seiner Entdeckung stand, mahnte er sich zur Vernunft. Liebeleien konnten warten.

An diesem Ort wollte er jedoch selbst nicht länger verweilen, und so lief er durch die Rohre zurück zu dem oberirdischen

Kanal und dann zum Marktgefängnis. Er wußte, sobald er dort ankäme, mußte er zunächst die Kleidung wechseln und daraufhin schnellstens in den Palast. Diese Angelegenheit war nichts für den Sheriff und seine Wachtmeister, sondern etwas für Brian von Silden und die Armee.

Er zwang sich zur Ruhe, aber wenn er das Belauschte richtig verstanden hatte, richtete jemand einen Sammelplatz ein. Inmitten der Stadt wurden Soldaten bereitgehalten, die an irgendeinem Tag in der Zukunft an den Mauern von Krondor auftauchen würden. Und eines war für Dash sicher: Dieser Tag war nicht mehr fern.

Acht

Geheimnisse

Die Tür öffnete sich.

Nakor trat ein und schüttelte den Kopf: »Nein, nein, nein. So geht das nicht.«

Rupert Avery blickte von den Plänen auf, die ausgebreitet vor ihm lagen. Er stand im gerade vollendeten Erdgeschoß jenes Gebäudes, das einst Barrets Kaffeehaus gewesen war, und beobachtete die Arbeiter, die die Wände und das Dach erneuerten. »Was geht nicht, Nakor?«

Nakor sah ihn überrascht an. »Was? Was nicht geht?«

Roo lachte. »Du hast vor dich hin gemurmelt, etwas würde nicht gehen!«

»Tatsächlich?« fragte Nakor verwirrt. »Wie seltsam.«

Roo schüttelte belustigt den Kopf. »Du, seltsam? Die Götter mögen uns behüten!«

»Nichtsdestotrotz muß ich dringend etwas tun«, sagte Nakor.

»Was?«

»Ich muß jemandem eine Nachricht schicken.«

»Wem?«

»Pug.«

Roo winkte Nakor zur Seite, weg von den Arbeitern. »Ich glaube, du solltest ganz am Anfang beginnen.«

»Letzte Nacht hatte ich einen Traum«, berichtete Nakor. »Das passiert nicht oft, aber wenn, schenke ich ihm auch gebührende Beachtung.«

»Also gut«, meinte Roo, »soweit kann ich dir folgen.«

Nakor grinste. »Ich denke kaum. Aber das macht nichts. Irgend etwas geht vor sich. Es gibt drei Teile, die getrennt sind und trotzdem alle zusammengehören. Und sie sehen aus wie eine Sache, sind aber eigentlich eine andere. Und nach diesem seltsamen Traum muß ich unbedingt mit Pug sprechen.«

»Jetzt kann ich dir wirklich nicht mehr folgen«, gestand Roo.

»Das geht schon in Ordnung«, sagte Nakor. »Weißt du denn, wo sich Pug zur Zeit aufhält?«

»Nein, aber ich kann im Palast nachfragen. Dort weiß man es vielleicht. Kannst du nicht Magie ... einen Trick einsetzen, um Pugs Aufmerksamkeit zu erregen?«

»Möglicherweise, aber ich bin mir nicht sicher, ob sich der Schaden, den das anrichtet, lohnt.«

»Ich will es gar nicht wissen«, erwiderte Roo.

»Ganz bestimmt nicht«, stimmte Nakor zu. Er blickte sich um, als würde er die Arbeiten erst jetzt bemerken. »Was findet denn hier statt?«

»Seit der Zerstörung der Stadt hat den Eigentümer niemand mehr gesehen, daher ist er entweder tot oder kehrt nicht mehr zurück. Selbst wenn er auftauchen sollte, werden wir uns irgendwie einigen können.«

»Das glaube ich wohl«, erwiderte Nakor grinsend. »Du hast hier bereits viel Geld verdient.«

Roo zuckte mit den Schultern. »Das stimmt schon, aber vor allem bin ich hier zu dem geworden, was ich jetzt darstelle.«

»Hinter dir liegt ein weiter Weg«, sagte Nakor.

»Länger, als ich geglaubt habe«, erwiderte der heute reiche Geschäftsmann, der einst in der Todeszelle gesessen hatte.

»Wie geht es deiner Frau?«

»Sie wird immer runder.« Roo deutete den Bauch mit den Händen an und grinste.

»Gerüchten zufolge hattest du bei deiner Ankunft einen Gefangenen bei dir, Lord Vasarius aus Queg.«

»Mein Gefangener war er eigentlich nicht«, berichtigte ihn Roo.

»Ist die Geschichte spannend?«

»*Sehr* spannend.«

»Gut, dann kannst du sie mir irgendwann erzählen, aber zuerst mußt du dich nach Pug erkundigen.«

Roo ließ seine bisherigen Pläne für den Tag fallen. »Paß auf. Ich könnte sowieso eine Pause gebrauchen. Gehen wir doch hinüber zum neuen Gefängnis und besuchen Dashel Jameson.«

»Gut«, meinte Nakor, und gemeinsam verließen sie das Kaffeehaus.

Wohin man auch blickte, überall in der Stadt kehrte langsam das Vorkriegsleben zurück. Jeden Tag wurde irgendwo ein Gebäude fertiggestellt oder ein Geschäft eröffnet. Über die Fähre von Fischstedt oder über die Karawanenstraßen wurde Krondor mit Waren versorgt. Gerüchten zufolge sollte innerhalb der nächsten Woche eine Karawane aus Kesh eintreffen, die erste seit Beginn der Kämpfe. Da die beiden Länder einander offiziell nicht den Krieg erklärt hatten, ging der Handel weiter. Die Gilde der Berger hob weiterhin Schiffswracks, und der Hafen würde im nächsten Frühjahr wieder zu benutzen und ein Jahr darauf wieder vollständig hergestellt sein.

Sie schoben sich durch das Gedränge, und Nakor meinte: »Diese Stadt ist wie ein Mensch, nicht wahr?«

»Sie wurde ziemlich geprügelt«, stimmte Roo zu, »aber sie kommt wieder auf die Beine.«

»Nicht nur das«, sagte Nakor. »Es gibt Städte, die haben keine ... wie soll ich es nennen ... vielleicht: keine Persönlichkeit. Sie strahlen nicht das Gefühl aus, man würde sich an einem bestimmten Ort aufhalten. So sind viele Städte im Kaiserreich. Trotz ihres Alters unterscheiden sie sich kaum voneinander. Im Vergleich dazu ist Krondor ein sehr lebhafter Ort.«

Roo lachte. »In gewisser Weise schon.«

Sie erreichten den Markt und das neue Gefängnis, das frisch gestrichen war und vor dessen Fenstern man Gitter angebracht hatte. Sie traten ein, fanden einen mürrisch dreinschauenden Angestellten vor, der aufblickte und fragte: »Ja?«

»Wir suchen den Sheriff«, verkündete Nakor.

»Der ist irgendwo auf dem Markt und wird irgendwann hierher zurückkommen. Tut mir leid.« Der Mann widmete sich wieder seiner Schreibarbeit.

Roo bedeutete Nakor, sie sollten nach draußen gehen. Von der Treppe aus konnten sie das Treiben auf dem Markt überblicken. Die Stände waren in ungeraden Reihen angeordnet, wobei die Händler am Rand des Platzes ihre Waren auf Decken ausgelegt hatten oder sie schlicht von überladenen Karren verkauften. Dort wurden auch billiger Schmuck und nicht ganz legale Waren feilgeboten. »Er kann überall sein«, stöhnte Roo.

Nakor grinste. »Ich weiß, wie ich seine Aufmerksamkeit erregen kann.«

Noch ehe Nakor einen Schritt tun konnte, legte ihm Roo die Hand auf die Schulter und hielt ihn zurück: »Warte!«

»Weshalb?«

»Ich kenne dich, mein Freund, und falls du im Sinn hast, einen Aufstand anzuzetteln, damit alle Wachtmeister herbeirennen, überleg es dir besser noch einmal.«

»Aber wir würden ihn doch finden, nicht wahr?«

»Hast du das alte Sprichwort vergessen?«

»Ich kenne mehrere. Welches meinst du?«

»Das mit der Axt, die man besser nicht benutzen soll, um eine Fliege von der Nase eines Freundes zu verscheuchen.«

Nakor grinste noch breiter und lachte. »Das mag ich sehr gern.«

»Eigentlich sollten wir Dash auch finden können, ohne gleich einen Aufruhr anzuzetteln.«

»Also gut«, erwiderte Nakor. »Dann zeig mir mal, wie.«

Die beiden stürzten sich ins Menschengewimmel. Roo wußte, die Bevölkerung von Krondor war noch nicht einmal halb so zahlreich wie früher, dennoch kam es ihm jetzt enger vor, vermutlich vor allem deshalb, weil sich die meisten Einwohner in diesem Teil der Stadt versammelten. Während zwar überall in Krondor wieder gearbeitet wurde, fand das Geschäftsleben überwiegend hier am Markt statt.

Sie schoben sich an einem Wagen vorbei, der mit der Frühjahrsernte beladen war. Kürbisse, Getreide und sogar Reis aus Endland. Man konnte Obst, Wein und Bier kaufen. Die Vielzahl der Essenstände erfüllte die Luft mit gleichermaßen köstlichen wie stechenden Düften. Nakor nieste, während sie an einem Verkäufer vorbeigingen, der *Pakashka* anbot, eine Brottasche, die mit Fleisch, Zwiebeln und Peperoni gefüllt war. »Der Mann würzt sein Fleisch so stark, daß mir die Augen tränen«, sagte er und eilte weiter.

Roo lachte. »Mancher mag sein Fleisch eben scharf.«

»Schon vor langer Zeit«, entgegnete Nakor, »habe ich gelernt, daß viel Gewürz oft schlechtes Fleisch tarnen soll.«

»Das hat mein Vater auch immer gesagt«, meinte Roo. »Ganz gleich, wie frisch das Fleisch ist – oder auch nicht, wenn es nur gut gewürzt ist.«

Nakor lachte. Sie bogen um eine Ecke und sahen eine Gruppe Männer auf einem großen Wagen, den man als provisorisches Gasthaus eingerichtet hatte. Am einen Ende der Ladefläche hatte man aus zwei Fässern und einem Brett eine Theke gebaut. Zwei Dutzend Kerle standen faul herum, tranken und lachten. Während Nakor und Roo vorbeigingen, wurden sie still und beobachteten die beiden.

Ein Stück weiter bemerkte Nakor: »Die waren eigentümlich.«

»Wer?«

Der kleine Gaukler deutete über die Schulter zurück. »Diese Männer.«

»Warum?«

Nakor blieb stehen. »Dreh dich mal um und beschreib mir, was du siehst.«

Roo tat, wie ihm geheißen. »Das ist ein Haufen Arbeiter, die sich etwas zu trinken genehmigen.«

»Sieh genauer hin«, ermahnte ihn Nakor.

»Ich weiß nicht ...«

»Was?«

Roo kratzte sich am Kinn. »Irgend etwas an ihnen ist seltsam, nur kann ich nicht genau sagen, was.«

»Komm mit«, forderte ihn Nakor auf und führte ihn weiter. »Erstens sind das keine Arbeiter.«

»Was meinst du damit?«

»Sie sind vielleicht so angezogen, aber trotzdem sind es keine. Das sind Soldaten.«

»Soldaten?« fragte Roo. »Ich verstehe nicht.«

»Du hast doch mehr Arbeit als Leute, richtig?«

»Ja«, antwortete Roo. »Das stimmt.«

»Welche Arbeiter stehen also zu dieser Tageszeit herum und trinken Bier?«

»Ich ...« Roo hielt inne. Kurz darauf fuhr er fort: »Verdammt. Ich dachte, sie würden einfach nur zu Mittag essen.«

»Damit kommen wir zu zweitens. Mittag ist erst in einer Stunde, Roo. Und hast du bemerkt, wie sie verstummten, während wir vorbeigingen? Und wie sonst alle einen großen Bogen um sie herummachen?«

»Ja, jetzt wo du es ausprichst.« Roo nickte. »Stellt sich somit die Frage: Was machen Soldaten in der Verkleidung von Arbeitern, die herumstehen und sich vormittags betrinken?«

»Nein, das ist nicht die Frage«, widersprach Nakor. »Sie haben sich als Arbeiter, die herumstehen und sich vormittags betrinken, verkleidet, damit die Leute denken, sie seien Arbeiter, die herumstehen und sich vormittags betrinken. Die Frage ist vielmehr, *warum* wollen sie den Eindruck erwecken, sie seien Arbeiter –«

»Ich habe schon verstanden«, unterbrach ihn Roo. »Suchen wir lieber Dash.«

Sie brauchten nur eine halbe Stunde, bis sie eine Gruppe Männer mit der roten Armbinde fanden, und als sie diese einholten, entdeckten sie Dash an der Spitze. Der Sheriff befahl seinen Männern, die Streife fortzusetzen. »Nakor, Roo, was kann ich für euch tun?«

»Du könntest deinem Urgroßvater sagen, ich müßte dringend mit ihm reden. Aber vorher – dort drüben bei einem Wagen stehen Männer« – Nakor zeigte in die ungefähre Richtung –, »die sich wie Arbeiter gekleidet haben, aber keine sind.«

Dash nickte. »Ich weiß. Bei denen handelt es sich nur um eine von mehreren Gruppen, die sich auf dem Markt herumtreiben.«

»Ach?« meinte Roo. »Du weißt schon Bescheid?«

»Was für ein Sheriff wäre ich, wenn nicht«, entgegnete Dash.

»Ein ganz gewöhnlicher«, konterte Nakor. »Da du diese Kerle schon bemerkt hast, können wir uns ja jetzt über Pug unterhalten.«

»Was ist mit ihm?«

»Ich muß ihn unbedingt treffen.«

Dash kniff die Augen zusammen. »Und ich soll das für dich arrangieren?«

»Du bist doch sein Urenkel, wie hältst du Kontakt zu ihm?«

Der junge Sheriff schüttelte den Kopf. »Gar nicht. Wenn Vater die Möglichkeit besaß, ihn zu erreichen, so hat er mir die jedenfalls nicht verraten. Und auch Jimmy nicht. Großmutter brauchte lediglich die Augen zu schließen.«

Nakor nickte. »Das weiß ich. Gamina konnte manchmal über die ganze Welt hinweg mit ihm sprechen.«

»Ich dachte, *dir* würden solche Möglichkeiten zur Verfügung stehen«, sagte Dash.

»Ich treffe ihn nicht so häufig«, erklärte Nakor, »außer wenn wir beide auf der Insel sind. Vielleicht hält er sich dort auf.« Nakor wandte sich an Roo. »Kann ich mir von dir ein Schiff leihen, um zum Eiland des Zauberers zu fahren?«

»Sollte dir entgangen sein, daß dort draußen ein Krieg tobt?« Roo zeigte in Richtung Ozean. »Ein Schiff aus den Freien Städten würde vielleicht unbehelligt durchkommen, aber eins des Königreichs wird entweder von queganischen, keshianischen oder Fadawahs Piraten aufgebracht, solange es sich nicht um eine ganze Flotte handelt. Ein Schiff würde ich dir möglicherweise noch überlassen, aber keine ganze Flotte.«

»Ich brauche keine Flotte«, beschwichtigte ihn Nakor. »Ein einziges Schiff würde genügen.«

»Und die Piraten?«

»Um die brauchst du dir keine Sorgen zu machen.« Nakor grinste. »Ich habe da so meine Tricks.«

»Sehr gut«, sagte Roo. »Doch um welches Problem geht es eigentlich?«

»Habe ich dir das noch nicht erzählt?«

»Nein.« Roo blickte Dash an, der nur mit den Achseln zuckte.

»Dann muß ich es dir wohl zeigen.« Mit diesen Worten brach Nakor auf und kümmerte sich nicht darum, ob die beiden anderen ihm folgten.

Roo warf Dash abermals einen Blick zu, der daraufhin meinte: »Vielleicht sollten wir uns das tatsächlich besser mal ansehen.«

Sie eilten Nakor hinterher, um ihn nicht aus den Augen zu verlieren, und der kleine Mann schritt rasch durch die Stadt bis zum Osttor, das an der Königsstraße lag.

Als sie das Ziel endlich erreicht hatten, war Roo außer Atem. »Wir hätten lieber reiten sollen.«

»Ich besitze kein Pferd«, erwiderte Nakor. »Früher hatte ich mal eins, einen wunderschönen schwarzen Hengst, aber der ist gestorben. Damals war ich Nakor, der Blaue Reiter.«

»Was willst du uns eigentlich zeigen?« drängte Dash.

»Das da«, sagte Nakor und zeigte auf die Statue, die er vor einer Woche hatte aufstellen lassen.

Um die Figur hatte sich ein Dutzend Menschen versammelt, die aufgeregt gestikulierten.

Dash und Roo traten von der Straße, um das zu betrachten, was die Reisenden so magisch anzog. »Was ist das?« fragte Roo.

Im Gesicht der Statue konnte man zwei rote Streifen unter den Augen sehen, die das ansonsten makellose Gesicht verunstalteten.

Der Angesprochene schob sich zwischen den Menschen hindurch. »Sieht aus wie Blut.«

»Das ist es in der Tat«, erklärte Nakor. »Die Statue unserer Dame weint Blut.«

Roo trat näher heran. »Aber das ist doch nur ein Trick, oder?«

»Nein«, sagte Nakor bestimmt. »Ich würde niemals billige Tricks anwenden – und schon gar nicht, wenn es um unsere Dame geht. Sie ist die Göttin des Guten, und … nun, ich würde so etwas einfach nicht tun.«

»Also gut«, meinte Dash. »Ich werde dir mal glauben, aber wodurch wird das verursacht?«

»Wenn ich das wüßte«, antwortete Nakor. »Aber das ist noch nicht alles. Ihr müßt auch das andere sehen.«

Erneut folgten sie dem davoneilenden kleinen Mann. Dieser lief zurück in die Stadt, durchquerte das Ostviertel und erreichte schließlich wieder den Markt. Diesmal jedoch umgingen sie das Menschengewimmel im Süden und hielten auf den Tempelplatz zu.

Roo lachte, während sie sich anstrengen mußten, mit Nakor Schritt zu halten. »Warum konnte er nicht zwei Wunder haben, die näher beieinander liegen?«

»Das weiß ich auch nicht«, meinte Dash.

Schließlich kamen sie an dem leeren Grundstück zwischen den Tempeln von Lims-Kragma und Guis-wa an. Die Geistlichen verschiedener anderer Tempel hatten sich versammelt und beäugten die Menschen, die auf dem Grundstück standen.

Dash hatte keine Ahnung, wo Nakor dieses Zelt aufgetrieben hatte. Eines Tages war es dagewesen, ein riesiger Pavillon, der bequem zweihundert Menschen fassen konnte.

Dash drängte sich durch die Wartenden. Manch einer wollte sich zunächst beschweren, unterließ es jedoch, wenn er die rote Armbinde bemerkte. Am Eingang hielt Dash inne, und die Kinnlade klappte ihm nach unten. Nakor und Roo kamen genau hinter ihm zum Stehen.

»Götter«, entfuhr es Roo.

Gerade vor ihnen saßen in meditativer Haltung, ihnen die Rücken zugewandt, Sho Pi und ein halbes Dutzend anderer Jünger dieses neuen Tempels. In der Mitte des Zeltes befand sich die junge Frau, Aleta. Nur stand sie weder, noch saß sie. Sie hatte eine Position eingenommen, die der von Sho Pi glich: die Beine unter dem Körper verschränkt, die Hände in den Schoß gelegt. Und sie war in einen Strahlenkranz reinen weißen Lichts gehüllt, das aus ihr selbst zu leuchten schien und das Zelt erfüllte. Das Erstaunlichste aber war: Sie schwebte zwei Meter über dem Boden.

Roo legte Nakor die Hand auf die Schulter. »Ich gebe dir ein Schiff.«

»Warum mein Urgroßvater?« fragte Dash. »Warum fragst du nicht die Geistlichen der anderen Tempel?«

»Deswegen«, antwortete Nakor.

Genau unter der Frau schwebte noch etwas. Dash und Roo hatten es nicht sofort bemerkt, da der Anblick Aletas sie überwältigt hatte. Aber jetzt sahen sie diese Schwärze in der Luft, eine bösartige, bedrohliche Wolke. Und die Erkenntnis traf

Dash und Roo zur selben Zeit wie ein Schlag: Das Licht der jungen Frau hielt diese schwarze Präsenz in ihren Grenzen und pferchte sie ein.

»Was ist das?« flüsterte Dash.

»Etwas sehr Böses«, erklärte Nakor. »Etwas, das ich glaubte, nie im Leben sehen zu müssen. Und Pug sollte so rasch wie möglich davon erfahren. Die Geistlichen der Tempel werden es bald genug entdecken, und sie spielen ebenfalls eine wichtige Rolle, aber Pug muß es unbedingt wissen.« Er sah Dash in die Augen. »Und zwar bald.«

Roo packte Nakor am Arm. »Ich bringe dich persönlich nach Fischstedt, und zwar sofort. Ich setze dich auf ein Schiff, und du sagst dem Kapitän einfach nur, wohin die Reise gehen soll.«

»Danke.« Dann rief Nakor Sho Pi zu: »Kümmere dich hier um alles. Und sag Dominic, er habe die Leitung, bis ich wieder zurück bin.«

Falls Sho Pi die Worte mitbekommen hatte, so ließ er sich das nicht anmerken. Während sie das Zelt verließen, sagte Roo: »Ich kann mir gar nicht vorstellen, daß du ohne Sho Pi irgendwo hingehst.«

Nakor zuckte mit den Schultern. »Früher einmal war das anders. Aber ich bin nicht mehr sein Meister.«

Roo schlenderte die Straße entlang. »Wann hat diese Erscheinung begonnen?«

Nakor deutete mit seinem Stab über die Schulter. »Vor ein paar Stunden schwebte sie plötzlich in der Luft.«

»Ich verstehe.«

»Und das ist es, was ich meinte.«

»Was hast du gemeint?«

»Als du mich gefragt hast, worüber ich sprechen würde.«

»Also«, erwiderte Roo, »das frage ich dich ja wohl jedesmal, wenn wir uns treffen.«

»Im Kaffeehaus habe ich gesagt, es ginge nicht. Und das war es, was ich meinte: diese Schwärze.«

»Ich weiß zwar nicht, was es ist, und ich möchte es bestimmt auch gar nicht erfahren, aber ›das geht nicht‹ ist eine recht harmlose Beschreibung dafür. Der bloße Anblick jagt mir Angst ein.«

»Wir werden es schon richten«, tröstete ihn Nakor. »Sobald ich Pug gefunden habe.«

Sie machten sich zum Hafen auf, und Roo brauchte nur wenige Minuten zu warten, bis eines seiner Boote frei war. Dann ließ er sich von Nakor zu einem seiner schnelleren Schiffe rudern.

»Was machst du, wenn Pug nicht auf der Insel ist?«

»Keine Sorge«, meinte Nakor. »Gathis wird ihn für mich auftreiben. Oder jemand anders auf der Insel.«

Er kletterte die Strickleiter hoch, und Roo rief: »Kapitän! Setzt die Segel, so schnell wie möglich, und bringt diesen Mann überallhin, wohin er nur will!«

Der ungläubige Kapitän erwiderte: »Mr. Avery! Wir haben die Fracht erst halb gelöscht.«

»Das muß genügen, Kapitän. Habt Ihr noch Vorräte für zwei weitere Wochen auf See?«

»Aye, Sir, die haben wir.«

»Dann sind das Eure Befehle, Kapitän.«

»Aye, Sir«, sagte der Kapitän und rief: »Alles bereit zum Auslaufen! Sichert die Fracht!«

Augenblicklich herrschte emsige Betriebsamkeit auf Deck, und Roo ließ sich zum Ufer zurückrudern. Am Anleger angekommen sah er, daß die Segel bereits gesetzt wurden, und er wünschte Nakor im stillen eine gute Reise. Mit guten Winden hätten sie die Insel des Zauberers in einer Woche erreicht, vielleicht sogar eher, und da Roo Nakors »Tricks« kannte, war er sicher, daß der kleine Mann schon für die richtigen Winde sorgen würde.

Ihn beschlich das unheimliche Gefühl, daß das, was da in Krondor vor sich ging, wesentlich wichtiger war als seine Pläne, seinen alten Wohlstand und seine Macht zurückzuerlangen. Das Spiel, das dort begonnen hatte, würde auch die Macht des reichsten Mannes des Westlichen Reiches übertreffen, und dieser Gedanke entsetzte ihn. Er entschied sich, die Arbeiter heute früher nach Hause zu schicken und zu seinem Anwesen zu reiten. Karli beaufsichtigte dessen Wiederaufbau, und Roo empfand das überwältigende Bedürfnis, die Nacht bei seiner Frau und seinen Kindern zu verbringen.

Jimmy las Berichte, bis ihm die Buchstaben vor den Augen verschwammen. Er erhob sich. »Ich muß an die frische Luft.«

Duko sah auf. »Das kann ich gut verstehen. Ihr lest schon seit Sonnenaufgang.« Duko beherrschte die Schriftsprache des Königreichs von Tag zu Tag besser, aber trotzdem fürchtete er noch immer, er könnte etwas falsch verstehen, und aus diesem Grund ließ er sich alle Nachrichten vorlesen.

Diese Tatsache hatte zwei Folgen: Zum einen konnte Jimmy kaum mehr einen Meter weit schauen, zum anderen entwickelte er langsam ein genaueres Verständnis für die strategische Lage an der Südgrenze des Königreichs.

Kesh verfolgte einen bestimmten Plan. Zwar hatte Jimmy ihn noch nicht ganz erfaßt, dennoch glaubte er, sie würden größere Abteilungen von Truppen an zwei Stellen stationieren: in Endland und nahe Shamata im Osten. Zuzeiten hatte er das Gefühl, genau zu begreifen, was Kesh als nächstes tun würde, nur wurde er eigentlich nie wirklich daraus schlau.

Ein Reiter galoppierte auf das Gebäude des Hauptquartiers zu. »Sir!« rief er. »Nachrichten aus Shamata!«

Jimmy trat von der Treppe und nahm das Bündel entgegen. Er brachte es hinein, und Duko meinte: »Das hat aber nicht lange gedauert.«

»Nachrichten aus Shamata.«

»Noch mehr!« stöhnte Duko. »Am besten lest Ihr sie.«

»Der Bote hatte es eilig«, berichtete Jimmy, während er das Bündel aufschnürte.

Er las den einzigen Brief, den es enthielt, und rief: »Bei den Göttern! Eine unserer Patrouillen hat eine keshianische Kolonne entdeckt, die im Eilmarsch durch den Tahupsetpaß nach Nordosten vordringt.«

»Und was bedeutet das?« wollte Duko wissen.

»Verdammt, wenn ich es nur wüßte«, antwortete Jimmy. Er winkte einen der Burschen heran, der ihm eine bestimmte Karte bringen sollte, die er schließlich vor dem Herzog ausbreitete. »Dieser Paß zieht sich an der Westküste des Sees der Träume entlang. Er ist ein Teil der alten Karawanenstraße von Shamata nach Landreth.«

»Warum sollte Kesh Landreth bedrohen, wo wir doch in Shamata eine Garnison haben und ihnen in den Rücken fallen könnten?«

Jimmy starrte einen Augenblick ins Leere und erklärte dann: »Weil sie nicht nach Landreth ziehen. Sie wollen uns das nur glauben machen.«

»Und wohin marschieren sie demnach?«

Jimmy betrachtete die Karte. »Sie sind zu weit im Osten, um einen Angriff auf Endland zu unterstützen.« Mit dem Finger zog er eine Linie. »Wenn sie sich hier nach Westen wenden, kommen sie genau auf uns zu, aber wir können uns gut verteidigen, weil sich bei uns die Nachschubeinheiten für Endland befinden.«

»Vielleicht wollen sie den Nachschub nach Endland unterbinden.«

Jimmy rieb sich die Augen: »Könnte sein.«

»Es würde durchaus Sinn ergeben, uns von Endland abzuschneiden«, meinte Duko.

»Wenn sie das versuchen, brauchen sie mehr als nur eine Kavallerieeinheit. Vielleicht schleichen irgendwo noch andere Einheiten herum ... Ich habe eine Idee, mein Lord, und die gefällt mir gar nicht.«

»Und?«

Jimmy fuhr erneut mit dem Finger über die Karte. »Wenn die Kolonne nun gar nicht nach Nordosten, sondern eigentlich nach Norden zieht?«

»Dadurch würden sie hierherkommen«, sagte Duko. »Aber Ihr denkt nicht, daß sie uns angreifen wollen?«

»Das wollen sie tatsächlich nicht. Wenn sie von dieser Stelle aus« – er tippte auf einen Punkt der Karte – »nach Norden marschieren, halten sie sich fünfzig Meilen östlich der Gegend, die unsere Patrouille für gewöhnlich durchstreift.«

»Dort draußen gibt es doch nichts«, wandte Duko ein.

»Nichts, was sich zu verteidigen lohnte«, entgegnete Jimmy. »Auf dem weiteren Weg nach Norden stoßen sie auf eine Straße durch die Ausläufer der Berge. Die ist ein Teil der alten Karawanenroute zu den Zwergenminen in Dorgin.« Er tippte auf die Karte.

»Krondor?«

»Ja.« Jimmy nickte. »Was wäre, wenn sie nun schon seit Wochen Soldaten dort hindurchgeschleust haben? Wir haben schließlich nur diese eine Kolonne bemerkt.« Er las die Nachricht noch einmal. Kein Wort über Banner und Abzeichen. Die Soldaten können von überall aus dem Kaiserreich stammen.«

»Sie setzen uns hier fest, während sie Einheiten aus den Tiefen des Kaiserreichs holen ...«

»Und Krondor im Handstreich einnehmen.«

Duko sprang auf. Er lief zur Tür und schrie bereits Befehle, während der alte Soldat Matak sie noch öffnete.

»Alle Einheiten sollen binnen einer Stunde marschbereit sein!« Er wandte sich an Jimmy. »Meinen Befehlen zufolge soll ich die Südlichen Marken beschützen und verteidigen. Daher werde ich diese Garnison nicht aufgeben, doch wenn Ihr recht habt, braucht der Prinz in Krondor jeden Soldaten, den wir hier erübrigen können.«

Mit seiner langjährigen Erfahrung dauerte es nur wenige Minuten, bis die Truppen marschbereit waren. »Jimmy, Ihr werdet die Soldaten führen, und ich hoffe, Ihr werdet rechtzeitig eintreffen. Denn falls sich Eure Vermutungen bewahrheiten, wird Kesh in Kürze Krondor angreifen, und sollten sie die Stadt einnehmen ...«

Jimmy wußte vermutlich besser als Duko, was das bedeutete. Dadurch wäre das Königreich in zwei Hälften geteilt. Greylocks Armee würde südlich von Ylith stehen, Dukos Truppen wären gezwungen, den Feind von Endland fernzuhalten, und die Garnison von Shamata müßte einen Angriff auf Landreth verhindern. Falls Kesh Krondor erobern sollte, würde Greylock keinen Nachschub mehr auf dem Landweg bekommen und sich auch nicht mehr zurückziehen können. Er wäre zwischen zwei feindlichen Armeen eingekeilt. Und damit wären die Armeen des Westens verloren ...

»Ich werde innerhalb einer Stunde mit ihnen unterwegs sein«, versprach Jimmy.

»Gut«, erwiderte Duko, »denn wenn Krondor fällt, ist der Westen verloren.«

Normalerweise hätte Jimmy diese Bemerkung eines Mannes, der noch vor einem Jahr versucht hatte, genau diesen Westen zu erobern, für zynisch gehalten, doch in diesem Augenblick war er zu beschäftigt, um darauf zu achten. Er eilte ins Hauptquartier zurück und brüllte dem nächsten Burschen zu: »Pack meine Sachen und hol mir ein Pferd aus dem Stall!« Dann nahm er ein Stück Pergament und beugte sich über den Schreibtisch. Beinahe hätte er dabei den Schreiber von seinem Stuhl gestoßen.

Natürlich konnte Jimmy dem Marschall von Krondor keine Befehle erteilen, ebensowenig wie Duko. Dennoch würde er zumindest einen Vorschlag unterbreiten. Einen scharf formulierten Vorschlag.

Er schrieb:

> *Unsere Berichte deuten auf eine großangelegte Offensive Keshs gegen Krondor hin, und vermutlich werden sie über die alte Straße zu den Minen von Dorgin vorrücken. Ich beschwöre Euch, schickt alle Truppen, die Ihr entbehren könnt, auf schnellstem Weg nach Süden.*
> *James, Graf von Vencar.*

Er nahm Wachs, verschloß den Brief mit seinem Siegel und steckte ihn in eine Botentasche.

Der Schreiber, den er zur Seite gedrängt hatte, saß auf seinem Stuhl und beobachtete ihn. Jimmy wandte sich an ihn: »Wie heißt Ihr?«

»Herbert, Sir. Herbert von Rutherwood.«

»Kommt mit.«

Der Schreiber blickte sich im Raum um und sah die anderen Burschen und Beamten an, die ihm jedoch nur Staunen oder Gleichgültigkeit entgegenbrachten.

Er eilte an Duko vorbei, der beobachtete, wie sich seine Truppe auf den Marsch vorbereitete – abgesehen von jenen, die in der Garnison zurückbleiben würden. Jimmy führte den Schreiber zum Hafen und eilte zu dessen Ende, wo ein königlicher Kutter vor Anker lag.

Er rannte über die Planke an Bord und rief: »Kapitän?«

Vom Achterdeck antwortete jemand: »Hier, Sir!«

»Folgende Befehle!« brüllte Jimmy. »Bringt diesen Mann nach Norden.«

Der Schreiber stand hinter Jimmy auf dem Steg. Der junge Graf drehte sich nun um und zog den Mann am Gewand auf Deck. »Herbert, nehmt diese Nachricht. Fahrt nach Norden, sucht unsere Armee und übergebt dies Lord Greylock oder Hauptmann von Finstermoor. Verstanden?«

Der Schreiber machte große Augen und brachte kein Wort hervor, nickte jedoch.

»Kapitän, Ihr bringt diesen Mann zu Lord Greylock. Er befindet sich irgendwo südlich von Questors Sicht!«

»Sir!« erwiderte der Kapitän, drehte sich um und rief der Mannschaft zu: »Alles vorbereiten zum Auslaufen!«

Jimmy ließ den entsetzten Herbert auf dem Deck des Schiffes zurück und lief vom Hafen in die Stadt zurück. Hoffentlich war sein Gepäck inzwischen fertig. Voller Ungeduld drängte es ihn zum Aufbruch. Er mußte Krondor so schnell wie möglich erreichen. Sein Bruder hielt sich dort auf, und solange Greylock seine Einheiten nicht nach Süden verlegt hatte und er selbst nach Norden unterwegs war, konnten nur Dash und einige wenige Palastwachen, die Stadtwache und eine kaum reparierte Stadtmauer die erneute Zerstörung Krondors verhindern.

Erik brüllte: »Dringt in die Bresche vor!«

Katapulte auf beiden Seiten schossen Steine und brennende Strohballen ab. Riesige Ballistabolzen sausten über ihre Köpfe hinweg, und überall lagen schreiende, sterbende Soldaten.

Die Gefechte dauerten seit dem vorhergehenden Tag an, und während der Nacht verwandelte sich die Szenerie in die reinste Hölle. Der Feind hatte eine Reihe Gräben angelegt, hinter denen hohe Mauern aufragten, auf denen die Katapultplattformen befestigt waren. Tausende hatten beim Bau dieser Befestigungen den Tod gefunden, und ihre Leichen hatte man ohne Begräbnis vor den Mauern liegenlassen. Der Gestank war bereits zu riechen, bevor man den ersten Graben überhaupt zu Gesicht bekam. Die Gräben waren mit Wasser gefüllt, auf das man Öl geleitet hatte. Das Öl wiederum hatte man in Brand gesetzt, und so legte sich eine dicke schwarze Rauchwolke über das Gelände.

Graf Richard hatte sich die Verteidigungsanlagen angesehen und zustimmen müssen, daß in diesem Fall nur ein frontaler Angriff etwas ausrichten konnte. Erik hatte den Bau einer Reihe massiver Holzbrücken beaufsichtigt, die man auf Baumstämmen rollen konnte. Die ersten Gräben hatten sie wegen des Pfeilhagels von der Mauer nur mit Schwierigkeiten überwunden, aber nachdem der Anfang gemacht war, wurde es bei den folgenden Gräben einfacher. Soldaten schaufelten eilig Erde auf das Öl und hielten die Brände in Schach, während die Brücken vorgerollt wurden.

Zum Glück für die Truppen des Königreichs bestand die Palisade nur aus Holz. Gewiß war sie brillant angelegt und so stark, wie man sie sich nur vorzustellen vermochte, dennoch konnte man Holz kleinhacken. Es hatte große Verluste gekostet, mit Äxten Löcher hineinzuhauen, und anschließend hatte man durch diese Stangen geschoben, die an langen Ketten befestigt waren. Die Stangen verhakten sich auf der anderen Seite, und kräftige Gäule wurden vor die Ketten gespannt.

Auf diese Weise war es ihnen gelungen, ein drei Meter breites Stück der Mauer niederzureißen, durch das die königlichen Soldaten eingedrungen waren. Nun wartete Erik darauf, daß die Tore geöffnet wurden, damit er seine Kavallerie hindurchführen konnte.

Plötzlich erbebten die Tore und schwangen auf, und Erik befahl den Vormarsch. Er gab seinem Pferd die Sporen, und sein Fuchs machte einen Satz und galoppierte los.

Die Augen tränten Erik vom Rauch und dem beißenden Gestank von Blut und Tod; dennoch sah er nur zu deutlich, was sich auf der anderen Seite der Tore befand. Hektisch gab er das Zeichen zum Anhalten.

Er ritt langsam weiter, bis er seine Fußsoldaten sah, die auf den Wehrgängen in Kämpfe Mann gegen Mann verwickelt waren. »Absteigen!« befahl er.

Seine Männer gehorchten, und Erik rief: »Folgt mir!«

Er lief durch das Tor, und nun bemerkten auch seine Männer das, was ihren Hauptmann dazu veranlaßt hatte abzusteigen. Genau hinter dem Tor hatte man eine drei Meter tiefe Grube ausgehoben, in deren Boden man angespitzte Pfähle gerammt hatte. Das Tor selbst war lediglich zwei Meter breiter als die Grube. Zu Fuß konnte man passieren, doch ein Pferd käme hier nicht durch.

Erik scheuchte seine Soldaten durch den beißenden Rauch und kniff die Augen zusammen. »Wo kommt bloß all der Rauch her?« wollte er wissen.

»Von dort drüben«, antwortete ihm die vertraute Stimme von Jadow Shati.

Erik blickte in die Richtung, in die sein alter Freund zeigte. »Verflucht!«

»Ja, Mann, verflucht und abermals verflucht!«

Vierhundert Meter die Straße hinauf standen Tausende Männer aufgereiht, an den Flanken waren die Offiziere und die Kavallerie postiert. Katapulte, Ballistas und andere Wurfmaschinen waren ebenfalls zu sehen. Das war keine Verteidigungsposition. Diese Armee wollte angreifen.

Plötzlich war Erik klar, was als nächstes geschehen würde. Er betrachtete die Holzpalisaden, gegen die sie noch vor kurzem angestürmt waren. Wenn man sie nach vorn und nach hinten flach umlegte, würden sie eine breite Brücke über alle Gräben davor und dahinter abgeben.

»Rückzug!« brüllte er, und der Befehl wurde weitergegeben.

»Rückzug, und haltet euch bereit!« schrie Jadow.

Erik lief zu seinem Pferd zurück und sprang in den Sattel. Der Klang der Hörner und das Geschrei der Horden oben auf der Straße verrieten ihm, daß sie nun endlich gegen General Fadawah in die Schlacht ziehen würden. Doch sein einziger Gedanke galt in diesem Augenblick nicht dem Sieg, sondern nur dem Überleben.

Neun

Erkenntnis

Finstere Gestalten schlichen durch den Wald.

Subai folgte leise, wenn auch zielstrebig dem Fluß. Die meisten seiner Männer waren tot, nur zwei hatten es vielleicht entlang der Ostseite des Gebirges bis nach Finstermoor geschafft. Er betete, daß es so war.

Er selbst hatte eine wochenlange mörderische Reise hinter sich. Niemand auf Midkemia konnte es mit seinen Spähern aufnehmen, außer den Elben und den Waldläufern von Natal vielleicht. Aber Fadawahs Verteidigungsanlagen waren mit etwas verstärkt, das menschliche Fähigkeiten weit übertraf: mit einer dunklen Magie, deren Ursprung Subai nicht begreifen konnte.

Er hatte sie zum ersten Mal bemerkt, als sie die ersten größeren Bollwerke im Süden passierten. Neben Tod und Zerstörung setzte ihm hier plötzlich ein Gefühl der Verzweiflung zu, als hinge ein Miasma des Schmerzes und der Hoffnungslosigkeit in der Luft. Je weiter sie nach Norden vordrangen, desto schlimmer wurde das Gefühl.

Bis zu dem Punkt, wo die Straße nach Questors Sicht sich nach Nordwesten wandte, bekamen sie wenig von den Verteidigungsanlagen nahe der Küste zu sehen. Nachdem sie die Straße nach Falkenhöhle erreicht hatten, begegneten ihnen vermehrt Hinweise auf die dunklen Mächte.

Die Nordseite des Gebirges entlang der Straße war befestigt worden, und die Südseite war mit einer gräßlichen Menge Leichen übersät. Überall standen x-förmige Kreuze, an die man menschliche Gefangene genagelt hatte. In jedes der toten Gesichter war der Ausdruck von Schrecken und Entsetzen eingemeißelt, und sie alle waren eher an ihren schweren Verletzungen als durch die Kreuzigung an sich gestorben. Vielen hatte man die Kehle durchgeschnitten, einigen sogar das Herz aus dem Leib gerissen, wodurch ihre Brustkörbe klaffende Wunden aufwiesen.

Und bei den Leichen handelte es sich keineswegs nur um Männer. Diesem grausigen Spiel waren auch Frauen und Kinder zum Opfer gefallen.

Eine Stunde später hatte es zwei seiner Leute erwischt, als Männer mit fürchterlich aussehenden Narben auf den Wangen und einer schier übermenschlichen Kraft und unmenschlicher Entschlossenheit Subais Lager überfallen hatten. Den Berichten über die Armee der Smaragdkönigin zufolge, die Subai kannte, mußte es sich bei ihnen um Unsterbliche handeln. Ursprünglich waren sie die Ehrengarde des Priesterkönigs von Lanada gewesen, gewöhnliche Soldaten, die durch schwarze Riten und Drogen in mörderische Dämonen verwandelt worden waren. Die Smaragdkönigin hatte das Ihre dazugetan und sie in nächtlichen Ritualen mißbraucht, um ihre ewige Jugend zu erhalten.

Zwar hatte man angenommen, sie seien bei Fadawah in Ungnade gefallen, aber auf den Straßen nach Yabon waren sie ausgesprochen präsent.

Während der nächsten Woche hatte man Subai gejagt, und zwei weitere seiner Männer waren gefallen. Subai schickte seine beiden verbliebenen Gefährten nach Osten, wo sie sich nach Loriel durchschlagen sollten, das noch immer vom Königreich gehalten wurde. Zudem hoffte er, sie würden die Verfolger von seiner Spur abbringen.

So zog Subai nun ganz allein weiter, da er glaubte, ein einzelner Mann könne unbemerkt dort durchkommen, wo zwei Männer bestimmt auffallen würden.

Eine Woche lang war er an Patrouillen und Lagern vorbeigeschlichen, und jedesmal, wenn er eine feindliche Truppe entdeckte, schwand seine Zuversicht ein wenig mehr, daß man das Königreich Yabon zurückerobern könnte. Die These, der zufolge es sich bei Fadawahs Hauptarmee um eine Truppe von zwanzig- bis fünfundzwanzigtausend Mann handle, war ein Irrtum. Wenn er die Größe der Armee nahm, die in der Nähe von Sarth postiert war, dazu noch schätzte, wie viele Männer es brauchte, um LaMut zu überrennen, so mußte Fadawah mindestens fünfunddreißigtausend Soldaten unter seinem Befehl haben.

Falls dies stimmte, und falls Kesh weiterhin die Südgrenze bedrohte und dort Truppen band, hatte Greylock nicht genug Männer, um Fadawah zu vertreiben. Vielleicht würde man Ylith zurückerobern können, aber nur zu einem hohen Preis.

Yabon zu erreichen war Subai nicht gelungen. Die Stadt wurde belagert, und er konnte nicht nahe genug heran, um ins Innere der Mauer zu schlüpfen. Er hatte in Erwägung gezogen, sich nach Tyr-Sog aufzumachen; dann würde er sich allerdings hinter den feindlichen Linien befinden. Daher hielt er den Himmelssee für das beste Ziel, das er im Moment wählen konnte, um danach um die Nordspitze der Grauen Türme herum die Elbenwälder zu erreichen.

Er machte sich keine Illusionen. Seit zwei Tagen war man ihm auf den Fersen, seit ungefähr dem Zeitpunkt, zu dem er am Himmelssee angekommen war. Er wußte nicht, ob es sich bei den Männern, die ihn verfolgten, um Fadawahs Fanatiker oder um Abtrünnige handelte, aber eines war ihm klar: Er brauchte dringend eine Ruhepause und etwas zu essen.

Eine Woche, nachdem er die Umgebung der Stadt Yabon verlassen hatte, waren ihm die Vorräte ausgegangen. Im Wald hatte er Nüsse und Beeren gefunden und auch ein Kaninchen mit der Schlinge gefangen; allerdings hatte er, seit er vor zwei Tagen seine Verfolger erspäht hatte, gar nichts mehr gegessen. Er verlor an Gewicht und Kraft und war kaum mehr in der Lage, sich gegen einen oder gar zwei Männer zu verteidigen. Waren sie gar zu fünft oder sechst, wären ihm die Gefangennahme und damit der Tod gewiß.

So hielt er sich am Südufer des Crydee, der aus dem Himmelssee entsprang. Er wußte, bald würden am anderen Ufer jene Wälder beginnen, welche die Elben für sich beanspruchten, und für das Betreten dieses Gebiets brauchte er die Erlaubnis der Bewohner. Allerdings wußte er auch: Nur hier würde er Sicherheit finden können. Es ergab keinen Sinn, dem Flußtal bis zur Burg Crydee zu folgen oder das Risiko eines Marschs durch das Grüne Herz zur Garnison von Jonril auf sich zu nehmen.

Subai blieb stehen, drehte sich um und suchte das Gelände ab. Auf einigen Felsen in etwa einer Meile Entfernung sah er ein paar dunkle Gestalten. Er blickte nach vorn und entdeckte eine Furt.

Wenn es einen guten Zeitpunkt gab, auf die andere Seite des Flusses zu wechseln, dann diesen, redete er sich ein.

Er betrat das Wasser, das ihm bis zu den Knien reichte. Jetzt im Hochsommer hatte der Fluß seinen niedrigsten Stand, während die Furt im Frühjahr bei Tauwetter oder auch nach einem Unwetter vermutlich nicht zu benutzen war.

Auf halbem Wege hörte er hinter sich Rufe. Seine Verfolger hatten ihn gesichtet. Dieses Bewußtsein bestärkte ihn in seiner Entschlossenheit, und er watete schneller voran.

Er hatte bereits das andere Ufer erreicht, als die Männer hinter ihm bei der Furt anlangten. Ohne einen Blick zurück tauchte er in den Wald ein und wünschte, er hätte noch seinen Bogen bei sich. Der jedoch war ihm vor zwei Wochen in eine Felsschlucht gefallen. Mit einer solchen Waffe hätte er die Verfolger wenigstens aufhalten können.

Er rannte weiter.

Das Licht wurde schwächer, und Subai fiel es immer schwerer, sich zu orientieren. Er wußte nur, daß er sich ungefähr in Richtung Westen bewegte. Plötzlich rief ihm von vorn jemand zu: »Was sucht Ihr in Elvandar, Mensch?«

Subai blieb stehen. »Ich suche Zuflucht und bringe Nachrichten«, antwortete er und stützte sich erschöpft mit den Händen auf die Knie.

»Wer seid Ihr?«

»Ich bin Hauptmann Subai von den Königlich Krondorischen Spähern und habe Botschaften von Owen Greylock, dem Marschall von Krondor, bei mir.«

»Tretet ein, Subai«, sagte ein Elb, der aus dem Nichts vor ihm aufzutauchen schien.

»Mir folgt jemand«, erklärte ihm Subai, »Spione der Invasoren, und ich fürchte, sie werden uns in ein paar Minuten eingeholt haben.«

Der Elb schüttelte den Kopf. »Niemand kann Elvandar ohne unsere Erlaubnis betreten. Inzwischen werden diese Männer von unserer Spur abgelenkt, und sollten sie diesem Wald je entkommen, so an einer Stelle, die Meilen von dieser entfernt ist. Vielleicht werden sie auch umherirren, bis sie irgendwann des Hungers sterben.«

»Vielen Dank für die Einladung«, sagte Subai.

Der Elb lächelte. »Ich heiße Adelin. Ich werde Euch führen.«

»Danke«, erwiderte Subai. »Ich bin so gut wie am Ende.«

Der Elb griff in die Tasche, die er am Gürtel trug, und zog etwas hervor. »Eßt dies. Es wird Euch Eure Kräfte zurückbringen.«

Subai nahm das Angebotene an, ein viereckiges dickes Stück, offenbar Brot. Er biß hinein, und in seinem Mund mischten sich die verschiedensten Aromen: Nüsse, Beeren, Getreide und Honig. Gierig kaute er.

»Wir haben einen weiten Weg vor uns«, meinte Adelin. Er führte den Späher nach Westen, tief ins Innere von Elvandar hinein.

Erik wusch sich das Blut von Gesicht und Händen, während vor dem Zelt Hufschlag laut wurde. Richard Graf von Makurlic sah auf die Karte. »Wir halten die Stellung.«

»Wir verlieren«, entgegnete Erik.

Der Gegenangriff hatte die Armee des Königreichs in großer Verwirrung zurückgetrieben, bis Erik die Reserven herbeigerufen und den Vormarsch des Feindes zum Stillstand gebracht hatte. Jetzt befanden sie sich fünf Meilen südlich der Stelle, an der die Schlacht ihren Ausgang genommen hatte, und die Nacht brach gerade an. Leland, Richards Sohn, betrat das Zelt. »Wir reiben sie auf.« Er war ein liebenswürdiger junger Mann, neunzehn Jahre alt, der sein hellbraunes Haar lang trug und weit auseinanderstehende blaue Augen hatte.

»Wohl kaum«, widersprach Erik. »Sie ziehen sich nur bis zum Morgen hinter ihre Linien zurück. Dann werden sie von neuem angreifen.«

Dem jungen Soldaten war sein Eifer anzumerken, und Erik gefiel es, wie er auch inmitten des Schlachtgetümmels die Übersicht behielt. Offiziell war er lediglich ein Offizier, der einer Kompanie Soldaten aus dem Tiefen Taunton zugeteilt war, die die Armee des Westens nach dem Abzug der Armee des Ostens verstärken sollte. Da sein Vater inzwischen den Befehl über diese Armee übernommen hatte, diente er ihm als eine Art Adjutant und hatte die Aufgabe bekommen, die Befehle seines Vaters an die kämpfenden Einheiten zu überbringen.

»Wie gehen wir jetzt weiter vor?« fragte Richard.

Erik rieb sich das Gesicht mit einem Handtuch ab, trat zu dem Grafen und warf einen Blick auf die Karte. »Wir graben uns ein. Jadow!« rief er über die Schulter.

Kurz darauf erschien Jadow Shati. »Erik?« Als er den Grafen bemerkte, verbesserte er sich: »Hauptmann? Hallo, mein Lord.«

Erik winkte ihn zu sich. »Ich möchte, daß drei Diamanten errichtet werden, und zwar hier, hier und hier«, sagte er und zeigte auf drei verschiedene Stellen der Front. Jadow wartete keinerlei weitere Erläuterungen ab und verließ das Zelt, ohne zu salutieren.«

»Diamanten?« erkundigte sich Leland.

Richard schaute ebenfalls neugierig drein. Erik erklärte: »Das ist eine alte keshianische Formation. Wir bauen drei Schanzen mit jeweils zweihundert Männern darin anstatt einer einzigen großen quer über die Straße, die wir bis Sonnenaufgang niemals fertigstellen könnten. Diese haben die Formen von Rauten. In den Diamanten postieren wir vor allem Pikeniere. Dadurch können die Stellungen von den Reitern des Feindes nicht so leicht überrannt werden, und diese werden vermutlich um die Ecke des Diamanten herumreiten.«

»Dann werden ihre Männer in diese engen Bereiche zwischen der Mitte und den Flanken getrieben«, bemerkte Richard.

»Genau«, sagte Erik. »Mit ein bißchen Glück geraten sie in diese Engstellen, und unsere Bogenschützen hier« – er zog mit dem Finger auf der Karte eine Linie zwischen den Diamanten – »können auf jeden feindlichen Soldaten schießen, der in diese Falle läuft. Wir werden davor zudem eine Reihe Fußsoldaten mit Schwertern postieren, nur für den Fall, daß der Feind die Diamanten mit schierer Masse überrennen will.«

»Was ist mit unserer Reiterei?« fragte Leland.

»Sie hält die Flanken der äußeren Diamanten. Wenn wir Glück haben, können sie den Feind bei seinem Rückzug jagen.«

»Und dann?« fragte Richard.

»Dann lecken wir unsere Wunden, ordnen uns neu und überlegen uns, ob wir diese verfluchte Schanze dort oben auf der Straße irgendwie überwinden können.«

Immer wieder trafen Berichte von Männern ein, die hinter die feindlichen Linien geraten waren, aber schließlich zurückgefunden hatten, und all dies füllte nach und nach die Lücken in Eriks Wissen darüber, was vor ihnen lag. Zusammen mit Subais Bericht, den seine ersten beiden Kuriere gebracht hatten, sah er kaum Grund für Optimismus. Das lag zum Teil auch daran, daß keine weiteren Späher zurückgekehrt waren. Ohne einen Überblick darüber, was in Richtung Ylith vor ihnen lag, ging Erik zunächst einmal vom Schlimmsten aus.

So weit sie es von hier aus beurteilen konnten, hatten sie nicht nur ein riesiges Netz von Befestigungsanlagen vor sich, sondern vermutlich waren auch Tunnel gegraben worden, damit man Verstärkung ungehindert von einem Ort zum anderen bringen konnte, ohne sie feindlichen Angriffen auszusetzen. Erik erkannte die Falle: Diese Befestigungsanlagen einfach zu umgehen, würde bedeuten, eine unbekannte Anzahl feindlicher Soldaten im Nacken zu haben; sie jedoch einzeln niederzumachen hieße, daß man die Hoffnung aufgab, den Belagerten in Yabon Hilfe leisten zu können.

Erik schüttelte den Kopf. »Ich bin zu müde zum Denken. Mir kommt es im Augenblick so vor, als könnten wir nur noch eine Entscheidung treffen: Entweder ziehen wir uns zurück und verschanzen uns in Krondor, oder wir lassen uns auf unserem weiteren Vormarsch nach Norden niedermetzeln.«

»Können wir nicht von der See her Unterstützung bekommen?« fragte Lord Richard.

»Vielleicht hier oben, wenn wir an Questors Sicht vorbeikommen«, antwortete Erik. »Dort gibt es viele Buchten und Strände, an denen Truppen landen können, aber uns mangelt es an Schiffen, um sie zu transportieren, und zudem an geeigneten Landungsbooten, und falls Fadawah oben auf den Klippen Soldaten postiert hat, würde keiner der Unseren die Straße lebend erreichen.«

»Ihr klingt wirklich hoffnungslos«, sagte Leland.

»Genauso fühle ich mich auch«, erwiderte Erik. »Vielleicht geht es mir morgen früh besser, wenn ich ein bißchen geschlafen und etwas gegessen habe. Auf jeden Fall jedoch werde ich aufgrund meiner augenblicklichen Gefühle keine Entscheidung treffen.«

»Für einen so jungen Mann habt Ihr schon viel vom Krieg gesehen, nicht wahr?« bemerkte Richard.

Erik nickte. »Ich bin noch nicht einmal sechsundzwanzig, und trotzdem fühle ich mich schon wie ein alter Veteran.«

»Dann ruht Euch erst einmal richtig aus«, schlug Richard vor.

Daraufhin verließ Erik das Zelt. Er entdeckte einen Soldaten in der schwarzen Uniform seiner Blutroten Adler. »Sean, wo befindet sich unser Lager?«

»Dort drüben, Hauptmann«, antwortete der Mann, während er vorbeieilte.

Erik zog in die angegebene Richtung weiter und fand schließlich ein Dutzend Angehörige seiner alten Kompanie, die gerade ihre Zelte aufstellten. »Mögest du gesegnet sein, Jadow«, sagte er, als er feststellte, daß sein Zelt bereits stand. Er wickelte sich in seine Decke und war innerhalb von Sekunden eingeschlafen.

»Versetzt die Stadt in Alarmbereitschaft«, verlangte Dash.

»Wie bitte?« fragte Patrick und starrte sein Gegenüber ungläubig an.

»Ich sagte, versetzt die Stadt in Alarmbereitschaft. Verbreitet die Nachricht, daß eine Armee aus Kesh auf dem Weg nach Krondor ist und innerhalb der Stadt feindliche Soldaten versteckt sind, die nur darauf warten zuzuschlagen. Allerdings werden unsere Männer jetzt auf sie vorbereitet sein.«

»Wäre diese Maßnahme nicht ein wenig zu drastisch?« fragte Lord Rufio, der erst vor kurzem aus Rodez eingetroffen war. Dash kannte ihn ein wenig vom Hofe des Königs in Rillanon, und er wußte, der Mann verstand keinen Spaß. Er war ein guter Verwalter, ein nicht zu unterschätzender Berater in militärischen Fragen sowie ein annehmbarer Reiter und Fechter – also genau der falsche Mann für die gegenwärtige Krise in Krondor. Rufio würde ein guter Verwalter für einen begabten König sein, dem außerdem ein brillanter General zur Seite stand, dachte Dash. Unglücklicherweise mußte er mit Patrick vorliebnehmen, und Dash war inzwischen sicher, daß sie improvisieren mußten, wenn sie die Stadt nicht verlieren wollten.

»Ja, Euer Gnaden, so drastisch müßte es schon sein«, antwortete Dash, »aber es ist für uns günstiger, sie jetzt zu vertreiben, wo wir noch Zeit dafür haben, als abzuwarten, bis sie uns auf dem Höhepunkt eines Angriffs in den Rücken fallen. Ich habe genug Beweise gesehen: In den Kanälen befinden sich Waffen- und Vorratslager, so daß ein Angriff von außen von feindlichen Truppen im Inneren der Stadt unterstützt werden kann.«

»Falls es einen Angriff geben wird«, wandte Patrick ein. Der Prinz bezweifelte diese Möglichkeit weiterhin. Seiner Überzeugung nach würden die Verhandlungen in Stardock letzten Endes zu einer Lösung führen. Selbst die Enttarnung von Malar Enares, des keshianischen Spions, und die bislang fehlende Rückmeldung von Jimmy aus Port Vykor ließen ihn das Risiko eines überraschenden Überfalls auf die Hauptstadt des Westlichen Reiches nicht klarer sehen.

Dash hatte Patrick nie sehr nahegestanden. Er war eher im gleichen Alter wie Jimmy und Francie, und während der Zeit, in der Dash und Jimmy aus dem Palast geworfen wurden, um im Hafen von Rillanon die rauhe Wirklichkeit des Lebens kennenzulernen, hatte Patrick die Höfe im Osten besucht und war dort in Diplomatie unterwiesen worden. Selbst als junge Männer hatten Dash und Patrick niemals viel füreinander übrig gehabt. Sicherlich hatte Patrick seine guten Seiten, aber in diesem Moment konnte sich Dash kaum vorstellen, wo die lagen.

»Wenn Ihr wißt, wer diese Männer sind«, schlug Patrick vor, »die all die Waffen und Vorräte verstecken, warum verhaftet Ihr sie dann nicht?«

»Weil mir im Augenblick noch nicht einmal hundert Wachtmeister zur Verfügung stehen, und ich glaube, in der Stadt halten sich etwa tausend feindliche Soldaten auf, die sich überall verteilt haben. Sobald ich die ersten verhafte, wird der Rest untertauchen. Und ich kenne schließlich nicht alle. Manche befinden sich zur Zeit vermutlich auf Schiffen vor der Küste und andere möglicherweise in der Karawanserei vor den Toren, und wer weiß wie viele lungern in den Kanälen herum. Wenn wir jedoch Krondor in Alarmbereitschaft versetzen und Ihr Eure Soldaten in Schlüsselpositionen der Stadt postiert, können wir diese Bedrohung beseitigen.«

Herzog Rufio sagte: »Ich habe zweihundert Soldaten aus Rodez kommen lassen, die werden jedoch nicht vor Ablauf der nächsten Woche hier eintreffen. Vielleicht sollten wir zuschlagen, wenn sie da sind?«

Dash gab sich alle Mühe, seine Verärgerung zu verbergen. Beinahe wäre ihm das gelungen. »Erteilt mir zumindest die Erlaubnis, weitere Wachtmeister einzustellen«, bat Dash.

»Die Staatskasse ist leer«, hielt ihm Patrik entgegen. »Ihr müßt leider mit dem auskommen, was Ihr zur Verfügung habt.«

»Und wie steht es mit Freiwilligen?« erkundigte sich Dash.

»Falls es irgendwelche Freiwilligen gibt, sollen sie der Krone einen Eid leisten. Tut, was immer Ihr für richtig haltet. Vielleicht können wir sie nach dem Krieg bezahlen.« Patrick wirkte, als gehe es mit seiner Geduld langsam zu Ende. »Das wäre dann alles, Sheriff.«

Dash verneigte sich und verließ den Audienzraum. Während er den Gang entlangschritt, verlor er sich in seinen Gedanken und wäre, weil er den Kopf gesenkt hielt, beinahe mit Francie zusammengestoßen. »Dash!« rief diese und klang, als würde sie sich freuen, ihn zu treffen. »Wie lange ist das her?«

»Ich bin viel beschäftigt«, entschuldigte er sich. Noch immer ärgerte er sich über Patricks ablehnende Haltung seiner Idee gegenüber.

»Das geht wohl jedem so. Vater sagt, du hättest eine genauso undankbare Aufgabe wie alle anderen im Palast übernommen, aber er glaubt, du würdest sehr gute Arbeit leisten.«

»Danke«, sagte Dash. »Bleibst du hier in Krondor, nachdem Herzog Rufio sein Amt angetreten hat?«

»In einer Woche brechen Vater und ich nach Rillanon auf«, erklärte Francie. »Wir müssen Vorbereitungen treffen ...«

»Für die Hochzeit?«

Francie nickte. »Bis jetzt soll es noch niemand erfahren; der König will es erst verkünden, nachdem sich die Lage beruhigt hat ...« Sie wirkte besorgt.

»Was hast du denn?«

Sie senkte die Stimme. »Hast du irgend etwas von Jimmy gehört?«

»Nein«, antwortete er.

»Ich mache mir Sorgen um ihn«, gestand Francie. »Er ist in solcher Eile aufgebrochen, und wir konnten uns über ... über bestimmte Dinge nicht mehr unterhalten.«

Dash hatte für solche Angelegenheiten keine Zeit. »Francie, es geht ihm gut, und ihr könnt euch bestimmt auch nach der Hochzeit noch darüber unterhalten, und wenn Patrick zurückgekehrt ist und du die Prinzessin von Krondor bist, kannst du Jimmy einfach befehlen, dein Gartenfest zu besuchen ...«

»Dash!« Francie wirkte verletzt. »Warum bist du so gemein?«

Dash seufzte. »Weil ich müde, wütend und niedergeschlagen bin und weil dein zukünftiger Gemahl ... na, weil es eben ausgerechnet Patrick ist. Und wenn du es genau wissen willst, ich mache mir ebenfalls Sorgen um Jimmy.«

Francie nickte. »Ist er mir wegen meiner Heirat mit Patrick wirklich böse?«

Dash zuckte mit den Schultern. »Ich weiß es nicht. In gewisser Weise schon, glaube ich, andererseits weiß er, wie solche Dinge gehandhabt werden. Er ist ... verwirrt, aber da geht es uns anderen ja genauso.«

Nun seufzte Francie. »Ich wollte ihn so gern als Freund behalten.

Dash zwang ein Lächeln auf seine Lippen. »Mach dir nicht zu große Sorgen um ihn. Jimmy ist sehr treu. Er wird immer dein Freund bleiben.« Er verneigte sich. »Nun, meine Dame, ich muß eilen. Zu vieles ist zu erledigen, und ich bin bereits spät dran.«

»Auf Wiedersehen, Dash«, sagte sie, und Dash spürte einen Hauch von Traurigkeit in ihrer Stimme, als handle es sich um einen Abschied für immer.

»Auf Wiedersehen, Francie«, erwiderte er und ging davon. Da versuchte er, die Stadt zu retten, und sie zerbrach sich den Kopf über verletzte Gefühle. Dash wußte um seine schlechte Laune, aber die war sicherlich nicht unbegründet. Und sie würde erst richtig schlecht werden, wenn er nicht bald einen Weg fand, wie er die feindlichen Soldaten, die sich in Krondor verborgen hielten, beseitigen konnte.

Subai staunte, so wie jeder andere Mensch, der zum ersten Mal nach Elvandar kam. Als er nach dem langen Marsch durch die Elbenwälder die riesigen Bäume in ihren leuchtenden Farben erblickte, rief er: »Bei Killian! Welch eine Pracht!«

Adelin meinte: »Von allen Wesen, die Ihr Menschen verehrt, respektieren wir Killian am meisten.«

Dann führte er den erschöpften und hungrigen Hauptmann zum Hofe der Königin, und dort angekommen, fühlte sich Subai schon viel besser. Den Legenden zufolge mußte die Magie, die an diesem Orte herrschte, diese Wirkung hervorgebracht haben.

Er verneigte sich vor den beiden Wesen auf dem Podest, einer Frau von unglaublicher Schönheit und einem großen, kräftig gebauten, offensichtlich jungen Mann. »Euer Majestät«, grüßte er. »Mein Lord.«

»Willkommen«, sagte die Elbenkönigin, und ihre Stimme klang wie Musik. »Ihr habt eine weite Reise hinter Euch gebracht und eine gefährliche zudem. Macht es Euch bequem und teilt uns die Nachricht Eures Prinzen mit.«

Subai blickte sich im Rat der Königin um. Drei alte, grauhaarige Elben standen zu ihrer Rechten, einer trug eine edle Robe, der zweite eine beeindruckende Rüstung mit einem Schwert an der Seite, der dritte eine einfache blaue Robe, die mit einer Kordel verschnürt war.

Neben Tomas, dem Prinzgemahl von Elvandar, stand ein junger Elb, der der Königin ähnelte, und so ging Subai davon aus, daß es sich um ihren ältesten Sohn Calin handelte. Links davon stand eine vertraute Gestalt: Calis. Und neben ihm wiederum ein Mann, der in Leder gekleidet war und einen langen grauen Mantel trug.

Er wandte sich an die Königin: »Die Nachricht lautet folgendermaßen, gerechte Königin: Ein Feind, der großes Übel verkörpert, lauert zwischen unseren Reichen. Calis kennt dieses Übel besser als jeder andere. Er ist ihm mehrmals gegenübergetreten, und er weiß auch um seine verschiedenen Gesichter.«

»Welche Wünsche tragt Ihr an uns heran?« fragte die Königin.

Subai blickte von einem zum anderen. »Nun, eigentlich

wollte ich Euch um nichts bitten, erhabene Königin. Ich hatte lediglich gehofft, den Magier Pug hier vorzufinden, denn wir haben es mit Mächten zu tun, die allein er überwinden kann.«

Tomas erhob sich. »Sollten wir Pug brauchen, so kann ich Euch rasch zu ihm bringen. Er ist auf die Insel des Zauberers zurückgekehrt.«

»Mutter, darf ich sprechen?« bat Calis. Die Königin nickte, und so ergriff er das Wort: »Subai, die Smaragdkönigin ist tot und ebenso der Dämon, der sie zerstört hat. Mit den verbliebenen Invasoren wird das Königreich sicherlich allein fertig.«

»Ich wünschte, es wäre so, Calis«, entgegnete Subai. »Aber auf meiner Reise hierher habe ich Dinge gesehen, die den Verdacht nahelegen, daß wir es abermals mit mehr zu tun haben, als wir zunächst mutmaßten. Ich habe jene Männer beobachtet, von denen Ihr uns oft berichtet habt, die Unsterblichen – und dazu andere Bluttrinker. Ich habe Männer und Frauen und Kinder gesehen, die dunklen Mächten geopfert wurden. Ich stieß auf Leichen, die sich in Gruben aufhäuften, und geheimnisvolle Feuer, die in Dörfern brannten. Ich habe Gesänge gehört, die an kein menschliches Ohr dringen sollten. Welche Hilfe Ihr uns auch immer zu gewähren vermögt, wir brauchen sie jetzt.«

»Das werden wir im Rat besprechen«, sagte die Königin. »Unser Sohn hat uns ausführlich über die Invasoren von jenseits des Meeres ins Bild gesetzt. Sie bereiten uns keine Schwierigkeiten, obwohl ihre Patrouillen inzwischen unsere Grenzen erkunden.

Geht nun und ruht Euch aus. Wir werden uns morgen früh wieder versammeln.«

Calis und der Mann in Grau traten zu Subai. Calis schüttelte dem Hauptmann die Hand. »Schön, Euch zu sehen.«

Der Späher erwiderte: »Mir geht es genauso. Und ich wette, Erik wünscht sich nichts so sehr, als daß Ihr wieder das Kommando über die Adler hättet.«

»Dies ist Pahaman von Natal«, stellte Calis seinen Begleiter vor.

Der Mann in Grau streckte die Hand aus, und Subai sagte: »Unsere Großväter waren Brüder.«

»Unsere Großväter waren Brüder«, erwiderte Pahaman.

Subai lächelte. »Ein Ritual. Die Späher und die Waldläufer von Natal haben den gleichen Geist. In den Auseinandersetzungen zwischen den Freien Städten und dem Königreich hat nie ein Waldläufer das Blut eines Spähers vergossen oder andersherum.«

»In den alten Zeiten«, ergänzte Pahaman, »als Kesh noch über uns herrschte, waren unsere Vorfahren Führer des Kaiserreichs. Nach dem Rückzug des Kaiserreichs wurden viele der Zurückbleibenden Waldläufer; jene hingegen, die nahe der Stadt Krondor lebten, gründeten die Späher. Späher, Führer und Waldläufer, wir haben alle den gleichen Stammbaum.«

»Würden nur alle Menschen wissen, daß sie eigentlich gleicher Abstammung sind«, seufzte Calis. »Folgt mir Subai, Ihr sollt etwas zu essen bekommen und danach einen Platz zum Schlafen. Während Ihr speist, könnt Ihr mir von Euren Erlebnissen berichten.«

Damit gingen sie davon.

Tomas drehte sich zu seiner Frau um. »Ich fürchte, zum ersten Mal seit dem Spaltkrieg können wir uns aus dieser Angelegenheit nicht heraushalten.«

Die Königin warf ihrem ältesten Berater einen Blick zu. »Tathar?«

»Wir müssen Calis' Rückkehr abwarten. Nachdem er mit dem Menschen gesprochen hat, wird er uns erklären, wie groß das Risiko tatsächlich ist.«

»Ich werde meinem Bruder Gesellschaft leisten und ebenfalls die Ohren spitzen«, sagte Prinz Calin.

Die Königin nickte, und der alte Krieger Rotbaum warf ein:

»Welchen Nutzen würde es bringen, wenn wir Elvandar verließen? Wir sind nur wenige an Zahl und würden kaum ins Gewicht fallen.«

»Ich glaube, das ist nicht der springende Punkt«, entgegnete Tomas. Er sah seine Frau an. »Denn es geht vielmehr darum, ob *ich* Elvandar verlassen soll.«

Die Königin erwiderte den Blick ihres Gemahls und schwieg.

Zehn

Entscheidungen

Die Männer schlichen voran.

Dash führte seine Abteilung durch den Keller. Jeder Mann trug einen großen Knüppel und einen Dolch. Der Befehl war eindeutig: Wer Widerstand leistet, wird niedergeschlagen, wer die Waffe zieht, getötet.

In der ganzen Stadt wurden zur gleichen Zeit solche Maßnahmen von Wachtmeistern und Angehörigen der Palastwache durchgeführt. Patrick hatte zwar nicht erlaubt, Krondor in Alarmbereitschaft zu versetzen, aber er hatte Dash zumindest zweihundert Mann seiner Leibgarde zur Verfügung gestellt.

Sieben verschiedene Verstecke hatte man entdeckt, dazu drei Schiffe im Hafen. Letztere überließ man der Königlichen Marine, die über ausreichend Präsenz in der Gegend verfügte, um diese Schiffe überfallartig zu entern.

Dennoch war Dash nicht zufrieden. Er wußte, in der Stadt hielten sich noch weitere Spione auf, und auch bei vielen Karawanenwächtern in der Karawanserei würde es sich um Soldaten aus Kesh handeln. Nur ein Gedanke tröstete ihn darüber hinweg, daß diese Männer seinem Zugriff entwischen würden: Sie befanden sich außerhalb der Mauern und würden dort auch bleiben. An den Toren hatte er unter dem Vorwand, einen besseren Überblick über die Anzahl der Einwohner zu bekommen, Kontrollstellen eingerichtet.

Inzwischen hatten sie einen Keller erreicht, der sich im nordöstlichen Teil der Stadt befand; das Gebäude darüber war ausgebrannt, aber Dash wußte, die Tür nach unten hatte man repariert und anschließend mit Fackeln versengt, damit sie ebenfalls verbrannt wirkte.

Den Tag über hatte er mit sich gehadert, auf welche Weise er seine Aufgabe am besten beginnen sollte, und schließlich hatte er sich dazu entschlossen, es mit einem überfallartigen Vorgehen zu versuchen.

Der obere Raum des Kellers war verlassen, doch kannte Dash die Hintertür, durch die man über eine Rampe ins zweite Untergeschoß gelangte, von wo man dann die Kanäle betreten konnte. Er drückte den Griff der Tür nach unten – sie war nicht verriegelt. Vorsichtig öffnete er sie. Dem Mann hinter sich flüsterte er zu: »Also gut, absolute Stille, bis ich etwas anderes befehle.«

Er stieg die Rampe hinunter und landete in einem großen Keller, der früher einmal als Lagerstätte für Wein- und Bierfässer gedient hatte. Das Gebäude über ihnen war schließlich ein Gasthaus gewesen. Auf der anderen Seite des Raums saßen zwanzig Männer auf Fässern oder lagen auf dem Boden. Dash wies seine Truppe an: »Verteilt euch rasch und seid nicht zimperlich!«

Zielstrebig hielt er auf den Mann zu, der ihm am nächsten war und die Eindringlinge überrascht anstarrte. Dann bemerkte er die roten Armbinden und wollte sich erheben. Dash brüllte: »Im Namen des Prinzen, ergebt euch!«

Der Mann versuchte aufzustehen, und Dash schlug ihn mit dem Knüppel bewußtlos. Die anderen Wachtmeister sprangen vor, und einer der Gegner, der sein Schwert ziehen wollte, wurde ebenfalls sofort niedergeschlagen. Die anderen hoben die Hände und ergaben sich, nur ein einziger wollte durch einen Gang flüchten. Einer der Wachtmeister warf ihm seinen Knüppel hinterher und traf den Ausreißer von hinten in die Kniekehlen. Der Kerl ging zu Boden, und ehe er sich wieder aufrappeln konnte, hatten ihn bereits zwei Wachtmeister erreicht.

Dash ließ den Gefangenen die Hände auf den Rücken fesseln, bevor sie auf die Idee kommen mochten, ernsthaften Widerstand zu leisten. Einer seiner jüngst der Truppe beigetretenen Männer sagte: »Das war ja ausgesprochen einfach, Sheriff.«

»Trotzdem solltet ihr nicht leichtsinnig werden«, entgegnete Dash. »Das wird nicht die ganze Nacht so einfach weitergehen.«

In der Dämmerung wachte Jimmy auf, als Marcel Duval plötzlich vor seinem Lager stand und besorgt dreinschaute. »Graf James«, sagte der Junker aus Bas-Tyra.

»Was gibt's?« fragte Jimmy, erhob sich und streckte sich zur gleichen Zeit.

»Manche der Pferde lahmen, Sir, und ich habe mich gefragt, ob wir ihnen nicht einen Tag Ruhe gönnen könnten.«

Jimmy blinzelte. »Ruhe gönnen?«

»Das Marschtempo war mörderisch, Sir, und einige der Tiere werden wir bis Krondor zuschanden geritten haben.«

Jetzt wurde Jimmy richtig wach. »Junker«, stieß er hervor, so ruhig es ihm möglich war, »Ihr könnt Eure Paradespielchen weitertreiben, wenn Ihr wieder in Bas-Tyra seid. Hier seid Ihr ein richtiger Soldat. Sobald ich mein Pferd gesattelt habe, möchte ich, daß die Truppe zum Aufbruch bereit ist. Heute werdet Ihr mit Euren galanten Rittern die Vorhut übernehmen.«

»Sir?«

»Das ist alles«, entgegnete Jimmy viel zu scharf. Er schloß die Augen und zählte bis zehn. Dann holte er tief Luft und brüllte: »Aufsitzen!«

Überall erhoben sich Männer und sattelten ihre Pferde. Dabei ärgerte es Jimmy, daß die Pferde tatsächlich gequält wurden. Duvals hübscher Haufen würde nicht der einzige sein, der nach Krondor hineinhumpelte, aber wenn sie dieses Tempo beibehielten, würden sie Krondor bereits in drei Tagen erreicht haben. Hoffentlich genügte das.

Als die Kolonne bereitstand, warf Jimmy einen Blick zurück: Fünfhundert Mann Kavallerie und berittene Infanterie. Die Männer bekamen nur die getrockneten Rationen, die sie meist im Sattel zu sich nehmen mußten, und einige zeigten schon Anzeichen von Erschöpfung. Aber gleichgültig, ob erschöpft oder ausgeruht, er würde sie alle nach Krondor bringen. Falls die Stadt noch stand, würden sie vielleicht das Zünglein an der Waage sein. Er unterdrückte seinen Hunger und seine Müdigkeit und brüllte: »Junker Duval, übernehmt die Führung!«

»Sir!« antwortete Duval und lenkte sein Pferd zu den fünfzig Lanzenreitern der Vorhut.

Während die Sonne im Osten über den Horizont kroch und die Landschaft in gelbes Licht tauchte, mußte sich Jimmy wenigstens eins eingestehen: Duvals Kompanie hatte ein schneidiges Auftreten.

Der Angriff erfolgte in der Dämmerung, bevor die Sonne noch über die Berge gestiegen war, zu einer Zeit also, als die Männer am wenigsten zum Kämpfen bereit waren. Erik war schon aufgestanden, hatte gefrühstückt und die Befestigungen inspiziert, deren Bau er befohlen hatte. Daraufhin hatte er das Lager in Bereitschaft versetzt.

Richard stand bei seinem Kommandozelt und beobachtete im grauen Morgen den Vormarsch der feindlichen Truppen. »Sie wollen uns regelrecht überrollen.«

»Das würde ich an ihrer Stelle ebenfalls versuchen«, meinte Erik. Er hatte seinen Helm unter den Arm geklemmt und zeigte mit der rechten Hand auf das baldige Schlachtfeld. »Wenn wir die Mitte halten, können wir den Tag überstehen. Sollte eine der Flanken fallen, vermögen wir vielleicht noch etwas gegen ihren Vormarsch zu unternehmen. Erobern sie die Mitte, müssen wir uns zurückziehen.«

Leland stand neben seinem Vater. »Dann werden wir dafür sorgen, daß die Mitte nicht fällt.« Er setzte seinen Helm auf. »Vater, darf ich mich zu deinen Männern gesellen?«

»Ja, mein Sohn«, erwiderte der Graf. Der Junge lief zu dem Stallburschen, der sein Pferd hielt. Leland sprang in den Sattel, und sein Vater rief ihm hinterher: »Möge Tith-Onanka deine Klinge führen und Ruthia dir ihr Lächeln schenken.« Zur gleichen Zeit den Kriegsgott und die Schicksalsgöttin um Hilfe zu bitten, war durchaus angemessen, dachte Erik.

Die Invasoren rückten ohne feste Ordnung vor, ohne Trommler oder andere Taktgeber, die Erik zum Beispiel von Einheiten des Kaiserreichs erwartet hätte. An der Seite der meisten Männer, denen er nun gegenüberstand, hatte er selbst in Novindus früher einmal gekämpft, wenngleich nur als Spion. Dennoch fühlte er sich jetzt wenig mit ihnen verbunden. Nichtsdestotrotz respektierte er ihre Tapferkeit, und es war deutlich zu sehen, daß Fadawah die einzelnen Kompanien zu einer Armee zusammengeschmiedet hatte. Er beobachtete den Vormarsch der schweren Infanterie, Kompanien von Pikenieren, die von Männern mit Schild, Schwert und Streitaxt unterstützt wurden. Dahinter folgten die Reiter, die zur Hälfte mit Lanzen, zur Hälfte mit Schwert und Rundschild bewaffnet waren. Erik sandte ein stummes Dankgebet zu den Göttern, weil berittene Bogenschützen in Novindus nicht üblich waren.

Plötzlich kam Erik ein Gedanke, und er wandte sich an einen Boten. »Benachrichtigt Akee und die Hadati. Sie sollen sich zwischen den Bäumen auf der rechten Seite postieren und nach Bogenschützen Ausschau halten, die möglicherweise durch den Wald vordringen wollen.«

Der Bote eilte davon, und Erik sagte zu Richard: »Nun bleibt uns nichts mehr zu tun, als zu kämpfen.« Er setzte seinen Helm auf und ging zu seinem Pferd. Nachdem er aufgestiegen und losgeritten war, inspizierte er nochmals die drei Diamanten. Jadow hatte für diese Aufgabe die härtesten Männer ausgewählt. Die Blutroten Adler standen im mittleren Diamanten. Jadow winkte ihm von dort aus zu, und Erik salutierte. Da er Offizier war, hätte Leutnant Jadow Shati den Befehl einem Feldwebel überlassen und bei den berittenen Einheiten bleiben können, doch Erik wußte, im Herzen würde sein alter Freund aus dem Tal der Träume immer ein Feldwebel bleiben.

»Tith-Onanka stärke eure Arme!« rief Erik.

Die Männer im Diamanten jubelten ihrem Kommandanten zu.

Dann lösten die Invasoren ihre Formation auf und stürmten heran. Die Schlacht hatte begonnen.

Auf der Lichtung der Kontemplation beobachtete Tomas Acaila bei der Meditation. Tathar und ein weiterer Elb bildeten mit ihm die Ecken eines Dreiecks. Tomas hatte ihn um seine Weisheit gebeten, und Acaila hatte zugestimmt, seine mystischen Kräfte einzusetzen.

Am Ende des Spaltkrieges hatte Tomas geschworen, Elvandar niemals ohne Schutz zurückzulassen. Jetzt fragte er sich, ob dieser Eid nicht zwangsläufig auf die Zerstörung dessen hinausliefe, was er eigentlich bewahren wollte.

Tomas besaß uraltes Wissen, hatte die Erinnerungen jenes Wesens durchlebt, dessen Erbe er angetreten hatte. Ashen-Shugar, der letzte Valheru, war für eine Zeit eins mit Tomas geworden, und noch heute wohnten dem früheren Küchenjungen aus Crydee große Teile der Macht des Drachenlords inne. Nur wenige verstanden diese Kräfte, die sein Leben bestimmt hatten.

In lange vergangenen Zeiten waren Ashen-Shugar und seine Brüder auf dem Rücken von Drachen durch die Himmel geflogen. Sie hatten gejagt wie Raubtiere, denn sie waren gleichzeitig Wesen mit und ohne Intelligenz. In ihrer Unwissenheit hatten sie sich für die mächtigsten Kreaturen der Schöpfung gehalten und dabei ihren Irrtum nicht geahnt.

Über die Jahre hinweg hatte Tomas gelernt, sein Wissen von Ashen-Shugar als die Wahrheiten eines Drachenlords zu betrachten. Er wußte, wie der alte Valheru fühlte, und er konnte auf dessen Erinnerungen zurückgreifen, allerdings mußte etwas, nur weil der Valheru es als wahr ansah, nicht tatsächlich der Wirklichkeit entsprechen.

Ashen-Shugar war der einzige seiner Art, der sich dem Einfluß von Draken-Korin entzogen hatte, welcher, wir Tomas inzwischen wußte, eine Spielfigur des Namenlosen war, jenes Gottes, dessen Namen zu nennen allein Zerstörung anzog. Der Mensch in Tomas erkannte die Ironie, daß der Namenlose die Eitelkeit der Valheru und den Glauben an ihre eigene Allmacht benutzt hatte, um sie am Ende zu vernichten. Der Valheru in Tomas schäumte bei dem Gedanken, daß seine Art als Werkzeug mißbraucht worden war, vor Wut.

Tomas betrachtete die drei Elben. Es würde eine Weile dauern, bis Acaila seine Weisheit mit ihm teilen konnte. Er verließ die Lichtung und spazierte durch Elvandar. Unterwegs entdeckte er Subai und Pahaman von Natal, die sich miteinander unterhielten. Waldläufer sprachen eigentlich nur mit anderen Waldläufern und gelegentlich mit Elben, daher mußte Pahaman Subai als einen Mann von seiner Abstammung akzeptiert haben.

Das Lachen von Kindern zog Tomas an wie ein Magnetstein. Mehrere Kleine spielten Fangen miteinander. Tomas sah seinen Sohn Calis, der neben der Frau von jenseits des Meeres, Ellia, auf einer Bank Platz genommen hatte. Sie saßen nah zusammen, ihre Hand lag in seiner, und Tomas freute sich für seinen Sohn. Er selbst würde kein weiteres Kind mehr zeugen können, denn schon Calis war nur durch die Hilfe einer besonderen Magie entstanden. Sein Sohn hatte eine bedeutende Rolle dabei gespielt, die größte Bedrohung des Lebens auf Midkemia abzuwenden und den Stein des Lebens zu vernichten, doch jetzt gehörte sein Schicksal wieder ihm selbst. Aber auch Calis würde niemals Kinder bekommen, und so endete Tomas' Linie mit ihm. Die beiden Kinder von Ellia, Tilac und Chapac, beteiligten sich an dem Spiel. Allein die Namen der Jungen, die in den Ohren der Bewohner von Elvandar fremdartig klangen, erinnerten Tomas daran, daß er nirgendwo auf der Welt je einen Ort finden würde, an dem er sich vollkommen zu Hause fühlen konnte. Er lächelte Calis an. Wie sein Sohn hatte er einen Platz im Leben gefunden und gab sich damit zufrieden.

Calis winkte seinem Vater zu. »Geselle dich doch zu uns.«

Ellia lächelte Tomas an, aber in dieser Geste schwang eine gewisse Unsicherheit mit. Obwohl er sich von Ashen-Shugars übermächtigem Verstand während des Spaltkrieges befreit und viele der Auswirkungen des Verschmelzens von Mensch und Drachenlord ausgemerzt hatte, war der Valheru noch immer präsent. Alle Edhel – Elben – reagierten mit einer Unterwürfigkeit auf ihn, die manchmal an Furcht grenzte. Tomas kniete neben seinem Sohn. »Es gibt vieles, für das man dankbar sein muß.«

»Ja«, stimmte Calis zu. Er blickte die Frau an seiner Seite an. Bestimmt würden sie eines Tages heiraten, dachte Tomas. Der Vater der Jungen war dem Krieg auf Novindus, der der Invasion des Königreichs vorausgegangen war, zum Opfer gefallen. Angesichts der niedrigen Geburtenrate und der Tatsache, daß sich die meisten Partner durch das »Erkennen« fanden, jenes instinktive Wissen um die Bestimmung füreinander, gab es für eine Witwe nur wenig Hoffnung, einen zweiten Gatten zu finden. Da Calis den größten Teil seines Lebens unter Menschen verbracht hatte und zur Hälfte ja auch

Mensch war, hatte er im Volk seiner Mutter nie die Richtige für sich entdeckt. Tomas glaubte, das Schicksal habe sich gnädig gezeigt, indem es diese Frau mit ihren Kindern nach Elvandar verschlagen hatte.

»Die Nachrichten von Subai bereiten uns große Sorgen«, sagte Tomas.

Calis blickte zu Boden. »Ich weiß. Mir scheint, ich sollte besser ins Königreich zurückkehren und wieder dem Prinzen dienen.«

Tomas legte seinem Sohn die Hand auf die Schulter. »Du hast deinen Teil getan. Ich glaube, jetzt ist es für mich an der Zeit, ins Königreich zu gehen.«

Calis sah seinen Vater an. »Aber du hast gesagt –«

»Ja. Doch wenn es sich um jene Bedrohung handelt, die du und ich kennen, so müssen wir uns, wenn wir uns jetzt nicht damit auseinandersetzen, eines Tages auf jeden Fall damit befassen – nur dann hier in Elvandar.«

»Das ist der gleiche Wahnsinn, der mein Dorf jenseits des Meeres vernichtet hat«, warf Ellia ein. Für die Elben hatte sie einen eigentümlichen Akzent, trotzdem meisterte sie die Sprache ihrer Vorfahren. »Sie sind abgrundtief böse. Diese Männer haben eine schwarze Seele und kein Herz.« Sie sah zu ihren spielenden Söhnen. »Nur durch ein Wunder konnte Miranda uns retten. Alle anderen Kinder unseres Dorfes haben sie getötet.«

»Ich warte auf Acailas Rat zu dieser Frage«, sagte Tomas, »aber ich glaube, ich muß zum Eiland des Zauberers fliegen und mit Pug sprechen.«

»Nachdem der Dämon besiegt war«, sagte Calis, »dachte ich, es würde sich nur noch um eine Angelegenheit zwischen den Menschen handeln.«

Tomas schüttelte den Kopf. »Wenn ich nur ein Zehntel von dem verstehe, was sich uns da offenbart, vermögen die Menschen das nicht untereinander auszutragen. Hinter diesen Kriegsparteien stehen jeweils stets größere Mächte, und diese müssen bei jedem Zug wieder ins Gleichgewicht gebracht werden.« Er erhob sich. »Sehen wir uns beim Abendessen?«

»Ich werde mit Ellia und den Jungen speisen«, antwortete Calis.

Tomas lächelte. »Das werde ich deiner Mutter mitteilen.«

Er wanderte weiter durch Elvandar, das ihm den größten Teil seines Lebens eine Heimat geboten hatte, und wie jeden Tag staunte er darüber, daß man ihm gestattete, hier zu leben. Falls es einen schöneren Ort in der Schöpfung gab, so vermochte er ihn sich nicht auszumalen. Auch aus diesem Grund hatte er das Gelübde abgelegt, Elvandar nie wieder zu verlassen und es immer zu beschützen, denn eine Welt ohne die Elbenstadt konnte er sich nicht vorstellen.

Schließlich lenkte er seine Schritte wieder zur Lichtung der Kontemplation. Acaila hatte seine Meditation beendet und trat auf ihn zu. Sein Gesicht war von Sorgen gezeichnet. Dies überraschte Tomas, da der uralte Anführer der Eldar seine Gedanken nur höchst selten auf diese Weise offenbarte.

»Hast du etwas gesehen?« erkundigte sich Tomas.

Acaila wandte sich zunächst an Tathar und den anderen Elb. »Danke für die Führung.« Dann nahm er Tomas am Arm. »Geh ein Stück mit mir, mein Freund.«

Er führte Tomas durch einen ruhigen Teil des Waldes, fort von den Küchen und Werkstätten. Nachdem er sich vergewissert hatte, daß sie allein waren, sagte er: »In Krondor lauert etwas Dunkles.« Er blickte Tomas an. »Und gleichzeitig etwas Wunderbares. Ich kann es nicht erklären, aber eine alte Macht des Guten steht kurz davor zurückzukehren. Vielleicht versucht das Universum, sich selbst ins Gleichgewicht zu bringen.«

Acaila führte die Eldar an, eine alte Linie der Elben, die den

Valheru am nächsten gewesen waren. Tomas legte großen Wert auf seinen Rat, denn Acaila besaß eine einzigartig klare Sicht der Dinge.

»Doch welche Macht des Guten sich dort auch aufhalten mag, das Böse, das durch den Dämon entfesselt wurde, ist noch immer stärker«, fuhr Acaila fort. »Diese dunkle Macht hat viele Diener, und sie stützen seine Macht in Ylith, Zun und nun ebenfalls in LaMut.«

»Beziehst du dich auf das, was Subai über Menschenopfer berichtet hat?«

»Es ist eine große, böse Macht«, erläuterte Acaila, »und jeden Tag gewinnt sie an Stärke. Ihre Diener ahnen oftmals gar nicht, was sie gegen andere und letztendlich doch auch gegen sich selbst heraufbeschwören. Sie wissen nicht, daß ihre eigenen Seelen als erste vernichtet werden. Ein seelenloser Mensch empfindet keine Reue, keine Scham, kein Bedauern. Er handelt lediglich aufgrund seiner Triebe und strebt nach Ruhm, Macht und Reichtum. Dabei erkennt er die eigene Niederlage nicht, denn seine Dienste leisten allein der Vergeudung des Lebens und dessen Vernichtung Vorschub.«

Tomas schwieg einen Moment, bevor er sagte: »Ich besitze die Erinnerungen des Valheru, daher sind mir solche Triebe nicht unbekannt.«

»Dein Valheru-Vorfahre lebte in anderen Zeiten, mein Freund. Damals war das Universum gänzlich anders geordnet. Die Valheru waren Naturkräfte, die weder dem Guten noch dem Bösen dienten. Doch dieses Wesen ist böse, und es muß mit Stumpf und Stiel ausgerottet werden. Um das zu erreichen, brauchen die Mächte, die ums Überleben kämpfen, Hilfe.«

»Also muß ich ihnen wohl meine Kraft leihen«, stellte Tomas fest.

»Von uns allen hier besitzt allein du das Vermögen, das Gleichgewicht zum Guten zu verschieben«, sagte Acaila.

»Ich werde zu Pug aufbrechen«, erwiderte Tomas. »Zusammen werden wir das Königreich retten und das Erstehen des Bösen in Krondor verhindern.«

»Geh zur Königin«, forderte Acaila ihn auf, »und sei gewiß: Was immer du tun wirst, du tust es zu ihrem Wohl und dem eures Sohnes.«

Tomas ergriff Acailas Hand und brach dann auf.

Später an diesem Abend, nachdem er mit seiner Gemahlin gespeist und sich zögernd von ihr verabschiedet hatte, kehrte Tomas auf die Lichtung nödlich der Waldmitte zurück. Nun hatte er seine weißgoldene Rüstung angelegt. Das Erbstück aus uralten Zeiten wies keinen Makel, keinen Kratzer auf. Er hatte auch sein goldenes Schwert mit dem weißen Heft zurückerhalten, nachdem sein Sohn das Geheimnis des Steins des Lebens gelüftet hatte. So ruhte seine Hand jetzt auf dessen Griff, und den weißen Schild mit dem goldenen Drachenabzeichen trug er über der Schulter. Er sah zum Himmel hinauf, stieß einen Ruf aus und wartete.

Gefallene und sterbende Männer lagen überall herum. Erik stand erschöpft vor einem Haufen toter Feinde. Irgendwann im Verlauf des Nachmittags hatte er durch einen verirrten Pfeil sein Pferd verloren.

Zweimal war er versucht gewesen, den Rückzug zu befehlen, doch beide Male hatten sich seine Männer aufgebäumt und den Gegner zurückgedrängt. Nur vage erinnerte er sich noch an eine kurze Pause am Nachmittag, während der er gierig etwas getrunken und gegessen hatte.

Erst vor wenigen Minuten waren auf der anderen Seite Hörner ertönt, und der Feind zog sich inzwischen zurück. Die Diamanten hatten gehalten, und tausend oder mehr Männer hatten den Versuch, sie einzunehmen, mit dem Leben bezahlt. Erik wollte gar nicht daran denken, wie viele Verteidiger dabei wohl den Tod gefunden hatten. Am Morgen würde er die Leichen zählen lassen.

Leland ritt heran. »Mein Vater läßt seine Glückwünsche ausrichten, Hauptmann.«

Erik nickte und versuchte, seine Gedanken zu sortieren. »Ich werde gleich bei ihm sein, Leutnant.«

Er bückte sich und säuberte sein Schwert an der Uniform eines Toten, dann ließ er den Blick über das Schlachtfeld schweifen. Er war in der Lücke zwischen dem mittleren und dem rechten Diamanten gelandet. Die Leichen stapelten sich hüfthoch vor ihm. Er wandte sich Jadow Shati zu, der ihm zurief: »Hoffentlich muß ich so etwas so bald nicht wieder erleben, Mann!«

Erik winkte. »Nicht vor morgen.« Er machte sich zu Richards Zelt auf. Dort angekommen, sah er, wie Wachen zwei Leichen herausschleppten. Der alte Graf saß an seinem Tisch und ließ sich von einem Burschen den Arm verbinden.

»Was ist passiert?« fragte Erik.

»Ein paar feindliche Soldaten sind auf Eurer linken Flanke durchgebrochen, Hauptmann, und haben es bis hierher geschafft. Am Ende mußte ich noch mein Schwert einsetzen.«

»Wie geht es Euch?« fragte Erik.

»So weit ganz gut, Hauptmann.« Er beobachtete den Burschen, der nun mit dem Verband fertig war, und verscheuchte ihn mit einer Handbewegung. »Wenigstens darf ich mich jetzt wie ein richtiger Soldat fühlen. Wißt Ihr« – er lehnte sich auf seinem Stuhl zurück –, »einmal habe ich eine Patrouille angeführt, die ein paar Keshianer erwischte, die allerdings flüchteten. Bis zum heutigen Tag war das mein herausragendstes Kriegserlebnis.« Graf Richards Augen leuchteten. »Das war vor vierzig Jahren, Erik.«

Erik setzte sich. »Darum beneide ich Euch.«

»Ohne Zweifel«, erwiderte Richard. »Was tun wir als nächstes?«

»Wir warten ab, bis sie ihren Rückzug abgeschlossen haben, dann schicke ich ein paar Kundschafter in die Berge, damit wir erfahren, wo genau sich ihre Stellungen befinden. Unsere Männer haben heute ganze Arbeit geleistet.«

»Aber wir sind nicht durchgebrochen«, stellte Richard fest.

»Nein«, sagte Erik. »Und jeder Tag, den wir hier auf der Straße festsitzen, mindert die Hoffnung, Ylith zu erreichen und Yabon zu befreien.«

»Wir brauchen irgendeine Magie«, meinte Richard.

»Zur Zeit habe ich davon nicht viel auf Lager«, sagte Erik und stand auf. »Ich sollte wohl besser mal nach den Männern schauen.« Nachdem er salutiert hatte, verließ er das Zelt.

Draußen traf er Leland. »Deinem Vater geht es gut; es ist nur eine kleine Wunde.«

Lelands Miene spiegelte seine Erleichterung. Der junge Mann stieg in Eriks Achtung; er hatte zunächst seine Aufträge ausgeführt, obwohl er keine Einzelheiten über den Zustand seines Vaters wußte.

»Wie sieht es mit den Reserven aus?« fragte Erik.

»Sie stehen bereit«, antwortete Leland.

Nun war Erik seinerseits erleichtert. »Ich habe heute nachmittag den Überblick verloren und wußte nicht mehr genau, ob man sie schon ins Feld geschickt hatte.«

»Nein, Hauptmann.«

»Gut. Gebt Befehl, die Männer in den Diamanten abzulösen, und sagt der Kavallerie, sie soll sich zurückziehen. Anschließend meldet Euch wieder bei mir. Ich habe eine Aufgabe für Euch.«

Leland salutierte und eilte davon. Erik ging zu seinem bescheidenen Zelt bei den Blutroten Adlern und setzte sich. Die Soldaten, die für die Verpflegung zuständig waren, verteilten Wasser und Essen, und einer reichte Erik eine Holzschüssel mit heißem Eintopf und einen Wasserschlauch. Er nahm die Schüssel und den Löffel und begann zu essen.

Jadow Shati kehrte mit seinen Männern aus dem mittleren Diamanten zurück und brach neben Erik halb zusammen. »Mann, auf eine Wiederholung dieses Tages bin ich nicht gerade scharf.«

»Wie haben wir uns geschlagen?«

»Ein paar Leute haben wir verloren«, berichtete Jadow, wobei er wegen seiner Müdigkeit langsam sprach und sehr düster klang. »Aber es hätte schlimmer kommen können.«

»Ich weiß«, erwiderte Erik. »Wir müssen den Gegner mit einer unerwarteten Idee überraschen, sonst verlieren wir diesen Krieg.«

»Ich habe mir schon etwas Ähnliches gedacht«, sagte Jadow. »Vielleicht können wir sie morgen ausreichend bluten lassen, anschließend einen Gegenoffensive starten und uns durch ihre Mitte schlagen. Da hätten wir ihre Streitmacht wenigstens gespalten.«

Erik war fast mit dem Essen fertig, als ein Bote erschien. »Graf Richard läßt Euch seine Grüße ausrichten, Sir. Würdet Ihr ihn bitte unverzüglich aufsuchen?«

Sofort erhob sich Erik und folgte dem jungen Mann zum Kommandozelt. Dort stand ein erschrockener Schreiber neben Graf Richard. »Der Mann ist gerade mit dieser Nachricht eingetroffen«, begrüßte Richard den Hauptmann.

Erik laß Jimmys Brief. »Bei den Göttern!«

»Was sollen wir jetzt unternehmen?« fragte Richard.

»Wenn wir hier Truppen abziehen und nach Süden verlagern, verlieren wir Yabon. Behalten wir sie hier, müssen wir Krondor aufgeben.«

»Krondor ist wichtiger«, entschied Richard. »Also müssen wir diese Stellung halten und den Feldzug nach Yabon auf das nächste Jahre verschieben.«

»Das ist unmöglich«, entgegnete Erik. Er schwieg einen Augenblick, bevor er hinzufügte: »Mein Lord, wenn ich darf?«

»Aber sicher, Erik. Bisher habt Ihr noch keinen einzigen Fehler begangen.« Inzwischen hatte der alte Graf Eriks Begabung sehr wohl erkannt und verstanden, daß der junge Hauptmann nicht aus persönlichem Ehrgeiz handelte; daher würde er jede Entscheidung, die sein Untergebener traf, unterstützen.

»Schickt nach Jadow Shati«, sagte Erik.

Während der Bote unterwegs war, fragte Erik den Schreiber aus, brachte jedoch lediglich zutage, daß der Mann über die meisten Dinge, die der Hauptmann erfahren wollte, nichts wußte. Trotzdem beeindruckte Erik die Sorge und Erregung des Grafen James, daher würde er diese Warnung auf jeden Fall ernst nehmen.

Schließlich kam Jadow herein, und Erik erklärte: »Es gibt eine Änderung, was unsere Pläne angeht.«

»An so was ist man ja durchaus gewöhnt.«

»Beginn sofort mit dem Bau einer Barrikade. Am Ende der Woche sollte eine gute Befestigungsanlage stehen.«

»Wo?«

»Hier«, erklärte Erik. »Quer über diese Straße. Eine Kompanie und dazu Akees Hadati stellst du auf den Bergen im Osten auf. Die sollen alles niedermachen, was sich nach Süden vorwagt. Diese Stellung ist unsere neue Nordgrenze, jedenfalls so lange, bis du etwas anderes von mir hörst.«

»Was für Befestigungen?«

»Zunächst einmal einen zwei Meter hohen Erdwall hundert Meter nördlich der drei Diamanten. Wenn ihr damit fertig seid, baut ihr eine Palisade. Im Süden könnt ihr Bäume fällen. Diese Holzmauer soll vier Meter hoch werden, gut verstärkt sein und alle zwanzig Meter eine Artillerieplattform erhalten. Alle dreißig Meter werdet ihr Lücken für Ballistas und Katapulte lassen, damit wir unsere eigenen Männer nicht von den Brustwehren schießen.«

»Mann, und wie lang soll diese Anlage werden?«

»Von den Klippen am Meer bis zum steilsten Berg der Umgebung.«

»Dann fange ich besser gleich an.«

Leland von Makurlic trat ein. »Die Kavallerie steht bereit, Sir.«

»Gut«, sagte Erik. »Beim ersten Licht werdet Ihr sie an der Küste entlang nach Krondor führen.«

»Krondor?« vergewisserte sich der junge Mann und warf seinem Vater einen fragenden Blick zu.

Der alte Graf nickte. »Es scheint, als planten unsere alten Freunde, die Keshianer, einen Angriff auf die Stadt. Graf James von Vencar hat Verstärkung erbeten.«

»Aber was ist mit der Schlacht hier?« fragte Leland.

»Ihr zieht einfach nur nach Süden und rettet Krondor«, erwiderte Erik. »Die Invasoren überlaßt getrost mir.«

»Ja, Sir«, sagte der junge Mann. »Welche Einheiten, Sir?«

»Alle Reiter, die uns zur Verfügung stehen. Wir können uns an dieser Stelle verschanzen und den Sommer über mit den Fußsoldaten ausharren, Krondor hingegen würde die Infanterie frühestens in drei Wochen erreichen. Das wäre zu spät.

Und jetzt hört mir gut zu. Verfallt nicht in halsbrecherischen Galopp. Damit würdet Ihr nur die Hälfte der Pferde innerhalb der ersten drei Tage zuschanden reiten. Legt die ersten vierzig Minuten im Trab zurück, dann steigt ab und führt die Pferde zwanzig Minuten am Zügel. Von Mittag an reitet Ihr eine halbe Stunde und geht die nächste halbe. Und laßt ihnen abends ausreichend Hafer und Wasser zukommen. Wenn Ihr das tut, werden die meisten Tiere den Marsch überstehen, und Ihr legt dreißig Meilen pro Tag zurück. Damit dürftet Ihr Krondor in einer Woche erreichen.«

»Ja, Sir!« antwortete Leland. Er verließ das Zelt, um seine Befehle auszuführen.

Erik ballte die Faust und blickte zum Himmel. »Verdammt«,

fluchte er. »Ich wollte mir gerade überlegen, wie wir die Kerle im Norden aus ihren Löchern treiben, da mußte ausgerechnet so etwas passieren.«

Jadow, der gerade aufbrechen wollte, als Leland eingetreten war, sagte: »Eigentlich heißt es immer, Tith-Onanka würde das Leben eines Soldaten bestimmen, aber in unserer kleinen Ecke der Welt regiert offensichtlich Banath.« Jadow verließ das Zelt.

Erik nickte. »Ja, Banath hat wohl einen starken Einfluß auf uns.« Der Gott der Diebe wurde auch als der »Scherzbold« bezeichnet, und für gewöhnlich kreidete man ihm alles an, was schieflief.

Erik nickte und verließ schweigend das Zelt. Nie zuvor in seinem Leben hatte ihn ein solches Gefühl der Niederlage befallen.

Dash rappelte sich auf und rieb sich die Augen. Er hatte es aufgegeben, sich ständig den Nachmittag über wachzuhalten. Nach Einbruch der Dunkelheit gäbe es genug zu tun.

Mittlerweile begann er seinen Tag bei Sonnenuntergang und arbeitete die Nacht durch, verbrachte dann den Vormittag im Palast und beschäftigte sich mit den Problemen, vor denen die Stadt stand. Gegen Mittag durfte er sich, wenn die Götter es gut mit ihm meinten, im Hinterzimmer des neuen Gefängnisses am Markt schlafen legen. Sechs oder sieben Stunden später wurde er dann wieder geweckt.

Unverhofft hatten die Spötter ihm geholfen, die versteckten feindlichen Soldaten aufzuspüren. Mindestens zweihundert Mann hatte er bereits eingesperrt und außerdem Patrick überredet, im Norden vor der Stadt ein Lager einzurichten. Wenn Kesh angriff, würden sie von den Keshianern befreit werden. Zumindest befänden sie sich dann unbewaffnet *außerhalb* der Stadtmauern.

Es waren diejenigen, welche sich noch immer bewaffnet innerhalb der Stadt aufhielten, über die er sich den Kopf zerbrach.

Dash betrat die Wirtsstube des früheren Gasthauses, die inzwischen als Wachraum benutzt wurde, und erkannte, daß er mindestens eine Stunde zu lange geschlafen hatte. Er fragte einen der Wachtmeister: »Wie spät ist es?«

»Vor fünfzehn Minuten war es acht. Der Prinz wartet schon seit einer Stunde auf Euch. Er wollte Euch wecken, doch wir haben es ihm nicht erlaubt.«

Der Mann zeigte auf einen Pagen des Hofes. »Was gibt's denn?« fragte Dash.

Der Junge überreichte ihm einen Brief. »Der Prinz möchte Euch sofort im Palast sehen.«

Dash las die Nachricht und zuckte zusammen. Die Einladung zum Essen am heutigen Abend im Palast hatte er vollkommen vergessen. »Ich komme in Kürze«, antwortete er.

In letzter Zeit ärgerte er sich mehr und mehr über Patrick, und aus diesem Grund hatte er die Einladung vermutlich verdrängt. Sicherlich konnte der Prinz tun und lassen, was er wollte, ohne Dashs Zustimmung einzuholen, doch da die Sicherheit der Stadt nun einmal in Dashs Verantwortlichkeit fiel, verübelte er ihm alle Entscheidungen, die ihm seine Aufgabe erschwerten.

Dash wollte beim Prinzen jedoch einiges erreichen, und wenn er es sich mit ihm verdarb, würde es ihm auch nicht weiterhelfen. Er mußte Patrick verständlich machen, wie gefährlich die Lage wirklich war.

Die bloße Anwesenheit zweier keshianischer Spione im Palast überzeugte den Prinzen offensichtlich nicht von der Brisanz der Situation. Dash wußte, sein Großvater hätte die beiden dazu gebracht, die Namen aller Männer zu verraten, mit denen sie auf dem Weg vom Overnsee bis nach Krondor gesprochen hatten. Patrick dagegen hatte kein Gespür für die Gefahr, und Herzog Rufio glaubte wohl, nachdem die beiden aus dem Palast entfernt worden waren – einer freiwillig, der andere in Ketten –, sei die Lage unter Kontrolle. Dash fragte sich, ob Talwin bereits seine Aufwartung bei ihm gemacht hatte und wie er die Dinge beurteilte. Sicherlich würde der letzte Spion seines Vaters die Sache nicht mit Rufios Gleichmut betrachten.

Dash erteilte Anweisungen für das Vorgehen in der heutigen Nacht und übertrug Gustaf den Befehl über den heikelsten Überfall; der frühere Söldner übte einen guten Einfluß auf die Männer aus, wie Dash bemerkt hatte. Dann holte er sein Pferd und ritt zum Palast.

Während er durch die Stadt preschte, entging ihm der neue Rhythmus des Lebens nicht, der ihm jeden Tag vertrauter wurde. Krondor lebte auf, und der blanke Zorn begann in ihm zu brodeln, wenn er daran dachte, daß irgend jemand, ob nun Kesh oder Fadawah, seine Anstrengungen wieder zunichte machen wollte. Bis vor drei Jahren war er in Rillanon zu Hause gewesen, dann hatte sein Großvater ihn und seinen Bruder nach Krondor geholt. Seitdem hatte er eine Weile für Roo Avery gearbeitet, obwohl er eigentlich stets in Diensten von Herzog James gestanden hatte. Und nun betrachtete er diese Stadt sogar als die seine.

Während er sich dem Palast näherte, gestand sich Dash ein, daß er wohl doch mehr von seinem Großvater geerbt hatte, als er jemals hätte zugeben mögen. Er passierte zwei Wachen am Haupttor, die vor dem Sheriff salutierten. Ein Stallbursche eilte herbei und nahm ihm sein Pferd ab. Rasch lief Dash die Stufen hinauf und ging an den Wachen vor der Eingangshalle vorbei.

Fast im Laufschritt bog er um die Ecke und stürmte auf die Große Halle zu. Plötzlich hatte er das merkwürdige Gefühl, das irgend etwas ganz und gar nicht stimmte.

Die großen Türen standen offen, und im Inneren des Saals

standen zwei Wachen, die aussahen, als hätten sie etwas vor sich, das sie nicht zu fassen vermochten. Ein Diener eilte durch den Gang in den hinteren Teil des Palastes und rief unterwegs etwas.

Dash rannte los. Er drängte sich zwischen den Wachen an der Tür hindurch und sah Menschen, die bewußtlos waren oder mit dem Tode rangen. Im Saal hatte man einen riesigen Tisch wie ein U aufgebaut, damit Jongleure und Musikanten in der Mitte vor dem versammelten Hof ihre Kunststücke zeigen konnten. Der Prinz, Francie, Herzog Brian und Herzog Rufio befanden sich am Kopf des Tisches. Ganz links neben dem Prinzen bemerkte Dash einen leeren Stuhl.

An den anderen beiden Tischen saßen die übrigen Adligen der Umgebung und die meisten der wichtigen Bürger der Stadt. Die eine Hälfte war ohnmächtig zusammengesunken, andere versuchten mühsam, sich zu erheben, und ein oder zwei hockten mit leerem Blick in den Augen einfach nur da.

Dash rannte durch den Saal, sprang mit einem Satz über den Tisch und schwang die Beine über die zusammengesunkene Gestalt von Herzog Brian. Francie war zwischen Patrick und ihrem Vater auf den Tisch gesackt, und Rufio lag rücklings mit starren Augen auf dem Boden. Der Prinz saß in seinem Stuhl, hatte die Augen aufgerissen und schnappte nach Luft.

Sofort steckte Dash dem Prinzen den Finger in den Hals, und Patrick übergab sich. Dann wiederholte er das gleiche bei Francie, die ebenfalls das hochwürgte, was sie zuvor gespeist hatte. Nun wandte er sich an die entsetzten Diener und Wachen, die untätig dastanden und nicht wußten, was sie tun sollten. »Steckt ihnen die Finger in den Hals!« schrie Dash. »Sie müssen ihren Magen entleeren. Sie wurden vergiftet!«

Er trat zu Herzog Silden und brachte ihn ebenfalls dazu, sich zu übergeben, doch spuckte er viel weniger, als Dash gern gesehen hätte. Als nächstes kümmerte er sich um Herzog Rufio, dem er jedoch kaum eine Reaktion entlocken konnte. Der Herzog atmete flach, und sein Gesicht fühlte sich kalt und schweißig an.

Dash richtete sich auf und bemerkte nun, daß drei der Diener versuchten, die Bewußtlosen dazu zu bringen, ihren Mageninhalt von sich zu geben. Er rief einer der Wachen zu: »Schnappt Euch ein Pferd! Reitet zum Tempelplatz! Bringt alle Geistlichen her, die Ihr auftreiben könnt. Wir brauchen Heiler!«

Danach sagte er den Dienern, was zu tun sei, und ließ frisches Wasser kommen. Er hatte keine Ahnung, welches Gift hier benutzt worden war, doch er wußte, einige Arten konnte man durch Wasser verdünnen. »Alle, die dazu in der Lage sind, sollen soviel Wasser wie möglich trinken!« brüllte er. »Zwingt aber niemanden, der nicht kann: Ihr könntet ihn ersticken!«

Er packte sich einen Feldwebel der Wache: »Verhaftet alle Anwesenden in der Küche!«

Zwar war derjenige, der den gesamten Hof vergiftet hatte, vermutlich mittlerweile geflohen, doch vielleicht hatte er dazu auch noch keine Gelegenheit gefunden. Bestimmt hatte er nicht erwartet, daß der Sheriff sich verspäten und aus diesem Grunde unbeschadet davonkommen würde.

Im Saal breitete sich Gestank aus, und deshalb erteilte Dash einigen Dienern den Befehl sauberzumachen. Es dauerte fast eine halbe Stunde, bis der erste Geistliche erschien, ein Priester von Astalon. Er machte sich sofort daran, den Opfern zu helfen, und begann mit dem Prinzen.

Im Kopf listete Dash die Anwesenden auf: Von allen Adligen in Krondor hatte er als einziger beim Essen gefehlt. Jeder andere, vom Herzog bis zum Junker, saß mit am Tisch. Von den wohlhabenden und einflußreichen Kaufleuten der Stadt fehlte allein Roo Avery, der sich draußen auf dem Anwesen seiner Familie aufhielt.

Nach und nach erschienen weitere Priester der verschiedenen Orden, darunter auch Bruder Dominic, der mittlerweile zu Nakors Tempel gehörte. Die ganze Nacht versorgten sie die Vergifteten, während Dash das Küchenpersonal verhörte. Kurz vor Sonnenaufgang kehrte er in die Große Halle zurück, die inzwischen einem Nothospital glich. Dominic stand an der Tür, und Dash rief ihn zu sich. »Wie sieht die Lage aus?« erkundigte er sich.

»Das war knapp«, erklärte der Mönch. »Wenn Ihr nicht so rasch gehandelt hättet, wäret Ihr nun der einzige Adlige in der Stadt. Der Prinz wird durchkommen, wenngleich er noch lange Zeit krank sein wird, und dasselbe gilt für Francine.« Er schüttelte den Kopf. »Bei ihrem Vater steht es auf Messers Schneide. Ich weiß nicht, ob er das überlebt.«

»Der Herzog Rufio?« wollte Dash wissen.

Dominic schüttelte erneut den Kopf. »Es war der Wein, den man vergiftet hat. Rufio hat einfach zuviel davon getrunken.«

Dash schloß die Augen. »Ich habe Patrick immer wieder gesagt, wir hätten einen Spion im Palast ...«

»Nun«, erwiderte Dominic, »obwohl wir einen schrecklichen Verlust zu beklagen haben, so wird doch wenigstens der Prinz überleben.«

»Das ist immerhin etwas.« Dash beobachtete, wie die Leichen der Verstorbenen hinausgebracht wurden. »Aber wir haben zu viele verloren, um diese Beleidigung unvergolten hinzunehmen. Es hätte leicht schlimmer kommen können«, stellte der erschöpfte junge Sheriff fest.

Dann ertönte die Alarmglocke, und plötzlich wurde Dash bewußt, daß die Stadt angegriffen wurde.

Elf

Angriffe

Dash hastete die Straße entlang.

Menschen hetzten durch die Gassen, Soldaten eilten zu den Mauern. Das Tor wurde gerade geschlossen, und ein panischer Wachtmeister rief: »Sheriff! Gerade ist ein Reiter hereingekommen und hat behauptet, eine Armee aus Kesh würde über die Straße hereinmarschieren!«

»Verrammelt das Tor!« sagte Dash. Er packte den Wachtmeister am Arm. »Wie heißt du?«

»Delwin, Sir«, antwortete der aufgeregte junge Mann.

»Du bist ab sofort Feldwebel, verstanden?«

Der Mann nickte und sagte dann: »Aber unter den Wachtmeistern gibt es den Rang des Feldwebels doch gar nicht, Sir.«

»Nun, von jetzt an bist du in der Armee«, erwiderte Dash. »Komm mit.« Er führte Delwin die Treppe hinauf zum Wehrgang über dem Tor und blickte nach Osten. Hinter den Bergen im Osten dämmerte es, und nur mit Mühe konnte er in der Ferne eine Bewegung erkennen: eine lange, wogende Linie.

»Bei den Göttern«, stieß er im Flüsterton hervor. Er wandte sich dem jüngst ernannten Feldwebel zu. »Benachrichtige das Marktgefängnis. Alle Wachtmeister und alle Soldaten sollen sofort die Mauern bemannen. Wir bekommen Besuch von einer Armee.«

Feldwebel Delwin eilte davon. Dash blickte sich nach rechts und links um und entdeckte einen Feldwebel der Palastwache, der auf ihn zurannte. Er hielt ihn am Arm fest. »Wie heißt Ihr?«

»McCally, Sir.«

»Euer Hauptmann ist entweder tot oder sehr krank; Genaueres weiß ich nicht. Halten sich hier in der Nähe irgendwelche Offiziere auf?«

»Leutnant Yardley hat Dienst, Sir, und er sollte oben auf der Palastmauer sein.«

»Geht zu ihm und sagt ihm, daß ich ihn auf der Stelle brauche.«

Der Feldwebel machte sich auf und kehrte ein paar Minuten später mit dem Leutnant zurück. »Sir«, grüßte dieser, »wie lauten Eure Befehle?«

»Als Baron am Hofe und Sheriff von Krondor bin ich zur Zeit der einzige Adlige in der Stadt, der seine Pflicht erfüllen kann«, erklärte Dash. »Wie viele Offiziere sind dem Giftanschlag gestern abend entgangen?«

»Vier, Sir, und von ihnen bin ich der ranghöchste.«

»Ihr werdet von nun an die Aufgabe eines Hauptmanns übernehmen. Wie viele Männer stehen uns zur Verfügung?«

Yardley antwortete, ohne zu zögern. »Die fünfhundert Mann der Leibwache des Prinzen, dazu fünfzehnhundert Mann sonstige Truppen, die überall in der Stadt verstreut sind. Die genaue Anzahl Eurer Wachtmeister kenne ich nicht.«

»Kaum mehr als zweihundert. Was ist mit den Wachen, die die Adligen gestern abend begleitet haben?«

»Das sind möglicherweise noch einmal dreihundert, Ehrenwache und persönliches Gefolge«, schätzte der neuernannte Hauptmann.

»Sehr gut, die sollen Eure Männer auf den Palastmauern unterstützen. Wer auch immer den Befehl über die Garnison der Stadt hat, sucht ihn und schickt ihn zu mir.«

Yardley rannte los, und kurze Zeit später näherte sich ein grauhaariger alter Feldwebel. »Feldwebel Mackey, Sir. Leutnant Yardley wies mich an, bei Euch zu erscheinen.«

»Wo steckt Euer vorgesetzter Offizier?« fragte Dash.

»Der ist tot, Sir«, erwiderte der kräftig gebaute Mann. »Er hat gestern abend mit dem Prinzen gespeist.«

Dash schüttelte den Kopf. »Gut, Feldwebel, während der nächsten Tage übernehmt Ihr die Augaben des Marschalls von Krondor.«

Der alte Haudegen lächelte und salutierte. Seine Augen leuchteten. »Ich hatte tatsächlich noch auf eine Beförderung vor meinem Ruhestand gehofft, Sir!« Doch sein Lächeln verschwand sofort wieder. »Wenn ich so kühn sein darf, möchte ich fragen, wessen Rang Ihr dann übernehmt?«

»Ich?« erwiderte Dash mit verbittertem Lachen. »Ich werde den Prinzen von Krondor spielen, bis Patrick wieder ausreichend bei Kräften ist, um aufrecht zu stehen.«

»Also dann, *Hoheit*«, sagte der Feldwebel in halb spöttischem Ton, »möchte ich vorschlagen, unsere Unterhaltung an dieser Stelle abzubrechen und uns um die Vorbereitungen zur Verteidigung der Stadt zu kümmern.« Er deutete auf die Kolonne, die aus der Ferne heranmarschierte. »Dieser Haufen da draußen macht auf mich nicht gerade einen freundlichen Eindruck.«

»Zweifellos liegt Ihr damit richtig«, antwortete Dash mit müdem Lächeln. »Drei von vier Männern postiert Ihr auf den Mauern. Der Rest bildet unsere Reserve.«

»Sir!« Mackey salutierte. Während er davonlief, hasteten Gustafs Wachtmeister durch die Hohe Straße auf das Haupttor zu. Dash rief Gustaf zu: »Wie ist es gestern nacht gelaufen?«

Gustaf rief zurück: »Wir haben etliche dieser Bastarde ausgehoben, aber ich weiß nicht, wie viele sich noch versteckt halten.«

»Du tust folgendes: Verkünde das Kriegsrecht und fordere die Bewohner auf, in ihren Häusern zu bleiben. Dann sollen die Wachtmeister alle Verstecke überprüfen, über die wir bereits gesprochen haben.« Gustaf wußte genau, worauf Dash hinauswollte: jene Orte innerhalb der Stadt, die bei einem Angriff von innen besonders gefährdet waren. »Danach geht ihr in der Stadt Streife und verhaftet jeden, der sich auf der Straße zeigt. Anschließend zieht ihr euch ins Marktgefängnis zurück und wartet.«

»Worauf, Sheriff?«

»Auf die Nachricht, daß die Keshianer eine Bresche geschlagen haben. Wenn ihr das hört, kommt ihr schnellstens her.«

Gustaf salutierte. Er drehte sich um und erteilte seinen Wachtmeistern die entsprechenden Befehle, die sich nun aufteilten und in verschiedene Richtungen aufbrachen. Unterwegs schrien sie: »Kriegsrecht! Bleibt in den Häusern! Verlaßt die Straßen!«

Dash blickte hinaus über die Mauer, wo die Sonne weiter aufstieg und der Feind seinen Vormarsch fortsetzte.

Erik beugte sich vor, und der Schweiß rann ihm über die Stirn, während sich der Feind erneut zurückzog. Er stand an der vordersten Front des mittleren Diamanten, und die Toten häuften sich vor der Schildmauer bis auf Brusthöhe auf. Als ihn jemand an der Schulter berührte, drehte er sich um und sah Jadow hinter sich, dessen Gesicht über und über mit Blut bespritzt war.

»Wir haben die Stellung gehalten«, sagte der Leutnant. »Wir haben es geschafft.«

Der Angriff war unerbittlich gewesen; eine Welle von Soldaten hatte sich über die Befestigungsanlagen des Königreichs ergossen. Erik war es gelungen, erfolgreich Widerstand zu leisten, obwohl er die Reiterei nicht mehr zur Verfügung hatte. Der linke Diamant wäre beinahe überrannt worden, doch eine Reservekompanie hatte sich ins Getümmel gestürzt und den Feind zurückgedrängt. Bogenschützen hatten ein regelrechtes Gemetzel zwischen den Diamanten angerichtet, und zwei bewegliche Kompanien hatten die Angriffe auf den Flanken zurückgeschlagen. Alles in allem war die Verteidigung hervorragend gelungen.

Erik sagte zu Jadow: »Unsere Vorräte an Pfeilen bereiten mir Sorgen. Schick Männer aufs Feld, die so viele wie möglich einsammeln sollen.«

Jadow lief los, und Erik winkte einen anderen Soldaten namens Wilkes herbei. »Lauf zum Kommandozelt und teile Graf Richard mit, ich würde in Kürze bei ihm erscheinen. Frag ihn, ob irgendwelche Nachschubzüge bei uns eingetroffen sind. Dann kehrst du zurück und erstattest mir Bericht.«

Ein Bursche reichte Erik einen Wasserschlauch, und der Hauptmann trank gierig. Dann goß er sich Wasser über das Gesicht und wischte sich Blut und Schmutz ab, so gut es eben möglich war.

Um ihn herum warfen die Männer Leichen aus dem Diamanten. Der Feind zeigte kein Interesse daran, seine Gefallenen zu bergen, und das bereitete Erik zusätzliche Sorgen: Neben dem Gestank und der Seuchengefahr, der sich seine Leute aussetzen mußten, waren sie zudem gezwungen, die Stellungen soweit freizumachen, daß sie verteidigt werden konnten.

Erik leitete die Aufräumarbeiten, und Jadow kehrte mit der Nachricht zurück, auf dem Schlachtfeld würden alle Pfeile eingesammelt, die ein zweites Mal zu gebrauchen wären. Trotzdem, die Vorräte gingen langam zur Neige, und das machte Erik Sorgen, denn der Nachschubtroß wäre eigentlich bereits gestern fällig gewesen. Er hatte eine Patrouille nach Süden gesandt, um ihn zu finden. Da er Lehrling eines Schmiedes gewesen war, hatte Erik früher auch mit Maultieren und Eseln zu tun gehabt, und er wußte, diese Tiere waren in der Regel halsstarriger als Pferde. Inzwischen befürchtete er, es könnten nicht nur ein paar sture Tiere sein, die den Nachschub aufhielten.

»Mann, war das ein Gemetzel«, sagte Jadow.

»War nicht viel zu tun, außer sich auf den Beinen zu halten und zuzuschlagen.«

»Genauso wie damals im Alptraumgebirge.«

Erik deutete mit dem Daumen auf die feindlichen Linien. »Sie sind nicht besonders schlau, aber sie kennen keine Angst.«

»Dasselbe habe ich auch gerade gedacht«, meinte Jadow. »Ich weiß, jene, mit denen wir es früher zu tun hatten, standen unter dem Einfluß irgendwelcher Magie, den Gerüchten zufolge jedenfalls, und deshalb ist ihre Armee nach der Schlacht am Alptraumgebirge auch auseinandergebrochen, doch während des Winters scheinen sie überhaupt nichts dazugelernt zu haben.«

»Ich weiß, worauf du hinauswillst«, sagte Erik. »Nach unseren Kenntnissen über Fadawah sollte man etwas anderes erwarten. Er muß eigentlich inzwischen begriffen haben, daß wir ihn nicht mehr jagen.« Erik rieb sich das Gesicht, als könnte er damit die Erschöpfung vertreiben.

Wilkes kehrte zurück und sagte: »Hauptmann, Graf Richard erwartet Euren Bericht und läßt mitteilen, der Nachschubtroß sei eingetroffen.«

»Gut«, meinte Erik erleichtert, »ich habe mir wirklich schon Sorgen gemacht.« Er wandte sich an Jadow. »Laß die Männer in den Diamanten ablösen und hol dir etwas zu essen.«

»Sir!« Jadow salutierte spaßhaft.

Erik verließ den Diamanten und blieb dann stehen, um die drei Stellungen kurz zu betrachten. Die Schilde waren beschädigt, aber etwas anderes hatte er auch nicht erwartet, und es gab genug Ersatz, doch die Speere waren fast alle verbraucht. »Johnson, nimm ein paar Leute und geht in den Wald. Fällt Bäume, aus denen wir Speere machen können.« Der Soldat salutierte, und Erik sah es dem Mann am Gesicht an, daß er am liebsten essen und schlafen würde, allerdings stand es im Krieg den wenigsten zu, das zu tun, was man wünschte.

Erik wußte, es mangelte ihnen an Speerspitzen, doch angespitzte und im Feuer gehärtete Stangen würden ihren Dienst tun, wenn es darum ging, die Pferde des Feindes auf Abstand zu halten. Zudem würde der Nachschub weitere Waffen gebracht haben, wichtige Teile zum Konstruieren von Katapulten, Öl, mit dem man die unterirdischen Tunnel ausräuchern und die hölzernen Verteidigungsmaßnahmen des Gegners niederbrennen konnte. Langsam betrachtete Erik die Verteidigung ihrer Stellung mit mehr Zuversicht. Im Augenblick durfte man allerdings nicht an weiteren Vormarsch denken, denn die gesamte Reiterei befand sich auf dem Eilmarsch nach Krondor.

Er erreichte das Kommandozelt, in dem der Graf an seinem Tisch saß. »Wie geht es Eurem Arm, Sir?« erkundigte er sich.

»Gut«, sagte Richard und lächelte. »Möchtet Ihr erfahren, weshalb der Nachschubtroß so spät eingetroffen ist?«

»Die Frage habe ich mir schon gestellt«, meinte Erik, während er sich einen Becher mit Bier füllte.

»Leland hat sie von der Straße vertrieben«, erklärte Richard, »damit er schneller nach Krondor vorrücken kann. Manche der Wagen sind dabei im Schlamm steckengeblieben, und es dauerte einen halben Tag, sie herauszuziehen.«

»Schön.« Erik lachte. »Ich hätte sie zwar lieber bereits gestern hiergehabt, aber da sie sich lediglich verspätet haben, bin ich deswegen nicht verärgert. Ich hatte einen Hinterhalt befürchtet.«

Erik wurden heiße, feuchte Tücher gebracht, und er wusch sich. Ein Diener lief zu seinem Zelt und kehrte mit einer frischen Uniform zurück, und dann setzte sich Erik zum Grafen. Während das Bier seine Wirkung tat, löste sich langsam die Anspannung des Hauptmanns.

Dann gab es Essen, und obwohl es sich um eine einfache Mahlzeit handelte, war sie immerhin heiß und sättigend. Das

Brot war frisch. Erik biß ein großes Stück davon ab. »Eins ist doch sehr angenehm, wenn man in seiner Stellung festsitzt. Die Versorgungstrupps haben Zeit, die Backöfen aufzustellen.«

Graf Richard lachte. »Nun, ich habe mich auch schon gefragt, ob es nicht wenigstens etwas Gutes an unserer Lage gibt.«

»Unglücklicherweise«, fuhr Erik fort, »ist das wohl das einzig Gute. Ich würde alles frische Brot der Welt dafür geben, wenn wir jetzt vor Ylith sitzen und uns auf den Sturm der Stadt vorbereiten würden.«

»Irgend jemand hat mir mal gesagt, man könne jeden Plan schmieden, den man möchte, doch seien sie alle zum Teufel, sobald die ersten Soldaten auf die Männer des Feindes treffen.«

»Aus meiner Erfahrung kann ich das nur bestätigen.«

»Wirklich große Feldherren sind Meister im Improvisieren.« Richard sah Erik an. »So wie Ihr.«

»Danke, aber ich bin weit davon entfernt, ein großer General zu sein.«

»Ihr unterschätzt Euch, Erik.«

»Ich wollte immer nur Schmied werden.«

»Wirklich?«

»Wirklich. Ich war Lehrling bei einem Trunkenbold, der vergessen hat, meinen Namen der Gilde mitzuteilen, und wäre dieses Versäumnis nicht passiert, hätte es mich aus Finstermoor fortgelockt, bevor ich meinen Halbbruder erschlagen konnte.« In kurzen Zügen umriß er die Geschichte, wie er zum Soldaten geworden war, von der Tötung Manfreds aus Wut über die Vergewaltigung Rosalyns, jenes Mädchens, das für Erik stets wie eine Schwester gewesen war, von seinem Gerichtsverfahren und dem Todesurteil. Er erzählte, daß Bobby de Loungville, Lord James und Calis ihn aus dem Kerker befreit hatten, und von den Reisen nach Novindus.

Nachdem er geendet hatte, sagte Lord Richard: »Ein bemerkenswerter Werdegang, Erik. Wir im Osten haben zwar einiges über Lord James' Tun gehört, aber lediglich Gerüchte und Vermutungen.« Er fuhr fort: »Mein Sohn wird mir eines Tages im Amt folgen und vielleicht aufgrund seiner jetzigen Verdienste höher aufsteigen als ich, aber Eure Leistungen sollten Euch bestimmt zum Vorteil gereichen, Erik. Da Greylock gefallen ist, braucht es für Euch nur noch einen kleinen Schritt zum Befehl über die Armeen des Westens.«

»Für diese Stellung bin ich nicht geeignet«, widersprach Erik. »Dazu muß man zuviel über Strategien, langfristige Planungen und politische Auswirkungen wissen.«

»Allein, daß Ihr um die Existenz dieser Dinge wißt, erhebt Euch über viele, die für einen solchen Rang allein der Position ihres Vaters wegen vorgeschlagen werden könnten. Stellt Euer Licht nicht unter den Scheffel.«

»Das tue ich gewiß nicht, Richard. Ich bin Hauptmann der Blutroten Adler und aus diesem Grund Baron am Hofe, weit mehr, als ich je erreichen wollte. Ich glaube, das kann ich sogar über meine Ernennung zum Feldwebel behaupten. Eigentlich wollte ich nur ein einfacher Soldat sein.«

»Manchmal haben wir keine Wahl«, erwiderte Richard. »Ich träumte davon, Rosen zu züchten. Mein Garten ist mein ein und alles. Ich glaube, nie bin ich so glücklich wie in den Momenten, wenn ich meine Gäste hindurchführen kann. Ich belustige meine Gemahlin und verärgere meinen Gärtner, wenn ich durch die Beete krieche und Unkraut jäte.«

Erik lächelte bei der Vorstellung, wie der alte Mann auf allen vieren am Boden herumkroch. »Und trotzdem tut Ihr es.«

»Es macht mich glücklich. Ihr müßt herausfinden, was Euch glücklich macht, Erik, und es festhalten.«

»Meine Frau, meine Arbeit, die Gesellschaft meiner Freunde«, meinte Erik. »Viel mehr fällt mir nicht ein.«

»Das kommt schon noch, Erik von Finstermoor. Und Ihr

werdet eine gute Figur abgeben, sollte Euch das Schicksal einst für Eure großen Verdienste zur Rechenschaft ziehen.«

Sie unterhielten sich noch bis tief in die Nacht.

Nakor deutete aufs Meer. »Dort entlang.«

Der Kapitän erwiderte: »In diesem Nebel kann ich nichts sehen. Seid Ihr sicher?«

»Natürlich«, erwiderte Nakor. »Der Nebel ist nur eine Illusion. Ich weiß, welchen Weg wir einschlagen müssen.«

»Ich werde Euch bei Gelegenheit daran erinnern.« Die Zweifel des Kapitäns waren längst nicht ausgeräumt.

Nakor hatte erfolglos versucht, Kontakt zu Pug herzustellen. Er war fast sicher, man habe um die Insel des Zauberers neue magische Verteidigungsanlagen errichtet, und nachdem sie in den Nebel gesegelt waren, fand er diese Vermutung bestätigt.

Pug wollte sich nicht mit zufälligen Besuchern herumärgern. Hätte Nakor das Sagen gehabt, hätte er sich ganz auf deren schlechten Ruf und den bedrohlichen Anblick der Burg mit dem blau flackernden Licht in den Turmfenstern verlassen.

Aber jetzt war die Magie, die zur Verteidigung eingesetzt wurde, stärker. Nakor mußte den Kurs korrigieren, den der Kapitän gesetzt hatte, weil der Steuermann das Schiff im Nebel wieder von der Insel fortlenkte.

In der Ferne hörte er das Rauschen der Brandung. »Mach dich bereit, die Segel einzuholen, Kapitän. Wir sind fast da.«

»Wie könnt Ihr –«

Plötzlich fuhren sie aus dem Nebel ins blendend helle Tageslicht. Die Mannschaft blickte sich um und sah die Nebelwand, die wie eine Festung um die Insel kreiste.

Die Burg stand noch immer auf den Klippen, eine düstere Präsenz, die ihren Schatten wie ein Leichentuch über die Umgebung warf. »Sollten wir nicht ein Stück weiter die Küste hinuntersegeln?« fragte der Kapitän.

»Das ist eine gute Idee«, sagte Nakor, »sie haben sich ein paar neue Tricks ausgedacht.« Er sah den Kapitän an. »Alles ist völlig in Ordnung. Du läßt einfach ein Boot ins Wasser, setzt mich am Strand ab, und anschließend kannst du beruhigt zurück nach Krondor fahren.«

Die Erleichterung war dem Mann anzumerken. »Und wie finden wir den richtigen Kurs?«

»Segle einfach durch den Nebel, in diese Richtung.« Nakor streckte den Arm aus, um seine Worte zu verdeutlichen. »Wenn ihr euch im Nebel ein wenig dreht, ist das nicht schlimm, denn der will euch sowieso von der Insel verscheuchen. Vermutlich werdet ihr mehr oder weniger in östlicher Richtung herauskommen, und dann könnt ihr den Kurs nach der Sonne oder den Sternen setzen. Das wird schon klappen, keine Bange.«

Der Kapitän versuchte zuversichtlich zu wirken, was ihm jedoch mißlang.

Die Segel wurden eingeholt, ein Boot wurde zu Wasser gelassen, und nach einer Stunde stand Nakor am Strand der Insel des Zauberers. Er blickte sich nicht noch einmal nach dem Schiff um, da er wußte, der Kapitän würde eiligst die Segel setzen lassen, noch während das Boot zurückkehrte. Pug hatte es wunderbar eingerichtet, daß jeden, der vor dieser Küste landete, der kalte Jammer und die nackte Verzweiflung überfielen.

Nakor wanderte den Pfad vom Strand hinauf, der sich in zwei Wege teilte, von denen einer zur Burg und der andere in ein kleines Tal führte. Er wählte letzteren. Auch gab er sich nicht die Mühe, seine Wahrnehmung zu verändern, denn wenn er den Rand der Illusion erreichte, würde er automatisch aus dem scheinbar wilden Wald auf eine wunderschöne Wiese treten, auf der eine verschachtelt gebaute Villa stand.

Als es soweit war, wäre Nakor vor Überraschung beinahe gestolpert. Denn obwohl die Landschaft tatsächlich so aussah, wie er es erwartet hatte, gab es doch etwas, mit dem er nicht gerechnet hatte. Ein goldener Drache lag neben dem Haus und befand sich offenbar in tiefem Schlaf.

Nakor hob seine ausgeblichene, orangefarbene Robe bis zu den Knien und lief auf seinen spindeldürren Beinen auf den Drachen zu. »Ryana!« rief er.

Das riesige goldene Wesen öffnete ein Auge. »Hallo, Nakor. Gibt es einen Grund, weshalb du mich weckst?«

»Warum verwandelst du dich nicht und kommst mit hinein?«

»Weil es bequemer ist, so zu schlafen«, erwiderte der Drache, dessen Stimme deutlich anzumerken war, daß er über die Störung nicht erfreut war.

»Ist es heute nacht so spät geworden?«

»Ich mußte die ganze Nacht fliegen. Tomas hat mich gebeten, ihn hierherzubringen.«

»Tomas ist hier! Welch wunderbare Nachricht.«

»Du bist bestimmt der einzige in Midkemia, der das denkt«, erwiderte der Drache.

»Nein, ich meine ja nicht den Grund, aus dem er hier ist, sondern die Tatsache an sich. Demnach brauche ich Pug nicht mehr soviel zu erklären.«

»Wahrscheinlich hast du recht«, antwortete der Drache, und in diesem Augenblick umgab ihn ein heller goldener Lichtschein. Die Gestalt schimmerte, die Kanten verschwammen, und das Licht schien zu schrumpfen, bis es eine menschliche Gestalt angenommen hatte. Der Drache verwandelte sich in eine atemberaubend schöne Frau mit rotblondem Haar, großen blauen Augen und tiefgoldener Hautfarbe.

»Zieh dir etwas an«, forderte Nakor die Frau auf. »Es lenkt mich ab, wenn du nackt bist.«

Mit einer zarten Geste erschuf Ryana ein langes blaues Gewand, das ihre Hautfarbe aufs wunderbarste betonte. »Ich begreife dich nicht, Nakor. Wie kannst du so alt sein und dich beizeiten immer noch wie ein stürmischer Jüngling aufführen?«

»Das liegt an meinem Charme«, erwiderte der kleine Mann grinsend.

Ryana schob ihren Arm durch den seinen. »Nein, daran bestimmt nicht. Komm, gehen wir hinein.«

Sie betraten das Haus und machten sich auf den Weg zu Pugs Arbeitszimmer. Dort angelangt, hörten sie durch die Tür Stimmen, und auf Nakors Anklopfen hin sagte Pug: »Herein.«

Ryana ging vor, und Nakor folgte ihr. Pugs Arbeitszimmer war ein großer Raum mit breiten Fenstern, vor denen Miranda saß. Tomas versuchte es sich auf einem Stuhl bequem zu machen, was ihm offensichtlich mißlang, da das Möbelstück zu klein für ihn war, während Pug den beiden gegenüber Platz genommen hatte. Falls der Magier und der Erbe der Valheru über Nakors Erscheinen erstaunt waren, zeigten sie es jedenfalls nicht. Miranda grinste. »Warum bin ich nicht überrascht, dich plötzlich hier zu sehen?« fragte sie.

»Ich gebe auf«, sagte Nakor und nahm Platz. »Also, was sollen wir tun?«

Alle Blicke wandten sich ihm zu, und Pug meinte: »Warum erzählst du uns das nicht?«

Nakor öffnete seinen Beutel, langte bis zur Schulter hinein und bewegte sich, als würde er herumtasten. Jeder der Anwesenden kannte diesen Trick, trotzdem entbehrte er nicht einer gewissen Komik. Der kleine Mann brachte eine Orange zum Vorschein. »Möchte jemand eine?«

Miranda hob die Hand, und Nakor warf ihr die Frucht zu. Für sich selbst holte er eine weitere hervor, die er sofort zu schälen begann. »Letzte Woche ist in Krondor etwas Überwältigendes geschehen. Etwas Schreckliches und etwas Wunderbares. Vielleicht beides zugleich. Also, eine meiner Schülerinnen, eine ganz besondere Frau mit Namen Aleta, erhielt von Sho Pi

Unterricht – die Grundlage der Meditation –, da hüllte sie plötzlich ein Lichtschein ein. Sie erhob sich von selbst in die Luft, und unter ihr tauchte ein sehr, sehr schwarzes Ding auf.«

»Ein schwarzes Ding?« fragte Miranda. »Könntest du das bitte ein wenig genauer erklären.«

»Ich weiß nicht, wie ich es sonst nennen soll«, erwiderte Nakor. »Es ist Energie, vielleicht ein Geist in irgendeiner Form. Möglicherweise haben die Priester der anderen Tempel inzwischen herausgefunden, worum es sich handelt. Ganz bestimmt jedoch ist es sehr böse. Es könnte sich um die Überreste des Dämonen handeln. Ich glaube, es hat sich bereits an diesem Ort befunden, ehe ich dort den Tempel errichtet habe, und später wird es vielleicht großen Schaden in Krondor anrichten.«

»Später?« hakte Miranda nach und blickte Pug an, der nur mit den Achseln zuckte.

»Ich habe Pug gerade erzählt«, sagte Tomas, »daß Hauptmann Subai von den Spähern in Elvandar eingetroffen ist. Offensichtlich wurde Greylocks Vormarsch südlich von Questors Sicht zum Stehen gebracht. Und dem Bericht des Hauptmanns zufolge werden in den Gebieten, die Fadawah besetzt hält, abermals dunkle Mächte heraufbeschworen.«

»Ja, ja, das alles ergibt durchaus einen Sinn«, meinte Nakor. Er wollte etwas hinzufügen, zögerte aber. »Einen Augenblick.« Er vollführte eine weite Geste mit den Händen, winkte über dem Kopf, und plötzlich knisterte der Raum vor Energie.

Tomas lächelte. »Löse diese Barriere nicht auf, bevor es an der Zeit ist.«

Nakor grinste verlegen. Beim letzten Male, als er diesen magischen Schild benutzte, hatte er ihn zu früh beendet und so dem Dämon Jakan gestattet, ihren Aufenthaltsort zu finden. »Ich habe das Feld um den ganzen Raum gelegt. Und zwar so, daß es permanent besteht, ohne daß ich mich ständig darauf konzentrieren muß. In diesem Zimmer wird kein Handlanger

Nalars in der Lage sein zu spionieren. Jetzt können wir sprechen, ohne uns vor ihm in acht nehmen zu müssen.«

Bei der Erwähnung des Namens Nalar kribbelte Pugs Haut. Bilder und Stimmen erfüllten plötzlich sein Bewußtsein, und vieles, was er aus seinem Verstand verbannt hatte, kehrte nun zurück. »Demnach verfügt der Namenlose offenbar über weitere Diener.«

»Offenbar«, stimmte Tomas zu. »Die Menschenopfer und die anderen Metzeleien benutzt er, um seine Kräfte zu stärken.«

»Was mich daran besonders fasziniert«, sagte Nakor, »sind die Ereignisse in Krondor.«

Pug lächelte den Mann an, der oftmals sein Gefährte gewesen war. »Scheinbar hat zudem dein neuer Glaube direkte Auswirkungen auf diese Geschehnisse.«

»Ja, aber gerade das finde ich seltsam und faszinierend.« Er brach ein Stück von seiner Orange ab und schob es in den Mund. »Was den Glauben betrifft, so bin ich darin kein Experte, doch vertrat ich bisher die Meinung, es würde Jahrhunderte dauern, bis unser Tempel eine erste Wirkung zeigen würde.«

»Lob dich nicht zu laut, Nakor«, sagte Miranda. »Vielleicht war die Macht bereits an Ort und Stelle, und dein Tempel hat sie nur an die Oberfläche geleitet.«

»Das wäre sicherlich eine logische Erklärung«, pflichtete Nakor ihr bei. »Auf jeden Fall müssen wir diese Sache besprechen. Als wir den Dämon bekämpften, glaubten wir fälschlicherweise, wir hätten einen der Handlanger des Namenlosen besiegt. Doch eigentlich haben wir nur eine seiner Waffen vernichtet, mehr nicht.«

Er deutete an Miranda vorbei aus dem Fenster. »Dort draußen verrichtet mindestens einer seiner Diener weiterhin sein böses Werk, und er sammelt Kräfte. Dagegen müssen wir vorgehen.«

»Subai hatte mich zu der Überzeugung gebracht«, erklärte Tomas, »auch Elvandar sei in Kürze bedroht, wenn wir diese Armee nicht sofort aufhalten.«

Nakor sprang auf. »Nein! Du hörst nicht zu.« Er beruhigte sich und fuhr fort: »Oder ich drücke mich falsch aus. Wir versuchen nicht, Elvandar oder Krondor oder das Königreich zu beschützen.« Er blickte in die Runde. »Wir versuchen, diese ganze Welt zu retten.«

»Sehr gut, Nakor«, mischte sich Ryana nun zum ersten Mal ein. »Du hast meine uneingeschränkte Aufmerksamkeit. Diese armseligen Menschen bedeuten uns Drachen nicht viel, aber immerhin müssen wir diese Welt mit euch teilen. Worin besteht die Bedrohung für uns alle?«

»Dieser wahnsinnige Gott, dieser Nalar, dessen Namen zu nennen allein schon unermeßliche Gefahren heraufbeschwört, er ist die Bedrohung. Das muß man im Auge behalten, wenn man die Geschichte seit den Chaoskriegen betrachtet. Wenn nach diesem Gespräch eure Erinnerungen daran wieder versperrt werden, damit keiner von uns dem Einfluß von Nalar erliegen kann, so denkt dennoch stets an eines: Unter der Oberfläche, die wir sehen können, liegt etwas viel Gewaltigeres verborgen.«

»Also gut«, sagte Pug, »hinter der Invasion und den Eroberungen Fadawahs verbergen sich demnach tiefere Wahrheiten.«

»Ja, Fadawah ist lediglich ein Strohmann. Das war er schon immer und ist er noch heute. Er ist einfach derjenige, den man an die Spitze dieser mörderischen Armee gestellt hat. Wir aber müssen herausfinden, wer im Schatten hinter ihm lauert. In Krondor wächst das Böse. Es wartet nur auf die Ankunft von Fadawahs Armee. Wer auch immer hinter Fadawah steht – ein Berater, ein Diener oder ein Mitglied seiner Wache –, er muß vernichtet werden. Irgendwo hält sich ein Wesen auf, das ebenfalls zugegen war, als sich meine verflossene Gattin Jorma in die Lady Clovis verwandelte, die Dahakon kontrollierte und auf dem Smaragdthron saß. Derjenige war auch anwesend, als der Dämon die Herrschaft übernahm, und ist es noch immer, während Fadawah der Anführer ist. Diese Kreatur, ob Mensch oder Geist, dieses Wesen ist der Handlanger von Nalar, und er führt diesen Krieg. Dabei geht es nicht um Eroberungen, sondern um bloße Zerstörung. Dieses Wesen zielt nicht auf den Sieg der einen oder anderen Seite ab, es will nur Leiden sehen, den Tod von Unschuldigen. Und dieses Wesen müssen wir finden.«

»Vermutest du hinter all dem einen weiteren Pantathianer?« fragte Tomas.

»Das glaube ich weniger«, antwortete Nakor. »Es könnte natürlich der Fall sein, aber genausogut könnte es ein Mensch, ein Dunkelelb oder irgendein anderer sein. Vielleicht ist es lediglich ein Geist im Körper von jemandem wie Fadawah. Ich weiß es nicht. Nichtsdestotrotz müssen wir dieses Wesen ausfindig machen und vernichten.«

»Demnach müssen wir mitten ins Lager der Feinde fliegen und uns deren Anführer entgegenstellen«, meinte Pug.

Nakor nickte. »Ja, und das ist durchaus gefährlich.«

Pug zuckte zusammen, da er sich recht gut an die Falle erinnern konnte, in die ihn der Dämon gelockt und die er in seiner Überheblichkeit nicht bemerkt hatte. Jene Falle, die ihn beinahe das Leben gekostet hätte.

»Warum gehen wir nicht einfach ... ach, ich weiß nicht«, sagte Miranda. »Warum brennen wir nicht einfach alles im Umkreis einer Meile um Fadawah nieder? Damit sollten wir diese Kreatur doch beseitigt haben, nicht wahr?«

»Wahrscheinlich nicht«, entgegnete Pug. »Vor Jahren hatte ich es mit einem anderen von Nalars Dienern zu tun, einem wahnsinnigen Magier namens Sidi. Ein paar der älteren Angehörigen der Tempel kennen die Geschichte noch, denn wir kämpften um die Träne der Götter.«

»Träne der Götter?« fragte Ryana.

»Das ist ein mächtiges Artefakt, das die Ishapianer benutzen, um Macht von den Herrschergöttern zu erlangen.« Er sah Miranda an. »Du hättest dieses Haus um Sidi herum niederbrennen können, und er hätte nur lachend dagestanden und zugesehen, wie die Asche abkühlt.«

»Auf welche Weise hast du ihn vernichtet?« fragte Miranda. Der Magier blickte seine Gattin erneut an. »Das habe ich nicht.«

»Willst du etwa behaupten, die Person, die diesen Fadawah beeinflußt, sei Sidi?« fragte Miranda.

»Die Möglichkeit besteht durchaus. Oder es könnte einer von Sidis Dienern sein – oder ein anderer, der ihm ähnelt.«

»Nalar hat viele Handlanger«, erklärte Nakor. »Die meisten wissen nicht einmal, daß sie dem Wahnsinnigen Gott dienen. Sie tun nur das, was sie für notwendig halten.«

»Wie also gehen wir vor?« fragte Tomas.

»Wir müssen diesen Diener Nalars dazu bringen, sich selbst zu entlarven«, meinte Pug.

»Wie?« drängte Miranda.

Pug nickte. »Ich bin der Köder. Fadawahs wahrer Herr wird wissen, daß ich mich zu gegebener Zeit einmische. Das habe ich in der Vergangenheit auch stets getan. Und gewiß wird eine besondere Überraschung auf mich warten, wenn ich mich zeige.«

»Nein«, widersprach Miranda heftig. »Beim letzten Mal habe ich dich dazu verleitet, zu früh zu handeln, und dabei hättest du beinahe das Leben verloren. Seitdem habe ich, glaube ich, meine Einstellung geändert, was das Eintreten von Türen und das unüberlegte Eindringen in fremde Räume betrifft. Schauen wir uns doch zunächst ein wenig um.«

Nakor erwiderte: »Ich habe mich damals in Novindus im Lager des Feindes umgesehen, als ich mit Calis und seinen Freunden dort unten war, und ich habe mich ganz in der Nähe der

Smaragdkönigin aufgehalten. Trotzdem konnte ich nicht feststellen, wer eigentlich die Fäden zieht. Pug hat recht. Wir müssen versuchen, diese Person oder dieses Wesen dazu zu verleiten, sich uns zu enthüllen.«

»Nein«, beharrte Miranda. »Und ich werde weiterhin nein sagen, bis ihr euch die Sache noch einmal habt durch den Kopf gehen lassen.« Sie erhob sich. »Ich habe ebenfalls hinter den feindlichen Linien herumgeschnüffelt. Nakor und ich könnten das doch erneut tun. Wir können uns zu Greylocks Armee begeben und uns von dort in Fadawahs Lager schleichen. Falls wir dann nichts entdecken, stimme ich eurem Plan zu. Aber im Augenblick möchte ich das nicht riskieren. In Ordnung?« Sie berührte mit der Hand die Wange ihres Gemahls.

»Eines Tages wird dir dein aufbrausendes Temperament noch das Genick brechen«, mahnte er sie.

»Wenn es sein muß, kann ich mich durchaus beherrschen.«

Pug wandte sich an Nakor. »Versprich mir nur eins: Sag ihr, wenn es zu gefährlich wird und es erforderlich ist, den Rückzug anzutreten.« Daraufhin sah er Miranda an. »Und du versprichst mir, auf ihn zu hören, und sobald Nakor darauf besteht, wirst du euch beide in dieses Zimmer zurückteleportieren.«

Beide stimmten zu. Pug schloß die Diskussion ab: »Deine Idee gefällt mir ebensowenig wie meine dir.« Er küßte sie. »Besser brecht ihr gleich auf, solange dort Nacht herrscht.«

Miranda streckte die Hand aus. »Nakor, wohin geht die Reise?«

»Meiner Kenntnis nach hält sich Greylock zur Zeit südlich von Questors Sicht auf.«

»Ich kenne ein Dorf an der Küste. Dorthin bringe ich uns, und von da können wir am Meer entlang weiterfliegen.«

Ryana sagte: »Ich werde mich schlafen legen. Weckt mich, wenn ihr jemanden gefunden habt, gegen den zu kämpfen sich lohnt.«

»Einen Augenblick bitte«, verlangte Nakor. Pug und die anderen spürten, wie die Erinnerungen an dieses Gespräch wieder in einem versteckten Ort ihres Kopfes verborgen wurden.

»Schlaf gut, meine Freundin«, sagte Tomas zu dem Drachen in menschlicher Gestalt, der das Zimmer daraufhin verließ.

Miranda ergriff Nakors Hand, und im nächsten Moment waren die beiden verschwunden und ließen Pug und Tomas allein zurück.

Tomas nahm seinen goldenen Helm ab und legte ihn auf Pugs Schreibtisch. »Nun, alter Freund, jetzt können wir nur noch abwarten.«

»Ich bin zwar nicht besonders hungrig«, meinte Pug, »aber vielleicht sollten wir doch etwas essen.« Er erhob sich und führte seinen Freund zur Küche.

»Du solltest besser bald landen!« rief Nakor. »Meine Arme werden müde!«

Sie flogen östlich der Straße knapp über den Baumwipfeln, und Nakor baumelte von seinem Stab, den Miranda festhielt. Die beiden hatten sich bei einem Fischerdorf in der Nähe von Questors Sicht materialisiert. Die Ortschaft war verlassen gewesen. Miranda hatte Nakor genommen und war mit ihm über die Straße geflogen, hatte die Lagerfeuer weiträumig umgangen, und dann hatten sie sich nach Norden gewandt. Sie waren Lagern beider Seiten ausgewichen, die einen ausgesprochen statischen Eindruck erweckten. Dies verwunderte Nakor, da er gedacht hatte, Greylock wolle so schnell wie möglich nach Norden marschieren.

Miranda bereitete sich zur Landung vor, und plötzlich ließ sie Nakors Stab los. Mit hörbarem Ächzen plumpste der kleine Mann auf den Boden. »Tut mir leid«, sagte sie, nachdem sie aufgesetzt hatte. »Meine Handgelenke schmerzen schon.«

»Als du gesagt hast, wir würden zusammen fliegen, dachte

ich, du kennst einen Zauber, der uns beide trägt«, erwiderte Nakor, während er sich aufrappelte und den Staub von der Robe wischte. »Ich hätte mich beinahe mit meinem eigenen Stab umgebracht.«

»Also, wenn du das Ding zurückgelassen hättest, wie ich dir geraten habe, wäre das nicht passiert.« Miranda klang nicht gerade mitfühlend.

Nakor lachte. »Eines Tages wirst du eine hervorragende Mutter abgeben.«

»Nicht, solange bis Pug und ich diese Welt für sicher genug halten«, erwiderte sie.

»Das Leben birgt stets Risiken«, meinte Nakor, der seine Kleidung geordnet hatte und nun seinen Stab aufhob. »Jetzt wollen wir mal sehen, ob wir uns ins Lager des Feindes schleichen können.«

»Was schlägst du vor?«

»Ich mache es immer folgendermaßen: Ich tue so, als würde ich dazugehören. Bleib einfach dicht hinter mir, und bitte, vergiß eins nicht!«

»Was?«

»Verliere nicht die Beherrschung.«

Mirandas Miene verdüsterte sich. »Ich verliere nie die Beherrschung.«

Nakor grinste. »Und was machst du jetzt gerade?«

»Du unerträglicher kleiner Wicht!« schimpfte sie und marschierte los.

»Miranda!«

»Was denn?« rief sie und blickte über die Schulter.

Nakor eilte ihr hinterher. »Für eine Frau, die soviel Erfahrung hat wie du, benimmst du dich manchmal ziemlich kindisch.«

Miranda war offenbar kurz davor zu platzen. Einen Augenblick stand sie reglos da, dann antwortete sie: »Du kennst mich noch nicht, Nakor. Vielleicht warst du der erste Ehemann meiner Mutter, trotzdem weißt du nichts über mich. Du hast keine Ahnung, wie meine Kindheit war, wie es ist, wenn man von Dienern des Kaisers erzogen wird. Wenn ich tatsächlich kindisch sein sollte, dann nur, weil ich keine richtige Kindheit hatte.«

»Wie auch immer«, erwiderte Nakor, während er neben ihr herging. »Bring uns nur nicht in eine Situation, aus der wir nicht mehr lebend herauskommen.« Leise fügte er hinzu: »Und für eine Frau deines Alters machst du dir sehr viele Gedanken über Dinge, die sehr weit zurückliegen.«

Sie fuhr zu ihm herum. »Was?«

Nakor blickte sie an, und zum ersten Mal, seit sie ihn kennengelernt hatte, fehlte der Miene des Mannes jegliche Belustigung. Er starrte sie an, daß man es höchstens als einschüchternd bezeichnen konnte. Und für einen kurzen Moment sah sie in diesem Gesicht die wahre Macht aufblitzen, die dem Mann innewohnte. Leise sagte er: »Die Vergangenheit kann für dich zu einer Fessel werden, zu einer nicht zu sprengenden Kette. Du schleppst sie mit dir herum, schaust ständig über die Schulter und fragst dich, was dich bloß immer festhält. Wenn du sie losläßt, kannst du dich vorwärts bewegen. Die Entscheidung liegt allein bei dir. Doch ist diese Entscheidung für jene, deren Leben Jahrhunderte dauert, von großer Wichtigkeit.«

Er wandte sich ab und ging weiter.

Miranda stand noch einen Augenblick da, bevor sie wieder zu ihm aufschloß. Dieses Mal schwieg sie.

Sie suchten sich ihren Weg durch den Wald auf der Westseite des Calastiusgebirges. Die Front und damit Greylocks Befestigungen lagen mehrere Meilen weiter südlich.

»Da muß etwas Seltsames passiert sein«, meinte Nakor. »Greylock hat sich eingegraben, zumindest sah es von dort oben so aus« – er zeigte gen Himmel –, »während wir darüber hinweggeflogen sind. Möglicherweise trifft er Maßnahmen für einen Gegenangriff.«

»Ich weiß nicht«, erwiderte Miranda. »Vielleicht warten sie auch nur auf Nachschub.«

»Das könnte sein, trotzdem ist es eher unwahrscheinlich.« Der Verwesungsgeruch von den Leichen auf dem Schlachtfeld erfüllte die Luft. »Das alles ist nicht gut. Es ist böse, die Toten nicht zu begraben.«

Im Norden hatte man ein großes Bauwerk errichtet. Zunächst wirkte es wie eine riesige Festung, doch als sie näher kamen, erkannten sie, daß es sich eigentlich um mehrere Gebäude handelte, die durch sechs Meter hohe Holzmauern verbunden waren. In der Umgebung lagerten Männer um ihre Feuer. »Sieh mal«, sagte Nakor, »sie halten sich von dem Bauwerk fern.«

»Was ist das denn?« fragte Miranda. Inzwischen hatten sie den Waldrand erreicht.

»Etwas Böses. Etwas sehr, sehr Böses. Vermutlich ein Tempel.«

»Für wen?«

»Versuchen wir es herauszufinden.« Er blickte sich um. »Dort drüben.«

Er führte sie aus dem Schutz der Bäume zu einer Ansammlung von Zelten aller Größen und Farben. Sie schlichen durch die Dunkelheit, bis sie eine Lücke zwischen zwei Feuern entdeckten, durch die sie ins Lager schlüpfen konnten, ohne ungewollte Aufmerksamkeit auf sich zu ziehen.

Niemand hielt sie an. Nakor lief an einer ganzen Reihe Lagerplätze vorbei, Miranda stets hinter ihm. Sie benahmen sich, als seien sie lediglich zwei Leute, die einen Botengang zu erledigen haben. Dann, während sie an einem großen Lagerplatz vorbeikamen, trat ein Mann auf sie zu. Sein Kopf war bis auf einen einzigen Zopf glatt rasiert, der ihm in den Nacken fiel. Es sah aus, als würde das Haar mit einem Knochenring zusammengehalten. Auf beiden Wangen wies der Kerl tiefe Narben auf. Seine Hose bestand aus gefärbtem Leder, und Nakor wollte sie gar nicht allzugenau in Augenschein nehmen. Der Mann war überaus muskulös gebaut und trug ein riesiges, geschwungenes Schwert. Diese Waffe wurde eigentlich mit beiden Händen geführt, der Kerl erweckte jedoch den Anschein, als würde ihm das problemlos auch mit einer gelingen.

Leicht schwankend näherte er sich ihnen, musterte Miranda von oben bis unten und wandte sich dann lallend an Nakor: »Verkaufst du sie mir?«

Nakor grinste. »Nein, das geht leider nicht.«

Der Kerl riß die Augen auf und schien seinen Zorn kaum im Zaum halten zu können. »Nein? Du sagst nein zu Fustafa?«

Nakor deutete mit dem Kopf auf den riesigen Gebäudekomplex. »Sie geht dorthin.«

Sofort veränderte sich der Ausdruck im Gesicht des Mannes, der gleichzeitig einen Schritt zurückwich. »Ich habe nicht gefragt«, sagte er noch und eilte davon.

»Was war denn das?« wollte Miranda wissen.

»Ich habe keine Ahnung«, erwiderte Nakor. Er betrachtete das Gebäude, das nun keine hundert Meter mehr entfernt war. »Aber ich denke, eine gewisse Vorsicht wäre dort drinnen angemessen.«

»Willst du etwa hinein?«

»Hast du eine bessere Idee?« Nakor ging weiter auf das Bauwerk zu.

»Nein«, sagte Miranda und folgte ihm rasch.

Beide spürten jetzt eine eigentümliche Energie, die stärker wurde, je näher sie dem Gebäude kamen. »Das bereitet mir ein Gefühl, als müßte ich dringend ein Bad nehmen«, meinte Miranda.

»Falls dein werter Gemahl nichts dagegen einzuwenden hat,

würde ich dir gern Gesellschaft leisten«, scherzte Nakor. »Komm, hier entlang.« Er deutete auf die Öffnung in dem riesigen Holzzaun zwischen den Trakten, durch die sie eintraten.

Und dann erkannte Nakor, was das Ganze darstellte. Es bildete ein riesiges Viereck mit drei kleinen Gebäuden an jeder Seite. In der Mitte erhoben sich sechs große Steine in die Höhe, in die Runen gehauen waren, bei deren Anblick Miranda eine Gänsehaut bekam. »Was für ein Ort ist das?«

»Ein Ort der Anrufung, ein Ort dunkler Magie, ein Ort, von dem nichts Gutes kommen wird«, erklärte Nakor.

Im düsteren Zentrum des Rings aus Steinen bemerkten sie eine Bewegung. Leise schlichen sie weiter. Eine Gruppe Männer in schwarzen Roben stand um einen flachen Stein herum. Dahinter hatte ein Mann die Arme erhoben und sandte einen unheimlichen Gesang gen Himmel.

»Jetzt wissen wir auch, weshalb Fustafa solche Angst hatte«, flüsterte Nakor. »Sieh nur.«

Auf dem Stein lag eine junge Frau. Sie hatte die Augen vor Furcht weit aufgewissen, in ihrem Mund steckte ein Knebel. Ihre Hände hatte man an Ringe im Stein gefesselt. Bekleidet war sie lediglich mit einem kurzen Hemd ohne Ärmel.

Und nun riß Nakor ebenfalls die Augen auf, während er noch über die Szene, die sich vor ihnen abspielte, nachdachte. »Wir müssen hier weg!« drängte er.

Miranda erwiderte: »Aber wir können die Arme doch nicht ihrem Schicksal überlassen!«

»Tausende werden bald das gleiche Schicksal erleiden, wenn wir nicht unverzüglich verschwinden«, flüsterte er, packte sie am Ellbogen und schob sie auf den Ausgang zu.

Dann erhob sich ein Dröhnen in der Luft, und Nakor sagte: »Lauf!«

Miranda ließ sich das nicht zweimal sagen, sondern rannte hinter Nakor her. Die Soldaten in der näheren Umgebung beachteten die zwei gar nicht, denn ihre Blicke waren auf das Schauspiel vor ihnen gerichtet. Ein bleiches, blaugrünes Licht sammelte sich um das Bauwerk und wirbelte herum, als würde ein Riese mit einem Stock darin rühren.

Nakor blieb ein paar Meter vor Miranda stehen und hob den Stab über den Kopf. »Flieg!« rief er.

Miranda hielt an, schloß die Augen und sammelte ihre Kräfte. Sie warf sich flach in die Luft, wie bei einem Kopfsprung ins Wasser, doch anstatt zu fallen, schwebte sie. Sie packte Nakors Stab und zog ihn mit sich in den Himmel.

Sie steuerte geradewegs auf den Berg zu, dann zog sie eine leichte Kehre, bis sie das riesige Bauwerk wieder betrachten konnten. »Oh, bei den Göttern der Gnade!«

Entlang der Küste glühten überall ähnliche Lichter auf, die einen bösartigen grünblauen Lichtschein erzeugten, der die Nacht auf unheimliche Weise erhellte. Und nun dehnte sich von dem entferntesten Punkt irgendwo in der Nähe von Ylith eine Energielinie aus, bewegte sich von einem der Lichter zum anderen und endete bei dem, über dem Miranda schwebte.

Ein Knirschen ertönte, das in den Ohren schmerzte und die Soldaten, die dem Gebäude am nächsten waren, in die Flucht trieb. Ein schwaches Licht breitete sich fächerartig von dem düsteren Bauwerk bis zu den Stellungen des Königreichs aus, wobei es unterwegs an Kraft verlor. Es wechselte durch alle Farben des Spektrums, über Rot zu Grün und schließlich zu Violett. Zum Schluß war es tief indigoblau, und wellenförmig verschwand es außer Sicht. Dann endete auch das Knirschen.

Im nächsten Augenblick erhoben sich die Toten auf dem Schlachtfeld.

Zwölf

Konfrontation

Männer schrien.

Erik lief halbbekleidet mit dem Schwert in der Hand aus seinem Zelt. Kampferprobte Soldaten flohen in wilder Panik, während andere vorn an der Frontlinie in heftige Gefechte verwickelt waren. Er hielt einen der Fliehenden fest. »Was ist geschehen?«

Aus den weit aufgerissenen Augen des Mannes sprang ihn das Entsetzen an, und er war lediglich dazu in der Lage, zur Front zu zeigen, bevor er sich mit einem Ruck aus Eriks Griff befreite und das Weite suchte. Erik eilte nach vorn, und einen Moment lang vermochte er nicht zu begreifen, was da vor sich ging.

Seine Männer kämpften erbittert gegen die Invasoren, und sofort brüllte er: »Alle Einheiten an die Front!«

Dann entdeckte er einen seiner Soldaten, der mit einem Mitglied einer anderen Einheit des Königreichs focht. Zunächst glaubte er, man habe seine Truppe unterwandert. Im nächsten Augenblick sah er das Gesicht des Mannes, und ihm sträubten sich die Haare auf Armen und Nacken. Er verspürte einen Ekel wie nie zuvor in seinem kurzen Leben.

Der Krieger, der seinen ehemaligen Kameraden umzubringen versuchte, war tot. Er bewegte die leblosen Augen, und das Fleisch seines Gesichts war schlaff und bleich. Nur das Schwert wußte er noch wie ein Lebender zu handhaben.

Erik rannte los und trennte dem Ungeheuer mit einem einzigen Hieb den Kopf vom Rumpf. Der Kopf rollte davon, aber der Körper schwang noch immer das Schwert. Und obgleich Erik dem Untoten nun den Arm abschlug, griff das Monstrum weiter an.

Jadow Shati lief herbei und schnitt der Kreatur die Beine unter dem Leib ab. Der lebende Tote ging zu Boden und überschlug sich.

»Mann, die lassen und lassen nicht nach.«

Sofort begriff Erik die Gefahr. Diese Kreaturen waren unerbittlich. Sie hörten nicht auf zu kämpfen, bis man sie in Stücke gehackt hatte. Und während man sich mit dem einen befaßte, näherte sich ein anderer von hinten.

Und jetzt sah Erik einen Soldaten des Königreichs, der gerade erst gefallen war und sich mit rollenden Augen bereits wieder erhob und zum Angriff gegen seine vorherigen Kameraden überging.

»Was sollen wir gegen diese Ungeheuer unternehmen?« schrie Jadow.

»Feuer!« antwortete Erik. Er drehte sich um und rief: »Haltet sie hier in Schach!« Dann lief er nach hinten. Weiterhin strebten seine Soldaten in den Kampf, und Erik hielt ein Dutzend von ihnen unterwegs auf. »Geht nach hinten und holt alles Stroh, das die Kavallerie zurückgelassen hat.« Er zeigte auf die Schmalstelle der Straße. »Stapelt es von dort nach dort.« Dann lief er zu einer weiteren Einheit, die sich gerade ins Gefecht stürzen wollte, und befahl: »Reißt die Planen von den Zelten! Alles, was brennt, müßt ihr auf die Strohballen werfen.«

»Welches Stroh, Hauptmann?« fragte einer der Soldaten.

»Wenn Ihr mit den Zeltplanen zurück seid, werdet ihr das Stroh schon sehen.«

Erik eilte zu den Ingenieuren, die bei ihren fast fertiggestellten Katapulten geschlafen hatten. Sie waren schon auf den Beinen und bereiteten sich auf die Verteidigung ihrer Kriegsmaschinen vor. »Sind schon Katapulte fertig?« fragte Erik.

Der Hauptmann der Ingenieure, ein stämmiger Kerl mit grauem Bart, antwortete: »Nur dies eine, Hauptmann, und das andere dort hinten fast. Was geht da eigentlich vor?«

Erik packte den Mann am Arm. »Geht zur Front. Erkundet, wo unsere vordersten Stellungen liegen. Wenn Ihr zurückkehrt, zielt Ihr mit dem Katapult darauf.«

Der Hauptmann der Ingenieure befolgte den Befehl, und Erik wandte sich an den Rest der Mannschaft. »Wie viele von euch sind notwendig, um das andere Katapult fertigzustellen?«

Einer antwortete: »Nur zwei von uns, Hauptmann. Wir müssen nur noch die Halteklammern am Arm anbringen. Das hätten wir gestern abend noch machen können, aber wir hatten Hunger und waren müde.«

»Dann holt das jetzt nach. Der Rest kommt mit mir.«

Er führte sie zum Nachschubtroß und schrie den wachhabenden Soldaten dort zu: »Los, an die Front.«

Die Wachen gehorchten dem Befehl augenblicklich, und Erik zeigte auf zwei Wagen, die am Straßenrand standen. Er fragte die Ingenieure: »Kann irgendwer die Pferde anspannen?«

Das konnten alle, und Erik fuhr fort: »Bringt den halben Vorrat an Öl an die Front, dorthin, wo die Barrikade errichtet wird, und die andere Hälfte zu den Katapulten.«

Daraufhin eilte er im Laufschritt zurück in die Schlacht. Der Plan würde nur zum Erfolg führen, wenn sie die Toten eine Weile lang von der Barrikade fernhalten konnten. Bis dahin konnte Erik nur eins tun: mit aller Kraft die vom Tode auferstandenen Soldaten in Stücke zerhacken.

Miranda rief: »Wir müssen Pug und Tomas holen!«

Von einem Aussichtspunkt unter den Bäumen am Berg beobachteten sie die Truppen des Königreichs, die den Angriff der Untoten zurückwarfen. Dann hörte Nakor Hörner in den Reihen von Fadawahs Armee. Soldaten versammelten und formierten sich hinter dem Kampfgeschehen, das sich bei den Diamanten abspielte. »Ja«, stimmte Nakor zu, »hole Pug und Tomas und möglichst auch Ryana.«

Miranda verschwand.

Auf ein Trompetensignal hin zogen sich die Truppen des Königreichs von den Diamanten hinter eine Barrikade zurück, die man eiligst errichtet hatte. Die Soldaten sprangen darüber, die Verwundeten wurden von ihren Kameraden getragen. Kein Mann zuviel sollte hier sterben und sich im nächsten Moment gegen seine früheren Gefährten wenden.

Schließlich wurden überall Feuer entzündet, und die Barrikade stand in Flammen. Von Finstermoor, dachte Nakor. Der junge Erik war auf jeden Fall ausgesprochen schnell von Begriff.

Die Toten taumelten in die Flammen, schlugen wild mit den Armen um sich und brachen am Ende lodernd auf dem Boden zusammen. Die wenigen, denen es gelang, auf das brennende Hindernis zu steigen, wurden mit Speeren und Stangen zurückgestoßen.

Als nächstes hörte Nakor das Krachen einer Kriegsmaschine, und durch die Dunkelheit sah er einen Gegenstand über das Lager hinwegfliegen und bei den nun vom Königreich verlassenen Diamanten landen. Kurz darauf folgte ein zweites Geschoß und ging näher an der Barrikade nieder. Es war ein Faß, das unter der Wucht des Aufpralls zerbrach. Öl spritzte in alle Richtungen und entzündete sich an der brennenden Absperrung. Weitere Flammen hüllten die Toten dort ein, die auf das Hindernis zutaumelten.

Plötzlich tauchten Pug, Tomas, Ryana und Miranda neben Nakor auf.

»Bei den Göttern!« rief Pug.

»Die Leichen sind nicht unser größtes Problem, Pug«, erklärte Nakor. »Erik von Finstermoor hat die richtigen Maß-

nahmen gegen sie ergriffen. Dorthin müssen wir uns wenden.«
Er zeigte nach Norden. »Wenn du die Quelle dieser Energie findest, stößt du auf jenen, den du zu zerstören suchst.«

Schlachthörner erklangen, und Fadawahs Armee begann mit dem Vormarsch, während die Feuer langsam niederbrannten.

»Wo kann ich am besten dienen?« fragte Tomas.

»Diese Soldaten zu töten hilft uns nicht viel weiter, aber das Problem dort oben zu beseitigen, könnte den Westen retten.«

Ryana veränderte ihre Gestalt, und mit einem Mal ragte der riesige Drache vor ihnen auf. »Ich werde euch alle tragen.«

Sie kletterten auf ihren Rücken, und die Drachendame stieg in den Himmel auf. Jene Soldaten, die zufällig in Richtung der Baumreihe sahen, als Ryana ihre mächtigen Flügel ausbreitete und schwang, schrien verwundert auf und zeigten auf das Wesen, doch während die Schlacht an Heftigkeit zunahm und Fadawahs Armee die verlassenen Diamanten niederwälzte, hatten die meisten Menschen zuviel damit zu tun, ihr nacktes Leben zu verteidigen, um den Drachen zu bemerken.

Ryana zog eine Schleife und flog nach Norden.

Dash hörte die keshianischen Trommeln. Was sie da vorbereiteten, würde er erst später zu Gesicht bekommen, denn die Dämmerung verbarg den Aufmarsch des Feindes, und die Sonne würde frühestens in einer Stunde aufgehen. Die Wachen mit den besten Augen auf den Mauern behaupteten, es zögen lediglich Kavallerie und berittene Infanterie und keine schweren Fußtruppen auf, und auch Kriegsmaschinen gäbe es nicht; Dash ging demnach davon aus, daß Kesh bereits seit Wochen leichtbewegliche Truppen in die Gegend geschmuggelt haben mußte, während man auf langsamere Einheiten verzichtet hatte. Wäre in Krondor nur die halbe ursprüngliche Besatzung anwesend gewesen, hätte das Kaiserreich einen solchen Angriff niemals gewagt. Daher waren diese Neuigkeiten gleichermaßen gut und schlecht: Sie hatten es nur mit Schwertträgern und berittenen Bogenschützen zu tun, allerdings mit einer großen Anzahl.

Demzufolge mußte der entflohene Offizier, über den Duko Patrick in einem Brief in Kenntnis gesetzt hatte, mit der Nachricht über Krondors Schwäche seine Vorgesetzten erreicht haben, dachte Dash. Immerhin hatte in diesem Brief auch etwas Gutes gestanden: Jimmy war noch am Leben, während Malar den Tod gefunden hatte.

Die Nachrichten aus dem Palast waren gleichermaßen gemischt: Patrick, Francie und ihr Vater würden sich erholen, obwohl Lord Brian von der Vergiftung vielleicht nie wieder ganz genesen würde. Lord Rufio war verstorben, und mehreren Adligen der Umgebung war das gleiche Schicksal widerfahren. Zwei Offiziere waren bereits ausreichend wiederhergestellt, um auf der Mauer Dienst tun zu können; dennoch war Dash klar, daß sie insgesamt viel zu wenige Männer hatten, um einem Angriff der Keshianer längere Zeit standzuhalten, den optimistischsten Schätzungen nach einen oder zwei Tage.

Die Verteidigungsanlagen der Stadt wiesen noch immer zu viele Schwachstellen auf. Es hatte immer heimliche Wege in die Stadt gegeben, und man mußte kein Spötter sein, um sie zu kennen. Das ausgetrocknete Aquädukt entlang der Nordmauer bot etwa sechs verschiedene Eingänge in die Stadt, wenn man nur geduldig danach suchte. Dash wünschte, er hätte die Schleusentore reparieren und das Aquädukt fluten können, aber ohne die Wehre würde er gleichzeitig Hunderte von Kellern überschwemmen. Doch plötzlich hatte Dash einen Einfall.

»Gustaf!« rief er.

Der Söldner trat herbei. »Sheriff?«

»Nimm dir zwei Männer und lauf zur Waffenkammer der Stadt. Prüfe, ob wir queganisches Feueröl haben. Falls dem so ist, machst du folgendes damit.« Dash umriß in groben Linien seinen Plan, dann rief er Mackey zu: »Ihr übernehmt den Befehl, solange ich abwesend bin. In Kürze bin ich wieder hier.«

Er stieg rasch die Treppe von der Mauer hinunter und rannte die Hohe Straße entlang bis zur Kreuzung mit der Nordtorstraße. Dort kürzte er den Weg ab und lief zwischen ausgebrannten Häusern hindurch, bis er eine von Trümmern geräumte Gasse erreichte, durch die er trotz der Dunkelheit im Laufschritt stürmte.

Er sprang über Zäune, duckte sich unter Hindernissen hindurch und riskierte dabei Verletzungen, um sein Ziel so schnell wie möglich zu erreichen. Schließlich fand er die Tür, die er suchte, dem Anschein nach ein einfacher Kellereingang, doch eigentlich der verborgene Zutritt zu einem Tunnel, der zum Hauptquartier der Spötter führte.

Dash sprang die Steinstufen hinunter. Unten angekommen bremste er vor einer Wand und stützte sich mit den Händen daran ab.

Ein Mann mit erschrockenem Gesicht wandte sich ihm zu, doch Dash schlug ihn einfach nieder und ließ seinen Körper geräuschlos auf den Boden sinken. Dann eilte er einen breiten Gang entlang, bis er einen unterirdischen Wasserlauf erreichte. Zur Zeit floß nur ein Rinnsal darin. Dash wußte, das würde sich ändern, falls Gustaf tatsächlich Öl fand und es so einsetzte, wie er es ihm aufgetragen hatte.

Nun kam er an eine Wand, die äußerlich mit den anderen identisch zu sein schien, jedoch auf Druck nachgab und sich perfekt ausbalanciert auf einem Zapfen drehte. Danach ging es durch einen kurzen Tunnel weiter zu einer schlichten Tür. Dash wußte, wenn er hier eintrat, lief er Gefahr, getötet zu werden, noch ehe er ein einziges Wort herausgebracht hatte.

Er zog den Riegel auf seiner Seite zurück, doch anstatt die Tür zu öffnen, wich er zurück. Das hörbare Klicken hatte jemanden alarmiert, denn einen Augenblick später schob sich die

Tür auf, und ein neugieriges Gesicht spähte durch den Spalt. Dash packte den Dieb, zerrte ihn vorwärts, wirbelte ihn herum, daß er das Gleichgewicht verlor, und schleuderte ihn dann durch die Türöffnung.

Der Kerl krachte in zwei seiner Kameraden und warf sie beide zu Boden.

Jetzt erst trat Dash ein. Er hob die Hände in die Höhe, damit jeder sah, daß er darin keine Waffen hielt. Um jedes Mißverständnis im Keim zu ersticken, schrie er zudem noch: »Ich bin nicht bewaffnet! Ich will nur reden!«

Die Bewohner von Mutter, dem Hauptquartier der Spötter, fuhren überrascht herum und sahen den Sheriff vor sich stehen, der zudem sogar sein Schwert am Gürtel hatte. Von der anderen Seite des Raums begrüßte ihn Trina: »Na, Sheriffchen, was verschafft uns denn diese Ehre?«

Dash blickte von Gesicht zu Gesicht. Bei den meisten ging die Überraschung gerade in Wut über. »Ich wollte euch warnen.«

»Wovor?« fragte einer der Männer. »Vor den Keshianern in den Tunneln?«

»Die sollen allein eure Sorge sein«, erwiderte Dash, »und die draußen vor den Mauern meine. Nein, ich wollte euch warnen, weil in weniger als einer Stunde dieser Raum und der Rest von Mutter unter Wasser stehen werden.«

»Was?« schrie einer.

»Das ist eine Lüge«, fluchte ein anderer.

»Nein, das ist bestimmt keine Lüge«, erwiderte Dash. »Ich werde das Nordaquädukt und den Seitenkanal unter der Stinkenden Straße fluten. Die Kanäle über der Hauptpassage« – er zeigte zu der Tür, durch die er gerade eingetreten war, und auf den Tunnel dahinter – »sind beschädigt, und das Wasser wird auch nach hier unten durchsickern. Bis Mittag wird dieser ganze Bereich unter Wasser stehen.«

Trina trat auf ihn zu. Zwei bedrohlich wirkende Kerle begleiteten sie. »Du würdest so etwas doch nicht sagen, um uns einen Schreck einzujagen, nicht wahr, Sheriffchen? Es würde dir vielleicht ganz gut passen, wenn wir durch die Tunnel fliehen und uns währenddessen mit den Keshianern schlagen, die du noch nicht gefunden hast.«

»Natürlich, aber darum geht es jetzt nicht.«

»Vielleicht willst du auch, daß wir nach oben kommen, wenn die Keshianer das Tor gestürmt haben?« warf ein Mann ein und zog seinen Dolch.

»Wohl kaum«, erwiderte Dash. »Da oben in den Straßen gibt es schon genug Leute, die sich niedermetzeln lassen, da brauche ich euch nicht auch noch.«

»Ich würde dir ja zu gern Glauben schenken«, sagte Trina, »wenn ich nicht genau wüßte, daß das Wehr im Norden während des Krieges beschädigt wurde und gar nicht geöffnet werden kann, ehe es repariert wird.«

»Ich werde es nicht reparieren, sondern niederbrennen.«

Einige der Männer lachten. »Du willst ein Wehr abbrennen, das zur Hälfte unter Wasser steht? Wie?«

»Queganisches Feueröl.«

Daraufhin stellte einer der Männer betroffen fest: »Das brennt auch unter Wasser!«

Trina drehte sich um, erteilte Befehle, und die Männer begannen, Kisten, Bündel und Säcke aufzuheben. Sie baute sich vor Dash auf. »Warum warnst du uns?«

Er packte sie am Arm und sah ihr in die Augen. »Weil mir manche Diebe seit neuestem ein wenig am Herzen liegen.« Dann küßte er sie. »Nenn mich ruhig einen Idioten«, fügte er hinzu, nachdem er einen Schritt zurückgetreten war. »Außerdem seid ihr vielleicht nur ein Haufen Taugenichtse, aber immerhin seid ihr meine Taugenichtse.«

»Wo sollen wir hin?« fragte sie, und Dash wußte, damit meinte sie nicht die Spötter im allgemeinen.

»Bring den alten Mann in Barrets Kaffeehaus. Es ist fast wiederaufgebaut, und Roo Avery hat bereits einige Vorräte dort untergebracht. Vom Kanal unter der Prinz-Arutha-Straße führt ein Tunnel in den Keller des Gebäudes. Versteckt euch dort.«

Sie blickte ihm in die Augen und sagte: »Du wirst mir gewiß noch mehr Schwierigkeiten machen, als du wert bist, Sheriffchen, doch für dieses Mal stehe ich in deiner Schuld.«

Er wollte sich abwenden, aber sie hielt ihn fest und gab ihm nun ihrerseits einen Kuß. »Laß dich dort oben nicht umbringen, verdammt«, flüsterte sie ihm ins Ohr.

»Du auch nicht«, erwiderte er leise. Dann drehte er sich um und lief zurück in den Tunnel. Er blieb nur kurz stehen, um den Mann, den er niedergeschlagen hatte, aus seiner Bewußtlosigkeit zu wecken. Glücklicherweise hatten die Spötter noch immer nicht ihre alte Stärke zurückerlangt; dann hätten hier nämlich mehrere Wachen und nicht nur eine gestanden.

Der benommene Mann verstand kaum, was Dash ihm erzählte, aber immerhin begriff er, daß er schnellstens an einen höhergelegenen Punkt fliehen mußte.

Dash eilte nun an dem großen Kanal entlang, der um Mutter herumfloß, und fand eine Stelle, wo die großen Wasserleitungen darüber eine Bruchstelle aufwiesen. Mit einem Sprung ergriff er die rauhe Kante des schweren Tonrohrs, das aus der Wand ragte, zog sich hoch und arbeitete sich zu einem Spalt in der Wand vor, durch den er sich gerade noch hindurchquetschen konnte. Dabei riskierte er, sich einzuklemmen, doch mußte er unbedingt das Loch über seinem Kopf erreichen. Abermals zog er sich hoch, und nun stand er im Bett des nördlichen Zuflusses. Im Grau des dämmernden Morgens sah er sich um, entdeckte jedoch niemanden. Also lief er nach Osten weiter.

Am Ende des Aquädukts standen Gustaf und seine Männer vor dem großen Holzwehr. Zwei Männer schlugen bereits mit Äxten auf die Stützen ein.

»Wie kommt ihr voran?« fragte Dash.

Gustaf lächelte. »Wenn die Stützen nachgeben, ehe wir es wollen, werden wir alle ersaufen, ansonsten sollte es wohl gelingen.«

»Wieviel Öl hast du gefunden?«

»Mehrere Fäßchen. Ein paar Männer füllen sie gerade in Tongefäße um, wie du es gesagt hast.«

Dash eilte zu der Stelle, auf die Gustaf gezeigt hatte. Zwei Männer gossen das stinkende Naphtha in kleinere Tongefäße. »Nur ein Drittel voll«, wies er sie an. »Und setzt die Stöpsel nicht drauf. Es soll sich mit Luft vermischen.«

Die Männer nickten. Dash kehrte zu Gustaf zurück. »Und ihr solltet euch so weit wie möglich von dem Feuer entfernen und euch das Zeug gut von den Händen waschen. Benutzt reichlich Seife! Vergeßt nicht, es brennt unter Wasser.«

Die beiden Männer mit den Äxten sprangen zurück, als das Holz laut krachte und sich heftig durchbog. Kleine Rinnsale spritzten durch die Spalten im Wehr.

»Vermutlich wird es dem Druck des Wassers nicht mehr lange standhalten«, sagte Gustaf.

»Wahrscheinlich, aber wir können nicht bis zum nächsten großen Regen warten. Hast du die Lumpen mitgebracht?«

»Die liegen dort drüben.« Gustaf deutete auf einen Mann, der sich am Ufer über eine Kiste beugte.

»Gut«, meinte Dash und besah sich den Schaden an dem Wehr. Einen der Männer mit den Äxten forderte er auf: »Diesen Balken müßt ihr noch stärker schwächen.«

Der betreffende Balken war ausgesprochen dick und in das Steinfundament eingearbeitet, wo er die rechte Seite des Wehrs stützte. Der angesprochene Wachtmeister ließ seine Axt auf das Holz krachen, das mit dem Alter so hart wie Fels geworden war. Dennoch flogen bei jedem Hieb Späne durch die Luft.

Dash winkte die anderen zur Seite und trug ihnen auf, die

Lumpen und den Rest des Naphthas in den Fässern herüberzubringen. Die Tongefäße sollten oben am Ufer aufgestellt werden. Rasch eilten die Männer hoch zum Steinrand des Aquädukts. Nun wandte sich Dash wieder an den Mann mit der Axt. »Laß gut sein und geh ebenfalls da hinauf.« Dann stellte er zwei der Fäßchen auf die Steine. Sorgfältig suchte er sich Lumpen aus, verknotete sie miteinander und träufelte Naphtha darauf. Er steckte ein Ende der Lunte in eines der beiden Fäßchen und stellte das dritte darauf, so daß sie eine kleine Pyramide bildeten, und zwar genau an der Schwachstelle des Balkens.

Rasch lief er zum anderen Ende der Lunte und holte einen Feuerstein aus der Tasche. Mit Hilfe seines Messers schlug er Funken, bis einer auf die Naphtha-getränkten Lumpen übersprang.

So recht wußte Dash nicht, was er zu erwarten hatte. Er kannte die Geschichten von seinem Großvater, mit eigenen Augen hatte er bisher jedoch nur gesehen, welche Schäden nach der Anwendung dieses Öls zurückblieben, nicht, wie sie entstanden.

Mit einem Zischen sauste die Flamme über die Lunte. Dash flüchtete.

Er erreichte den oberen Rand des Aquädukts und stellte sich neben Gustaf. »Wenn es tatsächlich so heiß brennt, wie man immer sagt, sollte es den Balken ziemlich schnell kleinkriegen. Der Wasserdruck tut dann ein übriges –«

Die Flamme erreichte die Fäßchen. Sie flogen in die Luft.

Die Wucht der Explosion war weitaus stärker, als Dash erwartet hatte; er hatte eher mit einem Feuer gerechnet. Statt dessen wurden er und seine Männer regelrecht zu Boden geworfen, und zwei von ihnen wurden von Splittern getroffen.

Gustaf richtete sich auf. »Bei den Göttern! Was war das?«

»Ich bin mir nicht sicher«, antwortete Dash. »Mein Großvater hat mir etwas über zuviel Luft in dem Gemisch erzählt, und wahrscheinlich hat er das gemeint.«

»Seht nur!« rief einer der Wachtmeister.

Die Explosion hatte den dicken Balken fast durchtrennt, der sich unter dem Druck von Millionen Litern Wasser bog. Mit lautem Ächzen geriet das gesamte Wehr in Bewegung, und das Wasser sickerte durch verschiedene Spalten im Holz. Es hielt der Kraft des Flusses nicht mehr lange stand, und schließlich brach auch der Balken. Das Wehr wurde von einer Wand aus Wasser fortgeschwemmt.

Dash saß am Ufer und beobachtete die Sturzflut, die durch das Aquädukt rauschte. Als sie an der Bruchstelle ankam, wo sich das Wasser in die darunterliegenden Kanäle ergoß, schäumte die Welle ohne merkliche Verzögerung weiter.

»Da werden wohl einige Ratten ersaufen«, scherzte Gustaf.

»Hoffen wir es«, sagte Dash, ergriff die Hand seines Gefährten und ließ sich auf die Beine ziehen. Er dachte an die Spötter und fügte hinzu: »Solange es nicht unsere Ratten sind, die es trifft.«

»Was sollen wir mit den Tongefäßen machen, Sheriff?« fragte einer der Wachtmeister.

»Nehmt sie mit. Ich wollte sie unseren Freunden vor dem Tor zur Begrüßung entgegenwerfen und ein kleines Freudenfeuer veranstalten.« Der Wachtmeister hob die Gefäße auf, und Dash warnte ihn: »Aber schön vorsichtig.« Er deutete auf den Sturzbach, der hinter ihnen durch das Aquädukt toste.

Schnell liefen sie durch die Stadt zurück, und an der Hohen Straße rief Dash Gustaf zu: »Laß hier oben Barrikaden errichten.« Er zeigte ein Stück weiter. »Dort drüben auch. Wenn die Keshianer durchbrechen, sollen sie nicht ohne Schwierigkeiten gleich den Markt erreichen. Sobald das Tor fällt, postierst du dort, dort und dort Bogenschützen auf den Dächern.« Er deutete auf drei verschiedene Ecken der Kreuzung.

Gustaf nickte. »Habe ich das richtig verstanden? Hast du ›wenn‹ gesagt und nicht ›falls‹?«

»Es ist nur eine Frage der Zeit, *falls* nicht von irgendwoher Hilfe eintrifft. Ich fürchte, wir haben einige höchst unangenehme Tage vor uns.«

Gustaf zuckte mit den Schultern. »Ich bin ein Söldner, Sheriff. Für unangenehme Tage bekomme ich in der Regel mein Geld.«

Dash winkte ihm zu, Gustaf machte sich daran, seine Befehle auszuführen, und die anderen Wachtmeister trugen das Naphtha zum Tor. Der Sheriff blickte sich in den verlassenen Straßen um. Die Bewohner hatten sich in ihre Häuser verkrochen und hofften wider besseres Wissen, daß ihnen eine erneute Zerstörung wie im vergangenen Jahr erspart blieb. Dash schüttelte den Kopf. Söldner, Soldaten und Wachtmeister wurden dafür bezahlt, solche Situationen zu überstehen, aber die Bürger der Stadt nicht. Und sie waren diejenigen, die litten. Seitdem er Sheriff war, fühlte er sich mit den Einwohnern von Krondor auf eine Weise verbunden, die er sich vorher nicht hätte vorstellen können. Jetzt begriff er langsam, weshalb sein Großvater diese Stadt so sehr geliebt hatte, die Adligen und das gesamte Volk, die Mächtigen und die Ärmsten. Es war *seine* Stadt. Dash wollte in die tiefste aller Höllen verdammt sein, wenn er sie noch einmal einem Aggressor überließe.

In diese Gedanken vertieft, war er gerade zum Tor unterwegs, als er die Hörner hörte. Das mußte der Herold der Keshianer sein, der sich mit der Fahne des Waffenstillstands näherte, um die Bedingungen zu verkünden, unter denen sein General eine Kapitulation der Stadt akzeptieren würde. Dash stieg die Treppe im Torhaus hinauf und trat auf den Wehrgang, als der Herold gerade eintraf. Hinter dem Reiter spähte die aufgehende Sonne über die Berge. Es handelte sich um einen Wüstenkrieger, der zu beiden Seiten von einem Hundesoldaten begleitet wurde, die jeweils ein Banner trugen. Auf einem war der Löwe des Kaiserreichs abgebildet; das andere gehörte einem der großen Adelshäuser. Dash wußte, sein Großvater und auch sein Vater hätten ihn jetzt mißbilligend angesehen, weil er es nicht auf Anhieb erkannte.

Feldwebel Mackey sagte: »Sie wollen reden.«

»Nun, benehmen wir uns also höflich und hören ihnen zu«, erwiderte Dash.

Am liebsten hätte er dem Herold ein Gefäß mit Naphtha entgegengeworfen, doch jede Minute, die verstrich, bevor der Angriff begann, brachte ihnen Zeit für ihre Vorbereitungen.

Der Herold ritt vor das Tor und rief: »Im Namen des Kaiserreichs Groß-Kesh und seines großen Generals Asham ibin Al-tuk, öffnet das Tor und übergebt uns die Stadt!«

Dash sah sich um – jeder Mann auf der Mauer beobachtete ihn. Er lehnte sich zwischen zwei Zinnen vor und rief zurück: »Aufgrund welchen Rechts beansprucht Ihr diese Stadt, die Euch nicht gehört?« Er drehte sich zu Mackey um und sagte leise: »Erledigen wir also erst einmal die Formalitäten.«

»Wir beanspruchen dieses Land, weil es uralter keshianischer Boden ist! Wer spricht für die Stadt?«

»Ich, Dashel Jameson, Sheriff von Krondor!«

Voller Verachtung antwortete der Herold: »Wo befindet sich Euer Prinz, o Gefängniswärter der Bettler? Versteckt er sich unter seinem Bett?«

»Vermutlich schläft er noch«, rief Dash nach unten, denn er wollte diesem Mann nichts über die Vergiftung enthüllen. »Wenn Ihr ein wenig wartet, wird er sich vielleicht später am Tage hierherbemühen.«

»Schon gut«, hörte Dash eine Stimme hinter sich.

Er fuhr herum und erblickte Patrick. Der Prinz war sehr blaß und wurde von einem Soldaten gestützt. Er trug seine königliche Rüstung, deren Kanten mit Gold gesäumt waren, dazu einen Helm, der das Gesicht offenließ. Quer über dem Harnisch prangte die goldbesetzte purpurne Schärpe seines Amtes. Während er an Dash vorbeitrat, flüsterte er ihm zu: »Sollte ich das Bewußtsein verlieren, sagt ihnen, ich hätte meinen Zorn nicht mehr beherrschen können und sei einfach gegangen.«

Der Prinz lehnte sich auf die Mauer, und Dash entging nicht, wie schwer es dem Mann fiel, sich auf den Beinen zu halten, obwohl ihn der Soldat weiterhin von hinten stützte. Dennoch fand er die Kraft, mit lauter Stimme zu rufen: »Hier bin ich, Hunde von Kesh. Was wollt Ihr?«

Beim Anblick des Prinzen vermochte der Herold seine Verblüffung kaum zu verbergen. Offensichtlich hatte er geglaubt, der Giftmischer habe seinen Auftrag erfolgreich durchgeführt. »Erhabener Prinz! Mein ... Herr fordert Euch auf, die Tore zu öffnen und Euch zurückzuziehen. Er wird Euch und Eurem Gefolge freies Geleit bis zu den Grenzen Eures Volkes gewähren.«

»Wohl lediglich diesseits von Salador«, sagte Dash leise.

Patrick brüllte: »Die Grenzen meines Volkes? Ich stehe auf den Mauern der Hauptstadt des Westlichen Reiches!«

»Dieses Land gehörte vor langer Zeit Kesh, und wir beanspruchen es nunmehr zurück.«

Dash flüsterte: »Ich weiß, wir versuchen, Zeit zu gewinnen, aber was geht uns das an?«

Patrick schnappte nach Luft und nickte. Dann rief er mit letzter Kraft: »So kommt und holt Euch, was Ihr verlangt. Wir weisen Euren Anspruch zurück und spucken auf Euren Herrn!«

»Handelt nicht übereilt, edler Prinz«, antwortete der Herold. »Mein Herr ist überaus freundlich. Er wird Euch dieses Angebot dreimal unterbreiten. Bei Sonnenuntergang werden wir zurückkehren und Eure zweite Antwort hören. Und solltet Ihr es abermals ablehnen, so kommen wir bei Sonnenaufgang morgen früh ein drittes und letztes Mal.« Damit wendete er sein Pferd und galoppierte davon.

Der Prinz war kaum mehr bei Bewußtsein und wurde nur noch von dem Soldaten aufrecht gehalten. »Sehr gut, edler

Prinz«, sagte Dash und meinte das gar nicht so ironisch, wie es vielleicht klingen mochte. Den Soldaten wies er an: »Bringt ihn in seine Gemächer. Er muß sich ausruhen.«

Dann drehte er sich zu Mackey um. »Die Männer sollen die Mauer verlassen und etwas essen. Nur einige wenige halten Wache. Wahrscheinlich werden sich die Keshianer an ihr Wort halten und nicht vor morgen früh angreifen.« Er setzte sich, und plötzlich wurden seine Knochen vor Müdigkeit schwer wie Blei. »Jedenfalls wissen wir jetzt, wann ihre Spione innerhalb der Stadt zuschlagen werden.« Er sah den alten Feldwebel an und fügte hinzu: »Sie werden heute nacht versuchen, das Tor zu öffnen.«

Der Drache sauste durch die Luft, während im Osten die Sonne über die Berge stieg. Sie folgten der magischen Energielinie, die sich entlang der Küste erstreckte. Tomas' Gaben, sein Erbe der Valheru, gestattete es ihnen, auf dem Drachen zu reiten, ohne herunterzufallen.

»Wißt ihr«, rief Nakor, der wegen des Winds seine Stimme heben mußte und hinter Miranda am Ende des Drachenhalses saß, »obwohl es sich ja wahrscheinlich um eine Todesmaschinerie handelt, könnte es gleichzeitig doch auch eine Falle für uns darstellen.«

Pug, der gleich hinter Tomas Platz genommen hatte, antwortete: »Genau das erwarte ich.«

»Dort«, rief Tomas und zeigte nach links unten.

Unter ihnen verlief die Küste von Questors Sicht nach Ylith. Im Hafen von Ylith lichteten viele Schiffe gerade den Anker und verließen den Hafen.

»Den Kapitänen scheint nicht zu gefallen, was sie gestern nacht mit ansehen mußten, deshalb laufen sie mit der Morgenflut aus«, vermutete Nakor.

»Ryana«, sagte Tomas, »dort!«

Er zeigte auf das Osttor der Stadt, vor dem ein riesiges Bauwerk errichtet worden war. Dieses bildete die Quelle der Energie, die sich über die gesamte Küste ausgebreitet und jene dunkle Magie heraufbeschworen hatte, die Leichen zum Leben erweckte.

Während der Drache landete, rannten Bewaffnete in alle Richtungen davon und wußten nicht, wie sie reagieren sollten.

»Laßt mich vorgehen«, sagte Tomas.

»Vergießen wir kein Blut, bevor es unbedingt notwendig wird«, mahnte Pug.

»Wir werden dazu gezwungen sein«, erwiderte Miranda.

»Aber bis dahin ...« Pug zeigte auf den Boden, der sich riffelte wie Wasser, in das ein Stein gefallen war. Ein tiefes Grollen erhob sich, Staub stieg auf und folgte dem sich rasch ausdehnenden Kreis. Als sie aufsetzten, war er groß genug, um dem Drachen Platz zu bieten. Die Erde unter ihren Füßen bewegte sich nicht.

Dort jedoch, wohin sich die Welle ausbreitete, hatte sie die Wirkung eines Erdbebens. Alle Soldaten, die auf die Wölbung traten, wurden zu Boden geworfen und mehrmals in die Höhe geschleudert.

Viele wandten sich zur Flucht, und nur die tapfersten Soldaten der Invasorenarmee wagten es, sich dem Drachen und seinen Reitern entgegenzustellen.

Jetzt brüllte Ryana ohrenbetäubend und stieß einen Feuerstrahl in den Himmel. Auch die verbliebenen Soldaten suchten das Weite. Kein Mann mit gesundem Verstand würde einen großen goldenen Drachen angreifen.

Die vier stiegen ab, und Miranda sagte: »Danke. Das sollte uns etwas Zeit verschaffen.«

»Keine Ursache.« Ryana wandte sich an Tomas. »Wenn die Gefahr überstanden ist, werde ich euch verlassen; bis dahin rufe mich, solltest du mich brauchen. Ich werde mich ganz in der

Nähe aufhalten.« Damit stieg sie in den Himmel auf und verschwand mit einem kräftigen Schlag ihrer Flügel in Richtung Norden.

Zielstrebig trat Tomas auf das Bauwerk zu. Pug, Miranda und Nakor folgten ihm.

Da der Drache verschwunden war, liefen die verwegeneren Krieger nahe des Stadttors zurück und wollten den vier den Weg verstellen. Tomas nahm seinen Schild vom Rücken, und zwar mit einer fließenden und gleichzeitig natürlichen Bewegung, die Pug nicht menschenmöglich erschien. Kein Sterblicher hätte dies auf dieselbe Weise vollbringen können. Das Schwert hatte der Erbe der Valheru gezogen, noch bevor der erste Krieger der Invasoren sie erreicht hatte.

Der vorderste Mann war groß und hielt ein langes Schwert mit beiden Händen. Er stürzte auf Tomas zu und stieß einen lauten Schlachtruf aus, aber der Angegriffene setzte seinen Weg einfach fort. Der Kerl hob das Schwert und ließ es herabsausen, woraufhin Tomas seinen Schild leicht verdrehte und die gegnerische Klinge von der Oberkante abgleiten ließ. Funken sprühten, aber ansonsten wies kein Zeichen am Schild auf den Aufprall der Klinge hin. Tomas schwenkte es, als würde er eine Fliege von seiner Schulter verscheuchen, und der Angreifer war tot, noch bevor er zu Boden fiel.

Die beiden, die dem ersten folgten, zögerten. Dann stieß der eine, der mutigere, einen Schrei aus und warf sich auf Tomas, während der zweite es mit der Angst zu tun bekam und das Weite suchte. Auch dieser Angreifer mußte für sein Tun mit dem Leben bezahlen, und erneut wirkte Tomas dabei wie jemand, der lediglich lästiges Ungeziefer verscheucht.

Er erreichte das Bauwerk, das aus schwarzem Stein war und dessen Fassade man mit Holz verkleidet hatte. Wie eine düstere Schwäre stand es in der Landschaft; nichts daran konnte dem Auge Trost bieten. Es roch nach Bösem.

Tomas trat an die riesigen Holztüren und blieb stehen. Er holte mit der Faust aus und schlug gegen den rechten Türflügel. Dieser flog nach innen, als besäße er keine Angeln.

Während sie hineingingen, betrachtete Nakor die verbogenen eisernen Angeln. »Beeindruckend.«

»Erinnere mich daran, ihn niemals wütend zu machen«, sagte Miranda.

»Das ist keine Wut«, entgegnete Nakor, »nur Entschlossenheit. Wenn er wütend wäre, hätte er die Mauern eingerissen.«

Das Gebäude war ein riesiges Viereck, an dessen Wänden zwei Reihen mit Sitzen standen. Es gab zwei Eingänge; einmal den, durch den sie hereingekommen waren, und dann einen weiteren auf der gegenüberliegenden Seite.

In der Mitte des Raums klaffte eine Grube, aus deren Tiefe ein rotes Glühen nach oben drang. Darüber hing eine Metallplattform.

»Bei den Göttern«, stöhnte Miranda, »was für ein Gestank!«

»Seht nur!« Nakor zeigte auf den Boden.

Vor jedem Sitz lag eine Leiche. Es waren Krieger, Männer mit Narben auf den Wangen. Ihre Münder standen offen, und die Augen waren weit aufgerissen, als seien die Männer mit Schreien des Entsetzens auf den Lippen gestorben.

Nakor lief zu der Grube und sah hinein. Sofort trat er zurück. »Da unten ist etwas.«

Pug betrachtete die Plattform. »Damit scheint man in die Tiefe gelangen zu können.«

Miranda deutete auf das Blut, das daran klebte. »Und auch wieder nach oben.«

»Was immer die Leichen heute nacht zum Leben erweckt hat, es hält sich dort unten auf«, sagte Tomas.

»Nein«, widersprach Nakor, »es ist nur ein Werkzeug, genau wie all diese toten Narren.«

»Wo ist Fadawah?« fragte Miranda.

»Ich nehme an, in der Stadt«, antwortete Nakor. »Vermutlich in der Zitadelle des Barons.«

Ein eigentümliches, scharfes Geräusch hallte aus der Grube herauf. Pug stellten sich die Nackenhaare auf. »Wir können dieses Wesen hier nicht einfach zurücklassen.«

»Aber wir können jederzeit wieder hierherkommen«, meinte Nakor.

»Gut«, sagte Miranda. »Verschwinden wir hier.«

Sie ging zu der verschlossenen Tür gegenüber des Eingangs, durch den sie eingetreten waren, und stieß sie auf.

Auf der anderen Seite sahen sie Soldaten in Reih und Glied, deren Schilde eine Mauer bildeten und die mit gespannten Bögen auf sie warteten. Dahinter hielt sich Reiterei bereit.

In dem Augenblick, den sie brauchten, um dieses Schauspiel zu begreifen, wurde ein Befehl gerufen, und die Bogenschützen schossen ihre Pfeile ab.

Dash fluchte. »Wir haben noch zwölf, höchstens achtzehn Stunden, um den Rest der versteckten keshianischen Soldaten zu finden. Gelingt uns das nicht, bekommen wir möglicherweise arge Schwierigkeiten.«

Thomas Calhern, ein Junker von Herzog Rufios Hof, hatte sich inzwischen einigermaßen von der Vergiftung erholt; Dash hatte ihn zum Hauptmann ernannt. »Würde das einen Unterschied machen?« fragte er. »Bei den Göttern, habt Ihr die Armee vor den Toren der Stadt nicht gesehen?«

»Ihr habt bisher an keiner Schlacht teilgenommen, wie?« sagte Dash.

»Nein«, erwiderte der junge Mann, der ungefähr in Dashs Alter war.

»Solange die Mauern halten, muß der Angreifer zehn Mann für einen Verteidiger aufbringen. Wir können uns wahrscheinlich ein paar Tage behaupten, vielleicht eine ganze Woche, und falls mein Bruder tatsächlich so schlau ist, wie ich denke, wird er innerhalb der nächsten Tage mit Truppen aus Port Vykor eintreffen.

Wenn jedoch irgendeine räudige Bande keshianischer Hunde eines der Tore öffnet und die Soldaten des Kaiserreichs in die Stadt läßt, ist die Schlacht vorbei, ehe sie richtig begonnen hat.«

Sie saßen im Versammlungszimmer des Prinzen, und Dash wandte sich nun an Mackey. »Schickt eine Nachricht ans Marktgefängnis: Die Wachtmeister sollen in den Straßen Streife gehen.«

»Damit haben wir die Straßen im Blick«, erwiderte Mackey, »aber was ist mit den Kanälen darunter?«

»Darum werde ich mich persönlich kümmern«, sagte Dash.

Dash schlüpfte durch eine Tür und hatte plötzlich ein Messer an der Kehle. »Steck das weg!« zischte er.

»Sheriffchen«, grüßte Trina freudig überrascht. »Ich hätte mich doch sehr geärgert, wenn ich dich umgebracht hätte.«

»Und ich erst«, erwiderte Dash. »Wie geht es ihm?«

Sie deutete mit dem Kopf in die Ecke. Auf der anderen Seite des Kellers kauerten etwa zwanzig Diebe. Dash roch Kaffee und Essen. »Haben wir vielleicht die Speisekammer ausgeräumt?«

»Das ist ein Kaffeehaus«, erwiderte Trina, »und wir hatten Hunger. Dort oben gab es Essen. Was hast du denn gedacht?«

Dash schüttelte den Kopf. »Ich weiß langsam nicht mehr, was ich überhaupt noch denken soll.«

Sie führte ihn hinüber zu dem alten Mann, der auf einer niedrigen Bettstatt lag, die man vermutlich auch als Bahre benutzt hatte, um ihn hierher ins Kaffeehaus zu tragen. »Es geht ihm nicht besonders gut«, flüsterte sie.

Dash kniete sich neben dem alten Mann hin, der ihn anblickte, aber nichts sagte. Er streckte Dash lediglich die Hand entgegen, und dieser ergriff sie. »Onkel«, flüsterte der junge Sheriff.

Der Alte drückte die Hand schwach und ließ sie wieder los. Sein eines Auge schloß sich.

Trina beugte sich vor. »Er schläft wieder. Manchmal spricht er, dann wieder ist er dazu nicht mehr in der Lage.«

Dash erhob sich, und die beiden gingen zurück in die ruhigere Ecke des Kellers, wo Kisten gestapelt waren. »Wieviel Zeit bleibt ihm noch?«

»Ein paar Tage, vielleicht auch weniger. Nach den Verbrennungen, die er erlitten hat, sagte ein Priester, nur die Götter könnten ihn retten. Seitdem weiß er, daß seine Tage gezählt sind.«

Dash musterte diese seltsame Frau, der es gelungen war, sein Denken so dermaßen in Beschlag zu nehmen. »Wie viele von euch haben es geschafft?«

Zunächst wollte sie mit einem Scherz antworten, ließ es jedoch sein. »Ich weiß es nicht. Möglicherweise treiben sich in der Stadt noch zweihundert herum. Warum?«

»Verbreite folgendes: Wir können jeden Mann gebrauchen. Die Keshianer werden euch alle als Sklaven verkaufen, das ist dir doch wohl klar, oder?«

»Wenn sie uns finden«, sagte Trina.

»Sollten sie die Stadt einnehmen und länger als eine Woche halten, werden sie euch mit Sicherheit finden.«

»Vielleicht.«

»Nun, für jeden, der zu uns kommt und sein Schwert mitbringt, werde ich versuchen, eine Begnadigung zu erreichen.«

»Kannst du uns das garantieren?«

»Du hast mein Wort darauf.«

»Ich werde es weitergeben.«

»Im Augenblick habe ich einige dringende Angelegenheiten zu erledigen. Die Keshianer haben uns eine Frist bis morgen früh gesetzt. Ergeben wir uns dann nicht, greifen sie an. Daher werden die versteckten Soldaten in der Stadt wahrscheinlich in der Zwischenzeit eines der Tore öffnen wollen.«

»Und wir sollen die Tore beobachten und dir rechtzeitig Bescheid geben?«

»So in etwa habe ich mir das gedacht.« Er trat dicht an sie heran und sah ihr tief in die Augen. »Ihr müßt sie gegebenenfalls aufhalten.«

Sie lachte. »Also die Tore verteidigen, bis ihr eintrefft, meinst du?«

Er lächelte. »So in der Art.«

»Darum kann ich meine Brüder und Schwestern nicht bitten. Wir sind keine Krieger. Natürlich haben wir ein paar schwere Jungs bei den Spöttern, aber die meisten wissen nicht einmal, an welchem Ende man ein Schwert anpacken muß.«

»Dann sollten sie es besser schnell lernen«, meinte Dash.

»Ich kann sie trotzdem nicht darum bitten.«

»Nein, aber du kannst es ihnen befehlen«, sagte Dash zögerlich.

Sie schwieg.

»Ich weiß, der alte Mann ist schon seit einiger Zeit nicht mehr in der Lage, die Spötter zu führen. Ich wette mein Erbteil, daß du im Augenblick der Tagesmeister bist.«

Sie schwieg weiterhin.

»Ich werde dich nicht um einen Gefallen bitten, ohne dir dafür etwas anzubieten.«

»Und das wäre?«

»Haltet das Tor, welches sie auch angreifen. Verteidigt es, bis ich mit einer Kompanie dort eintreffe. Im Gegenzug begnadige ich euch alle.«

»Eine allgemeine Amnestie?«

»Genau die Abmachung, die ich ursprünglich mit dem alten Mann getroffen habe.«

»Das genügt nicht.«

»Was wollt ihr denn?« fragte Dash.

Sie zeigte auf die anderen. »Weißt du, wie wir überhaupt zu dem geworden sind, was wir heute darstellen, zu den Spöttern von Krondor?«

»Schon als kleiner Junge habe ich die Geschichten meines Großvaters gehört«, antwortete Dash.

»Aber hat er dir je erzählt, auf welche Weise die Gilde entstanden ist?«

»Nein«, mußte Dash eingestehen.

»Der erste Anführer der Gilde hieß ›der Gedrungene‹. Er war ein Hehler, der die Streitigkeiten zwischen den verschiedenen Banden in der Stadt schlichtete. Damals haben wir uns ständig gegenseitig umgebracht. Wir bestahlen uns selbst mehr als die Bürger der Stadt. Und dafür wurden wir auch noch aufgehängt. Der Gedrungene hat sich darum gekümmert. Er schuf Frieden zwischen den Banden und stellte die Ordnung her. Er richtete den Ort ein, den wir Mutter nennen, und mit Hilfe von Bestechungsgeldern rettete er etliche von uns vor dem Gefängnis und dem Galgen. Der Aufrechte trat seine Nachfolge an, bevor dein Großvater geboren wurde. Er festigte die Macht und machte die Gilde zu dem, was sie war, als Jimmy die Hand schließlich über die Dächer schlich. Manchem von uns gefällt dieses Leben. Andere schlagen gern Schädel ein, und das kann man nicht entschuldigen. Die meisten von uns haben sich allerdings nur einmal irgendwann die Finger verbrannt. Sie haben keinen anderen Ort, der ihnen ein Zuhause bietet.«

Dash blickte sich im Keller um. Männer und Frauen jeden Alters hatten sich hier versammelt, und ihm fielen die Geschichten über Bettlerbanden, Waisenkinder und Mädchen ein, die in Gasthäusern nicht gerade als Bedienung arbeiteten.

»Wenn man uns begnadigt, sitzen wir trotzdem wieder auf der Straße. Die meisten von uns werden daraufhin bald aufs neue Gesetze gebrochen haben, und dann sind wir an dem Punkt, wo wir begonnen haben. Es gab nur einen Jimmy die Hand, den ein Prinz aufs goldene Podest gehoben hat.«

Sie packte Dashs Arm. »Verstehst du denn nicht? Wenn dein Großvater nicht in dieser Nacht vor langer, langer Zeit dem Prinzen das Leben gerettet hätte, wäre er bei uns geblieben. Und vielleicht würde er jetzt da drüben auf dem Bett liegen – und nicht sein Bruder. Du würdest bei den anderen jungen Männern stehen und dir den Kopf darüber zerbrechen, wie man den bevorstehenden Krieg überleben kann, wie man die nächste warme Mahlzeit auftreibt und sich dabei nicht vom Sheriff erwischen läßt. Ein Adliger bist du nur aufgrund einer Laune des Schicksals, Dash.«

Sie sah ihm in die Augen, dann küßte sie ihn lange und innig. »Du mußt mir etwas versprechen, Dash. Dann tue ich alles, worum du mich bittest.«

»Was für ein Versprechen?«

»Du mußt sie retten. Sie alle.«

»Sie retten?«

»Du mußt ihnen Essen und Kleider und ein Dach über dem Kopf beschaffen, du mußt die Gefahren von ihnen fernhalten.«

»Oh, Trina, warum bittest du mich nicht gleich, die Stadt abzureißen und an anderer Stelle neu aufzubauen?« fragte Dash.

Sie küßte ihn abermals. »Ich habe bisher für keinen Mann solche Gefühle empfunden wie für dich«, flüsterte sie. »Vielleicht habe ich mich nach all den Jahren einfach nur verliebt. Vielleicht hänge ich auch dummen Träumen nach, wenn ich mir vorstelle, das bequeme Leben der Frau eines Adligen zu führen. Vielleicht werde ich morgen schon tot sein. Aber sollten wir für Krondor kämpfen, dann mußt du uns retten. Das verlange ich – und keine nutzlose Begnadigung. Du mußt dich um die Spötter kümmern. Dieses Versprechen verlange ich von dir.«

Er sah sie lange an und betrachtete jede Einzelheit ihres Gesichts, als wollte er es sich für immer einprägen. Schließlich sagte er: »Ich verspreche es.«

Sie blickte ihn an, und in ihren Augen standen Tränen. Während sie ihr über die Wangen liefen, sagte sie: »Gut, somit haben wir eine Abmachung. Was sollen wir für dich tun?«

Dash erklärte es ihr, und so blieben sie noch einen Augenblick zusammen. Am Ende mußte er sich von ihr losreißen, und nie zuvor war ihm etwas so schwergefallen. Er verließ Barrets Kaffeehaus und wußte, sein Leben hatte sich in dieser Stunde tiefgreifend verändert.

In seinem Herzen war ihm klar, daß er dieses Versprechen unmöglich würde halten können. Denn falls er es tat, würde er damit gegen seine Amtspflichten verstoßen.

Er versuchte sich einzureden, die außergewöhnliche Lage würde solche Maßnahmen erfordern, die Stadt stehe an erster Stelle, und sollte Krondor fallen, wäre sein Versprechen sowieso nichtig. Aber in den Tiefen seiner Seele wußte er, daß er sich niemals wieder reinen Gewissens im Spiegel würde anschauen können. Und daß er selbst keinem Eid, den er leistete, jemals wieder würde glauben können.

Dreizehn

Entdeckung

Pug streckte den Arm aus.

Eine kräuselnde Energiewelle schoß vorwärts, eine Mauer beweglicher Kraft, die die Luft verzerrte. Die Bogenschützen die gerade die Pfeile abgeschossen hatten, sahen noch, wie diese zerbrachen, dann streckte die Mauer sie selbst nieder.

Als hätte der Arm eines gigantischen Kindes einen Tisch voller Spielzeug leergefegt, wurden die Soldaten zurückgeworfen. Reiter starben, weil ihre Pferde meterweit in die Luft gehoben wurden und auf ihnen landeten. Die Tiere wieherten voller Panik, und jene wenigen, die auf den Hufen landeten, bäumten sich auf, traten um sich und preschten davon.

Pug, Tomas, Miranda und Nakor gingen den Weg entlang, den diese Magie für sie geräumt hatte und der von stöhnenden Männern am Boden gesäumt war. Ein letzter beherzter Krieger hob das Schwert und wollte sich auf sie werfen. Tomas' Klinge glitt leise aus der weißen Scheide und beendete das Leben des Angreifers, bevor dieser einen einzigen Schritt getan hatte.

Vor ihnen lagen die Tore von Ylith.

Eine Wache dort hatte den Vorfall beobachtet und sofort befohlen, die Tore zu schließen. Nun wurden sie zugeschoben, während Tomas dort eintraf. Er stieß den Schild gegen den linken, das Schwert gegen den rechten Flügel und drückte einmal zu. Damit schwangen die Tore wieder auf und erdrückten Dutzende feindlicher Soldaten dahinter.

»Ich wünschte, er hätte Elvandar früher verlassen«, meinte Nakor.

Pug nickte. »Aber ein Gelübde bleibt ein Gelübde. Die Bedrohung für seine Heimat konnte er erst vor kurzem erkennen.«

»Kräfte wie diese behüten einen Mann auch nicht vor Kurzsichtigkeit«, mischte sich Miranda ein.

»Mit Kurzsichtigkeit hat das nichts zu tun«, widersprach Pug. »Lediglich mit einer anderen Auffassung der Situation.«

»Wohin jetzt?« fragte Miranda.

»Ich kann mich ganz gut an Ylith erinnern«, sagte Nakor. »Wenn wir dieser Straße bis zur Hohen Straße folgen und dort nach rechts abbiegen, gehen wir geradewegs auf die Zitadelle zu.«

Bogenschützen auf der Mauer ließen einen Pfeilhagel auf sie niedergehen, und abermals errichtete Pug einen Schutzschild. »Kümmere dich nicht um sie«, forderte er Tomas auf, »wir haben Wichtigeres zu tun.«

»Einverstanden.« Tomas lächelte seinen alten Freund an.

In aller Ruhe marschierten die vier durch die Stadt, wo überall die Verwüstungen durch die Besatzer zu sehen waren. Manche Gebäude hatte man wiederaufgebaut, andere lagen noch in Schutt und Asche, die Türen waren aus den Angeln gerissen und die Fenster zerbrochen, so daß man den Eindruck hatte, man starre in leere Gesichter.

Die feindlichen Krieger flüchteten vor ihnen, wenn sie den blau flackernden Schild sahen, der sie umgab. Aus den Fenstern der Häuser spähten Bogenschützen und schossen auf sie; doch die Pfeile prallten wirkungslos von der magischen Barriere ab.

Sie erreichten die Straßenecke, an der sie abbiegen mußten, und erneut stellten sich ihnen Bogenschützen entgegen. Dutzende von Pfeilen trafen den Schild, richteten jedoch keinen Schaden an, und als Tomas bis auf ein paar Schritte an die Angreifer herangekommen war, lösten sich die Reihen auf, und die Angreifer flüchteten Hals über Kopf.

»Solange wir nur einigermaßen gut auf uns aufpassen, stellen diese Männer keine Gefahr für uns dar«, sagte Nakor, »aber vor uns befindet sich etwas, daß uns *sehr* gefährlich werden könnte.«

»Weißt du das mit Gewißheit«, fragte Tomas, »oder vermutest du das nur?«

»Ich vermute es nur«, erwiderte Nakor.

»Aber du hast doch eine gewisse Ahnung, nicht wahr?« sagte Miranda.

»Die hat er bestimmt«, warf Pug ein.

»Nichts, worüber ich im Augenblick gern sprechen möchte«, entgegnete Nakor. »Aber ja doch, ich habe da so einen Verdacht.«

»Über die Jahre habe ich gelernt, solche Dinge ernst zu nehmen«, sagte Pug. »Was schlägst du vor?«

Sie näherten sich einer großen Kreuzung, zu der Soldaten Wagen heranrollten, um eine Barrikade zu errichten. »Wir sollten einfach sehr vorsichtig sein«, meinte Nakor.

Pfeile regneten auf sie herab, und obwohl sie um ihren sicheren Schutzschild wußten, zuckten Miranda und Nakor mehrmals zusammen. »Das ist äußerst ärgerlich«, beschwerte sich Nakor.

»Dem möchte ich zustimmen«, sagte Pug. »Wie du selbst angemerkt hast, könnte es gefährlich werden, wenn meine Konzentration nachläßt. Augenblick mal, wartet.«

Pug hob die Hand. Er zeigte in die Luft, und außerhalb der Schutzsphäre, direkt über seiner Fingerspitze, zeigte sich ein Funken weißen Lichts. Pug wirbelte kurz mit dem Finger, und der glutweiße Lichtpunkt begann sich zu drehen. »Bedeckt die Augen«, warnte Pug.

Plötzlich verwandelte sich die ganze Szenerie vor ihnen in ein Bild aus schwarzweißen Kontrasten, während das Licht greller wurde. Es hielt einen Moment an, und die Wirkung war buchstäblich blendend.

Pug und seine Gefährten öffneten die Augen. Voller Panik und Entsetzen tasteten überall Männer herum, andere fielen, die Hände vors Gesicht geschlagen, auf die Knie.

»Ich bin blind«, hörte man sie von allen Seiten rufen. Tomas trat durch eine Lücke zwischen zwei Wagen. Für die Geblendeten war die Verteidigung der Stadt vergessen. »Wie lange wird das anhalten?« fragte Miranda.

»Bei manchen einen Tag, bei anderen nur ein paar Stunden«, erklärte Pug. »Aber diese Kompanie wird uns erst einmal keine Schwierigkeiten mehr bereiten.«

Nachdem sie die letzte Barrikade überwunden hatten, schritten sie eilig auf die Zitadelle zu. Die verbliebenen Soldaten wandten sich beim Anblick der vier mächtigen Wesen ab und flüchteten in die Gassen der Stadt.

Ein panischer Wachposten hatte befohlen, die Zugbrücke einholen zu lassen, und als sie nun hundert Meter davorstanden, sahen sie, wie sie sich langsam hob. Tomas rannte ohne Anstrengung los, und im nächsten Moment begriff Pug, daß er den schützenden Schild verlassen hatte. Daraufhin beendete er die Magie, denn obwohl sie keinen nennenswerten Kraftaufwand verlangte, mochte er die Energie vielleicht später dringender benötigen.

Tomas sprang an die Zugbrücke, die inzwischen etwa zwei Meter über der Straße schwebte. Mit einem kurzen Schwerthieb durchtrennte er die massiven Eisenketten mit Gliedern, die die Größe eines Kopfes besaßen. Krachend fiel die Zugbrücke zurück.

Die Soldaten im Innern der Zitadelle schnitten hektisch die Seile durch, die die Fallgitter hielten, und grollend drehten sich die Winden, während die schweren Eisengatter herunterglitten und sich vor der Nase der vier Gefährten mit einem lauten Knall in den Stein bohrten. »Ich kann es anheben, damit ihr drunter durchgehen könnt«, schlug Tomas vor.

»Nein, überlaß das mir«, sagte Miranda. Sie vollführte einige magische Gesten, hob die rechte Handfläche und streckte den Arm in Richtung Tor aus. Eine Kugel gleißenden Lichts bildete sich um ihre Hand, flog dann in weitem Bogen wie von einem Kind geworfen davon und traf das Fallgitter in der Mitte. Die Energie breitete sich entlang der Gitterstäbe aus, sprühte Funken und knisterte, und schließlich begann das Eisen zu rauchen. Heißer und heißer wurde es, nahm zunächst eine rote und schließlich eine weißglühende Farbe an. Selbst wenn man einige Meter entfernt stand, spürte man noch die sengende Hitze, während das Metall schmolz und in sich zusammensackte. Die Männer im Torhaus ergriffen wegen der enorm ansteigenden Temperatur die Flucht.

Das geschmolzene Metall tropfte auf das Holz des Tores und brannte sich binnen weniger Augenblicke hindurch. Es dauerte nicht lange, da war die Öffnung groß genug. »Paß auf, wo du hintrittst, Nakor«, warnte Miranda.

»Du aber auch«, erwiderte dieser.

»Ich trage schließlich keine Sandalen«, entgegnete Miranda.

Sie erreichten den Burghof, in dem sich keine Menschenseele mehr zeigte. Das schmelzende Burgtor hatte offenbar alle Gegner dazu veranlaßt, das Weite zu suchen. Ungehindert überquerten sie den kleinen Hof und betraten den Bergfried.

In früheren Jahrhunderten hatte es in Ylith nur einen kleinen Bergfried am Hafen gegeben, da die ersten Herrscher meist eine Mischung aus Kaufleuten und Piraten gewesen waren und der Hafen für sie den wichtigsten Teil der Stadt dargestellt hatte. Nachdem das Königreich Yabon annektiert hatte, faßte der neue Baron den Entschluß, seine Zitadelle am Nordende der Stadt zu errichten, wo sie der Umgebung besseren Schutz vor Goblins und den Brüdern des Dunklen Pfades bot, die von den Nordlanden her oft zu Raubzügen nach Yabon einfielen. Und von hier aus wurde nun seit fünf Generationen die Baronie regiert.

Sie stiegen eine breite Treppe zu einer äußerst massiv wirkenden zweiflügligen Tür hinauf. Tomas drückte dagegen, der gewaltige Riegel zerbrach, und die Tür flog mit lautem Krachen auf.

Ehe sie den Fuß über die Schwelle setzten, warnte Nakor erneut: »Seid vorsichtig an diesem Ort. Es ist der Sitz dieser Macht des Bösen.«

»Das spüre ich ebenfalls«, sagte Tomas. »Es handelt sich um etwas Fremdartiges, dem nie zuvor ein Valheru begegnet ist.«

»Das verspricht wohl nichts Gutes«, meinte Pug. »Wenn schon ein Drachenlord das nicht kennt, was sich auf der anderen Seite der Tür befindet ...« Er schloß die Augen und sandte seine Sinne auf Kundschaft aus. An dem Portal befand sich ein Wächterzauber; wären sie ohne magischen Schutz hindurchgegangen, hätte dieser sie zu Asche verbrannt. Rasch spürte Pug das Wesen dieses Wächters auf und stellte ihm seine eigene Magie entgegen. »Jetzt können wir sicher passieren«, verkündete er.

Tomas hielt das Schwert bereit, den Schild vor sich, und übernahm die Führung. Pug folgte ihm, dann kamen Miranda und Nakor.

Sobald sie sich in der großen alten Halle der Baronie befanden, erschien es ihnen, als wären sie in einer anderen Welt gelandet. Die Halle stank nach Tod, der Boden war überall mit Blut befleckt. Schädel und Knochen lagen herum, und ein feiner Dunst verdüsterte die Luft. In Halterungen brannten Fackeln, deren Flammen grellrot leuchteten.

Männer, die keine Menschen mehr waren, erwarteten sie auf der anderen Seite des Raums. Ihre Augen glühten wie rote Juwelen, ihre Muskeln wirkten unnatürlich aufgebläht und spannten die Haut darüber. Alle trugen die bekannten Narben im Gesicht, ihre Mienen drückten kalten Wahnsinn aus. Manche zuckten, andere geiferten. Eines war allen gemeinsam: die magischen Tätowierungen auf dem Oberkörper. Einige hielten doppelschneidige Äxte in den Händen, andere Schwert und Schild.

Sie waren offensichtlich zum Angriff entschlossen, dennoch verharrten sie reglos. Die Fenster der Halle waren mit roter und schwarzer Farbe bemalt und ließen kaum Tageslicht herein. Die Runen auf den Scheiben waren von fremder Art und dazu abstoßend anzuschauen.

Nakor betrachtete ein Fenster nach dem anderen. »Die sind falsch«, flüsterte er.

»Was meinst du damit?« fragte Miranda.

»Wer immer sie gezeichnet hat, er versucht einen sehr, sehr üblen Trick. Aber offensichtlich hat er es nicht ... richtig gemacht.«

»Woher weißt du das?« fragte Tomas, der sein Schwert kampfbereit vor sich hielt und sich fortwährend umschaute.

»Ich habe jahrelang mit dem *Codex von Wodar-Hospur* unter dem Kopfkissen geschlafen ... an manche Dinge erinnere ich mich einfach, wenn ich sie brauche. Würde ich zu lange über dieses Wissen nachdenken, würde ich wahrscheinlich verrückt werden.«

Sie durchquerten die Halle und erreichten den Thron, auf dessen rechter Seite eine Gestalt stand, die ganz bestimmt kein Mensch war, obwohl sie entfernt an einen Menschen erinnerte. Die Haut dieses Wesens wies einen blaßblauen Ton auf. Auf dem Rücken hatte sie große Flügel mit weißen Federn. Auf der linken Seite stand ein Mann, der in eine schwarze, mit Runen bestickte Robe gekleidet war. Um den Hals trug er einen silbernen Kragen.

Auf dem Thron selbst saß ein greiser Krieger, der trotz seines Alters Kraft ausstrahlte. Sein graumeliertes Haar war kurz geschnitten, doch fiel auch bei ihm ein dicker Pferdeschwanz in den Nacken, ganz wie bei seinen Untergebenen, die den dunklen Mächten huldigten. Und auch auf seinen Wangen waren die rituellen Narben nicht zu übersehen.

Er betrachtete die vier Eindringlinge aufmerksam. »Einer von Euch muß der Magier namens Pug sein.«

Pug trat vor. »Der bin ich.«

»Man hat mich gewarnt, Ihr könntet mir große Schwierigkeiten bereiten.«

»Ihr seid General Fadawah«, stellte Pug fest.

»König Fadawah«, berichtigte ihn der alte Mann, und Zorn huschte über seine Miene, konnte jedoch die Furcht nicht überdecken.

»Daß du diesen Titel beanspruchst, scheint mir der Grund unserer Auseinandersetzung zu sein«, meinte Nakor.

Fadawahs Blick fiel auf Tomas. »Was ist das?«

»Ich bin Tomas, der Kriegsherr von Elvandar«, antwortete der Angesprochene.

Das Wesen rechts von Fadawah lächelte. Seine Züge zeigten Grausamkeit und Bosheit, obwohl sie auch betörende Schönheit ausstrahlten und vielleicht aus diesem Grund doppelt furchterregend wirkten: Die hohe Stirn wurde von goldenen Löckchen gerahmt, die Nase war würdevoll gerade. Die Lippen waren voll, die Augen hellblau. Der Körper sah kräftig und muskulös aus, und eine Aura der Gefahr hüllte dieses Wesen ein, obwohl es sich nicht regte.

Nun begann es zu sprechen, und Verzweiflung senkte sich mit jedem Wort über den Raum. »Der Valheru!« sagte es. Die Kreatur trat einen Schritt vor und forderte den General auf: »Geht zur Seite, Euer Majestät.«

Fadawah erhob sich und stellte sich hinter den anderen Mann, der die Auseinandersetzung schweigend beobachtete.

Da die Kreatur nun vor Tomas stand, konnte man erkennen, daß sie von gleicher Größe war wie er. Sie begann wiehernd zu lachen. »Wie lange habe ich darauf gewartet, einen aus dem

Drachenheer kennenzulernen«, sagte sie. Plötzlich schlug das Ding mit der bloßen Faust gegen Tomas' Schild. Der Erbe des Valheru flog quer durch den Raum, und nun gerieten auch die Wächter, die bisher reglos dagestanden hatten, in Bewegung.

Miranda reagierte schneller als Pug oder Nakor. Sie drehte sich einmal im Kreis, hielt die Handfläche nach unten gerichtet und sprach ein Wort der Macht. Ein Diamant reinster Energie löste sich von ihrer Hand und zischte pfeifend durch die Luft gegen die Wand hinter einem der Krieger. Er prallte ab und traf einen Krieger in den Rücken. Wie eine scharfe Klinge durch Butter gleitet, so zerteilte er den Mann in zwei Hälften. Da der Diamant seinen Weg durch den Raum fortsetzte, rief Miranda Tomas zu: »Bleib unten.«

Pug achtete nicht auf Mirandas zerstörerische Energieklinge, sondern wandte sich dem Ungeheuer zu. Er vollführte eine einzige Geste, ließ beide Hände kreisen. Doch anstatt zuzuschlagen, zog er die Hände zurück bis vor die Brust und schrie ein einziges Wort. Nun strahlte ein Energiestoß von seinen Händen ab, der zwar unsichtbar war, die Luft aber dennoch wie eintausend Fäuste zerteilte. Das geflügelte Wesen wurde in die Luft gezerrt und gegen Fadawahs Thron geworfen. Der General und der Mann mit dem Silberkragen sprangen zur Seite, um den Flügeln der Kreatur auszuweichen.

Nakor lief nach vorn, als wolle er angreifen, nur stieß er keineswegs mit seinem Stab zu, nein, er stellte sich einfach genau vor das Wesen. »Wer bist du?« verlangte er zu wissen.

Lachend erhob sich das Ungeheuer und schob Nakor zur Seite, als lohne sich hier der Einsatz von gröberer Gewalt nicht. »Ich bin Der, Der Gerufen Wurde!«

»Wer bist du?« wiederholte Nakor, der aufgrund des Stoßes auf dem Boden saß.

Das wunderschöne Gesicht näherte sich bis auf wenige Zoll dem von Nakor. »Ich bin Zaltais von der Ewigen Verzweiflung.«

»Tomas«, rief Nakor, »du mußt ihn bezwingen!«

Mit einer Bewegung des Fingers schien Zaltais Nakor vom Boden hochzuheben und in hohem Bogen durch die Halle zu schleudern. Der alte Gaukler aus Isalan krachte gegen die Wand und sackte auf dem Boden in sich zusammen.

Tomas lag noch immer unter der blitzenden magischen Klinge, die Miranda beschworen hatte und die weiterhin von einer Wand zur anderen zischte und dabei die verbliebenen Krieger vernichtete.

Pug richtete seine Handfläche auf Zaltais, und ein Energiestoß traf das geflügelte Wesen und warf es erneut gegen den Thron.

Plötzlich löste sich Mirandas magische Waffe auf, und Tomas sprang auf die Beine. Die wenigen Krieger, die überlebt hatten, griffen erneut an, und der Kriegsherr von Elvandar holte mit dem Schwert aus und schlug zu. Von Sinnen geführt, die die eines Menschen weit übertrafen, wich er jedem auf ihn gezielten Hieb aus. Sein goldenes Schwert, das seit dem Spaltkrieg nicht mehr in der Schlacht geschwungen worden war, trennte bei jedem Schlag Glieder und Köpfe von den Leibern.

Miranda lief um den Kampf in der Mitte der Halle herum und untersuchte Nakor. Der alte Mann lag ohnmächtig da. Wie schwer seine Verletzungen waren, vermochte sie in der Eile nicht zu beurteilen.

Pug trat auf Zaltais zu, der kurz mit den Augen blinzelte, bevor sein Blick erstarrte. Das Wesen grinste. Angesichts dieser Fratze erfüllte Pug tiefste Hoffnungslosigkeit.

»Ich habe dich unterschätzt, Pug von Crydee, Milamber aus der Versammlung. Du bist kein Macros der Schwarze, aber du besitzt große Macht! Leider bist du das Erbe deines Lehrmeisters nicht wert!«

Pug zögerte einen Moment und war unsicher, was er als nächstes unternehmen sollte. Diesen Augenblick nutzte Zaltais und vollzog eine schnappende Bewegung mit der Hand, woraufhin sich schwarze Energiewellen auf Pug zuschlängelten. Bei jedem Treffer verspürte der Magier einen Schmerz, wie er ihn zuvor noch nie kennengelernt hatte; und darüber hinaus ließ ihn jede Berührung mit dieser Energie, die sich anfühlte wie der Biß grausiger Fangzähne, an seinen eigenen Fähigkeiten zweifeln. Schließlich wich er zurück.

»Pug!« schrie Miranda, da sie ihren Gemahl auf dem Rückzug sah.

Tomas schwang sein goldenes Schwert und tötete den letzten Krieger. Mittlerweile rappelte sich auch Nakor langsam wieder auf.

Während Pug weiter und weiter zurücktrat, sprang Tomas an ihm vorbei und schlug mit dem goldenen Schwert zu. Zaltais hob den Arm und parierte den Hieb mit der goldenen Manschette an seinem Handgelenk. Ein Funkenschauer regnete herab, Tomas verlor das Gleichgewicht und setzte sich einer Riposte der geflügelten Kreatur aus. Zaltais holte zu einem Rückhandschlag aus, traf Tomas ins Gesicht, und der Krieger in weißgoldener Rüstung geriet ins Taumeln.

Seit Tomas seine Kräfte mit denen des Valheru verschmolzen hatte, war ihm kein Wesen von solcher Macht begegnet. Selbst der Dämon Jakan erschien im Vergleich mit dieser Kreatur wie ein leichter Gegner.

Tomas ging zu Boden und schmeckte Blut auf seinen Lippen. »Was bist du?«

»Ich?« erwiderte Zaltais mit dröhnender Stimme. »Ich bin ein Engel des Siebenten Zirkels! Ich bin ein Vertreter der Götter!«

Nakor stand wieder auf den Beinen: »Weicht zurück! Er ist nicht das, was er zu sein scheint! Er ist ein Wesen der Lüge und der Falschheit!« Er schüttelte Miranda ab, die ihn stützen wollte, und eilte über den mit blutigen Leichen übersäten Boden.

»Diese hier sind nur deshalb tot, weil er sie überzeugt hat, ihre einzige Hoffnung bestehe darin, seinen Wünschen zu folgen. Er wird jeden betrügen und in die Irre führen, und er erzeugt Zweifel, die sich bis auf den Grund eurer Seelen fressen. Wenn ihr ihm zuhört, wird er euch am Ende dazu überreden, ihm zu dienen.«

Tomas stand auf. Blut tropfte von seiner Lippe auf die weißgoldene Rüstung, perlte jedoch davon ab, ohne Flecken zu hinterlassen. »Diesem Ungeheuer werde ich niemals zu Diensten sein.«

»Zuerst wird er Zweifel an euren Fähigkeiten säen. Dann an euren Idealen. Am Ende wird er euch euren Platz im Universum streitig machen. Und schließlich wird er euch davon überzeugen wollen, allein er wisse, wo sich dieser Platz befindet.«

Der selbsternannte Engel aus der Hölle erwiderte: »Du redest zuviel, alter Mann.« Er zog die schwarzen Wellen, die Pug getroffen hatten, zurück und richtete seine Hand auf den Isalani. Ein blendend greller Blitz weißglühender Energie flammte auf, und Nakor sprang zur Seite. Da auch Miranda auswich, schoß der Strahl unverrichteter Dinge durch die Tür hinaus.

Tomas holte mit dem Schwert aus und schlug auf den Schädel der Kreatur ein. Zaltais fuhr nach hinten, und die Spitze der Klinge schnitt ihm durchs Gesicht. Vor Zorn und Schmerz kreischte er auf. Rotes Blut trat vom Scheitel bis zum Kinn hervor. Die Muskeln unter der Haut dehnten sich, der Riß im Gesicht weitete sich, sprang auf und zog sich über Kehle, Brust und Bauch, während Zaltais ein unmenschliches Heulen ausstieß.

Es war ein schriller Laut, bei dem Pugs Zähne schmerzten, als würde er sie mit aller Kraft zusammenbeißen. Der Magier sah die Schnittwunde, die Zaltais vom Scheitel bis zum Schritt spaltete. Wie die Schote einer Erbse öffnete sich die Haut, und die Flügel fielen ab.

Unter der Hülse kam etwas zum Vorschein, das einer riesigen Gottesanbeterin ähnelte und einen chitinähnlichen Panzer und durchsichtige Flügel hatte.

»Diese Gestalt ist genausowenig seine wahre wie die letzte!« rief Nakor. »Ihr könnt es nicht töten, sondern nur fesseln. Ihr müßt es bezwingen und zurück in die Grube bringen.«

»Das wird euch niemals gelingen!« sagte das Ding, in das sich Zaltais verwandelt hatte. Es brummte wütend, und die Flügel schwirrten, als wolle es sich von seinem Podest erheben. Tomas schlug abermals mit dem Schwert zu und durchtrennte einen der Flügel.

Zaltais landete hart auf dem Boden, und Nakor wich zurück, während Miranda einen neuen Zauber heraufbeschwor. Pug versuchte dasselbe.

Nakor machte einen Bogen um die Auseinandersetzung, die sich nun in der Mitte der Halle abspielte. Um nichts in der Welt wollte er dazwischengeraten. Er blickte hinüber zu General Fadawah, der das Schwert gezogen hatte und seinem infernalischen Diener offenbar zu Hilfe eilen wollte. Der andere Mann duckte sich neben dem Thron. Nakor ging auf die beiden zu, wobei er seinen Stab kampfbereit hielt, als wolle er sich damit verteidigen.

Miranda und Pug beendeten beinahe zur gleichen Zeit ihre Zaubersprüche. Scharlachrote Bänder bildeten sich um das Insekt und packten es mit festem Griff. Die Kreatur kreischte vor Wut und Schmerz. Pugs Zauber stabilisierte sich, und ein weißes Licht ließ Zaltais erschlaffen. Das Wesen brach auf den Steinen zusammen.

»Schnell!« rief Nakor. »Bringt es zur Grube, werft es hinein und versiegelt das Loch.«

»Aber wie?« fragte Miranda.

»Mit allem, was euch einfällt!« Er wandte sich Fadawah und dessen Gefährten zu. »Ich kümmere mich inzwischen um diese beiden.«

Tomas ergriff die gefangene Kreatur, während Pug über die

Schulter einen Blick auf Nakor warf. »Geht schon«, forderte Miranda die beiden Männer auf.

Nakor trat vor Fadawah und streckte ihm seinen Stab entgegen, während der General das Schwert hob. »Ich brauche keine Dämonen aus der Hölle, um mit einem alten Narren wie dir fertig zu werden«, fauchte der Anführer der Invasorenarmee. »Ich habe schon bessere Männer umgebracht, als ich noch ein kleiner Junge war.«

»Das will ich dir gerne glauben«, erwiderte Nakor, »nur wirst du mich, trotz meines armseligen Zustands, kaum so leicht töten können.« Er richtete den Blick auf den Mann neben Fadawah. »Frag deinen Freund da; er weiß Bescheid.«

»Was?« fragte Fadawah an Kahil gewandt.

Die kleine Ablenkung war alles, was Nakor brauchte. Blitzschnell fuhr sein Stab vor und traf Fadawahs Schwerthand mit solcher Wucht, daß es dem General die Knöchel brach. Die Waffe fiel zu Boden, Fadawah selbst taumelte zurück und prallte mit Kahil zusammen.

Der General der Invasoren versuchte mit der linken seinen Dolch aus dem Gürtel zu ziehen, aber Nakor vollführte einen zweiten Hieb mit dem Stab, und diesmal schrie der General vor Schmerz auf. Nun konnte er beide Hände nicht mehr gebrauchen.

Nakors Stab schoß ein drittes Mal vor und zerschmetterte Fadawahs Kniescheibe. Der Mann ging zu Boden, und Nakor rief: »Du hast so viele Verbrechen begangen, weit über das hinaus, was die Smaragdkönigin und der Dämon Jakan von dir verlangten, und du hast den Tod verdient. Aber ich will gnädig sein und dir langes Leiden ersparen.« Plötzlich schlug der Stab erneut zu und traf den hilflosen Fadawah mitten auf der Stirn. Nakor hörte den Schädel krachen. Der selbsternannte König des Bitteren Meeres verdrehte die Augen, bis das Weiße zum Vorschein kam, und starb.

Der kleine Isalani trat um die Leiche herum und kniete bei dem Mann, der neben dem Thron kauerte. Er war ausgesprochen schlank und hatte sehr ausgeprägte Wangenknochen.

»Hallo, meine Liebe«, sagte Nakor.

»Hast du mich erkannt?« fragte der Angesprochene.

»Aber immer doch«, antwortete Nakor. »Wen verkörperst du denn in dieser Gestalt?«

»Ich bin Kahil, Hauptmann der Spione.«

»Die eigentliche Macht hinter dem Thron, was? Dorthin hast du dich also verkrochen, nachdem der Dämon deinen Platz eingenommen hatte?«

»Nein, vorher schon«, erklärte Kahil. »Ich habe gespürt, daß an dem Körper etwas nicht stimmte, als ich die Smaragdkrone trug. Meine Kräfte wurden mir entzogen ... auf jeden Fall hatte Kahil schon zuvor an Fadawahs Seite gestanden und war sein Vertrauter. Sicherlich war er klug, nur leider zu gierig. Ich habe eine Weile gebraucht, bis ich seinen Körper übernehmen konnte. Eine Zeitlang besaß die Smaragdkönigin gar keinen Verstand, allerdings ist das niemandem aufgefallen. Dann tauchte dieser verfluchte Dämon auf und verzehrte sie.« Kahil zuckte mit den Schultern. »Ich war die einzige Person, die die Illusion durchschaute und den Dämon an meiner Stelle regieren sah. Also habe ich mir die Zeit vertrieben und mir gedacht, es würde der Moment kommen, in dem ich die Herrschaft wieder an mich reißen könnte.«

»Dennoch gab es Dinge, die sich deinen ehrgeizigen Träumen in den Weg gestellt haben. Begreifst du jetzt, was für ein riskantes Spiel du gespielt hast?«

Schwach antwortete der Mann: »Ja, Nakor.« Kahils Augen begannen zu leuchten. »Allein, die Verführung war zu stark.«

Nakor erhob sich und half Kahil auf. »Was war mit Fadawah?«

»Er war verrückt. Sein Verstand hatte ihn vollständig verlassen. Ich wollte eine Waffe bauen, eine magische Maschine, die eine Armee von Toten erschaffen sollte – überall lagen so viele von ihnen herum –, und das habe ich dann auch getan. Leider habe ich dadurch ebenfalls Zaltais aus der Grube befreit. Das hatte ich nicht erwartet. Fadawah konnte ihn wenigstens eine Zeitlang kontrollieren, ich jedoch nicht. Na ja, ich saß sozusagen zwischen allen Stühlen, wie man so sagt. Eigentlich wollte ich Fadawah loswerden, nachdem das Königreich geschlagen war und ich Yabon erobert hatte, aber wegen Zaltais ist es dazu nicht gekommen.«

»Du hast dir nie Gedanken um die Folgen deines Tuns gemacht, Jorma.«

»Kahil, bitte.«

»Wie fühlst du dich denn jetzt so als Mann?«

»Gelegentlich ist das ganz nützlich. Trotzdem vermisse ich meinen letzten Körper. Er war so wunderschön.« Das Wesen, das einst Nakors Frau Jorma und später die Smaragdkönigin gewesen war, fuhr fort: »Du dagegen benutzt diesen Körper schon seit langer Zeit.«

»Mir gefällt er«, sagte Nakor. »Schließlich wurde ich damit geboren. Ich ändere nur dann und wann meinen Namen.« Er zeigte auf die Tür, durch die seine Gefährten hinausgegangen waren. »Hast du deine Tochter gesehen?«

»Das war Miranda?« fragte Kahil. »Bei den Göttern!«

Nakor grinste. »Der andere war ihr Gemahl.«

»Habe ich womöglich schon Enkel?«

»Noch nicht.« Nakor verging das Lächeln. »Weißt du, auf deinen dunklen Wegen hast du dich weit von dem Menschen entfernt, den ich einmal kennengelernt hatte. Damals warst du ein eitles Mädchen, aber nicht schlimmer als andere. Leider hast du viel zuviel Zeit mit schwarzer Magie verbracht. Du begreifst nicht einmal, was du angerichtet hast, oder? Wer dein Schicksal wirklich lenkt, ist dir verschlossen geblieben.«

»Ich bestimme mein Schicksal selbst!«

»Ach, du eitle Frau. Du bist doch nur das armselige Werkzeug einer Macht, die du dir nicht einmal vorzustellen vermagst. Diese hat deine Seele vor so langer Zeit gefangen, daß du nicht mehr zu retten bist. Von ihr hast du nur noch die Strafe für dein Versagen zu erwarten. Kannst du dir denken, was ich tun muß?«

»Ich weiß immerhin, was du versuchen mußt«, erwiderte Kahil und trat zurück.

»In deiner Eitelkeit hättest du beinahe diese Welt zerstört. Deine Sucht nach ewiger Jugend und Schönheit hat ganze Völker ausgerottet. Solches Tun darfst du auf keinen Fall fortführen.«

»Also willst du versuchen, mich zu töten? Da wird aber ein Klaps auf den Kopf nicht genügen, um dieses Universum von mir zu befreien.«

»Ich werde dich sogar ganz bestimmt töten.«

Kahil wollte einen Zauber beschwören, aber ehe er seinen Spruch zu Ende bringen konnte, traf ihn das Ende von Nakors Stab im Gesicht. Die frühere Smaragdkönigin, die nun im Körper eines Mannes wohnte, taumelte zurück. Ihre Konzentration war dahin, der Zauber blieb unvollendet. Nakor richtete seinen Stab auf sie, und ein weißes, grelles Licht strahlte auf Kahil. Der erstarrte wie gebannt, nur aus seinem Mund löste sich noch ein Klagelaut, der schwächer und schwächer wurde, während der Körper verblaßte, durchscheinend und schließlich durchsichtig wurde. Nachdem er verschwunden war, endete auch das Klagen, und Kahil war ausgelöscht. Traurig sagte Nakor: »Das hätte ich schon vor Jahrhunderten tun sollen, nur wußte ich leider nicht, was ich uns damit ersparen würde.«

Einen Augenblick stand er noch da und ließ sich die jüngsten Ereignisse durch den Kopf gehen, dann eilte er davon, um die anderen einzuholen. Solange sich Zaltais nicht wieder in der

Grube befand und diese hinter ihm versiegelt worden war, war der Kampf nicht gewonnen.

Miranda vollzog eine Bewegung mit der Hand, und ein gleißender Funkenschauer löste sich und flog auf die Soldaten am Tor zu. Nachdem die Männer getroffen worden waren, suchten sie ihr Heil in panischer Flucht.

»War nicht sehr gefährlich«, entschuldigte sie sich, »tat aber seine Wirkung.« Sie blickte zu Tomas, der seine ganze Kraft aufwenden mußte, um Zaltais auf seiner Schulter festzuhalten, während Pug nichts anderes übrigblieb, als hinterdreinzugehen.

Sie hatten das Stadttor gerade passiert und eilten auf das Bauwerk zu, das die Grube überdachte, da brachte Zaltais Tomas aus dem Gleichgewicht und wälzte sich von seiner Schulter. Die Kreatur schlug wild um sich, und Miranda rief: »Mein Zauber läßt nach!«

Plötzlich zersprangen die scharlachroten Bänder in tausend Stücke und lösten sich auf. Die insektenähnliche Kreatur richtete sich auf und schlug mit dem rasiermesserscharfen Unterarm zu. Tomas parierte den Hieb mit der Klinge, und klirrend traf Metall auf Metall.

Zaltais war in orangefarbenes Licht getaucht und holte zum nächsten Schlag aus. »Er beschwört einen Zauber herauf!« schrie Miranda.

Pug sprach ein Wort der Macht, das ihn eigentlich in die Lage hätte versetzen sollen, die Magie des Ungeheuers zu erkunden. Statt dessen spürte er einen blendenden, grellen Stich im Kopf und fiel auf die Knie.

Er legte die Hände an die Schläfen, und Tränen rannen ihm übers Gesicht, während er nach Luft schnappte. Die Bilder und Gefühle, die in seinen Verstand strömten, waren dermaßen fremdartig, daß sie nur Schmerz verursachten. Sein Zauber hätte ihm verraten sollen, welche Form der Magie dieses Wesen verwendete, damit er etwas dagegensetzen konnte, doch selbst das Wesen des Schreckenslords, der unter Sethanon erschienen war, oder das der Dämonenkönige Jakan und Maarg war im Vergleich zu dieser Erfahrung vertraut. So hockte Pug auf den Knien, drückte die Augen zu und preßte die Fäuste auf die Schläfen.

Miranda versuchte es direkter und wollte das Wesen einfach verbrennen; deshalb beschwor sie ihren mächtigsten Flammenzauber, einen weißglühenden Energieblitz, der so hell brannte, daß jeder geblendet wurde, der hineinsah.

Zaltais wand sich im Zentrum dieser Flamme und vergaß seine eigene Magie.

Tomas umkreiste die brennende Kreatur und half seinem Freund Pug auf die Beine.

Plötzlich verging das Feuer. In genau diesem Augenblick tauchte Nakor auf. »Schnell! Trag es zur Grube!«

Das Ungeheuer war angeschwollen und kochte in seinen eigenen Säften. Der Panzer spaltete sich an verschiedenen Stellen. Tomas packte es an den Vorderbeinen und wollte es weiterzerren. Dabei kam er nur langsam voran, immerhin jedoch schleppte er Zaltais durch die großen Türen ins Innere des Bauwerks.

Mit lautem Krachen zerbrach der Chitinpanzer endgültig, und nun konnte man den Körper erkennen, der sich darin krümmte. Etwas, das einem riesigen weißen Wurm ähnelte, kam zum Vorschein.

»Mir fehlt die Kraft, es noch einmal zu verbrennen«, rief Miranda.

»Das ist auch nicht notwendig«, meinte Nakor. »Werft es nur in die Grube!«

Tomas griff die Kreatur an, die sich inzwischen halbwegs aus der rauchenden Insektenhülle befreit hatte. Er schlug hart mit dem Schild darauf ein, und Zaltais wurde zurückgestoßen, wobei er den Insektenkörper, in dem er noch immer zum Teil festhing, hinter sich herzog.

Das Ding kreischte so schrill, daß es einem wie Messer durch den Schädel schnitt. Tomas geriet ins Taumeln, sammelte jedoch sofort seine Kräfte und schlug erneut auf die Kreatur ein, die sich jetzt nur noch fünf Meter von der Grube entfernt befand.

Zaltais mühte sich ab, den Insektenpanzer loszuwerden. Tomas trat ihm in den Thorax, woraufhin sich der Wurm um seine eigene Achse drehte und weiter auf die Grube zurutschte.

Pug rieb sich die Augen, sein Kopf wurde langsam wieder klar, und nun brachte er einen einfachen Zauber zustande, der lediglich einen Luftstoß erzeugte, wenngleich einen, der einem erwachsenen Mann die Rippen zerschmettern konnte. Die Kreatur wurde nach hinten geschoben und konnte sich jetzt nicht mehr halten.

Vor den Augen der vier Gefährten reckten sich plötzlich Arme aus dem oberen Segment des Wurms, die wild nach Halt suchten.

»Genug jetzt«, rief Nakor. Er sprang vor, holte mit seinem Stab aus und stieß ihn so kräftig er nur konnte in das Ding.

Mit einem ohrenbetäubenden Schrei fiel Zaltais in die Grube.

Miranda ging auf die Knie, und auch Pug konnte sich nicht länger auf den Beinen halten. Tomas mußte seine ganze Willenskraft aufbringen, um aufrecht stehen zu bleiben, und Nakor packte seinen Stab, als würde der allein ihn noch stützen.

Dann war der Schrei verklungen. »Wir müssen die Grube versiegeln!« sagte Nakor.

»Aber wie?« fragte Pug. »So etwas habe ich noch nie gesehen.«

»Doch, das hast du«, widersprach Nakor. »Du erkennst es nur nicht!«

Pug holte tief Luft und setzte seine letzte Kraft ein, um die Grube zu untersuchen. »Es ist ein Spalt!« stellte er schließlich fest.

»Ja«, bestätigte Nakor, »nur nicht von der herkömmlichen Art.«

»Woher weißt du das alles?« fragte Miranda.

»Das werde ich dir später erklären. Zunächst müßt ihr ihn schließen.«

Eine leichte Windbö erhob sich, und Miranda fragte: »Habt ihr das bemerkt?«

»Ja«, antwortete Tomas. »Und für gewöhnlich gibt es im Inneren von Gebäuden keinen Wind.«

»Da versucht etwas, hier herüber zu kommen!« schrie Nakor.

»Ich brauche Hilfe«, sagte Pug.

»Was müssen wir tun?« wollte Miranda wissen.

»Überlaß mir soviel Kraft, wie du nur kannst!« forderte Pug sie auf. Er schloß die Augen und ließ seine Sinne den Spalt erkunden. Dort spürte er die Energien auf, und abermals drohte ihn das Gefühl einer fremdartigen Falschheit zu überwältigen. Dennoch erkannte er ein Muster, mochte es noch so fremd sein, und nachdem er es einmal begriffen hatte, konnte er es genau betrachten, und währenddessen enthüllte sich ihm die Struktur. »Ich hab's!« sagte er schließlich.

Er rief sich das Wissen ins Gedächtnis, das er als Erhabener auf Kelewan hatte sammeln können, wo er Spalten und ihre Beschaffenheit eingehend studiert hatte. Bei einem Spalt verhielt sich die Sache folgendermaßen: Entweder mußte man zum Schließen eine größere Energie aufbringen als jene, mit der er geöffnet worden war, oder man konnte die ursprüngliche Kraft unterminieren. Er wählte die zweite Möglichkeit, da seine Kraftreserven für die erste zu erschöpft waren. Außerdem beschlich ihn das Gefühl, daß seine Fähigkeiten selbst dann nicht gereicht hätten, dies zu bewerkstelligen, wenn er ausgeruht gewesen wäre. Er sandte einen Energiestrahl aus, der sich schlängelnd mit der Quelle des Spalts verband.

Plötzlich erschien eine Präsenz auf der anderen Seite des Spalts. Sie war äußerst mächtig und übertraf bei weitem alles, was Pug sich je hatte vorstellen können, und dennoch stellte sie nur ein Destillat aus Haß und Bosheit dar, in einer Reinheit allerdings, die sich dem Begriffsvermögen eines Menschen verweigerte. Am liebsten hätte sich Pug zurückgezogen, wäre zu gern klagend auf dem Boden zusammengebrochen. Doch seine mentale Disziplin gewann die Oberhand, und er hielt die Stellung gegen dieses Grauen.

Was immer es sein mochte, es suchte. Es wußte um Pugs Anwesenheit, wenngleich es seinen genauen Aufenthaltsort nicht bestimmen konnte. Pug spürte etwas Drängendes, während er die Strukturen der Macht entwirrte, jener Macht, die den Spalt offenhielt, und er wußte, sollte dieses Wesen ihn entdecken, wäre er für alle Ewigkeit verloren.

Er spürte ein leichtes Erstarken seiner Kraft, da es Miranda nun offenbar gelungen war, sich mit ihm zu verbinden. Ihre Gegenwart tröstete ihn, und er übermittelte ihr seinen Dank.

Das forschende Bewußtsein auf der anderen Seite des Spalts kam Pug mit jeder verstreichenden Sekunde näher. Dann hatte der Magier seinen Zauber beendet.

Er öffnete die Augen, und kurz war ihm, als würde er zwei Bilder gleichzeitig sehen. Vor ihm stand Tomas mit gezogenem Schwert, neben ihm Miranda und Nakor. Dieses Bild überlagerte die Vision einer zersprungenen Sektion von Raum und Zeit, durch die großer Schrecken in seine Richtung spähte. Es erinnerte Pug an ein riesiges Auge, das durch ein Schlüsselloch blickt.

Pug zerrte an seiner eigenen Machtlinie und zerfetzte die Struktur der fremden Energie. Von der anderen Seite des Spalts nahm er unbändigen Zorn wahr.

»Raus mit euch!« rief er, drehte sich um und stellte dabei fest, daß er kaum in der Lage war, sich zu bewegen. Tomas hängte seinen Schild über die Schulter, packte seinen Freund mit dem linken Arm und zerrte ihn fast von den Beinen.

Während sie das Gebäude verließen, landete Ryana bereits davor. »Ich habe sie gerufen«, erklärte Tomas. Der Boden begann zu beben, während sie auf ihren Rücken stiegen. Und nachdem sich der Drache in die Luft erhoben hatte, ertönte im Inneren des Bauwerks ein entsetzliches Donnerkrachen.

Ryana schlug mit den Flügeln und gewann rasch an Höhe. Pug wandte sich um und beobachtete das Schauspiel unter ihnen. Ein stürmischer Wind kreiste um das Gebäude, dessen Mauern schwankten. Der Dachbalken spaltete sich, und das gesamte Bauwerk brach in sich zusammen.

»Es wird alles in den Spalt gesogen«, sagte Miranda.

»Hoffentlich nicht alles!« erwiderte Pug.

»Irgendwann wird es ins Gleichgewicht kommen, allerdings wird vermutlich ein riesiges Loch im Boden zu füllen sein, wenn das vorbei ist«, meinte Nakor.

Mit lautem Grollen erfüllte sich das, was Nakor vorhergesagt hatte: Ein gewaltiger Krater tat sich im Boden auf und verschlang den Rest des Gebäudes. Eine gigantische Staubwolke wallte gen Himmel, und von den Rändern her sackte mehr und mehr Erde in den Spalt. Aber schließlich hatte das Donnern ein Ende.

»Ist es jetzt vorbei?« fragte Miranda.

Pug schloß die Augen und lehnte den Kopf auf Tomas' Rücken. »Es wird niemals vorbei sein«, flüsterte er.

Ein Junge in Lumpen duckte sich unter dem ausgestreckten Arm einer Wache hindurch, die ihn anschrie: »Hey!«

»Ich muß mit dem Sheriff sprechen!« rief der Junge und drängte sich vorbei.

Dash drehte sich um und betrachtete den kleinen Kerl, der die Treppe hinaufsprang. Der Sheriff von Krondor stand auf dem Wehrgang oberhalb des Stadttors und beobachtete den Truppenaufmarsch der Keshianer in der frühen Dämmerung. »Was willst du?« verlangte er zu wissen.

»Trina sagt, ich soll euch sagen, es sei das Südtor des Palastes. Jetzt!«

Sofort wurde Dash klar, daß er im Palast Spione übersehen hatte. Das Südtor des Palastes wurde überwiegend von Händlern benutzt, die ihre Waren beim Prinzen ablieferten. Es lag genau an dem großen Exerzierplatz, auf dem früher die Männer der Blutroten Adler ausgebildet worden waren; außerdem bot es Zutritt zu einem Teil des Palastes, der weder von Mauern noch von weiteren Toren geschützt wurde. Sollten die Keshianer an dieser Stelle in die Stadt eindringen können, wären sie nicht nur in Krondor, sondern sogar gleich mitten im Palast. Und die meisten Verteidiger hielten sich gegenwärtig am falschen Ort auf.

Dash rief Gustaf zu: »Das Südtor des Palastes!«

Gustaf hatte den Befehl über eine schnelle Eingreiftruppe erhalten, eine Kompanie, die rasch jeden Punkt der Front erreichen und verstärken sollte, der in Bedrängnis geriet, und er hastete augenblicklich los, nachdem Dash ihm den Ort genannt hatte.

Der Sheriff wandte sich nun an den Offizier neben sich. »Ihr übernehmt das Kommando hier. Bis ihre Spione kein Tor geöffnet haben, werden sie noch einmal das Spielchen mit der Kapitulation spielen.«

Daraufhin rannte Dash Gustaf und seinen Männern hinterher. Er lief durch die Straßen und hörte schließlich Kampflärm. »Wo steckt denn bloß die Palastwache?« fragte er.

»Sie wurde zur Unterstützung ans Haupttor verlegt«, antwortete Gustaf.

»Und wer hat diesen unsinnigen Befehl erteilt?« wollte Dash wissen.

»Ich habe gedacht, du«, erwiderte Gustaf.

»Wenn wir herausfinden, wer dafür verantwortlich ist, haben wir auch unseren Giftmischer.«

Dash und seine Wachtmeister eilten weiter zum nördlichsten Eingang des Palastes und fanden das Tor unbewacht vor. Er gab seinen Männern mit einem Wink zu verstehen, sie sollten sich nach links wenden und die Stallungen umrunden, wodurch sie den Exerzierplatz von Norden betreten würden. Nun konnte er auf der anderen Seite des Platzes vor dem Südtor die Kämpfe sehen. Durch dieses Tor hatte er früher oft Wagen gelenkt, als er für Roo Avery gearbeitet hatte, aber das schien ihm nun Jahre zurückzuliegen. Nie zuvor hatte er den Exerzierplatz als so groß empfunden.

Nachdem er den halben Weg zurückgelegt hatte, wurde ihm klar, daß die Sache so gut wie entschieden war. Greise, Jungen und einige wenige Männer im kampffähigen Alter standen Söldnern gegenüber, die dazu ausgebildet waren, gnadenlos zu töten.

Vor dem großen Riegel, mit dem das Tor verschlossen war, stand Trina, die in der einen Hand das Schwert und in der anderen einen Dolch hielt. Ein blutender Söldner zu ihren Füßen hatte bereits den Preis dafür gezahlt, sie angegriffen zu haben.

Doch entledigten sich die Keshianer schnell der Diebe, und Dash beschleunigte seine Schritte. Er war etwa zwanzig Meter entfernt, da sah er einen stämmigen Kerl mit Bart, der einen jungen Dieb niedermachte und sich dann gemeinsam mit seinem Kameraden auf Trina stürzte.

Der erste ließ einen Hieb von oben auf sie niedergehen, den Trina parierte, wodurch sie jedoch ihre Deckung aufgeben mußte. Der Bärtige nutzte diese Gelegenheit und rammte ihr das Schwert in den Bauch.

»Nein!« brüllte Dash und rannte in die zwei Männer hinein, ohne die Geschwindigkeit zu verringern. Dadurch riß er beide mit sich zu Boden. Sofort schlug er mit dem Schwert zu, tötete den größeren noch im Liegen, wälzte sich herum, sprang auf die Beine und widmete sich dann dem anderen.

Sein Gegner griff mit einer Finte an, täuschte einen Hieb auf den Kopf vor, drehte das Handgelenk im letzten Moment und zielte auf Dashs Seite. Doch der Sheriff trat nur einen Schritt zurück, dann wieder vor, und während die Klinge des anderen durch die Luft schnitt, stieß er ihm die eigene durch die Kehle.

Mit Hilfe der Wachtmeister waren die Angreifer rasch überwältigt, und die Diebe begannen sofort damit, ihre Verwundeten fortzutragen. Zwar kämpften die keshianischen Spione bis zum letzten Mann, schließlich wurden sie allerdings entweder getötet oder entwaffnet.

Dash blickte sich um, und da die Situation unter Kontrolle war, eilte er zu Trina, die am Boden lag. Das Tor hatten die Keshianer nicht öffnen können.

Er kniete sich hin und zog sie in seine Arme. Ihr Gesicht war blaß und feucht von Schweiß. Ihre Bauchwunde blutete heftig, und Dash wußte, ihr Leben hing am seidenen Faden. »Holt einen Heiler!« rief er.

Einer der Wachtmeister folgte seinem Befehl. Dash versuchte die Blutung zu stillen, indem er die Hände auf die Wunde preßte, aber der Schmerz war für Trina unerträglich.

Sie blickte ihn an und sagte schwach: »Ich liebe dich, Sheriffchen.«

Tränen rannen ungehindert über seine Wangen. »Du verrückter Taugenichts«, flüsterte er, »ich habe dir gesagt, du sollst dich nicht umbringen lassen.«

Er nahm sie fester in die Arme, sie stöhnte und flüsterte: »Denk an dein Versprechen.«

Als der Priester das Tor erreichte, wiegte Dash die Tote noch immer in den Armen. Gustaf legte ihm die Hände auf die Schultern und zog ihn zurück. »Wir haben eine Menge Arbeit zu erledigen, Sheriff.«

Dash sah nach oben. Der Himmel wurde langsam hell. Seine persönliche Trauer und das betäubende Gefühl, das der Verlust bei ihm hinterließ, mußte er jetzt beiseite schieben. Bald würde der keshianische Herold am Tor erscheinen und zum letzten Mal die Kapitulation einfordern – denn da das Südtor weiterhin verschlossen war, blieb den Truppen des Kaiserreichs nur eine Wahl: Sie mußten angreifen. Und das würden sie mit Sicherheit tun.

Vierzehn

Einmischung

Die Pferde keuchten.

Dennoch trieben ihre Reiter sie weiter voran und hofften, die Tiere würden diesen Tag überstehen. In mörderischem Tempo jagte Jimmy seine Truppe von der Morgen- bis zur Abenddämmerung vorwärts und gestattete nur kurze Pausen. Inzwischen waren allen Pferden die Folgen dieses Gewaltmarschs anzumerken, die Rippen zeigten sich bereits unter dem Fell, obwohl die Tiere vor einigen Tagen noch reichlich Fett auf den Knochen gehabt hatten.

Sechs Pferde lahmten, und ihre Reiter mußten sie nun am Zügel nach Port Vykor zurück oder nach Krondor führen. Der Zustand zweier Tiere hatte es erforderlich gemacht, sie zu töten.

In wenigen Minuten würde die Stadt in Sicht kommen, und Jimmy betete, er möge sich mit seiner Einschätzung der Lage geirrt haben und in ein Krondor einreiten, das friedlich seinen Alltagsgeschäften nachging. Guten Mutes würde er die Scherze und den Hohn ertragen, der ihn in diesem Fall jahrelang verfolgen würde, doch aus dem Bauch heraus wußte er, daß höchstwahrscheinlich eine Schlacht auf ihn und seine Soldaten wartete.

Sie erreichten den Scheitelpunkt einer Anhöhe, und vor ihnen zog eine Karawane Packtiere dahin. Bei den meisten Tierführern handelte es sich um Jungen, doch außerdem begleiteten einige Wachen den keshianischen Nachschubtroß. Jimmy brüllte: »Verschont die Jungen«, und zog im gleichen Moment das Schwert. Während die Tierführer das Weite suchten, stellten sich ihnen die Hundesoldaten entgegen. Und dann war der Kampf entbrannt.

Dash stürmte über den Wehrgang – der Angriff der Keshianer hatte begonnen. Der Herold hatte sich trotz der spürbaren Verachtung höflich verhalten, eine Haltung, die Dash bewundert hätte, wäre da nicht sein mörderischer Zorn über Trinas Tod gewesen. Er hatte sich mit aller Kraft beherrschen müssen, damit er nicht einen Bogen nahm und den Herold aus dem Sattel schoß, als er zum dritten Mal die Kapitulation der Stadt verlangte.

Patrick war bereits wieder in die Burg zurückgekehrt, wo nun ausreichend Wachen postiert waren, falls weitere Spione aus Kesh einen erneuten Überfall wagten. Dash verdrängte das nagende Grummeln in seinem Bauch, das ihn ständig daran erinnerte, wie lange sie in der Stadt nach Spionen aus Kesh würden suchen müssen, falls sie diesen Angriff heil überstanden.

Trompeten und Hörner erschollen, und die gegnerische Infanterie setzte sich in Marsch. In Reihen zu zehn Mann trugen sie Leitern heran. Fassungslos betrachtete Dash dieses Vorgehen. Sie setzten keine Wurfmaschinen oder Schilde ein, um die Soldaten zu schützen. Dann jedoch ritt ein Trupp von hundert Bogenschützen heran, und Dash rief: »Alle Mann ducken!«

Beim nächsten Signal eines Horns rannten die Leiterträger los, und die Bogenschützen gaben ihren Pferden die Sporen. Ein Pfeilhagel erhob sich in die Luft, und Dash konnte nur hoffen, daß seine Männer die Warnung gehört hatten. Da jedoch nur wenige Flüche und Schreie laut wurden, durfte er wohl davon ausgehen. Dann standen seine eigenen Bogenschützen auf und schossen ihre Pfeile auf die Soldaten vor der Mauer ab. Dash duckte sich hinter einer Zinne und wandte sich an einen seiner Adjutanten: »Weitergeben! Zielt nur auf die mit den Leitern. Um die anderen kümmern wir uns später.«

Der Befehl wurde entlang der Mauer weitergegeben, und

abermals erhoben sich die Bogenschützen von Krondor und nahmen die Leiterträger aufs Korn. Dash ging geduckt zur hinteren Kante des Wehrgangs und rief einem seiner Wachtmeister zu: »Die Männer sollen in den Straßen weiterhin Streife gehen. Möglicherweise versuchen die Keshianer, durch die Kanäle einzudringen.«

Der Wachtmeister lief sofort los, und Dash kehrte auf seinen Posten zurück. Eine Palastwache eilte auf ihn zu. »Wir haben den Spion entlarvt, Sir.«

»Und wer ist es?«

»Ein Schreiber namens Ammes. Der Kerl ist einfach zu uns in den Wachraum gekommen und hat gesagt, Ihr hättet uns alle zum Tor befohlen.«

»Wo steckt das Schwein jetzt?«

»Er ist tot«, antwortete die Wache. »Er gehörte zu denen, die das Südtor öffnen wollten, und er ist im Kampf gefallen.«

Dash nickte und nahm sich vor, nicht zu vergessen, jeden einzelnen Diener im Palast einer gründlichen Überprüfung zu unterziehen. In der letzten Zeit hatte man solchen Maßnahmen offensichtlich zuwenig Beachtung geschenkt. Malar und die anderen Spione hatten sich ohne große Schwierigkeiten einschleichen können.

Demnach hatte Kesh schon lange vor dem Waffenstillstand in Finstermoor damit begonnen, die Pläne für diese Offensive auszuarbeiten.

Zorn und Trauer über Trinas Tod schwollen in ihm an, und die Wut über den Angriff auf die Stadt verstärkte sich. Er schwor, sollte es den Keshianern gelingen, die Mauern zu ersteigen, würde er persönlich mehr feindliche Soldaten umbringen als jeder andere Verteidiger.

Und wenn die Stadt standhielt, würde er alles Menschenmögliche tun, um das Versprechen, das er der Diebin gegeben hatte, in die Tat umzusetzen.

Sie landeten auf einer Lichtung ein paar Meilen vor der Stadt. Pug taumelte, als er vom Drachen stieg, und setzte sich ins Gras.

Miranda gesellte sich zu ihrem Gemahl. »Geht es dir gut?«

»Mir ist ausgesprochen schwindlig«, antwortete der Magier.

»Wohin jetzt?« fragte Tomas.

»Da gibt es verschiedene Möglichkeiten«, meinte Nakor, »und wir müssen nicht unbedingt zusammenbleiben.« Er wandte sich an Tomas. »Warum läßt du dich nicht von deiner Freundin nach Hause zu deiner werten Gattin fliegen? Hier gibt es zwar noch einiges zu tun, aber Elvandar und seine Bewohner hast du bereits gerettet.«

»Zunächst würde ich gern einige Dinge erfahren«, sagte Tomas.

»Ja«, meinte Miranda, »was war das zum Beispiel für ein Wesen?«

»Ich kannte es jedenfalls nicht«, sagte Tomas, »und das Wissen, das ich von Ashen-Shugar geerbt habe, ist äußerst umfangreich.«

»Das liegt vermutlich daran, daß keinem Valheru je etwas wie Zaltais begegnet ist«, erklärte Nakor und setzte sich zu Pug ins Gras. »Vor allem jedoch war es gar kein Wesen.«

»Kein Wesen?« fragte Miranda. »Könntest du uns das nicht einmal ohne deine üblichen Umwege erklären?«

Nakor lächelte. »Gerade erinnerst du mich fürchterlich an deine Mutter. An ihre guten Seiten.«

»Die hatte gute Seiten?« Miranda konnte ihre Verachtung kaum verhehlen.

So reumütig hatte keiner der Anwesenden den kleinen Isalani jemals gesehen. »Ja, früher einmal, vor sehr langer Zeit.«

»Was ist nun mit Zaltais?« fragte Pug ungeduldig.

»Fadawah wurde von seinem Berater Kahil dazu verführt, schwarze Magie auszuüben«, sagte Nakor. »Ich glaube, schon von Novindus an war Kahil die treibende Kraft hinter allem. Zwar war er zunächst die Marionette der Pantathianer, doch gelang es ihm, eine gewisse Freiheit zu erlangen, und diese nutzte er, um sich selbst in eine Position zu bringen, in der er andere beeinflussen konnte ...« Er zögerte kurz, bevor er fortfuhr: »So, wie Jorma sich in die Lady Clovis verwandelte und den Oberherrn und Dahakon über Jahre kontrollierte. Kahil war stets an Fadawahs Seite. Er entging dem Tod und blieb sein Berater ... und, nun, ich vermute, er überredete Fadawah, jene dunklen Kräfte einzusetzen, die die Smaragdkönigin und den Dämonenkönig vernichteten. Er diente jener Macht, über die wir nicht sprechen, und wie die meisten Handlanger des Namenlosen wußte er nicht einmal, wer in Wirklichkeit sein Herr war ... er verspürte einfach den Drang zu seinen Taten.«

»Und Zaltais?« wollte Miranda wissen. »Warum behauptest du, er sei kein Wesen?«

»Er gehörte nicht in diese Realität, weit weniger jedenfalls als die Dämonen. Er war ein Ding aus dem Siebenten Zirkel der Hölle.«

»Aber *was* war er denn nun?« fragte Pug.

»Er war ein Gedanke, vielleicht auch ein Traum«, erklärte Nakor.

»Ein Gedanke?« fragte Tomas.

»Und während ich in den Spalt gesehen habe ...?« drängte Pug.

»... hast du einem Gott ins Gehirn geschaut.«

»Das verstehe ich nicht«, erwiderte Pug.

Nakor klopfte ihm auf die Schulter. »In ein paar hundert Jahren wirst du es bestimmt begreifen. Für den Moment stell es dir einfach so vor: Ein Gott hat geschlafen und dabei geträumt, und in diesem Traum hat er sich eine kleine Kreatur vorgestellt, die seinen Namen ausgesprochen hat und dadurch zu seinem Werkzeug wurde. Das Werkzeug wiederum richtete all diese

Verwüstungen an und betete ihn an, woraufhin er seinen Engel der Verzweiflung schickte. Und dieser Engel hat dem Werkzeug gedient.«

»Warum konnten wir Zaltais nicht töten?« fragte Miranda.

Nakor lächelte. »Einen Traum kann man nicht umbringen. Selbst einen bösen Traum nicht. Man kann ihn nur dorthin zurückschicken, wo er herkam.«

Tomas legte den Zeigefinger an die Unterlippe. »Dieser Traum erschien mir aber sehr wirklich.«

»Oh«, sagte Nakor, »der Traum eines Gottes ist tatsächlich die Wirklichkeit.«

»Wir sollten aufbrechen«, schlug Pug vor.

»Wohin?« wollte Miranda wissen. »Zurück auf die Insel?«

»Nein«, entgegnete Nakor. »Wir sollten dem Prinzen mitteilen, daß der Anführer des Feindes tot ist.«

»Also nach Krondor«, sagte Pug.

»Eine Sache noch«, meinte Miranda.

»Ja?« fragte Nakor.

»Du hast vor einiger Zeit erwähnt, der Dämon Jakan habe meine Mutter an der Spitze der Armee ersetzt, doch hast du mir nie etwas über ihren Verbleib erzählt.«

»Deine Mutter ist tot«, sagte Nakor.

»Bist du dir da wirklich sicher?« vergewisserte sich Miranda.

Nakor nickte. »Ganz sicher.«

Pug erhob sich. Er fühlte sich noch immer wacklig auf den Beinen. Tomas sagte: »Ryana wird mich nach Elvandar zurückbringen.«

Der Magier umarmte seinen alten Freund. »So heißt es wieder einmal Abschied nehmen.«

»Doch werden wir uns wiedersehen«, meinte Tomas.

»Bis dahin, lebe wohl«, erwiderte Pug.

»Ihr drei ebenfalls«, sagte Tomas.

Er kletterte auf den Drachen, der sofort in den Himmel stieg.

Zwei Flügelschläge weiter drehte Ryana nach Westen ab und flog in Richtung Elvandar davon.

»Fühlst du dich in der Lage, uns alle nach Krondor zu bringen?« erkundigte sich Pug bei Miranda.

»Das schaffe ich schon«, antwortete seine Gemahlin. Sie nahm die beiden Männer an der Hand, schloß die Augen, und die Wirklichkeit um sie herum verschwamm.

Sie materialisierten sich in der Großen Halle des Prinzen im Palast von Krondor, während die Hörner gerade alle Reserveeinheiten zum Haupttor riefen.

Gustaf rief: »Wenn man das Tor nicht öffnen kann –«

»Tritt man es eben ein«, beendete Dash den Satz.

Sie hörten ein lautes Rumpeln, das eine Ramme erzeugte, die die Straße herunter auf das Haupttor zurollte. Das Gerät war riesig: Die Keshianer hatten fünf Baumstämme zusammengebunden und auf Rädern befestigt. Reiter lenkten und zogen das schwere Gefährt mit Hilfe von Seilen, bis sie die Spitze des Hangs erreicht hatten, von dem aus die Straße leicht abschüssig zum Tor führte. Hier ließen sie die Seile los und sprengten auseinander.

Die Ramme wurde schneller und schneller, und das Poltern nahm an Lautstärke zu. Bis zum Tor blieben vielleicht noch fünfzig Meter. Reflexartig hielt sich Dash am Stein der Mauer fest, da er jeden Moment einen heftigen Aufprall erwartete.

Dann schob sich plötzlich jemand zwischen ihn und Gustaf und streckte die Hand über die Mauer aus. Ein grelles Licht löste sich von dieser Hand. Dash drehte sich um und erkannte seinen Urgroßvater. »Genug!« rief Pug, und die Wut war ihm deutlich anzumerken. Die Ramme explodierte in einem Hagel Tausender Splitter.

Die Keshianer mochten alles erwartet haben, nur nicht eine solche Vorführung von Magie. Ihr Angriff, den sie begonnen hatten, um gleichzeitig mit der Ramme am Tor einzutreffen, wurde abgebrochen, da die Reiter nun plötzlich sehr hohen, mit Bogenschützen besetzten Mauern gegenüberstanden und keinesfalls durch ein offenes Tor in die belagerte Stadt galoppieren konnten.

In verwirrter Unordnung zogen sie ab, während die Verteidiger ihnen eine Salve Pfeile hinterherschickten. »Nein!« brüllte Pug, und mit der nächsten Handbewegung erzeugte er einen Hitzeschild, in dem die Pfeile Feuer fingen und wie Zunder verbrannten. Nun wandte sich der Magier an Dash: »Ich sehe überhaupt keine Offiziere. Hast du hier das Kommando?«

»Im Augenblick schon«, antwortete Dash.

»So befiehl deinen Männern, sie sollen mit dem Schießen aufhören.«

Dash tat, wie ihm geheißen, und die Truppen unten vor der Mauer konnten ungehindert zu ihren Linien zurückreiten. »Entsende einen Boten an den keshianischen Befehlshaber. Laß ihm mitteilen, daß ich mich in einer Stunde im Palast des Prinzen mit ihm treffen will.«

»Im Palast?« vergewisserte sich Dash.

»Ja. Sobald er hier eintrifft, öffne ihm das Tor und laß ihn herein.«

»Und falls er nicht kommt?«

Pug kehrte ihm den Rücken zu, deutete auf Nakor und Miranda unten vor dem Torhaus und fügte hinzu: »Er wird kommen, oder ich vernichte seine Armee.«

»Aber über was willst du mit ihm sprechen?« fragte Dash.

»Darüber, daß der Krieg vorbei ist.«

Blaß und schwach erhob sich Patrick von seinem Thron, als General Asham ibin Al-tuk in den Saal marschierte. Begleitet wurde er von einer Wache und einem Diener. Er verneigte sich knapp. »Da bin ich, Hoheit.«

»Ich habe dieses Treffen nicht anberaumt«, erwiderte Patrick.

Pug trat vor. »Ich war so frei.«

»Und Ihr seid?« erkundigte sich der General.

»Ich heiße Pug.«

Der Befehlshaber der keshianischen Armee zog die Augenbrauen hoch. »Dieser Magier aus Stardock?«

»Eben der.«

»Warum habt Ihr mich gerufen?«

»Um Euch mitzuteilen, daß Ihr Eure Armee abziehen und nach Hause marschieren sollt.«

»Wenn Ihr denkt, Euer kleines Schauspiel vor der Mauer habe mich beeindruckt –«

Eine Wache eilte herein. »Hoheit, draußen sind Gefechte ausgebrochen!«

»Ich bin unter der Gewähr von freiem Geleit gekommen«, betonte der General.

Patrick fragte die Wache: »Wo wird gekämpft?«

»Vor der Mauer. Offensichtlich greift Kavallerie die Keshianer von Norden und Süden her an.«

»General«, sagte Patrick, »diese Einheiten stehen augenblicklich nicht unter meinem Kommando. Gewiß wollen sie Krondor befreien und haben von dem Waffenstillstand keine Kenntnis. Wenn Ihr wollt, kehrt zu Euren Männern zurück.«

Der General verneigte sich und wollte sich gerade zum Gehen wenden, da gebot Pug ihm Einhalt. »Nein!«

»Wie bitte?« fragten der Prinz und der General gleichzeitig.

»Mit diesem Krieg hat es jetzt eine Ende«, sagte Pug.

Und damit verschwand er.

Nakor, der mit Miranda in der Ecke des Saals stand, meinte: »Für einen so müden Mann ist er aber ganz schön beweglich, was?«

»Ja, das finde ich auch.« Miranda lächelte.

Pug tauchte über dem Mittelpunkt des Schlachtfeldes wieder auf. Die Wagen des Nachschubtrosses hinter den Reihen der Keshianer brannten, und eine Kompanie Reiter griff die Truppen des Kaiserreichs von der Küstenstraße her an und hatte sie mit zwei Kolonnen in die Zange genommen.

Der Magier schwebte etwa dreißig Meter über dem Kampfgeschehen und klatschte in die Hände, woraufhin ein Donnerschlag die Soldaten traf und einige jener, die sich genau unter ihm befanden, vom Sattel warf.

Die Krieger sahen auf und entdeckten einen Mann, der nicht nur über ihnen durch die Luft flog, sondern von dem darüber hinaus ein helles Licht ausging, ein goldener Schein, der hell wie die Sonne leuchtete. Seine Stimme erreichte einen jeden in seiner Nähe: »Mit diesem Krieg hat es jetzt ein Ende!«

Eine einzige Bewegung seiner Hand genügte, um die Luft in Schwingungen zu versetzen. Diese Druckwelle traf die Pferde und stieß sie um, wodurch weitere Reiter auf dem Boden landeten.

Die Soldaten machten kehrt und suchten ihr Heil in der Flucht.

Jimmy hielt sich im Sattel und versuchte, sein bockendes Pferd im Zaum zu halten. Schließlich ließ er es ein Stück laufen und brachte es dann zum Stehen. Er wendete sein Pferd. Die Keshianer hasteten zu ihren brennenden Wagen zurück.

Er blickte hinauf zu Pug, der weiter in der Luft schwebte und abermals grollend rief: »Mit diesem Krieg hat es jetzt ein Ende!«

Dann verschwand sein Urgroßvater.

»Na, zumindest werden sie eine Weile mit dem Kriegspielen aufhören«, sagte Nakor. Die drei saßen in einem Zimmer des Palasts. Patrick hatte sich zurückgezogen, nachdem der General zu seiner Armee zurückgekehrt war.

»Ich werde dafür sorgen, daß sie damit auch nicht wieder anfangen«, betonte Pug. »Ich habe dieses Töten satt. Diese Zerstörung. Und vor allem diese sinnlose Dummheit, die ich überall erblicke, wohin ich mich wende.« Er dachte an die Verluste, die er wegen solcher Kriege erlitten hatte, von seinem Jugendfreund Roland über Lord Borric bis hin zu Owen Greylock, einem Mann, den er zwar nicht sehr gut gekannt, den er jedoch während des Winters in Finstermoor schätzen gelernt hatte. »Zu viele gute Männer. Zu viele Unschuldige. So kann es nicht weitergehen. Wenn es sein muß, werde ich eine Mauer zwischen beiden Armeen errichten.«

»Dir wird schon etwas anderes einfallen«, versicherte ihm Nakor. »Sobald der Prinz und der General ihre Wut ein wenig abgekühlt haben, kannst du ihnen erklären, was du eigentlich willst.«

»Wann ist das nächste Treffen anberaumt?« fragte Miranda.

»Morgen mittag.«

»Gut«, sagte Nakor. »Damit bleibt mir genug Zeit, mir anzusehen, ob das passiert ist, was ich dachte, es müßte passieren.«

»Du sprichst schon wieder in Rätseln«, beschwerte sich Miranda.

Nakor lächelte. »Begleitet mich und schaut es euch an. Wir bekommen auch etwas zu essen.«

Er führte die beiden aus dem Zimmer und aus dem Palast, vorbei an Wachen, die unbehaglich abwarteten, ob sie noch einmal zu den Mauern gerufen werden würden.

Vor dem Palast sahen sie Kavallerie durch das Südtor hereinreiten. An ihrer Spitze entdeckte Pug seinen anderen Urenkel und winkte ihm zu.

Jimmy ritt heran. »Ich habe dein Schauspiel beobachtet, Pug.« Er grinste, und für einen Moment wurde dem Magier schwer ums Herz, da sich in dieser Miene das Lächeln von Gamina spiegelte. »Du hast vielen meiner Männer das Leben gerettet. Danke.«

»Glücklicherweise gehörst du zu denen, die nicht sterben mußten«, antwortete Pug.

»Ist Dash ...«

»Er ist drinnen, lebt und befehligt, solange Patrick sich erholt, die Stadt.«

Jimmy lachte. »Das wird er bestimmt nicht sehr genießen.«

»Geh zu ihm«, forderte ihn Pug auf. »Wir wollen Nakors Tempel einen Besuch abstatten und werden morgen früh zurück sein. Mittags findet eine große Besprechung statt, bei der wir diesem Unsinn ein Ende bereiten.«

»Das wäre zu schön«, sagte Jimmy. »Duko ist ein wahres Wunder, und er konnte den Süden trotz dieses kaiserlichen Abenteuers halten, aber sie haben uns ganz schön zugesetzt, und wie es an der Nordfront aussieht, weiß ich überhaupt nicht.«

»Dort ist der Krieg ebenfalls zu Ende.«

»Den Göttern sei Dank, Urgroßvater. Dann bis morgen früh.«

»Gehen wir«, sagte Nakor. »Ich bin zu neugierig, was passiert ist.«

Sie eilten durch die Stadt, deren Leben sich allmählich wieder normalisierte, da die Bewohner sich inzwischen aus den Häusern wagten. Wegen der dennoch verhältnismäßig leeren Straßen hatten sie den Tempel rasch erreicht.

Vor dem Zelt hielt sich niemand auf, doch im Inneren saß eine große Menschenmenge auf dem Boden. In der Mitte hockte Aleta – sie schwebte nicht mehr in der Luft; der Lichtschein um sie herum war verschwunden. Gleiches galt für die bösartige Dunkelheit, die unter ihr in der Luft gehangen hatte.

Dominic lief ihnen entgegen. »Nakor! Wie schön, dich zu sehen.«

»Wann ist das passiert?« erkundigte sich der Isalani.

»Es begann vor ein paar Stunden. Plötzlich löste sich die Schwärze unter ihr auf, als würde sie durch ein Loch abgesaugt, und dann landete sie sanft auf dem Boden und begann zu sprechen.«

Pug und die anderen wandten ihre Aufmerksamkeit nun der Frau und dem zu, was sie sagte, und sofort fiel Nakor auf: »Ihre Stimme ist ganz verändert.«

Pug wußte nicht, wie die junge Frau vorher geklungen hatte, aber mit Gewißheit nicht so, denn ihre Stimme war magischer Natur. Die Frau sprach leise, und dennoch konnte man sie gut verstehen; zudem war ihr Tonfall sehr melodisch.

»Was sagt sie?« fragte Miranda.

»Seit ihrem Erwachen spricht sie über das Wesen des Guten«, erklärte Dominic und warf Nakor einen Blick zu. »Als du diesen Tempel gegründet und uns in deine Pläne eingeweiht hast, war ich sehr skeptisch, obwohl ich wußte, daß wir den Versuch unternehmen mußten. Was wir jetzt vor uns haben, ist der Beweis: Die Macht von Ishap mußte mit dem Orden von Arch-Indar geteilt werden, denn vor uns sitzt eine leibhaftige Verkörperung der Göttin.«

Nakor lachte. »So etwas Großartiges gibt es doch gar nicht. Kommt.« Er führte sie durch die Menschenmenge und trat vor die junge Frau. Diese beachtete ihn gar nicht und sprach einfach weiter. Nakor kniete sich hin und betrachtete ihre Augen. »Wiederholt sie sich?« fragte er.

»Ja, ich glaube schon«, sagte Dominic. »Warum?«

»Schreibt es jemand mit?«

Sho Pi saß in der Nähe und antwortete: »Ich lasse ihre Worte von zwei Jüngern aufzeichnen, Meister Nakor. Dies ist der Anfang der dritten Wiederholung ihrer Rede.«

»Gut, denn ich wette, sie ist fürchterlich hungrig und müde.« Er legte ihr die Hand auf die Schulter, und sie stockte und blinzelte.

Ihre Augen blickten plötzlich nicht mehr ins Leere, und sie erkannte Nakor: »Was ist passiert?« Jetzt klang ihre Stimme wieder wie die einer Sterblichen; ohne die Magie fehlte ihr das Wundersame und Tröstende.

»Du hast geschlafen«, sagte Nakor. »Warum holst du dir nicht etwas zu essen? Wir können uns später darüber unterhalten.«

Das Mädchen erhob sich. »Puh, bin ich steif. Habe ich lange so gesessen?«

Nakor nickte. »Ungefähr ein paar Wochen.«

»Wochen?« fragte Aleta. »Du machst Scherze.«

»Ich werde dir alles erklären. Jetzt iß erst einmal, und anschließend schlaf dich aus.«

Nachdem sie gegangen war, fragte Dominic: »Wenn sie keine Verkörperung der Göttin ist, was dann?«

Nakor grinste. »Ein Traum.« Er sah zu Miranda und Pug hinüber. »Ein wundervoller Traum.«

»Aber Nakor, sie ist doch aus Fleisch und Blut und hier anwesend«, wandte Miranda ein. »Zaltais hingegen ist verschwunden.«

Nakor nickte. »Er war dem Geist einer anderen Welt entsprungen, der ihn in diese projiziert hat. Aleta ist eine gewöhnliche Frau, aber durch die Welten ist etwas zu ihr vorgedrungen, hat sie berührt und sie benutzt, um dieses schwarze Ding zu unterdrücken.«

»Was war diese Schwärze?« erkundigte sich Dominic.

»Ein sehr böser Traum. Ich erkläre es euch beim Essen. Oder habt ihr keinen Hunger?«

»Natürlich«, sagte Dominic. »Gehen wir in die Küche.«

Während sie unterwegs waren, meinte Nakor: »Übrigens werden wir hier in Zukunft ein paar Dinge verändern müssen.«

»Was?« wollte Dominic wissen.

»Zuerst solltest du deinem Orden des Ishap mitteilen, daß du nicht mehr zu ihm gehören kannst.«

»Wie bitte?«

Nakor legte seinem Freund den Arm um die Schulter. »Du siehst sehr jung aus, Dominic, dabei bist du schon fast so alt wie ich. Pug hat mir die Geschichte erzählt, die ihr auf der Welt der Tsurani erlebt habt. Ich weiß, du hast in deinem Leben schon einiges gesehen. Sho Pi ist der richtige, um unsere jungen Neuzugänge zu richtigen Mönchen zu erziehen, du dagegen wirst Aleta unterweisen.«

»Worin?«

»Darin, wie sie zur Hohepriesterin des Ordens der Arch-Indar wird.«

«Hohepriesterin? Dieses Mädchen?«

»*Dieses Mädchen?*« wiederholte Nakor. »Vor einer Minute war sie noch die Verkörperung einer Göttin, schon vergessen?«

Miranda lachte, und Pug nahm sie in den Arm. Zum ersten Mal seit langer, langer Zeit war ihm wieder nach Lachen zumute.

»Eigentlich können wir nur davon ausgehen, daß Subai es zu dem Magier geschafft hat«, meinte Erik. »Den Berichten zufolge haben die Kämpfe überall zu dem Zeitpunkt aufgehört, da die lebenden Toten umgefallen sind.«

»Den Göttern sei Dank«, seufzte Graf Richard.

»Wenn wir nur Kavallerie hätten«, sagte Erik nachdenklich. »Mir schwant so, daß wir ohne große Schwierigkeiten bis nach Ylith vormarschieren könnten.«

»Nun, dann stellt doch einen Trupp zusammen, der erkunden soll, wie weit wir kommen.«

Erik lächelte. »Habe ich schon. Und ich schicke Akee und seine Hadati durch die Berge nach Yabon.«

»Ob wir wohl jemals erfahren werden, was sich da tatsächlich abgespielt hat?« fragte Richard.

Erik schüttelte den Kopf. »Wahrscheinlich nicht. Bei manchen Schlachten, an denen ich teilgenommen habe, weiß ich noch immer nicht, was eigentlich passiert ist. Vermutlich werden wir mehr Berichte zu lesen bekommen, als uns lieb ist, und ich werde wohl auch selbst einige verfassen, aber ehrlich gesagt, ich habe keine Ahnung, was sich da wirklich ereignet hat. Im einen Moment haben wir gegen eine Armee von Toten und mörderischen Halunken gekämpft, und im nächsten fallen die Leichen um, und die Halunken laufen herum, als hätten sie keinen Verstand. Von einem Kampf, der sich binnen Sekunden von Hoffnungslosigkeit zum Sieg wandte, habe ich niemals zuvor gehört.« Der erschöpfte junge Hauptmann fügte hinzu: »Nun, um bei der Wahrheit zu bleiben, warum das so ist, interessiert mich gar nicht so sehr.«

»Ihr seid ein bemerkenswerter junger Mann, Erik von Finstermoor. Ich werde das auf jeden Fall in meinen Berichten an den König erwähnen.«

»Danke, doch verdienen viele Männer dort draußen diese Ehre mehr als ich.« Er seufzte und sah durch die Zelttür hinaus. »Und viele von ihnen werden nicht nach Hause zurückkehren.«

»Wie sollen wir nun weiter vorgehen?« fragte Graf Richard.

»Da wir keine Reiterei haben, würde ich am liebsten abwarten, bis Nachrichten aus Krondor eingetroffen sind. Aber meinem Instinkt nach sollten wir besser möglichst rasch nach Norden aufbrechen. Vielleicht ist Fadawah geflohen oder hat sogar den Tod gefunden, allerdings könnten andere Hauptmänner auf die Idee kommen, sich auf seinen Thron zu setzen und ein bescheidenes kleines Königreich für sich zu beanspruchen. Und unseren bisherigen Kenntnissen zufolge dauert auch die Belagerung von Yabon noch an.«

»Ich habe das Herumsitzen satt, Erik«, stimmte Graf Richard zu. »Gebt den Befehl zum Vormarsch.«

Der Hauptmann lächelte und erhob sich. »Mein Lord«, sagte er und verneigte sich. Er ging hinaus, und im Lager der Blutroten Adler fand er Jadow Shati. »Wir brechen die Zelte ab«, verkündete er. »Alle sollen sich zum Abmarsch bereitmachen.«

»Ihr habt den Mann gehört«, brüllte der frühere Feldwebel. »In einer Stunde steht ihr marschbereit in Reih und Glied!«

Jadow drehte sich zu seinem alten Gefährten um und grinste. Wir schon so oft fand Erik dieses Grinsen unwiderstehlich, und so lächelte er ebenfalls.

Offensichtlich befand sich Patrick auf dem Weg der Genesung. Seine Gesichtsfarbe war wieder normal, und er saß aufrecht auf seinem Thron.

Der keshianische General Asham ibin Al-tuk stand vor ihm und wirkte noch verägerter als beim letzten Mal. Die Besatzung von Krondor hatte Unterstützung aus Port Vykor und aus dem Norden erhalten.

Pug trat ein.

»Ihr habt uns für heute mittag hierherbestellt, Pug«, sagte der Prinz. »Was habt Ihr uns mitzuteilen?«

Der Magier sah zunächst Patrick und dann den General an. »Dieser Krieg ist vorbei. General, laßt Eure Truppen draußen einen Tag ausruhen, aber morgen früh marschiert Ihr in den Süden zurück, und zwar bis hinter die alte Grenze jenseits von Endland. Auch den Truppen dort unten werdet Ihr befehlen, die Angriffe einzustellen, und dem Kaiser überbringt Ihr folgende Botschaft: Sollte sich Kesh abermals uneingeladen gen Norden wenden, wird kein Mann, der die Grenze bewaffnet überschreitet, dies überleben.«

Der General wurde aschfahl und bebte vor Zorn, nickte jedoch.

Patrick strahlte. Seine Miene zeigte das Lächeln des Siegers. »Wagt es nicht, länger zu verweilen, Keshianer, sonst wird mein Magier Eure Armee vernichten.«

Pug drehte sich um. »Euer Magier?« Er stieg die Stufen zum Thron hinauf und baute sich vor dem Prinzen auf. »Ich bin nicht *Euer* Magier, Patrick. Ich habe Euren Großvater gemocht und ihn zu den großartigsten Männern gezählt, die ich je kennengelernt habe, und in meinem Herzen bewahre ich die Liebe Eures Urgroßvaters Borric, der mich in die Familie der Con-Doins aufnahm, aber meine Seele habe ich Euch trotzdem nicht verkauft. Draußen im Universum sind unvorstellbare Kräfte entfesselt, und Eure armseligen Träume von Macht und Wohlstand stellen im Gegensatz dazu allenfalls einen Wassertropfen im Vergleich zu einer Flutwelle dar. Um diese Kräfte muß ich mich kümmern. Und es widerstrebt mir, länger mit anzusehen, wie unschuldige Frauen und Kinder niedergemetzelt werden und tapfere Männer sterben, nur weil ihre Herrscher zu dumm sind, den wahren Reichtum ihrer Völker zu erkennen.«

Pug wandte sich erneut an den General: »Ihr mögt dem Kaiser gleichfalls mitteilen, daß Soldaten des Königreichs, sollten sie ungebeten die Grenze zu Kesh überschreiten, ebenfalls vernichtet werden.«

»Wie bitte?« Patrick erhob sich. »Wollt Ihr dem Königreich drohen?«

»Ich drohe niemandem«, erwiderte Pug. »Ich erlaube es Euch lediglich nicht, am Kaiserreich Vergeltung zu üben. Beide Reiche werden sich auf ihre Seite der Grenze zurückziehen und sich wie zivilisierte Nachbarn benehmen.«

»Ihr seid Herzog des Königreichs, durch Adoption Mitglied der königlichen Familie, und Ihr habt der Krone den Eid geschworen! Wenn ich Euch befehle, diese Armee vor den Toren der Stadt zu vernichten, werdet Ihr gehorchen!«

Pug vermochte seinen Zorn kaum mehr im Zaum zu halten, und er blickte dem jungen Mann direkt in die Augen. »Nein. Keine Macht, die Ihr besitzt, vermag mich zu zwingen, gegen meinen Willen zu handeln. Wenn Ihr den Tod der Keshianer draußen vor den Mauern wollt, so nehmt ein Schwert und versucht es selbst.«

Patrick brüllte: »Verräter!«

Der Magier setzte dem Prinzen die Hand auf die Brust und stieß ihn auf den Thron zurück. Alle Wachen im Saal legten die Hand an den Schwertgriff, um ihren Lehnsherrn im Notfall zu beschützen. Miranda trat mit erhobenen Händen vor. »Das würde ich nicht tun!«

Nakor stand neben ihr und hielt seinen Stab in die Höhe. »Dem Jungen ist doch nichts passiert.«

Pug beugte sich vor, und seine Nasenspitze berührte beinahe die von Patrick. »Bislang habt Ihr Euer Schwert höchstens mal gezogen, wenn es darum ging, eine Horde Goblins in den Norden zu treiben, aber nicht in einer richtigen Schlacht. Trotzdem nennt Ihr mich einen ›Verräter‹? *Ich* habe Euer Königreich gerettet, Ihr Narr. Und ich habe gleichzeitig auch das Kaiserreich für den Herrscher dieses Mannes« – er zeigte auf den General – »gerettet. Und zwar nur aus dem einzigen Grunde, weil sonst zahllose unschuldige Seelen verloren gewesen wären.«

Abermals sah Pug erst den Prinzen und danach den General an. »Teilt dem König und dem Kaiser mit, daß Stardock frei ist. Jedem Versuch des Königreichs oder des Kaiserreichs, es zu erobern, werde ich mich mit Macht entgegenstellen. Ich werde die Unabhängigkeit von Stardock verteidigen.« Er drehte sich um und verließ das Podest. »Wer auf dem Thron Eures Vaters sitzt, ist mir egal, Patrick. Sammelt die Scherben Eurer zerbrochenen Krone ein und baut Euer Land wieder auf. Titel und Ränge interessieren mich nicht. Mit Eurem Königreich bin ich fertig.« Er streckte die Hände aus, und Miranda als auch Nakor gesellten sich zu ihm. »Ich gebe meinen Titel eines Herzogs des Königreichs zurück. Ich entsage meinem Eid als Untertan der Krone. Mich leiten größere Sorgen als Eure Eitelkeiten. Ich bin hier, um diese ganze Welt zu beschützen und nicht nur einen Teil von ihr.

So soll jeder erfahren, daß es Pug von Crydee nicht mehr gibt. Von heute an bin ich für alle der Schwarze Zauberer. Meine Insel wird niemandem mehr Gastfreundschaft gewähren, der sich dort uneingeladen zeigt. Jeder, der in Sichtweite daran vorbeisegelt, begibt sich in Gefahr, und wer ohne meine Erlaubnis einen Fuß auf meinen Grund und Boden setzt, wird vernichtet!«

Mit einem lauten Donnerknall verschwand er mit seinen Gefährten inmitten einer Wolke schwarzen Rauchs.

»Urgroßvater hat Patrick an den Eiern gepackt und ordentlich zugedrückt«, meinte Dash.

»Ich habe schon angenehmere Nachmittage erlebt«, erwiderte Jimmy.

Sie kamen gerade von der Ratsversammlung beim Prinzen. Der Rückzug der Keshianer war dabei besprochen worden und außerdem, wie Patrick den Bericht an seinen Vater verfassen sollte. Die Sitzung hatte bis in den Abend gedauert.

Jetzt waren sie unterwegs zu Jimmys Gemächern, wo sie sich ein wenig in Ruhe unterhalten wollten, bevor sie schlafen gingen. »Hast du mit Francie gesprochen?« fragte Dash.

»Nein«, antwortete Jimmy. »Ich habe sie nur ganz kurz gesehen und hatte noch keine Gelegenheit.«

»Sie hat Angst, du würdest nicht mehr mit ihr reden, wenn sie Patrick heiratet. Deine Freundschaft möchte sie auf keinen Fall verlieren.«

»Das wird sie auch nicht. Eines habe ich in diesem Krieg gelernt: zu unterscheiden, was wirklich wichtig ist und was nur so erscheint.«

»Ja«, stimmte Dash zu.

In seiner Stimme schwang etwas mit, das Jimmy nie zuvor bei seinem Bruder bemerkt hatte. »Was ist denn los?«

»Na ja«, erklärte Dash, »ein paar Leute, die mir am Herzen lagen, haben den Krieg nicht überlebt.«

Jimmy blieb stehen. »Vielleicht auch jemand, der dir besonders am Herzen lag?«

Dash drehte sich zu ihm um. »Ich möchte heute nicht darüber sprechen. Irgendwann werde ich es dir erzählen, nur nicht heute, ja?«

»Natürlich.« Jimmy schwieg einen Moment und sagte dann, während sie weitergingen: »Ich glaube, ich habe ebenfalls etwas begriffen, und das ist möglicherweise sehr wichtig.«

»Was denn?«

»Francie ... bedeutet mir sehr viel. Ich glaube, ich bin auf der Suche nach etwas Bestimmtem, und sie ist diejenige, die mir das bescheren könnte.«

»Wie bei Großvater und Großmutter?«

»Ja, genau darum dreht es sich. Ich sehne mich nach solch tiefen Gefühlen, wie sie sie füreinander hegten, vor allem, wenn ich sehe, auf welch kühle Art Mutter und Vater stets miteinander umgingen.«

»Nun, so etwas wird nur wenigen Menschen gewährt.«

Sie erreichten die Tür von Jimmys Zimmer und traten ein.

Im Inneren warteten drei Personen. »Kommt herein und schließt die Tür«, forderte sie Pug auf.

Dash tat, wie ihm geheißen.

»Ich wollte nicht aufbrechen, ohne vorher mit euch beiden gesprochen zu haben. Ihr seid die letzten meiner Linie.«

Jimmy versuchte, die Stimmung aufzulockern. »Nun mach bloß keinen Staatsakt daraus.«

Miranda lachte.

»Außerdem haben wir weitere Verwandte im Osten«, wandte Dash ein.

Jetzt lachte auch Pug. »Ihr zwei habt soviel von eurem Großvater.« Er betrachtete Dash. »Manchmal siehst du genauso aus wie er als junger Mann.« Sein Blick wanderte zu Jimmy. »Und du erinnerst mich manchmal so an Gamina, daß es mir kalt den Rücken runterläuft.«

Er breitete die Arme aus, und Jimmy und Dash drückten ihn nacheinander. »Ich werde erst wieder ins Königreich zurückkehren, wenn es wichtigere Gründe als Zwistigkeiten zwischen irgendwelchen Herrschern gibt«, sagte Pug. »Aber ihr seid von meinem Blute, und ihr und eure Kinder werdet stets auf meiner Insel willkommen sein.«

»Du hast doch Einfluß auf den König«, meinte Dash. »Warum läßt du dich auf diesen Streit ein?«

»Ich kannte König Lyam schon als Jungen in Crydee«, sagte Pug. »Mit Arutha war ich besser vertraut, aber beide wußten, wie es in meinem Herzen aussieht. Der jetzige König kennt mich nur aus den Geschichten seines Vaters.«

»Borric kennt mich sehr gut«, sagte Nakor, »und mein Wort hätte einiges Gewicht, aber was Pug hier sehr diplomatisch auszudrücken versucht, ist, daß eines Tages das Unglück über uns hereinbrechen und Patrick König werden wird.«

»Somit vermeiden wir späteren Streit, indem wir ihn bereits jetzt austragen«, fügte Pug hinzu. »Das Königreich liegt gegenwärtig in Trümmern. Aus diesem Grund ist Patrick gezwungen, meinen Forderungen nachzugeben. Würde diese Auseinandersetzung erst in Jahren stattfinden, wie viele unschuldige Opfer würde sie fordern?«

»Und was würde sie aus Patrick machen?« mischte sich Miranda ein. »Nur einen weiteren Tyrannen.«

»Aber ihr schneidet euch von so vielem ab«, wandte Dash ein.

»Ich habe viele Welten gesehen, Dash«, erwiderte Pug, »und ich bin durch die Zeit gereist, mein Junge. Trotzdem gibt es noch so vieles zu erkunden. Das Königreich der Inseln ist nur einer der Orte, die mir sehr teuer geworden sind.«

»Und wenn ihr uns braucht«, sagte Nakor grinsend, »kommen wir ja zurück.«

»Nun, vor uns liegt eine Menge Arbeit«, sagte Dash, »aber meiner Meinung nach tut ihr das Richtige.«

»Danke.« Pug lächelte.

»Ich kann Dash zwar nicht zustimmen«, meinte Jimmy, »doch da ihr eure Entscheidung getroffen habt, möchte ich euch alles Gute wünschen.« Er lächelte Miranda an. »Soll ich dich eigentlich Urgroßmutter nennen?«

»Nicht, wenn dir dein Leben lieb ist«, entgegnete sie grinsend.

»Ich werde oft an euch denken«, sagte Dash.

»Und ich auch«, pflichtete Jimmy ihm bei.

Pug erhob sich. »Alles Gute.« Er streckte Nakor und Miranda die Hände entgegen, und dann waren sie verschwunden.

Dash setzte sich auf Jimmys Bett und lehnte sich an das Daunenkissen. »Ich könnte eine ganze Woche schlafen.«

»Das mußt du ein wenig verschieben, Sheriff«, erwiderte Jimmy. »Morgen haben wir einen Haufen Arbeit vor uns.« Er sah seinen Bruder an, der bereits friedlich schlummerte. Einen Augenblick dachte er darüber nach, ob er ihn wecken sollte, aber dann zuckte er mit den Schultern und ging ins Nebenzimmer, um sich in Dashs Bett zu legen.

Fünfzehn

Teilung

Gathis verneigte sich.

»Wie schön, Euch gesund zurückzuhaben«, grüßte er.

Pug, Miranda und Nakor waren gerade in der Nähe des Brunnens eingetroffen, der die Mitte des Gartens von Pugs Anwesen auf der Insel des Zauberers einnahm.

»Wir freuen uns ebenfalls, dich zu sehen«, antwortete Pug. »Wie stehen die Dinge hier?«

Gathis setzte sein goblinhaftes Grinsen auf. »Sehr gut. Wenn Ihr mir verzeihen würdet, aber da gibt es etwas, das Ihr Euch anschauen solltet, bevor Ihr Euch frisch macht.«

Pug nickte, und Gathis führte sie aus dem Garten über eine Wiese zu einer sonst verborgenen Höhle, die den Schrein des verschollenen Gottes der Magie darstellte. Doch jetzt stand die Höhle weit offen.

»Was hat das zu bedeuten?« fragte Pug.

»Ihr habt einmal gesagt, Meister Pug«, erklärte Gathis, »eines Tages würde die richtige Person diesen Schrein entdecken.«

»Und ist diese Person nun angekommen?« wollte Miranda wissen.

»Nicht auf die Weise, in der wir es erwartet hatten«, antwortete Gathis.

Pug betrat die Höhle, die anderen folgten ihm, und gemeinsam betrachteten sie die Statue, deren Antlitz einst Macros dem Schwarzen geähnelt hatte. Pug mochte seinen Augen nicht trauen, als er nun seine eigenen Gesichtszüge auf der Figur erkannte.

»Was …?«

Als nächstes sah Miranda ihr Gesicht verkörpert. »Das bin ja ich!«

»Wartet nur einen Moment ab«, verlangte Nakor.

Das Gesicht der Statue veränderte sich abermals und erinnerte nun an Robert d'Lyes. Daraufhin zeigten sich die Züge anderer Schüler auf der Insel.

»Was bedeutet das?« fragte Miranda.

»Ihr alle seid jetzt Diener der Magie«, erklärte Nakor, »und es soll nicht eine einzige Person der Vertreter des Gottes auf Midkemia sein. Statt dessen werden viele daran mitwirken, dem verschollenen Gott der Magie auf seinen angestammten Platz im Universum zurückzuverhelfen.«

Pug betrachtete die Statue, die immer weitere Gesichter zeigte, von Magiern, die er kannte, aber auch von solchen, denen er nie begegnet war. Nach einigen Momenten sah er wieder das eigene. »Kehren wir ins Haus zurück.«

Auf dem Weg dorthin wandte sich Pug an Nakor. »Dein Gesicht habe ich vermißt.«

Nakor grinste und zuckte mit den Schultern. »Ich weiß schließlich, daß es keine Magie gibt.«

Pug lachte. »Das ist eine Frage um alles oder nichts. Entweder ist alles magisch oder gar nichts.«

Der kleine Isalani zuckte abermals mit den Schultern. »Beide Möglichkeiten sind gleich wahrscheinlich, aber aus ästhetischer Sicht bevorzuge ich die Auffassung, der zufolge es keine Magie gibt. Nur Kräfte und die Fähigkeit, diese einzusetzen.«

»Bevor ihr beide euch wieder in einen eurer endlosen Dispute vertieft«, mischte sich Miranda ein, »ich habe Hunger!«

»Eine Mahlzeit und Wein erwarten Euch in Eurem Arbeitszimmer, Meister Pug«, verkündete Gathis.

»Gesell dich doch zu uns«, bat Pug seinen Diener.

In Pugs Zimmer fanden sie einen reich gedeckten Tisch vor,

und Miranda nahm sich sofort einen Teller und lud ihn mit Obst und Käse voll. Pug füllte die Kelche aus einer großen Karaffe Wein.

»Gathis«, wandte er sich dabei an seinen Diener, du bist der Hüter dieses Schreins. Was hältst du von dieser Erscheinung?«

»Meister Nakor hat ganz recht: Niemand wird von nun an mehr allein für den verschollenen Gott der Magie stehen. Vielleicht haben die Kräfte erkannt, daß es ein Irrtum war, sich zu sehr auf einen einzelnen zu verlassen. Jeder, der diese Kunst ausübt, hilft bei der Rückkehr der Magie.«

Nakor nickte. »Welche Kräfte da auch immer zurückkehren wollen, der Gott der Magie hat entschieden, es sei zu riskant, die Verantwortung einem Wesen allein aufzuerlegen. Auch Macros hat, bei all seiner Macht, Fehler gemacht.«

»Diese Entscheidung begrüße ich«, sagte Pug, »denn ich selbst habe ebenfalls schon einige Fehler begangen.«

»Wie sehen deine Pläne aus, nachdem du jetzt kein Herzog des Königreichs mehr bist?« fragte Miranda.

»Zunächst muß ich viele tausend Saaur in Ethel-du-ath ansiedeln. Schließlich werde ich nach Shila gehen, die verbliebenen Dämonen vernichten und neues Leben säen, damit die Saaur in einigen Jahrhunderten dorthin zurückkehren können.« Er lächelte. »Außerdem habe ich ja noch meine Schüler hier. Die müssen unterrichtet werden, und man kann zudem viel von ihnen lernen. Zum anderen will ich die weiteren Handlanger des Namenlosen aufspüren und ausmerzen, wo auch immer sie sich aufhalten. Darüber hinaus würde ich gern gelegentlich angeln gehen.«

Nakor lachte. »Beim Angeln lernt man Geduld. Deshalb hatte ich nie Lust dazu.«

»Zehntausende haben im Spaltkrieg den Tod gefunden und doppelt so viele im letzten, dem Schlangenkrieg. Solche Katastrophen dürfen sich niemals mehr wiederholen.«

»Und wie willst du das sicherstellen?« fragte Miranda.

»Darüber muß ich nachdenken. Das sollten alle tun, die etwas damit zu schaffen haben. Wir sollten uns über unsere Ideen austauschen. Zunächst müssen wir ausschließen, daß jemand, der in unserem Sinne dient, beeinflußt werden kann. Denn darin besteht die Taktik unseres Feindes, und da auch ich einst durch deinen werten Vater manipuliert wurde, meine Liebe, finde ich die Vorstellung nicht gerade angenehm. Diese Insel sollten wir zu unserer Bastion ausbauen, und alle, die hier dienen, müssen es freiwillig tun und soviel Wissen erhalten, wie die Sicherheit erlaubt.«

»Was ist mit Stardock?« fragte Miranda weiter.

»Stardock wurde mit den besten Absichten gegründet«, erklärte Pug, »aber ich habe zu viele Fehler gemacht. Dennoch wird Stardock fortbestehen und uns ergänzen; bevor ich die Gemeinschaft dort eingerichtet habe, wurden Magier wegen ihrer Fähigkeit oft von ihren ängstlichen Mitmenschen verfolgt. Man hat sie als Hexen gejagt, und viele fristeten ein erbärmliches Dasein in einsamen Waldhütten oder Höhlen. Zumindest haben sie jetzt eine Zuflucht. Und natürlich werden wir in Stardock auch von Zeit zu Zeit Nachwuchs für unsere Insel finden.«

»Wie werden wir denn dafür sorgen, daß wir keinen neuen Fehler begehen?« fragte Miranda.

»Indem wir viele Dinge anders handhaben; ich werde die oberste Autorität sein. Zwar werde ich euch stets um Rat fragen, aber in wichtigen Angelegenheiten werde ich die Entscheidungen treffen. Ich habe mich geirrt, als ich annahm, in Stardock nicht mehr vonnöten zu sein. Wenn wir auf dieser Insel keine Vision mehr haben, werden wir zu einem Ort, an dem nur geredet wird, einem Ort, an dem Gewohnheiten sich rasch zu Traditionen verfestigen. Und die Tradition ist allzuoft das Deckmäntelchen der Unterdrückung, der Bigotterie oder des reaktionären Denkens.«

»Meine Blauen Reiter werden sie davon abhalten, sich zu sehr an Traditionen zu binden«, erklärte Nakor.

»Mein Freund«, erwiderte Pug, »deine Blauen Reiter werden früher oder später selbst zu einer Tradition werden. Und jene, die den Kampf gegen die Traditionalisten aufnahmen, wie die Mitglieder der ›Hand von Korsh‹ oder des ›Stab von Watoom‹, werden eines Tages auf ihre Weise erstarrt sein. Selbst Korsh und Watoom würden vielleicht vor dem zurückschrecken, was ihre Nachfolger erschaffen haben.«

»Wahrscheinlich müßte ich mich mal wieder in Stardock sehen lassen«, meinte Nakor halb im Scherz.

»Wahrscheinlich nicht«, entgegnete Pug. »Stardock wird schon nicht untergehen, und oft genug werden wir dafür dankbar sein.«

Er blickte in die Runde und fuhr fort: »Wir müssen uns auf einen langen Kampf einstellen. Im Universum gibt es riesige, fürchterliche Mächte, von denen wir kaum eine Vorstellung haben. Die beiden großen Kriege, die wir überstanden haben, waren nur die Eröffnung in einem Schachspiel der Götter.«

»Aber was tun die Götter auf unserer Seite eigentlich?« fragte Miranda.

»Sie helfen euch«, antwortete Nakor.

»Und wie?«

»Sowohl offen als auch im verborgenen«, erklärte Nakor.

Pug ergänzte: »Während der Chaoskriege hat sich das Wesen der Dinge verändert, und seitdem handeln die Götter mittels Gehilfen und Dienern. Auch uns haben die Götter zu ihren Dienern gemacht.«

»Selbst die Götter müssen lernen«, übernahm Nakor wieder das Wort. »Die Verbindung deines Vaters mit Sarig war nicht besonders erfolgreich, zumindest aus der Sicht des Gottes, und um diesen Fehler nicht zu wiederholen, hat er sich eine andere Strategie ausgedacht.«

»Irgendwie erscheint mir unser Tun vollkommen sinnlos«, meinte Miranda.

»Vielleicht«, räumte Nakor ein, »aber haben wir nicht wundervolle Erlebnisse gehabt? Zum Beispiel die Gründung des Tempels der Arch-Indar. Wenn es auch über Jahrhunderte ein kleiner Orden bleiben wird und die meisten Menschen ihn für weniger wichtig erachten werden als die alten Tempel von Astalon, Dala und den anderen Göttern, so wird uns doch allein die Tatsache der Existenz dieser reinen Göttin im Universum gegen die Versuche des Namenlosen stärken, der weitere Katastrophen auslösen will. Möglicherweise gibt es auch lange, lange Zeit keine neuen Erscheinungen der Göttin, obwohl gewiß irgendwann die nächste erfolgen wird.«

»Was ist mit dir?« fragte Pug. »Welche Pläne hast du?«

»Meine Arbeit hier ist vorerst erledigt«, sagte Nakor.

»Und wohin willst du gehen?« wollte Miranda wissen.

»Hierhin und dorthin ... Ich werde die Handlanger des Namenlosen suchen und euch benachrichtigen, wenn ich einen entdeckt habe. Und wann immer ich Kandidaten für eure Gemeinschaft hier treffe, werde ich sie zu euch schicken. Von Zeit zu Zeit werde ich euch besuchen.«

»Du bist stets ein willkommener Gast, Nakor.«

»Wem dienst du eigentlich?« fragte Miranda.

Nakor grinste. »Mir. Einem jeden. Allem.« Er zuckte mit den Schultern. »Eigentlich weiß ich es nicht. Vielleicht erfahre ich es eines Tages, doch für die nächste Zeit möchte ich wieder wandern, vieles lernen und aushelfen, wo ich kann.«

»Nun«, sagte Pug und reichte ihm einen weiteren Becher Wein, »bleib erst noch eine Weile, bis ich meinen neuen Rat eingerichtet habe, und stehe mir mit deiner Weisheit zur Seite.«

»Wenn du mich für weise hältst, muß ich dir tatsächlich zur Seite stehen«, erwiderte Nakor.

Miranda lachte.

Trompetenstöße und Trommelwirbel begleiteten den Auszug des Prinzen und seiner Verlobten aus dem Thronsaal. Sechs Wochen, nachdem Pug den Krieg beendet hatte, war es nach Ansicht der Krone an der Zeit, die Verlobung von Patrick und Francine offiziell kundzutun. Patrick hatte dem Hof in Krondor gerade mitgeteilt, daß er am Ende des Monats nach Rillanon aufbrechen würde, um dort zu heiraten. Die Adligen und die einflußreichen Bürger hatten lauten Jubel angestimmt und eine Gasse gebildet, durch die der Prinz Francine aus der Halle führte.

Jimmy trat zu Erik von Finstermoor. »Hauptmann, ich wollte dir nur sagen, wie sehr mich deine Leistung in Yabon beeindruckt hat.«

Erik schüttelte den Kopf. »Nach dem, was Pug, Nakor und die anderen vorher erledigt hatten, stießen wir nur noch auf schwachen Widerstand.«

»Trotzdem müssen diese Eilmärsche mörderisch gewesen sein.«

»Allerdings«, sagte Erik, »und vor allem zu Fuß, da wir keine Pferde mehr hatten. Immerhin war es nicht schwer, die Gebiete zu sichern, die wir betraten, und nachdem wir die Gefangenen in Ylith und Zun befreit hatten, konnten wir diese gleich wieder als Gefangenenwärter einsetzen. In LaMut brauchten wir lediglich Banditen zu jagen, mehr nicht. Schließlich hat sich ja auch General Nordan bereit erklärt, alle, die wollen – und einige, die sich weigern –, zurück nach Novindus zu führen, und der Rest wird Dukos Truppen zugeteilt.«

»Dennoch war es eine beeindruckende Leistung«, beharrte Jimmy.

»Hätten wir nur mehr Schiffe gehabt«, meinte Erik. »Es gefällt mir gar nicht, daß wir die queganischen Schiffe anheuern mußten, um die Invasoren zurück nach Novindus zu verfrachten.«

»Da kannst du dich bei deinem alten Freund beschweren.« Jimmy zeigte auf Roo, der sich mit seiner Frau und einem kleinen Adligen unterhielt.

»Roo hat eine Nase dafür, wo sich Geld verdienen läßt. Ich wünschte bloß, ich wüßte, wie er die Queganer überredet hat, dieses Geschäft zu tätigen. Normalerweise kann man mit ihnen überhaupt nicht verhandeln.«

Jimmy zuckte mit den Schultern. »Wahrscheinlich hat er etwas gefunden, was ihnen sehr wertvoll war, und es ihnen versprochen; auf diese Art führt er seine Geschäfte jedenfalls für gewöhnlich.«

»Das überlasse ich auch lieber ihm. Mir genügt es, der Hauptmann der Blutroten Adler zu sein.«

»Die Ablehnung der Beförderung hat mich ziemlich überrascht«, meinte Jimmy.

»Ich bin mit meinem Posten glücklich. Als Hauptmann der Leibwache des Prinzen ist man doch kein richtiger Soldat mehr, sondern nur noch für Paraden gut.«

»Aber trotzdem ist es von dem Posten aus nur noch ein kleiner Schritt bis zum Schwertmeister eines Herzogs oder zum Marschall von Krondor.«

Erik lächelte. »Ich bin auch so zufrieden. Ich mag meine Blutroten Adler, und ich glaube, das Königreich braucht eine Armee, die von den Truppen der Adligen unabhängig ist. Mit königlichen Garnisonen in Sarth, Ylith und Zun hätte dieser Krieg ganz anders ausgesehen.«

»Womöglich hast du damit recht, aber ich glaube, die Herzöge werden sich dagegen zu wehren wissen, Truppen in ihren Herzogtümern stehen zu haben, die nicht ihrem Befehl unterstellt sind.«

»Darüber denke ich nach, wenn ich wieder zurück bin«, erwiderte Erik. »Jetzt werde ich erst einmal nach Ravensburg zu meiner Frau reisen. Hoffentlich weiß sie noch, wie ich aussehe.«

»Dich vergißt man nicht so schnell, Erik«, meinte Jimmy. »Deine Größe erreichen nur wenige.«

Erik lachte. »Und was wird aus dir?«

»Ich bin Lehnsmann des Königs. Zusammen mit Patrick werde ich nach Rillanon fahren, und Seine Majestät wird mir mitteilen, wo ich dem Königreich als nächstes dienen darf. Vermutlich bin ich bald wieder in Krondor. Da Rufio tot ist und Brian seit der Vergiftung nicht mehr gehen kann, werden wir hier bald einen neuen Herzog brauchen. Herzog Carl hat oben in Yabon durchgehalten, aber in den Gebieten zwischen Krondor und Yabon gibt es für die wenigen Adligen auf lange Zeit genug zu tun. Wahrscheinlich bekomme ich irgendeinen Titel und einen viel zu kleinen Etat für viel zu große Aufgaben. So kommt es meistens.«

Grinsend schlug Erik ihm auf die Schulter. »Das weiß ich nur zu gut, Jimmy.«

Roo und Karli gesellten sich zu ihnen und wurden von den beiden herzlich begrüßt. Erik sagte: »Wieso haben die Keshianer euch nicht gefangengenommen wie alle anderen Bewohner der Gegend, als sie bei eurem Anwesen durchmarschiert sind?«

Roo lachte. »Wir haben in einem der Außengebäude übernachtet, weil das Haupthaus gerade erst wiederaufgebaut wurde. Die Kavallerie traf ein, durchsuchte das große Haus, und wir haben uns in die Wälder geschlagen. Ich habe eine kleine Höhle auf meinem Grundstück, in der man sich verstecken kann. Dorthin habe ich nach meiner Rückkehr sofort Vorräte bringen lassen. Für meinen Geschmack laufen im Westen zu viele Armeen herum.«

»Das Problem bekommen wir schon in den Griff, Roo«, meinte Erik. Karli verbarg ihr Lächeln hinter vorgehaltener Hand.

»Ich habe deinen Bruder gar nicht gesehen, Jimmy«, sagte Roo.

»Dash ist irgendwo unterwegs. Da alle zur Heirat abreisen, muß er sich eine Weile allein um die Stadt kümmern.«

»Bestimmt gefällt es ihm nicht, an der Hochzeit nicht teilnehmen zu können«, meinte Karli.

Jimmy lächelte. »Ach, das ist nicht so schlimm. Viel mehr belastet ihn die Aufgabe, in Krondor wieder Ruhe und Ordnung herzustellen.«

»Das wäre aber sehr wünschenswert«, meinte Rool. »Im Keller von Barrets Kaffeehaus ist jemand eingebrochen und hat alle Vorräte und den gesamten Kaffee gestohlen! Wie soll ich ein Kaffeehaus ohne Kaffee eröffnen?«

»Da mußt du wohl neuen kaufen«, riet ihm Erik. Er klopfte seinem Freund auf die Schulter. »Handeln ist doch deine Stärke.«

Roo lächelte. »Da Jimmys Großvater nicht mehr unter uns weilt, muß ich in Zukunft ein bißchen härter arbeiten, aber dafür darf ich mein Geld jetzt behalten und brauche nicht mehr meine ganzen Einkünfte als Steuern abzuführen.«

»Ich könnte mit dem Prinzen über die Schulden des Königreichs bei dir sprechen, wenn du möchtest«, bot Jimmy an.

»Nein, nein, irgendwann werde ich schon die Zeit finden, mit der Krone über ihre Schulden bei der Bittermeer-Gesellschaft zu reden. Zuerst müssen wir den Westen wieder aufbauen, bevor wir uns in diese zähen Verhandlungen begeben.«

»Da kommt ja dein Bruder, Jimmy«, sagte Karli. »Mit wem spricht er denn?«

Jimmy drehte sich um und sah Dash, der gerade mit einem Mann den Saal betrat und sich angeregt unterhielt. »Das ist ein Hofbeamter namens Talwin. Ich bin mir nicht ganz sicher, welches Amt er genau innehat, aber in den letzten Jahren habe ich ihn mehrmals gesehen. Während Patricks Abwesenheit wird er der Burgvogt sein. Gewiß hat er einiges mit Dash zu besprechen.«

»Du mußt dich schon entscheiden, Dash«, sagte Talwin. »Entweder erfüllst du deine Pflicht oder eben nicht.«

Dash sah den Obersten der Königlichen Spione an. »Schau, wir müssen doch sowieso einen ganzen Monat miteinander auskommen, während die Hochzeitsfeierlichkeiten andauern, daher können wir doch genausogut zusammenarbeiten. Du führst das Prinzentum und die Burg, und ich kümmere mich um die Stadt.«

»Nein. Und ich sage dir auch warum: Du bist nicht verläßlich«, entgegnete Talwin.

Dashs Gesicht wurde rot vor Zorn. »Das mußt du mir erklären.«

»Letzte Woche hast du zweimal dafür gesorgt, daß kleinere Übeltäter ohne Verhandlung entlassen wurden.«

»Das waren nur hungrige Menschen!« sagte Dash und hob dabei die Stimme. Einige der Höflinge in ihrer Nähe drehten sich zu ihnen um. Dash sprach leiser weiter. »Wir haben schon genug Schwierigkeiten mit den anderen Gefangenen. Und ein Kind, das ein Stück Brot gestohlen hat, werfe ich nicht mit Mördern in eine Zelle.« Dann lachte er. »Und vor allem nicht mit diesen verdammten Jikanji-Kannibalen, die Fadawah uns hinterlassen hat.«

Talwin lachte jetzt ebenfalls. »Sehr gut, deine Entscheidungen machen durchaus Sinn, muß ich zugeben. Doch seit die Kämpfe aufgehört haben, kriechen auch die Verbrecher wieder aus ihren Löchern, und du gehst weitaus großzügiger mit ihnen um als früher.«

»Ich bin's leid«, sagte Dash. Und dann fügte er hinzu: »Ja, das ist es.« Er grinste. »Du hast mir gerade etwas sehr Wichtiges klargemacht. Danke.«

»Wofür?«

»Weil ich jetzt eine Sache deutlich vor Augen sehe, die ich seit Wochen ignoriert habe.« Er legte Talwin die Hand auf den

Arm. »Morgen früh hast du meinen Rücktritt auf deinem Schreibtisch.«

»Wie bitte?«

»Ich habe keine Lust mehr, der Sheriff von Krondor zu sein«, erklärte Dash. »Such dir für diese Aufgabe jemand anderen, Talwin.«

Er drehte sich um und ging hinüber zu seinem Bruder, der bei Erik, Roo und Karli stand.

Nachdem sie sich begrüßt hatten, wandte er sich an Roo: »Sag mal, hast du nicht Arbeit für mich?«

»Was?« fragte Jimmy.

»Ich bin von meinem Amt als Sheriff zurückgetreten.«

»Warum?« wollte Jimmy wissen.

»Darüber sprechen wir später«, antwortete Dash. »Brauchst du nicht eine gute Arbeitskraft, Roo?«

»Jemanden mit deinen Talenten immer«, sagte Roo, »aber als ich dich das letzte Mal eingestellt habe, hat es mich am Ende einen Haufen Geld gekostet.«

Dash grinste. »Nun, da habe ich auch eigentlich in den Diensten meines Großvaters gestanden. Diesmal würde ich für mich selbst arbeiten.«

»Und das heißt?«

»Ich glaube, ich möchte lieber ein Vermögen anhäufen und nicht länger für die Krone schuften. Mein Adelstitel ist mir gleichgültig. In der Bittermeer-Gesellschaft hoffe ich mir eine Position aufbauen zu können, von der aus ich dann eines Tages mein eigenes Geschäft gründen kann.«

»Darüber müssen wir uns unbedingt unterhalten«, meinte Roo. »Komm morgen zu Barrets, dann besprechen wir das.« Er nahm Karlis Arm. »So, und wenn ihr uns jetzt bitte entschuldigen würdet. Für uns wird es Zeit.«

Sie verabschiedeten sich, und Erik versprach ihnen, auf dem Weg nach Ravensburg zu einem Besuch hereinzuschauen.

Schließlich wandte er sich an Dash: »Bist du dir sicher, dein Amt aufgeben zu wollen? Der König besteht vielleicht darauf, daß du es weiter behältst.«

»Das kann ich mir eigentlich kaum vorstellen«, erwiderte Dash.

»Ich lasse euch beide jetzt ebenfalls allein«, sagte Erik. »Morgen geht es nach Ravensburg zu meiner Frau und meiner Familie.«

Jimmy packte seinen Bruder am Arm und führte ihn zu einem Fenster, wo sie sich ungestört unterhalten konnten, ohne daß die anderen Anwesenden am Hofe sie hörten. »Bist du verrückt?« fragte er. »Du gibst dein Amt und deinen ererbten Titel auf?«

»Vielleicht bin ich tatsächlich verrückt, trotzdem meine ich es ernst. Morgen früh wird mein Rücktrittsgesuch auf Talwins Tisch liegen, damit er es an Patrick weiterleitet. Solange der König nicht die Große Freiheit aufhebt, darf kein Mann gezwungen werden, ein Amt gegen seinen Willen auszuüben. Ich brauche keinen Titel. Ich kann mich auch so ganz gut durchschlagen.«

Jimmy wirkte schockiert. »Was ist mit dem, was wir erreicht haben? Was ist mit Großvater und Vater? Sind sie umsonst gestorben?«

Dash wurde wütend. »Wirf mir nicht ihren Tod vor, Jimmy. Sie sind für das gestorben, woran sie geglaubt haben, und wenn ich einen anderen Weg gehe, beschmutze ich dadurch keineswegs ihr Andenken. Ich habe es nur satt, mein Leben weiterhin nach ihren Vorstellungen davon auszurichten, was ich sein soll. Oder *wer* ich sein soll.«

»Warum begleitest du mich nicht nach Rillanon?« schlug Jimmy vor. »Ich werde Patrick überreden, an deiner Stelle einen anderen Sheriff zu ernennen. Wir feiern die Hochzeit, dann nehmen wir ein Schiff und besuchen Mutter in Roldem. Nach einer Woche bei ihr wirst du dich wieder nach deinen kleinen Verbrechern hier sehnen.«

Dash lachte. »Sicherlich. Nein, du fährst allein. Gib Mutter und Tante Magda und allen anderen einen Kuß von mir. Sag Mutter, ich würde sie irgendwann besuchen; ich weiß, sie wird vermutlich nie wieder einen Fuß ins Königreich setzen.«

»Möglicherweise doch, falls ich zum König gekrönt werde«, sagte Jimmy.

»Dann vielleicht«, stimmte Dash zu, und beide lachten.

Jimmy legte seinem jüngeren Bruder den Arm um die Schulter. »Wirst du zurechtkommen?«

»Bestimmt«, antwortete Dash. »Im Augenblick sehne ich mich nur danach, mein Leben in die eigenen Hände zu nehmen. Ich will nicht immer nur dafür sorgen, daß andere Menschen getötet werden.«

Jimmy fiel die wilde Hetzjagd auf die keshianische Nachhut ein, und er erinnerte sich an das Gefecht, das entbrannt war, kurz bevor Pug eintraf. »Mir erscheint das gar nicht so falsch. Es ist nur ...«

»Was?«

«Wir sind eben die Söhne unseres Vaters.«

»Ich weiß. Diese Entscheidung habe ich mir gewiß nicht leichtgemacht, aber nachdem ich mir einmal sicher war, wußte ich auch, daß es das richtige ist. Wir sind einander mehr verpflichtet als irgendeiner Fahne oder irgendeinem König. Willst du allen Ernstes behaupten, du würdest an deiner Arbeit für Patrick niemals zweifeln?«

»Für Patrick an sich würde ich niemals arbeiten; nein, ich stehe im Dienst der Krone«, antwortete Jimmy.

Dash piekte seinem Bruder in die Brust. »Und das ist der Unterschied zwischen uns beiden. Ich habe einfache Männer und Frauen bei der Verteidigung dieser Stadt sterben sehen, und welchen Lohn hat es ihnen eingebracht?«

»Sie haben ihre Freiheit behalten!« betonte Jimmy. »Du weißt, was mit der keshianischen Herrschaft in Krondor eingezogen wäre: Sklaverei, Unterdrückung, der Verkauf von Kindern an Bordelle.«

»Sind wir im Gegensatz dazu so edel?«

»Wir haben gewiß unsere Probleme, aber immerhin gibt es Gesetze.«

»Ich habe mich jetzt einige Zeit für die Einhaltung dieser Gesetze eingesetzt, Jimmy. Ob es richtig ist, einen zehnjährigen Jungen, der aus Hunger Brot gestohlen hat, zur Zwangsarbeit zu verurteilen, weiß ich nicht.«

»Das ist doch ein Ausnahmefall, Dash.«

»Ich wünschte, es wäre so.«

«Ich muß aufbrechen«, sagte Jimmy. »Ich habe eine Verabredung zum Essen mit Francine und Patrick. Willst du mich nicht begleiten?«

»Nein«, sagte Dash. »Ich werde ihm eine Entschuldigung schicken. Bevor ich mein Amt morgen einem anderen übergebe, habe ich einiges zu erledigen.«

»Warum wartest du nicht wenigstens ab, bis Patrick aus Rillanon zurückkehrt?« fragte Jimmy. »Vielleicht hast du bis dahin deine Meinung geändert. Es ist längst nicht zu spät, oder?«

Dash schwieg einen Moment, bevor er antwortete: »Falls ich das tue, dann nur, weil es mir mehr Zeit läßt, meine Sachen zu ordnen. Also gut, ich warte, bis der Prinz und seine Prinzessin aus Rillanon zurück sind.«

Jimmy grinste. »Das werde ich dir auch noch ausreden.«

»Trotzdem komme ich nicht mit zum Essen. Wir sehen uns morgen früh, ehe du abreist.«

Sie umarmten sich, und Dash verließ den Saal, eilte durch den Haupteingang des Palastes hinaus und über den Hof auf das Neue Marktgefängnis zu.

In den dunkelsten Stunden der Nacht, kurz bevor der Morgen im Osten zu grauen begann, schlich nahe beim Hafen ein Mann durch die finsteren Gassen. Ständig schaute er über die Schulter, und schließlich drückte er sich in einen Hausgang, um sich zu vergewissern, ob ihm jemand folgte.

Minuten verstrichen, ehe jemand aus der Tür trat, nur um heftig dagegen geworfen zu werden und ein Messer an die Kehle gesetzt zu bekommen. »Na, wo wollen wir denn hin, Reese?«

Der Dieb riß die Augen auf. »Sheriff! Ich war bestimmt zu nichts unterwegs, ehrlich. Ich wollte nur zurück in mein Schlupfloch, wo ich tagsüber schlafe.«

»Ich brauche einige Informationen, und die wirst du mir liefern«, sagte Dash.

»Sicher, was immer Ihr wollt.«

»Wer ist nach Trinas Tod Tagesmeister?«

»Wenn ich Euch das verrate, spiele ich mit meinem Leben«, erwiderte Reese.

»Wenn nicht, war es das mit deinem Leben. Ich zerre dich nicht erst vor Gericht, wo sie dich dann nach langem Prozeß hängen, sondern ich schneide dir gleich hier an Ort und Stelle die Kehle durch.«

»Na, was soll's«, meinte Reese. »Es gibt sowieso keinen Tagesmeister. Überhaupt gibt es die Spötter fast nicht mehr, nachdem Trina und der Aufrechte gestorben sind.«

»Wer ist der Nachtmeister?«

»Er ist im Krieg ums Leben gekommen. Im Augenblick haben wir keinen Anführer. Selbst bei Mutter ist es nicht mehr sicher. In Fischstedt zieht jemand eine neue Schmugglerbande auf, die Ladungen von Schiffen klaut. Und ein paar Leute hier unten am alten Hafen treiben auf eigene Kosten Schutzgelder ein. Die Zeiten ändern sich, Sheriff.«

»Sag mir, wo ich die Banden in Fischstedt und im Hafen finde.«

Reese erzählte alles, was er wußte, woraufhin Dash ihm mitteilte: »Paß auf, merk dir folgendes: Die Zeiten in Krondor ändern sich, aber wir werden diejenigen sein, die dafür sorgen.«

»Wir?« fragte Reese.

»Du und ich.«

»Wenn sie mich dabei erwischen, daß ich für den Sheriff arbeite, bin ich ein toter Mann«, wandte Reese ein.

»Oh, bevor wir mit dieser Sache fertig sein werden, wirst du dir noch wünschen, die Dinge lägen so einfach. Du bist ein helles Köpfchen – schließlich warst du auch klug genug, dich an Talwin und mich zu hängen, als wir aus dem Arbeitslager geflohen sind.«

»Na, ich habe meine Chance gesehen und zugegriffen.«

»Wer ist denn noch so schlau wie du und kann außerdem mit Kindern umgehen?«

»Jenny hat was im Kopf, und die Bettler und Taschendiebe mögen sie sehr gern.«

»Gut. Morgen abend, eine Stunde nach Einbruch der Dunkelheit, kommst du mit Jenny zu der alten Zisterne an der Nordmauer.« Er ließ den Kragen des Mannes los und steckte den Dolch ein.

»Und wenn nicht?«

»Dann werde ich dich suchen und umbringen«, erwiderte Dash. »Eine Stunde nach Einbruch der Dunkelheit. Nur ihr beiden.«

»Ich werde dasein«, sagte Reese und verschwand in der Finsternis.

Dash vergewisserte sich, ob sie irgend jemand beobachtet hatte, bevor er in die entgegengesetzte Richtung aufbrach.

Jimmy wollte sich gerade erheben und gehen, da sagte Francine: »Kann ich mich kurz mit dir unterhalten?«

Jimmy lächelte. »Jederzeit, Francie.«

Sie kam zu ihm herüber. »Wenn wir noch einen Garten hätten, könnten wir dort ein wenig spazierengehen.«

»Vielleicht eine Runde über den Exerzierplatz?« schlug Jimmy vor.

Sie lachte. »Das muß wohl genügen.«

Sie wandte sich an ihren Vater und Patrick: »Wir sind gleich wieder da.« Gemeinsam schlenderten sie den langen Korridor von der Großen Halle des Prinzen hinunter bis zu der Terrasse, die auf den Platz hinausging. Der Abend war angenehm warm, und der Duft von Blüten hing in der Luft.

»Sobald wir zurück sind, werde ich möglichst schnell den Garten wiederherstellen lassen.«

»Das wäre schön«, meinte Jimmy.

»Kommst du zum Mittsommerfest nach Krondor?« fragte Francie.

»Wahrscheinlich nicht. Ich sollte mich nach Roldem einschiffen, um Mutter zu besuchen. Jetzt, da Vater tot ist, wird sie wohl nie wieder ins Königreich kommen.«

Francie seufzte. »Sie haben sich nie besonders geliebt, oder?«

Jimmy schüttelte den Kopf. »Ich glaube, bestenfalls haben sie sich ein bißchen miteinander amüsiert. Sie bewunderte Vaters Fähigkeiten als Diplomat; Roldem ist ein Land voller Höflinge. Außerdem war er ein wunderbarer Tänzer, wußtest du das?«

»Ich habe ihn mal bei einem Fest am Hofe des Königs gesehen. Da hat er eine gute Figur gemacht. Als Mädchen war ich fürchterlich in ihn verliebt.«

»Er war ein guter Vater«, sagte Jimmy und vermißte ihn plötzlich sehr. »Mutters Talent im Organisieren hat ihm immer sehr gefallen. Ob ein Gast oder hundert zum Abendessen erwartet wurden, sie hatte stets alles rechtzeitig vorbereitet, bevor der erste eintraf. Er scherzte ständig, sie wäre ein viel besserer Herzog als er geworden.«

»Aber sie haben sich nie wirklich nahegestanden?«

»Nein«, sagte Jimmy traurig. »Mutter hatte Liebhaber, das weiß ich, obwohl sie damit sehr diskret umgegangen ist. Was Vater betrifft, kann ich es nicht sagen. Er schien immer zu sehr mit den Aufgaben beschäftigt zu sein, die Großvater ihm übertragen hatte. Wahrscheinlich hat er sich deshalb um solche Dinge nicht gekümmert.«

»Dafür hat er sich um dich und Dash gekümmert.«

Jimmy nickte. »Ja, ich weiß. In seiner Liebe zu uns war er sehr großzügig.«

Sie legte ihm die Hand auf den Arm. »Ich weiß nicht, was ich tun soll, Jimmy. Ich mag Patrick, ja, bestimmt; wir drei waren immer Freunde. Aber ich dachte, ich würde eines Tages dich heiraten, zumindest, als wir noch Kinder waren.«

»Ja.« Er lächelte. »Das fand ich zuerst ganz schrecklich – und später dann sehr schmeichelhaft.«

Sie beugte sich vor und küßte ihn, sanft, aber drängend. »Bleib mein Freund. Irgendwann werde ich vielleicht so sein wie deine Mutter und Patrick nicht mehr beachten, oder ich werde meine Kraft darauf verwenden, den zukünftigen König der Inseln zu erziehen. Die Gartenarbeit macht mir auch sehr viel Spaß, und sollte ich mich entscheiden, mir Liebhaber zu suchen, so wirst du gewiß der erste sein. Doch vor allem und am meisten brauche ich gute Freunde. Jeder, den ich kenne, versucht neuerdings, mein Freund zu sein. Ich bin eben die zukünftige Königin der Inseln. Du und Dash und noch ein paar alte Freunde aus Rillanon sind alles, was ich habe.«

Jimmy nickte. »Ich verstehe dich, Francie. Ich werde dir immer ein guter Freund sein.«

Sie nahm ihn erneut in die Arme und schmiegte sich an seine Schulter. »So, und jetzt gehen wir zurück zum Prinzen.«

In diesem Augenblick wußte Jimmy, daß auch er eines Tages eine Ehe eingehen mußte, die der König für ihn arrangieren würde. Er schickte ein stilles Gebet zu den Göttern. Mochten sie wenigstens dafür sorgen, daß die Auserwählte eine genauso wunderbare Frau war wie die, die er gerade im Arm hielt. Und hoffentlich würde sie auch eine ebenso gute Freundin sein.

Zwei Nächte später versammelten sich die Diebe bei Mutter. Viele blickten sich sorgsam um, da es nach allgemeiner Auffassung in diesem Unterschlupf nicht mehr besonders sicher war. Ein paar Wachen wurden aufgestellt, um Ausschau nach Männern des Prinzen zu halten.

Reese stellte sich auf einen Tisch und fragte: »Sind alle da?«

Aus dem hinteren Teil des Raums sagte jemand: »Alle, die kommen wollten.«

Das rief zwar bei manchen ein leises Kichern hervor, doch so richtig genießen konnte den verkümmerten Humor niemand.

»Wir haben neue Regeln«, verkündete Reese.

»Regeln?« rief ein großer Kerl aus einer Ecke. »Was für Regeln?«

»Die Regeln der Spötter«, erwiderte eine junge Frau, die gerade durch die Tür trat. Sie war stämmig gebaut und hatte kein besonders hübsches Gesicht, war jedoch dafür bekannt, eine der schlaueren Diebinnen in der Gilde zu sein. Ihr Name lautete Jenny.

»Gibt es denn überhaupt noch Spötter, für die es sich lohnt, Regeln zu machen?« wollte ein anderer Mann wissen.

»Der Aufrechte ist tot!« erwiderte jemand aus der Versammlung. »Das weiß jedes Kind.«

Aus dem dunklen Schatten hinter Reese erhob sich eine tiefe Stimme: »Der Aufrechte ist schon häufig gestorben, und stets ist er wieder zurückgekehrt.«

»Wer ist das?« wollte der große Kerl aus der Ecke wissen.

»Einer, der dich kennt, John Tuppin. Du leitest das Schutzgeldgeschäft.«

Der Mann erbleichte, weil die dunkle Gestalt seinen Namen kannte.

Ein dünner Kerl aus einer der hinteren Reihen sagte: »John Tuppin kennt doch jeder. Der ist viel zu groß, um ihn zu übersehen.«

Manche lachten, aber einige sahen sich mit sorgenvoller Miene um.

Die Stimme aus dem Schatten fuhr fort: »Deinen Namen kenne ich auch, Ratte. Du bist der beste Mann der Spötter, wenn es darum geht, eine günstige Gelegenheit auszukundschaften. Ich kenne euch alle. Ich kenne jeden Dieb, jeden Beutelabschneider, jeden Gauner, jeden Schutzgelderpresser und jede Hure, für die Mutter das Zuhause ist. Und ihr kennt mich.«

»Es ist der Aufrechte«, flüsterte jemand.

»Von mir aus kannst du behaupten zu sein, wer immer du möchtest«, rief John Tuppin, »aber etwas zu behaupten und etwas zu sein, ist was ganz Unterschiedliches. Ich könnte behaupten, ich sei der verdammte Herzog von Krondor, aber deshalb bin ich es noch lange nicht.«

Die Stimme fuhr fort: »Die Bande in Fischstedt wurde heute ausgehoben.«

Plötzlich erhob sich Unruhe im Raum. Diese Neuigkeit mußten sie erst einmal besprechen. Reese nahm einen großen Holzprügel und schlug damit an die Wand. »Haltet das Maul!«

Ruhe kehrte ein, und die Stimme aus der Dunkelheit fügte hinzu: »Morgen wird sich der Sheriff um die Schutzgelderpresser am alten Hafen kümmern. Ohne meine Erlaubnis arbeitet niemand in den Straßen von Krondor.«

»Wenn es die Bande am alten Hafen morgen tatsächlich erwischt«, meinte Tuppin, »würde ich dir glauben, daß du wirklich der bist, der du sein willst.«

»Ich auch«, rief der Mann namens Ratte.

»Dann merkt euch dies«, sagte die Stimme. »Die keshianischen Deserteure, die in der Karawanserei Rauschgift verkaufen, werden ausgehoben. Das Schwein, das Kinder entführt und an die Sklavenjäger aus Durbin verkauft, wird ebenfalls gepackt. Jeder, der seine Geschäfte nicht über die Spötter abwickelt, wird erwischt werden.«

Ein paar der Anwesenden im Raum brachen in vorsichtigen Jubel aus.

»Reese ist der Nachtmeister, Jenny der Tagesmeister. Wenn es irgendwelche Schwierigkeiten gibt, wendet ihr euch an die beiden.«

Wieder stimmten dem einige jubelnd zu, dann rief Reese: »So, und jetzt raus mit euch. Und verbreitet die Nachricht, der Aufrechte sei zurückgekehrt!«

Die Versammlung der Diebe löste sich auf, und schließlich waren nur noch drei Personen bei Mutter zurückgeblieben.

Dash trat aus dem Schatten. »Das hast du sehr gut gemacht, Reese. Sag Tuppin und Ratte, sie hätten ihre Rollen ebenfalls wunderbar gespielt.«

»Da liegt ein hartes Stück Arbeit vor dir«, meinte Reese. »Du mußt noch einen Haufen Schädel einschlagen, bevor sie verstanden haben, wie der Hase läuft.«

«Uns bleiben zwei Monate Zeit, bis der Prinz nach Krondor zurückkehren und einen neuen Sheriff einsetzen wird«, betonte Dash. »Bis dahin haben wir die Ordnung bestimmt wiederhergestellt.«

Das Mädchen sagte: »Ich begreife das alles nicht. Warum übernimmst du diese Aufgabe? Du bist der Sohn des Herzogs von Krondor! Auf dem Pfad des Verbrechens wirst du niemals so reich werden, als wenn du auf ehrliche Weise dein Geld verdienen würdest. Wenn sie mich erwischen, lande ich für einige Zeit im Gefängnis, aber dich werden sie als Verräter hängen. Warum tust du das?«

»Ein Versprechen«, antwortete Dash. Jenny lag anscheinend eine weitere Frage auf der Zunge, doch Dash schnitt ihr das Wort ab. »Ihr habt eine Menge Arbeit vor euch, und mir geht es nicht anders. Ihr braucht jemanden, der Zugang zum Palast hat und sich ohne Probleme in Talwins Nähe aufhalten kann. Ihn dürfen wir nicht aus den Augen lassen, sonst haben wir nichts gewonnen, und leicht wird das nicht. Wir müssen seine Mittelsmänner und seine Spione entlarven. Für die Spötter wird er die größte Gefahr in der Stadt sein.«

»Ich habe nur das Mädchen«, sagte Jenny. »Jung, sieht unschuldig aus, kann waschen und nähen und schneidet dir für ein Kupferstück die Kehle durch.«

»Ich kenne einen Mann, der sich in die Küche einschleichen könnte«, meinte Reese.

»Dann werde ich die beiden im Palast unterbringen«, beschloß Dash. »Und jetzt geht.«

Die zwei brachen auf, und Dash schlich durch den Hintereingang hinaus. Er wartete, bis er sicher sein durfte, daß niemand ihn beim Verlassen des Hauptquartiers der Diebe beobachtet hatte. Von nun an, das wußte er, würde sein Leben nicht mehr ihm selbst gehören.

Als Kaufmann konnte er große Reichtümer erwirtschaften und eine guterzogene junge Dame heiraten, die ihn möglicherweise sogar lieben und ihm eine Reihe Kinder schenken würde. Das wäre nach außen hin eine perfekte Tarnung und ein schönes Leben. In der Öffentlichkeit würde er wie ein angesehener Bürger dastehen, den viele beneideten. Aber er wußte auch, daß er immer in zwei Welten leben und den größten Teil seines Lebens nicht selbst würde bestimmen können.

Denn im Vergleich zu den Pflichten der Krone gegenüber, die ihm sein Vater und sein Großvater aufgehalst hatten, ohne ihn um seine Zustimmung zu bitten, band ihn diese Verpflichtung den Dieben und Gaunern von Krondor gegenüber wesentlich stärker. Für diese hatte er sich schließlich selbst entschieden, und sie war für ihn zur Ehrensache geworden, von der er sich nur mit dem Tod würde lossagen können.

Mit diesen Gedanken schlich er durch die Abwasserkanäle unter der Stadt Krondor, die ihm von nun an für den Rest seines Lebens eine zweite Heimat bieten würden.

Epilog

Pug erhob sich.

Seine Studenten und Miranda, Nakor und Gathis sahen sich neugierig in der Höhle um. Zwei Fackeln brannten an den Wänden und vertrieben die Dunkelheit.

»Wir sind heute abend hier zusammengekommen«, sagte Pug, »damit jeder von euch jenen Eid öffentlich wiederholen kann, den er mir bereits unter vier Augen geleistet hat. Über die Jahre werden andere zu uns stoßen, manche werden uns auch verlassen, doch die Gruppe als solche wird dies überdauern. Wir werden uns stets in einer Konklave treffen, denn niemand außer uns darf von unserer Existenz erfahren. Wir werden uns immer im Schatten halten und uns außer Sicht derjenigen bewegen, die im Licht der Welt leben.«

Pug blickte von Gesicht zu Gesicht. »Jeder von euch wird für Menschen sein Bestes geben, die von unserem Dasein nicht das geringste ahnen, ja, die euch vielleicht fürchten und euch Widerstand entgegenbringen würden, wenn sie etwas über euch wüßten – aus Unwissenheit oder aus Verirrung. Der Tod wird für viele von denen, die unseren Pfad wählen, eine Erlösung sein.«

Er zeigte auf den Höhleneingang. »Dort draußen leben Menschen, die einen Weg gewählt haben, der in die Finsternis führt. Manche sind miteinander verbündet, andere wissen nicht voneinander und auch nicht, wem sie in Wirklichkeit dienen. Einige begrüßen das Böse, gegen das wir uns wenden. Und diese werden mit allen verfügbaren Kräften versuchen, uns zu vernichten.

Der eine oder der andere von uns wird diesen Ort verlassen, um nach unseren Feinden zu suchen. Mancher wird nach neuen Schülern Ausschau halten, die er zur Unterweisung hierherschicken kann. Und viele werden einfach an diesem Ort bleiben, um zu unterrichten.

Die Schule der Villa Beata wird so fortgeführt werden, wie sie bisher bestanden hat, und jene, die uns finden, ohne daß wir nach ihnen gesucht hätten – was ja auch auf etliche von euch zutrifft –, werden wir weiterhin mit offenen Armen willkommen heißen. Doch nochmals möchte ich euch einschärfen: Niemand außerhalb dieser Gruppe darf von ihrer Existenz erfahren.

Wir werden uns mit Träumen und Alpträumen beschäftigen, mit einem Krieg, den sich die meisten normalen Sterblichen kaum vorzustellen vermögen. In dieser Berufung stehen wir wie Brüder und Schwestern Seite an Seite, und die Bedürfnisse dieser Konklave sind uns stets zwingendes Gebot. Niemand von uns darf sich über diese Notwendigkeiten hinwegsetzen. Und falls wir unser Leben dafür einsetzen müssen, so soll es eben so sein.«

Niemand im Raum sagte ein Wort.

»Wir sind die Konklave des Schattens, und wir stellen uns dem Wahnsinn des Namenlosen Gottes und seiner Handlanger entgegen. Wir haben den Spaltkrieg überlebt, und wir haben auch den Schlangenkrieg überlebt. Jetzt rüsten wir uns für den nächsten Konflikt, einen, den nur wenige überhaupt bemerken werden, einen, dessen Austragung nur wenige werden verfolgen können. Es wird sich um einen Krieg handeln, der im Schatten stattfindet.«

Pug streckte die Hand aus, und Miranda ergriff sie. Er nickte Nakor und Gathis zu, dann führte er seine Gefolgsleute aus der Höhle hinaus, und gemeinsam machten sie sich auf den Weg zu ihrem Zuhause.

Die Personen dieses Buches

ACAILA – Anführer der Eldar am Hofe der Elbenkönigin
AGLARANNA – Elbenkönigin in Elvandar, Gemahlin von Tomas, Mutter von Calin und Calis
AKEE – Krieger der Hadati
AKER – Kapitänleutnant der *Königlichen Bulldogge*
ALETA – junge Gläubige im Tempel der Arch-Indar
AVERY, RUPERT »ROO« – junger Händler aus Krondor
AVERY, KARLI – Gemahlin von Roo

BOYSE – Hauptmann in Dukos Truppen
BRIAN – Herzog von Silden

CALIN – Thronfolger von Elvandar, Halbbruder von Calis, Sohn von Aglaranna und König Aidan
CALIS – »Der Adler von Krondor«, Sonderbeauftragter des Prinzen von Krondor, Herzog am Hofe, Sohn von Aglaranna und Tomas, Halbbruder von Calin
CHALMES – Oberster Magier in Stardock
CHAPAC – Zwillingsbruder von Tilac, Sohn von Ellia

D'LYES, ROBERT – Magier aus Stardock
DE SAVONA, LUIS – früher Soldat, heute Mitarbeiter von Roo
DOMINIC – Abt der ishapianischen Abtei von Sarth
DUGA – Söldnerhauptmann aus Novindus
DUKO – General der Armee der Smaragdkönigin

ELLIA – Elbin in Elvandar, Mutter von Chapac und Tilac
ENARES, MALAR – Diener, der in der Wildnis aufgestöbert wurde
ERLAND – Bruder des Königs und Onkel von Prinz Patrick

FADAWAH – früherer kommandierender General der Armee der Smaragdkönigin, selbsternannter »König des Bitteren Meeres«
FRANCINE »FRANCIE« – Tochter des Herzogs von Silden

GREYLOCK, OWEN – Marschall der Armee des Prinzen

JACOBY, HELEN – Gemahlin von Randolph Jacoby, Mutter von Natally und Willem
JALLOM – Hauptmann in Dukos Armee
JAMESON, ARUTHA – Herzog von Krondor
JAMESON, DASHEL »DASH« – jüngerer Sohn von Arutha, Enkel von James
JAMESON, JAMES »JIMMY« – älterer Sohn von Arutha, Enkel von James

KAHIL – Hauptmann der Spione von Fadawah
KALIED – Oberster Magier in Stardock

LIVIA – Tochter des Lords Vasarius

MILO – Wirt des Gasthauses Zur Spießente in Ravensburg, Vater von Rosalyn
MIRANDA – Magierin und Verbündete von Calis und Pug

NAKOR DER ISALANI – Spieler, Benutzer von Magie, Freund von Pug
NARDINI – Kapitän eines gekaperten queganischen Schiffs

NORDAN – General in Fadawahs Armee

PATRICK – Prinz von Krondor, Sohn von Prinz Erland, Neffe des Königs und von Prinz Nicholas
PUG – Magier, Herzog von Stardock, Cousin des Königs, Großvater von Arutha, Urgroßvater von Jimmy und Dash

REESE – Dieb in Krondor
RIGGER, LYSLE – der Aufrechte Mann, Anführer der Spötter
ROSALYN – Tochter von Milo, Gemahlin von Rudolph, Mutter von Gerd
RUDOLPH – Bäcker in Ravensburg, Gemahl von Rosalyn, Stiefvater von Gerd
RUNCOR – Hauptmann in Dukos Armee
RYANA – Drache, Freund von Tomas und Pug

SHATI, JADOW – Leutnant in Calis' Truppe
SHO PI – früherer Gefährte von Erik und Roo, Schüler von Nakor
STYLES – Kapitän der *Königlichen Bulldogge*
SUBAI – Hauptmann der Königlich Krondorischen Späher

TALWIN – Spion Aruthas
TILAC – Zwillingsbruder von Chapac, Sohn von Ellia
TINKER, GUSTAF – Mitgefangener von Dash, später Wachtmeister
TOMAS – Kriegsherr in Elvandar, Gemahl von Aglaranna, Vater von Calis, Erbe der Kräfte von Ashen-Shugar
TRINA – Diebin, Tagesmeister der Spötter
TUPPIN, JOHN – Dieb mit entstelltem Gesicht

VASARIUS – queganischer Adliger und Kaufmann

VON FINSTERMOOR, ERIK – Hauptmann der Blutroten Adler
VON FINSTERMOOR, GERD – Baron von Finstermoor, Sohn von Rosalyn und Stefan von Finstermoor, Neffe von Erik
VON FINSTERMOOR, MATHILDA – Baronin von Finstermoor, Mutter von Manfred

WENDELL – Hauptmann in Krondor
WIGGINS – Patricks Zeremonienmeister

Danksagung

Wie stets schulde ich verschiedenen Menschen Dank, weil sie mich bei der Entstehung dieses Buches unterstützt haben:

den ursprünglichen Schöpfern von Midkemia, Steve Abrams, Jon Everson und dem Rest der Donnerstag/Freitagabend-Clique. Ohne ihre Kreativität wäre Midkemia heute längst nicht das, was es ist;

meinem Verlag für sein Vertrauen und die harte Arbeit. Der Enthusiasmus und die Unterstützung sind über alle Zweifel erhaben, und dies gilt vor allem für Jennifer Brehl, die einerseits hervorragende Arbeit geleistet hat und die ich andererseits auch als gute Freundin betrachte;

meinem guten Freund und Agenten Jonathan Matson, der immer für mich da war;

meiner Frau Kathlyn S. Starbuck, aus mehr Gründen, als ich an dieser Stelle auflisten kann, und weil sie der beste Leser ist, den man sich vorzustellen vermag;

und natürlich all jenen draußen im Lande, die mir lobende oder kritische Briefe gesandt haben und mich so wissen ließen, daß jemand meine Arbeit liest. Zwar habe ich leider nicht die Zeit, alle zu beantworten, doch ich lese jeden;

außerdem Sean Tate, der sich die Figur Malar ausgedacht hat.

GOLDMANN

Der phantastische Verlag

»*Ich kann mich nicht erinnern, jemals eine so großartige Fantasy gelesen zu haben. Terry Goodkind ist der wahre Erbe von J.R.R. Tolkien.*«
Marion Zimmer Bradley

»*Einfach phänomenal.*«
Piers Anthony

Terry Goodkind:
Das erste Gesetz der Magie   24614

Terry Goodkind:
Der Schatten des Magiers   24658

Goldmann · Der Taschenbuch-Verlag

GOLDMANN

*Das Gesamtverzeichnis aller lieferbaren Titel erhalten Sie
im Buchhandel oder direkt beim Verlag*

★

Taschenbuch-Bestseller zu Taschenbuchpreisen
– Monat für Monat interessante und fesselnde Titel –

★

Literatur deutschsprachiger und internationaler Autoren

★

Unterhaltung, Kriminalromane, Thriller
und Historische Romane

★

Aktuelle Sachbücher, Ratgeber, Handbücher und
Nachschlagewerke

★

Bücher zu Politik, Gesellschaft, Naturwissenschaft und Umwelt

★

Das Neueste aus den Bereichen
Esoterik, Persönliches Wachstum und Ganzheitliches Heilen

★

Klassiker mit Anmerkungen, Anthologien und Lesebücher

★

Kalender und Popbiographien

★

Die ganze Welt des Taschenbuchs

★

Goldmann Verlag • Neumarkter Str. 18 • 81673 München

Bitte senden Sie mir das neue kostenlose Gesamtverzeichnis

Name: _____

Straße: _____

PLZ / Ort: _____